ハリー・クバート事件 上

ジョエル・ディケール

JN161822

デビュー作の大ヒットで一躍ベストセラー作家となったマーカス・ゴールドマンは，第二作の執筆に行き詰まり，大学の恩師で国民的作家，ハリー・クバートに悩みを打ち明け助言を求めていた。しかし，そのハリー・クバートが，33年前に失踪した美少女ノラ殺害の容疑で逮捕されてしまう。彼の家の庭に埋められていたノラの白骨死体が発見されたのだ！師の無実を信じるマーカスは，事件について独自に調べはじめ，それを師に教えられた小説作法に従って，一冊の本にまとめあげることにしたのだったが……。驚異の新人による傑作，待望の文庫化！

登場人物

ハリー・L・クバート……………高名な作家、代表作は『悪の起源』
マーカス・ゴールドマン…………新進作家、ハリーの教え子
ノラ・ケラーガン…………………三十三年前に失踪した少女
デヴィッド&ルイーザ・ケラーガン……ノラの両親
ジェニー・ドーン…………………レストラン《クラークス》の女主人
ロバート&タマラ・クイン………ジェニーの両親
トラヴィス・ドーン………………ジェニーの夫、オーロラ警察署署長
ペリー・ガロウッド………………ニューハンプシャー州警察殺人課巡査部長
ギャレス・プラット………………オーロラ警察署元署長

ナンシー・ハッタウェイ……ノラの高校の同級生
アーン・ピンカス……オーロラ町営図書館ボランティア職員
ロイ・バーナスキ……ニューヨークの出版社社長
ダグラス・クラーレン……マーカスの出版エージェント
デニス……マーカスの秘書
イライジャ・スターン……ニューハンプシャーの資産家
ルーサー・ケイレブ……スターンの運転手
ベンジャミン・ロス……ハリー・クバートの弁護士

ハリー・クバート事件 上

ジョエル・ディケール

橋　明　美　訳

創元推理文庫

LA VÉRITÉ SUR L'AFFAIRE HARRY QUEBERT

by

Joël Dicker

目次

ハリー・クバート事件　上

両親に

失踪

一九七五年八月三十日土曜日

「警察です」

「あ、もしもし？　サイドクリーク・レーンのデボラ・クーパーですけど、今、若い娘さんが森のなかを、男に追われて逃げていって……」

「事件ですか？」

「そんな、わたしにもわかりませんよ！　窓の外を見ていたら娘さんが走ってきて、そのあとから男が……。追いかけられて、逃げているように見えたものだから、お電話したんです」

「その二人は今どこです？」

「まだ森のなかでしょうけどねえ、ここからはもう見えないわ」

「すぐ警察官を向かわせます」

すべてはこの一本の電話から始まった。この日、ニューハンプシャー州オーロラに住むノラ・ケラーガンという十五歳の少女が行方不明になった。小さい町は大騒ぎになったが、少女の行方は杳《よう》として知れなかった。

そしてなにもわからないまま、何年もの歳月が流れた……。

プロローグ

二〇〇八年十月（ノラの失踪から三十三年後）

どこもかしこもぼくの本の話題でもちきりだった。そのおかげで、いやそのせいで、マンハッタンをぶらつくことも、ジョギングすることもままならなくなった。なにしろすぐに気づかれて「ゴールドマンだぜ！　ほら作家の」と大騒ぎになってしまう。なかには走りながらついてきて質問する連中までいる。「あれほんと？　ハリー・クバートはほんとにあんなことを？」ウェストヴィレッジの行きつけのカフェでも、図々しい客が同じテーブルに腰をおろして話しかけてくる。「今あなたの本を読んでるんですけど、いやあ、読みだしたら止まりませんよ。最初のもなかなかだったけど、今度のはすごいですね。原稿料百万ドルって聞いたけど、本当ですか？　失礼だが、おいくつ？　え、二十八？　それでもうそんな額を？」マンションのドアマンも仕事中にこっそり読んでいた。そして読み終えるとぼくをエレベーターの前でつかまえて、興奮冷《さ》めやらぬ様子でこう言った。「あの事件はこういうことだったんですか。それにしてもひどい話だなあ。びっくりですよ」

そう、誰もがあの本に夢中になっていた。発売から二週間で、すでに全米年間ベストセラー一位は間違いないという勢いだった。一九七五年にオーロラでなにがあったのか知りたくて、誰もがぼくの本を手に取った。テレビでも取り上げられた。もちろんラジオでも、新聞でも。こういう経験は処女作が当たったときに続いて二度目だが、今回は前作以上の反応だった。ぼくは三十にもならないうちに、わずか二作目で、アメリカでも指折りの人気作家になったのだ。

アメリカじゅうを興奮させたその事件、つまりぼくが本のネタにした事件は、その数か月前に白骨死体が発見されたことから始まった。死体は三十三年前に行方不明になった少女のものだった。その後、ニューハンプシャー州でいろいろなことがあって、その混乱のただなかにいたぼくは、見聞きしたことを本にまとめて出版した。あんなことでもなければ、オーロラという小さい町の名前がアメリカじゅうに知れわたることなど、決してなかったに違いない。

第一部　作家の病

執筆——二〇〇八年二月から七月初旬まで

31

記憶の底に

「マーカス、第一章が肝心だ。出だしがよくなければ読者はその先を読んでくれない。どんなふうに始めるつもりだね?」

「わかりません。そんなこと本当にできるかどうかも……」

「そんなこと?」

「本を書くことです」

「きみならできるさ」

二〇〇八年二月、新人作家として注目されてから一年半が過ぎた時点で、ぼくは二作目が書けなくて完全に立ち往生していた。といってもそういうのは別に珍しいことではなく、いきなり大評判をとった新人にはよくあることらしい。しかしぼくの場合、作家の病であるライターズ・ブロックは一年半もの時間をかけてじわじわやって来たので、わかりにくかった。脳みそが少しずつ麻痺《まひ》していくみたいなものだ。だから最初の兆候が表われた時点では、どうということはないと思っていた。明日にはまたインスピレーションが戻ってくる。いや、明日が駄目でもあさってか、遅くともしあさってには……。ところが、何日経《た》っても、何週間経っても、何か月経っても、インスピレーションは戻ってこなかった。

そのライターズ・ブロックのせいで結局ぼくは奈落へ落ちたのだが、そこへ至るまでの一年半のあいだには三つの段階があった。第一段階は気分爽快だった。谷に落ちるのはそもそも山に登ったからで、まずはこの世の天国を体験した。二〇〇六年の処女作が二百万部も売れて、二十六歳で堂々と作家の仲間入りをしたことで、ぼくの人生はがらりと変わった。発売から数週間で名前がアメリカじゅうに知れわたり、テレビにも新聞にも雑誌の表紙にも顔が出た。地下鉄の駅にも特大サイズの顔写真が並んだ。辛口《からくち》で知られる東海岸の主要紙でさえ、マーカス・ゴールドマンに大作家の素質ありと口をそろえて褒《ほ》めてくれた。

たった一冊の本が人生の扉を開くということが本当にあるのだ。ぼくはリッチな人気作家という新たな人生に向かって第一歩を踏み出した。ニュージャージー州モントクレアの実家を出てニューヨークに移り、ヴィレッジの高級マンションに落ち着いた。車はセコハンのフォードから新車のレンジローバーに乗り換えた。色はブラックで、ウィンドーはプライバシーガラス。高級レストランに通いはじめ、出版エージェントと契約し、その男がスケジュールを管理したり、ぼくのマンションに来て大画面で野球中継を見たりするようになった。セントラルパークからすぐのところにオフィスを借り、デニスというちょっと惚れっぽい秘書も雇った。デニスは郵便物の仕分けや重要書類の整理をし、コーヒーもいれてくれる。

半年のあいだ、ぼくは新生活の心地よさにどっぷり浸った。毎朝オフィスに行き、出版関係の記事や毎日何十通も届くファンレターに目を通し、デニスに渡してキャビネットにしまってもらう。それだけで仕事をしたと満足し、街へ繰り出す。マンハッタンをそぞろ歩けばすれ違う通行人がざわめく。それを軽くかわしながら、あとはセレブの特権を味わうことで一日を過ごす。つまり欲しいものはなんでも買えて、マディソン・スクエア・ガーデンのＶＩＰ席でレンジャーズの試合が見られて、子供の頃レコードを買い集めたあのスターたちに交じってレッドカーペットの上を歩けて、人気ドラマに出演中の女優とデートできて、といった特権のことだ。いやまったく、売れっ子作家以上に素晴らしい職業がこの世にあるだろうか？　そして、その成功はすっかり自分のものだと思い込み、エージェントや出版社からそろそろ次の作品に取りかかれと言われても気にしなかった。

だが半年を過ぎると風向きが変わりはじめた。ファンレターの数が減り、通りで声をかけられることも少なくなった。かけられるとしても、「次はどんな本ですか？　いつ出るんです？」でしかない。そうだ、そろそろ書きはじめなければと思い、ぼくは机に向かった。ルーズリーフにアイディアを書きつけ、パソコンにあらすじを打ち込む。でもぱっとしない。さらにアイディアをひねり出し、またあらすじをまとめる。でもどれも冴えない。とうとうパソコンを買い替えて、これでいいアイディアが湧くかもしれないと期待した。でも駄目だった。そこで方法を変えてみた。デニスに夜遅くまで口述筆記を頼み、思いつくまま言葉やフレーズを口にして、小説の書き出しのきっかけをつかもうとした。だがタイプされたものを翌朝読むと、どの言葉も色あせていて、フレーズに力がなく、出だしからもう失敗だとわかる。これがライターズ・ブロックの第二段階だった。

二〇〇七年秋、処女作出版から一年経っても、次の作品は一行も書けていなかった。ファンレターが一通も来なくなり、外に出ても誰もぼくに気づかず、ブロードウェイの大型書店からポスターが消えたところで、〈栄光ははかない〉とようやく悟った。それは飢えた怪物のようなもので、餌を与えられなくなった人間などすぐに捨てられてしまう。怪物はもはやぼくではなく、時の政治家やテレビの人気者、ヒット中のロックグループを追いかけていた。それにしてもわずか一年で捨てられるとは少々驚きだったが、考えてみれば、そのあいだに世の中では数えきれないほどのことが起きていたわけだ。アメリカだけでも数百万人の子供が生まれ、数百万人が死に、そのうち数万人は銃で撃たれていて、五十万人が麻薬地獄に落ち、五万人が大金持ちになり、交通事故で四万人が死亡した。それなのに、ぼくは本を一冊書くことさえできなかった。

ぼくに大金を払い、大いに期待していたニューヨークの大手出版社シュミット&ハンソンは、エージェントのダグラス・クラーレンを責め立てた。相手はじれてる、早く原稿を見せないとまずいぞとダグラスは、当然のことながらぼくを責め立てた。そしてダグラスが言い、そんな彼を安心させるために、というよりも自分自身を安心させるために、調子が乗ってきたところだから心配はいらないよとぼくは答えた。だが、オフィスに閉じこもって何時間机にかじりついても、パソコンの画面は真っ白なままだった。インスピレーションは無断で旅に出てしまい、どこに行ったのかさえわからない。毎晩ベッドに入ってからも眠れず、自分はたった一冊で文壇から姿を消すのだろうかと不安に押しつぶされそうになる。それがあまりにも恐ろしかったので、なんとかして突破口を開かなければと焦り、思い切ってリゾート地で気分転換することにした。マイアミの豪華なホテルに泊まり、椰子《やし》の木蔭でのんびりしながらひと月ほど過ごせば、頭もすっきりして本来の創造力が戻るに違いないと考えたのだ。だがそれはしょせん現実逃避にすぎない。二千年前に哲学者のセネカが経験したように、なにかから逃げようとしても、そのなにかはどこまでも追ってくる。イメージとしてはこんな感じだ。マイアミに到着し、空港を出ようとすると、キューバ人のポーターが走り寄ってくる。

「ゴールドマン様ですか?」

「ええ」

「これをお忘れですよ」

ポーターが差し出した封筒には紙束が入っている。

「これは、原稿用の紙?」

「さようですとも。あなた様がこれなしでニューヨークをお発《た》ちになるはずがありません」

というわけで、ぼくはマイアミで悪魔とともにスイートルームにこもり、みじめなひと月を過ごした。パソコンは昼夜つけっぱなしで、〈新作〉というタイトルの文書ファイルが開きっぱなし。でもその文書は空白のままだった。時折ホテルのバーに逃げ込んだが、そこでもまた、この種の病はアーティストがよくかかるものだと知らされる始末だった。バーのピアニストに一杯おごったら、カウンターでマルガリータを傾けながら身の上話を聞かせてくれたのだ。そのピアニストは元スターで、一曲作ったらそれが大ヒットしたという。だが大当たりしすぎて次の曲が書けなくなり、とうとう落ちぶれて、今ではこうしてホテルで他人のヒット曲を弾いている。彼は声を落としてこう言った。「当時はアメリカじゅうをツアーして、有名なホールでコンサートをやってね、一万もの観客がおれの名前を叫んで、女性客は失神する始末だった。われながらたいしたもんだったよ」そして小犬のようにグラスの塩をなめてから、「ほんとの話さ」とつけ足した。最悪なのは、それが本当の話だとぼくにはよくわかっていたことだ。

このマイアミ滞在が終わったときから、ライターズ・ブロックはいよいよ第三段階に突入した。帰りの機内で若い新人作家の記事を目にしたが、ラガーディア空港に降りてみたら、手荷物受取所にその作家の巨大なポスターが貼られていた。泣きっ面に蜂とはこのことか。書けないということは、忘れ去られるだけではなく、誰かに地位を奪われるということだった。空港で待ち構えていたダグラスも、焦りが顔に出ていた。シュミット&ハンソンがしびれを切らし、途中でもいいから原稿を見せろ、脱稿も間近だという証拠を見せろと言ってきているという。

「まずいぞ」マンハッタンに戻る車のなかでもダグラスはしゃべりつづけた。「フロリダで書けるようになったんだろうな。もうだいぶ進んだと言ってほしいね。あの若いやつが評判になってるのは知ってるな? あいつは年末商戦で相当売れそうだ。で、きみはどう勝負する? 年末はもう目の前だぞ」

「わかってる!」ぼくは思わず叫んだ。「間に合わせるよ。広告キャンペーンを打てば売れるって。最初の本でファンをつかんでるから、次もいけるはずだ」

「わかっちゃいないな。いいか、マーカス、数か月前ならそれでなんとかなったかもしれない。みんなマーカス・ゴールドマンを読みたがってた。読者が欲しがってるときに欲しがってるものを提供するのは基本中の基本だ。ところが、そのマーカス・ゴールドマンはフロリダでお気楽なバカンス中。となれば、読者は別の作家を読むわけだよ。経済も少しはかじったんだろ? 小説は代替可能商品なんだから、要するに楽しく読めて、気晴らしになればそれでいい。そういう本をきみが書いてくれないなら、読者はほかの作家でかまわない。で、きみはお払い箱になる」

ダグラスのお告げを聞いてますます怖くなり、ぼくはその日から猛烈に仕事をした。朝六時から晩の九時か十時までぶっ通しで頭と手を動かした。休憩も取らず、恐怖に背中を押されて言葉を絞り出し、それを無理やりフレーズにつなぎ、小説の骨格に仕立てようとした。ところが、出てくるのはろくでもないアイディアばかり。秘書のデニスもおろおろするばかりだった。口述筆記も不要ならコーヒーも不要、分類する手紙もない。ぼくは扉を閉め切って部屋にこもったまま。つまりデニスはすることがないので、廊下を行ったり来たりし、とうとう我慢できなくなると扉をノックする。

「ゴールドマンさん、開けてくださいったら！　少しは外に出て散歩でもなさったらどうなんです？　それに、今朝からなにも召し上がってないじゃありませんか！」

ぼくはどなり返す。

「腹なんか減ってない！　本ができなきゃ食事もなしだ！」

デニスは泣きそうな声になる。

「冗談じゃありませんよ！　角の店でサンドイッチを買ってきますから、ね？　ローストビーフの。お好きでしょ？　すぐ行ってきますから」

そしてバッグをつかんでオフィスを飛び出し、ハイヒールで階段を駆け下りていく音が聞こえる。そうして急ぐことで、状況を変えられるとでも思っているかのように。でもその思いはむなしい。ぼくにはもうはっきりわかっていた。この病の正体も、それがどれほど重症かということも。無名の新人として書くのは難しくなかった。でも一度頂点に立ってしまうと、今度は期待に応えなければならない。周囲が認めた才能をもう一度発揮して、もう一度頂点に立たなければならない。つまりいい小説を書かなきゃいけない。ところが、自分にそれができるとは思えない。重圧で息ができない。でも誰も助けてくれない。話を聞いてくれるとしても、そんなのどうってことないよ、誰にでもあることさ、今日が駄目でも明日には書けるようになるからと言うだけだ。

ぼくは振り出しに戻ることまでやってみた。わざわざモントクレアの実家に帰って、懐かしい部屋で二日間粘った。最初の作品が生まれた場所だから、うまくいくかもしれないと思ったのだ。だが結果は悲惨なもので、その原因は母にもあると言わざるをえない。なにしろその二日間、母はぼくのそばに張りついて、ノートパソコンの画面をのぞき込んでは「よく書けてるじゃないの」と言っていたのだから。

「母さん、まだ一行も書いてないよ」

「でもわかるわ。いい本になるって」

「悪いけど、一人にしてくれないかな」

「どうして？　お腹の調子でも悪いの？　おならをしたいのならしなさいよ。遠慮しなくてもいいじゃないの。母子なんだから」

「いや、そうじゃなくて……」

「じゃあお腹がすいたのね？　パンケーキはどう？　ワッフルのほうがいいかしら。それとも甘くないもの？　卵にしましょうか」

「いや、腹は減ってないよ」

「じゃあどうして一人になりたいなんて……。おまえを生んだ親の存在が鬱陶《うっとう》しいって言うの?」

「そうじゃない、ただ……」

「ただ?」

「いや、なんでもない」

「わかってるわ。恋人が欲しいのね。あの女優さんと別れたことくらい、ちゃんと知ってますからね。なんていう名前だったかしら」

「リディア・グロア。別に恋人だったわけじゃないから。ちょっとつき合ってみただけだから」

「ちょっとつき合ってみただけって、近頃の若い人はみんなそう。そんなことだから五十歳ではげちゃって、家族もいないってことになるのよ!」

「なんで〝はげ〟なんだよ」

「知りませんよ。それにしてもあの女優さんとのこと、雑誌で初めて知ったのよ。そんなの普通じゃないでしょう? 息子ならまず母親に知らせてくるべきじゃないの。おまえがフロリダに行く少し前だったかしら、《シャインゲッツ》に行ったら――ほら美容院の、肉屋じゃなくて――店じゅうの人からじろじろ見られてねえ。なにかと思ったら、スチーマーに入ってたバーグさんがね、わたしのほうを見て、読んでた雑誌を指差したのよ。そしたらおまえとあの人の写真が載ってて、見出しに破局とかなんとかって。店じゅうの人がそのことを知ってたのに、わたしはおまえがあの人とつき合ってたことさえ知らなかったんですからね! もちろん、知らなかったなんて口が裂けても言えないから、すてきなお嬢さんだったわ、よく家に食事をしに来ていたのよってごまかしたけど」

「知らせなかったのは真剣につき合ってたわけじゃないからだよ。好みじゃないんだ。わかるだろ?」

「好みじゃないって、いつもそうじゃないの! いつになったらちゃんとした人を見つけるつもり? 考えてもごらん。女優さんに家事ができるわけないでしょう? そしたら昨日ね、スーパーでリーヴィさんにばったり会って、訊いてみたらお嬢さんがまだ独り身だっていうじゃないの! おまえにぴったり。美人だし。うちに来ていただくっていうのはどうかしらと思って」

「母さん、ぼくは仕事があるから」

と、そこでチャイムが鳴った。

「あら、いらしたようよ」

「いらした?」

「リーヴィさんとお嬢さんですよ。四時にお茶にどうぞってお招きしたの。ちょうど四時だわ。時間を守る女性はいい女性よ。どう、気に入ったでしょう?」

「お茶に招いた? 冗談だろ? 帰ってもらってくれ! 会いたくない。ちくしょう! 戻ってきたのはままごと遊びのためじゃないんだ。小説を書くためなんだから!」

「おまえったら。おつき合いはしてみるものよ。婚約できるようなお相手を見つけないとね。

本のことばかり言ってないで、結婚のことも考えなさい」

こんなふうに周囲の人間はまるでわかってくれなかったが、事態は深刻だった。そして案の定、とうとう出版社との契約違反問題に発展しかねない状況になった。年内になにも書けなかったぼくは、二〇〇八年一月にシュミット＆ハンソンのやり手社長、ロイ・バーナスキからじきじきに呼び出され、ラファイエット・ストリートの高層ビルの五十二階で最後通牒を突きつけられたのだ。「ゴールドマン、原稿はどうした！」バーナスキは吠えた。「あの契約は五冊分だ。さっさと書かんか！　必要なのは結果と売上げ、それだけだ。ぐずぐずしてるあいだに、あの若い作家に読者を奪われたぞ。しかも向こうは次の作品がもうすぐ上がるとさ。で、きみはどうだ？　金がかかるばかりで儲けが出とらん！　いい加減で本腰を入れろ。いい本を書くか、身の破滅か、二つに一つだ！　半年やる。六月までは待ってやる」一年半あっても書けなかったのに、半年で書けるとは思えない。しかも嫌みなことに、そのときバーナスキは期限を切っただけで、守れなかったらどうなるかは言ってくれなかった。そこのところはエージェントの仕事ということらしい。二週間後のこと、例によってぼくのマンションで打合わせをしていたら、ダグラスがこう言った。「書くしかないぞ。もう逃げ道はない。なにしろ五冊分の契約だったんだから。バーナスキはおかんむりだし、これ以上待つ気はないな……。六月まで待つというのがどういう意味かわかってるか？　もしそれまでに書けなかったら、きみは契約違反で訴えられて、身ぐるみはがれるってことだ。貰った金を全部返さなきゃならんし、このマンションも、あの車も、贅沢三昧《ぜいたくざんまい》も、すべておさらばだ。それどころか、骨の髄までしゃぶられるぞ」要するに、一年半前の文壇の寵児《ちようじ》は、今や文壇の恥、アメリカ出版界のお荷物に成り果てていた。〈栄光ははかない〉というのが第一の教訓だったとすれば、第二の教訓は〈栄光はつけを伴う〉だった。そしてその晩、ぼくは震える指でニューハンプシャー州オーロラのある番号に電話をかけた。助けてくれるとしたらこの人しかいないという最後の頼みの綱、大学時代の恩師にしてアメリカを代表する大作家の一人、つまりハリー・クバートの番号に。

マサチューセッツのバローズ大学で教えを受けて以来、ハリー・クバートとは親しくしていて、気軽に「ハリー」と呼べる間柄だった。でも、このときは一年以上会っていなかったし、ずっと電話もしていなかった。そのせいで、ぼくだとわかるとハリーはちょっと皮肉な口調になった。

「なんと、マーカス、きみか？　驚いたね。スターになってからなんの音沙汰もなかったからな。ひと月前にも電話したんだが、秘書とかいう女性が出て、ゴールドマンはただ今電話に出られませんと言われたよ」

その皮肉に答える余裕もなく、ぼくはいきなり問題をぶつけた。

「先生、万事休すです。ぼくはもう作家じゃありません」

すぐに真剣な声が返ってきた。

「いったいどうした」

「書けないんです。ライターズ・ブロックですよ。何か月も続いてて……いや、一年かな」

電話の向こうで笑うのが聞こえた。温かく包み込むような笑いだった。

「それはメンタル・ブロックだよ。ライターズ・ブロックは機能性勃起障害みたいなものでね、才能を気にしすぎてパニックになっているだけだ。たとえばきみを崇拝するファンの女性とベッドインすると思ってごらん。とにかく相手を満足させようと、それぱかり考える。オルガスムがリヒタースケールで記録されるかのようにね。だからうまくいかない。才能のことは忘れるんだ。ただ言葉を紡《つむ》ぐことに集中すればいい。そうすれば才能はついてくる」

「本当に?」

「本当だ。ただし、夜遊びはしばらく我慢だな。書くことは真剣勝負なんだから。そのことは教えたはずだね」

「でも、真剣にやってるんです! もう必死で。それなのに全然書けないいんです」

「だとしたら環境かもしれない。ニューヨークは愉快なところだが、あまりにも騒々しい。どうだ、こっちに来ないか? 昔のように」

ニューヨークを抜け出して環境を変える——マイアミのときは逃避でしかなかったこの考えが、今回は実に理にかなったことだと思えた。田舎町で、小説の手ほどきをしてくれた恩師の家で、インスピレーションを取り戻す。そうだ、それしかない。ぼくはそう信じ、その翌週ニューハンプシャー州のオーロラに向かった。それは、ぼくが本に書くことになる事件が起きる数か月前のことだった。

*

二〇〇八年夏の事件がアメリカじゅうの話題となるまで、オーロラという町のことを知る人はいなかった。それはアメリカ東部の海沿いの小さな町で、マサチューセッツ州からニューハンプシャー州に入って車で十五分ほどのところにある。メインストリートには映画館が一軒、店が数軒、レストランも数軒、郵便局、警察署、それだけ。映画館といっても新作映画が新作のうちに来ることはないし、レストランといっても代表格が《クラークス》で、これはまあ大衆食堂でしかない。そしてメインストリートを出ると、あとは静かな住宅街で、明るい色に塗られた板壁にひさしが大きく張り出したポーチ、スレートの屋根、手入れの行き届いた芝生の庭といった家々が並んでいる。今ではニューイングランド地方にしか見られない、古き良きアメリカの生き残りのようなところで、玄関の鍵などかけなくても、誰もが守られていると感じることができるのどかな町だ。

ぼくは学生の頃に何度もハリーを訪ねていたので、オーロラのことはよく知っていた。ハリーの家は町外れにあり、オーロラからメイン州方面に向かう国道一号線から海岸のほうに入ったところの、地図に「グース湾《コーブ》」と書かれた入り江沿いに建っている。ぽつんと一軒だけあるので、このあたりで「グースコーブ」といえばハリーの家のことを指す。石と太い松材を使ったいかにも作家の家といった造りで、広いテラスから階段を下りればそこはもう浜辺だ。周囲は自然そのもので、森と、岩がごろごろしている砂利浜と、羊歯《しだ》や苔《こけ》類の茂みが広がり、浜沿いに細い散歩道が続いている。すぐ近くに文明があると知らなければ、この世の果てだと思えなくもない。そしてこの家のテラスで、潮の香りに包まれ、夕日を眺めながら、一人の作家が名作を生み出してきたことが当たり前のように感じられる、そんな場所だった。

さて、二〇〇八年二月十日、ぼくは半ばパニック状態でニューヨークを出た。すでに大統領予備選挙が盛り上がっていた時期で、五日のスーパーチューズデー〈通常は三月のところが二月に繰り上げられ、今回の大統領選は特別なものになるという雰囲気が漂っていた〉の結果、共和党はジョン・マケインが躍進して指名獲得に王手をかけたが、民主党はまだヒラリー・クリントンとバラク・オバマが互角の戦いを繰り広げていた。ぼくはオーロラまで一気に車を飛ばした。この年の冬は雪が多く、途中の風景は白一色だった。ニューハンプシャーはいいところだ。静かで、広大な森があり、睡蓮が浮かぶ湖水もあって、夏は泳げるし冬はスケートができる。しかも、この州には所得税も消費税もない。高速道路でぼくを追い抜いていった車のナンバープレートには〈自由に生きるか死か〉と書かれていたが、これはこの州のモットーだ。学生時代にここに来るたびにぼくを勇気づけてくれたあの自由の息吹《いぶき》は、まさにこの州の絶対自由主義とモットーに要約されている。そんなわけで、この日の午後にハリーの家に着いたときも、冷たく湿った空気とともにまずぼくの胸を満たしたのは、解放感だった。

ハリーは防寒着に首をうずめてポーチで待っていた。そしてぼくが車を降りるとすぐに寄ってきて、満面の笑みを見せた。

「マーカス、いったいどうしたんだ？」

「それが、行き詰まってて……」

「心配するな。きみは昔から人一倍感受性が強かったから、むしろ当たり前のことさ」

荷ほどきも早々に、ぼくらは居間で話をした。ハリーがコーヒーをいれてくれて、暖炉が乾いた音を立てていた。室内は快適だったが、大きなガラス戸越しに見える海は荒れていた。重そうな雪が岩に貼りつくように降っている。

「ここがどんなに美しいところかすっかり忘れてました」

そうつぶやくと、ハリーはうなずいた。

「ここなら傑作が書ける。そうさせずにおくものか。気をもむことはない。作家なら誰もが通る道なんだから」

ハリーは相変わらず悠然として、自信に満ちていた。昔からためらいなど見せたことがない。ただそこにいるだけで威厳を感じさせるところはカリスマ的と言ってもいい。もうすぐ六十七だというのにいまだに若々しく、銀髪に乱れはないし、ボクシングで鍛え上げた肩と締まった肉体は昔のままだ。そう、ハリーはボクシングをやる。そしてそれこそ、バローズ大学でぼくら師弟を結びつけたものだった。

ぼくとハリーの絆は特別なもので、これについてはもう少しあとで詳しく書こうと思う。初めて会ったのは一九九八年、ハリーが五十七歳のときだった。バローズは、まあ一流校とは言えないが、育ちのいい学生ばかりが集まるのんびりした大学で、そこでハリーはその十三年前から文学を教えていた。ハリー・クバートといえば著名な作家で、遠い存在でしかなかったが、バローズで知り合ってからは肩書きも年齢も超えた友人のような関係になり、そのおかげでぼくはハリーから小説の手ほどきを受けることができた。ハリー自身が作家としての地位を築いたのは一九七〇年代半ばのことで、二作目の『悪の起源』が千五百万部の大ベストセラーになり、同年、全米批評家協会賞と全米図書賞を受賞した。以来、コンスタントに新作を発表し、ボストン・グローブ紙にも月一回の人気コラムをもっている。現代アメリカを代表する知識人の一人で、講演に呼ばれることも多く、文化的行事には欠かせない顔であり、政治問題についても意見を求められる。国民から広く尊敬されていて、国の誇りと見なされている。そんな人物のそばで数週間過ごせばさすがの病気も治るだろうとぼくは期待した。それに、ハリーはぼくの症状が重いことはわかった上で、病自体は決して特別なものではないからと勇気づけてくれた。「作家は時に書けなくなることがあるものだ。一種の職業病だよ。それでも仕事を続けていればまた書けるようになる」というわけで、ぼくは一階の書斎を借りて、つまり『悪の起源』をはじめとするハリーの作品が生まれた場所で仕事に励むことになった。ところが……やはり書けない。毎日何時間も粘ったが、もっぱら窓の外の海と雪を眺めているだけだった。ハリーは時々コーヒーや食事を持ってきて、ぼくの様子を見ては励ましてくれる。だが、ある朝とうとうこう言った。

「そんな顔はやめろ。死ぬわけじゃあるまいし」

「死にかけてます……」

「世の中の行く末が案じられるとか、イラク戦争が嘆かわしいとかいうならともかく、本が書けないからって……少なくともまだその顔は早いぞ。たった三行が書けないことを大げさに考えすぎだ。現実だけを見るようにしてごらん。きみは素晴らしい本を書いて、その本が売れて有名になった。そして次の本を書こうとしているが、そこでいささか苦労している。それはむしろ当たり前で、心配するようなことじゃない」

「でも先生は……こういうことは一度もなかったんですか？」

ハリーは笑った。

「ないわけがないさ。きみよりはるかにひどかった」

「でも出版社からは、今すぐ書けなきゃもう終わりだって言われてるんです」

「そう言ってるのがどういう連中だと思うね？　だいたいは作家になれなかったぼんぼんで、親の金で会社を作って他人の才能で儲けているんだ。心配するな、こんな状態は長くは続かない。いつの間にか元どおりになっているよ。そして、きみは大きな仕事をするだろう。最初の本も素晴らしかったが、次のはもっとよくなる。インスピレーションは必ず戻る。わたしもついているから」

残念ながら、オーロラ滞在でインスピレーションが戻ることはなかったが、行ってよかったということだけははっきりしている。ぼくは楽しかったし、ハリーにとってもそうだっただろう。ハリーが時に孤独に苦しんでいたことを、ぼくは前から知っていた。彼には家族がなく、趣味を楽しむようなタイプでもない。だからこの数週間は楽しかったはずだ。というより、結果的に、これが二人で楽しい時を過ごす最後の機会となった。一緒に海岸沿いを散歩したり、オペラの名盤を聞き直したり、クロスカントリーのコースを闊歩したり、地元の文化イベントに顔を出して人々を驚かせたり、あるいはスーパーマーケットを回って米軍放出のソーセージ缶を探したりした。ハリーはこのソーセージが気に入っていて、イラクへの介入を正当化する理由はこれしかないと言っていた。もちろん《クラークス》にも何度も行った。コーヒーを飲みながら、昔のように長々と人生について語り合った。オーロラではもちろんハリーは有名人で、誰からも尊敬されている。ぼくも以前からよく一緒にうろついていたので顔を知られていて、なかでも《クラークス》の女主人ジェニー・ドーンと、町営図書館のボランティア職員アーン・ピンカスとは親しく言葉を交わす仲になっていた。アーンはハリーとは長いつき合いで、今回の滞在中にもスコッチを一杯やりにグースコーブに何度かやって来た。ぼくのほうもニューヨーク・タイムズ紙に目を通すために毎朝図書館に通ったので、そのたびに顔を合わせた。最初に図書館に行った日にまず気づいたのは、いちばん目立つ陳列棚にぼくの本が置かれていたことだ。アーンはそれを自慢げに指差してこう言った。

「ほうら、きみの本は特等席だよ。一年前からずっと貸し出し率トップでね。次のはいつ出るのかな?」

「それが、なかなか書けなくてね。実はそれでハリーのところに来たんだけど」

「心配ないさ。またすごいアイディアが浮かぶだろうよ。読者の興味をそそるようなのがね」

「たとえば?」

「さあねえ。作家はきみだろう?　まあとにかく、みんなが夢中になるようなやつじゃないとなあ」

《クラークス》では、ハリーの席は三十三年前から十七番テーブルと決まっていて、こんな銘を刻んだ金属プレートまで留められている。ジェニーの計らいだそうだ。

このテーブルで、一九七五年に、
作家のハリー・クバートが名作『悪の起源』を執筆しました。

このプレートのことは学生時代から知っていたが、じっくり見たのはこのときが初めてだった。そして刻まれた文字を見つめているうちに、若い頃のハリーの姿が浮かんできた。このテーブルで、こんな小さい町の大衆食堂の、油とメープルシロップでべとべとしているテーブルで、ハリーは後世まで残るに違いないあの名作を書き上げた。どこからあんな発想を得たのだろう？　ぼくもこのテーブルで書いたら、なにか天から降りてくるだろうか？　そう思ってその後二日間、ぼくは紙とペンを持っていって十七番テーブルで午後じゅうずっと粘ってみたが、なにも浮かばなかった。そこでジェニーに訊いてみた。

「ハリーは本当にここで書いてたのか？」

ジェニーはうなずいた。

「一日じゅうね。本当にずっと書きつづけてたわ。忘れもしない、一九七五年の夏のことよ」

それを聞いて、胸の奥である種の激情がたぎるのを抑えられなかった。ぼくもああいう傑作を書きたい。ほかの作家が目標にするような傑作を書きたい！

そんな思いをハリーに知られたのは、オーロラ滞在もそろそろ一か月になろうとしていた三月初旬のことだ。グースコーブの書斎で相変わらず霊感が降りてくるのを待っていたら、ハリーがエプロンがけで揚げたてのドーナツを持ってきてくれた。

「どうだ、進んでるか？」

「すごいのを書きましたよ」と言ってぼくは紙束を差し出した。

ハリーはあわててトレーを置いて、その束を手に取って急いでめくった。でも、めくってもめくっても文字がない。

「なにも書いてないのか？　三週間になるのに？」

ぼくは爆発した。

「そうです！　いいものなんか一行も書けないんだ！　並の小説しか書けないんですよ！」

「おい待て、マーカス。並の小説じゃないとしたら、いったいなにを書くつもりだ？」

「傑作です。傑作を書きたいんです」ぼくはよく考えもせずに答えていた。

「傑作？」

「そうですよ。偉大な小説、驚くような発想に満ちた小説！　人の心に残るような小説ですよ」

するとハリーは一瞬ぽかんとしてから、例によってまた笑った。

「昔からそうだったが、きみの野心には恐れ入るね。何度も言ったように、きみには大作家の素質があるし、それは保証してもいい。だからといって、なんだ、傑作？　なにを先走ったことを。いくつになった？」

「もうすぐ二十八です」

「二十八、その年でソール・ベローやアーサー・ミラーと肩を並べたいのか？　栄光は焦っても手に入らない。あとからついてくるものだ。わたしはもう六十七だから、それを思うと焦らずにはいられないがね。一年ごとに取り返しのつかない時間が過ぎていくような気がするよ。だが、マーカス、きみはまだ二作目だろう？　キャリアは積み重ねていくものだ。それに、偉大な小説を書くのに〝驚くような発想〟など必要ない。自分自身であればいい。きみにはそれができるはずだし、その点ではなにも案ずることはない。二十年以上文学を教えてきたが、きみほど優秀な弟子は見たことがないんだから」

「それはどうも」

「礼なんかいらんよ。単なる事実だ。とにかく、まだノーベル賞が貰えませんと泣きついてくるのはやめてもらいたいね。まったく、二十八……。なにが偉大な小説だ。今のきみにお似合いなのは〝ノーベル間抜け賞〟だよ」

「でも……じゃあ先生はどうやって書いたんです？　一九七六年の『悪の起源』、あれは傑作ですよ。しかもまだ二作目だった。いったいどうやって？」

　ハリーは寂しげに微笑んだ。

「傑作は書くものじゃない。自然に生まれてくるものだ。それにきみも知ってのとおり、わたしがものにしたのはあの一冊だけで……その後書いたものはどれもあれを超えていない。ハリー・クバートと聞いて誰もが思い出すのは『悪の起源』だけだ。それもまたつらいことでね。

あの時点でこれがピークだと知らされていたら、海に身を投げていたかもしれない。だから、マーカス、焦らないほうがいい」

「じゃあ、あれを書いたことを後悔してるんですか?」

「かもしれない……。少しはね。いや、よくわからんよ……。そもそも後悔というのが嫌いでね。自分の過去を否定したくない」

「だとしたら、ぼくはどうすればいいんだか」

「これまで努力してきたことを続ければいい。つまり書くことだ。ただ、こうは言えるかもしれないな。わたしのようにはなるなと。きみはわたしによく似ているんだよ。だからこそ言っておく。わたしと同じ過ちを犯してはならない」

「過ち? なんのことです?」

「一九七五年にこの町に来たとき、わたしも傑作を書こうと思っていた。とにかく文豪になりたいと、それしか頭になかった」

「でも、実際に書けたんじゃ……」

「いや、そういうことじゃないんだ。確かにきみの言う大作家とやらにはなれたが、結局はこのがらんとした家に一人で生きている。マーカス、わたしの人生は空っぽなんだよ。きみにはこんなふうになってほしくない……。野心に踊らされるな。さもないと心は閉ざされ、文章も輝きを失う。なぜ恋人がいないんだね?」

「まあその、本当に好きになれる女性にまだ出会わないから」

「というより、小説と同じように、恋愛もゼロか百かで考えているからじゃないのか？　それより誰かいい人を見つけて、二人の関係にチャンスをやることだ。本についても同じで、自分自身にチャンスをやること。きみ自身の人生にチャンスをやるんだ。わたしにとって大事なことがなにか知っているだろう？　カモメに餌をやることだ。あのブリキの缶に、ほら、〈メイン州ロックランドの思い出〉と文字の浮き出た缶だよ、あれにパンくずを取っておいて、カモメに投げてやるんだ。書くことだけが人生じゃない……」

こんなふうにハリーが諭《さと》してくれたにもかかわらず、ぼくはハリーが若くして『悪の起源』を書けたのはなぜかという考えに取り憑《つ》かれ、そのことばかり考えつづけた。そしてそれが高じて、とうとう手がかりを求めて書斎のなかを探しまわることになった。まさかあんな発見をするとは思いもせずに……。もちろん最初は盗み見などするつもりはなく、たまたまボールペンはないかと引き出しを開けたら、紙が何枚か出てきただけだ。だがどれにもハリーの書き込みがあるのを見て、ぼくは興奮した。それを見れば、ハリーがどんなふうに仕事をしたのかわかる。推敲を重ねて苦しみながら書いていたのか、それとも文章がすらすら湧いて出たのか。そこでもっと探そうという気になり、書斎の棚も漁《あさ》ることにした。それにはハリーが留守のほうがいい。木曜日にはバローズで講義があるので、ハリーは朝早く出て夕方まで戻らない。というわけで、二〇〇八年三月六日木曜日の午後、ぼくは大捜索を敢行し、あるものを見つけた。でも、すぐさま見なかったことにしようと決めた。なぜなら、それはハリーが三十四歳のときに十五歳の少女とつき合っていたことを示す証拠だったからだ。

それは書棚の本の後ろに隠された箱から出てきた。塗りの木箱で、蝶番《ちょうつがい》で蓋《ふた》が開くようになっている。原稿が入るくらい大きかったので、さては『悪の起源』のオリジナルかと飛びついたが、開けてみると何枚かの写真と新聞の切り抜きだった。写真には三十代のノーブルな顔立ちのハリーと一人の少女が写っていた。四、五枚あったが、どれも二人で写っている。そのなかの一枚は海辺で撮った水着の写真で、日焼けしたたくましいハリーが少女を抱き寄せている。少女はサングラスをヘアバンド代わりにして波打つブロンドの髪に挿し、ハリーの頰にキスしている。裏返してみると、〈ノラとぼく。一九七五年七月末、マーサズ・ヴィニヤード島にて〉と書かれていた。このとき、ぼくは大発見にすっかり気を奪われて、ハリーがいつもより早く戻ってきたことに気づかなかった。彼のコルベットがグースコーブの砂利道に入ってくる音も、「ただいま」という声も耳に入らず、箱の底から出てきた手紙に夢中になってしまったからだ。

心配しないで、ハリー。わたしのことは心配しないで。絶対に行くから。八号室で待っててね。八ってわたしが好きな数字なの。夕方七時に八号室で待ってて。そして二人で旅立つのよ。

愛してる。

心を込めて

ノラ

ノラって誰だ？　心がはやるまま、ぼくは新聞の切り抜きを手に取った。どれも行方不明事件の記事で、一九七五年八月のある晩にノラ・ケラーガンという少女が失踪したと書かれている。しかも新聞の写真はハリーと一緒に写っていたあの少女のものだった。ハリーが書斎に入ってきたのはそのときだ。コーヒーとビスケットの皿を載せたトレーを持っていて、足でそっとドアを閉めてからトレーを置こうとし、そこでぼくがカーペットにかがみ込んでいるのに気づいた。ぼくの前には秘密の箱の中身が散乱していた。

「なにをしてる！」彼は叫んだ。「マーカス、なんの真似だ？　招かれた家で盗み見か？　それが友人のすることとか！」

　ぼくはしどろもどろになった。

「ぐ、偶然なんです。たまたまこの箱を見つけて。開けるべきじゃなかったんだけど……つい。すみません」

「いったいなんの権利があって……」

　そしてぼくの手から手紙をもぎ取ると、写真や新聞記事をかき集めて箱にしまい、それを持ったまま二階の寝室に引っ込んで出てこなくなった。そんなハリーを見るのは初めてだったので、それが怒りなのか動揺なのかもわからず、ぼくはおろおろしながら寝室のドア越しに謝った。そして、傷つけるつもりなどなかったと繰り返したが、なんの返事もない。ハリーがようやく出てきたのはそれから二時間後で、まっすぐ居間に下りるなりウィスキーを続けざまにあおった。ぼくはハリーが落ち着くまで待ってから、そっと声をかけた。

「ハリー……あの少女は？」

ハリーはうつむいた。

「ノラ」

「ノラって？」

「訊かないでくれ、頼むから」

「ハリー、ノラって……」それでもぼくは繰り返した。

ハリーはうなずいた。

「愛していたんだ。心から愛していた」

「そんな話、一度もしてませんでしたよね？」

「込み入った話で……」

「友人同士に込み入ったもなにもありませんよ」

「写真を見られてしまったから言うんだが……一九七五年にこの町に来たとき、十五歳の少女と恋に落ちた。それがノラで、わたしが愛したただ一人の女性だ」

ハリーがそれだけで口をつぐんでしまったので、ぼくは我慢できず、少し待ってから続きを促した。

「それで、ノラはどうしたんです？」

「ひどい話さ。消えたんだ。その年の八月末のある晩に姿を消した。それも血だらけになっているのを目撃されたあとで……。あの箱のなかの記事も読んだんだろう？　それ以来見つかっていない。なにがあったのか誰も知らない」

「そんな……」ぼくは言葉をなくした。

ハリーはゆっくりとうなずいた。

「ノラはわたしを変えてくれた。ノラを失わずにすむのなら、作家としての成功も、金も、名誉も、なにもいらなかった。あの夏ノラは生きる意味を与えてくれた。そのノラがいなくなって、わたしの人生は無意味になった」

そんな否定的なことを言うハリーを、ぼくは初めて見た。ハリーは一瞬こちらを見て、また目をそらしてから言った。

「マーカス、このことはきみ以外の誰も知らない。秘密は守ってくれ」

「もちろん」

「約束しろ！」

「約束します。二人だけの秘密です」

「オーロラの住民の誰かに知られたら、わたしはおしまいだ」

「誰にも言いません」

ぼくはそれ以上ノラ・ケラーガンのことを穿鑿《せんさく》しなかったし、他人はもちろん、ハリーとのあいだでもノラのことは口にしなかった。ハリーとノラの話は記憶の底に深く埋めたのだ。二度と掘り返すつもりはなかった。ましてや数か月後にノラのほうから亡霊となって出てくることなど、考えられもしなかった。

三月末にニューヨークに戻った。オーロラには六週間いたことになるが、結局次の小説は生まれなかった。バーナスキから与えられた猶予《ゆうよ》は残り三か月、もうどうやっても間に合わない。ぼくは崖っぷちに立たされ、破滅は時間の問題で、ニューヨークで最もみじめで不毛な作家という烙印を押されようとしていた。仕方なく、その後の数週間のほとんどを破滅の時を迎える準備に費やした。デニスには新しい仕事を見つけてやり、シュミット&ハンソンに訴えられた場合に備えて複数の弁護士と連絡を取った。どうしても手放したくない品目のリストを作り、いざとなったら差し押さえになる前に実家に隠せるように準備した。そして、とうとう六月に入ると、残された日にちを毎日数えた。あと三十日足らずでバーナスキに呼び出され、そこで死刑宣告を受けることになる。もうカウントダウンは始まっていた。そのカウントダウンを止めるような出来事が起きることなど、想像もしていなかった。

30　できるやつ

「いいか、第二章も大事だぞ。鋭く、衝撃を与えるものであること」

「たとえばどんなふうに？」

「ボクシングのように。きみは右利きだから左を前にして構え、左のジャブに続いて右のストレート、この連動が基本だったな。第二章はこの右ストレートに当たる。読者の顎を狙え」

その出来事は二〇〇八年六月十二日の木曜日に起きた。その日、ぼくは朝からずっとマンションにいて、居間で新聞を読んだり書類に目を通したりしていた。ニューヨークは三日前から生暖かい霧雨が続いていて、蒸し暑かった。午後一時頃に電話が鳴った。すぐに出たが、相手はなにも言わない。いたずら電話かと思いかけたとき、かすかに嗚咽《おえつ》が聞こえた。

「もしもし?　どなたです?」

「彼女が……死んだ」

蚊の鳴くような声だったが、すぐにわかった。

「ハリー?　先生ですよね?」

「死んだんだ、マーカス」

「誰が?」

「ノラ」

「え?」

「ノラが死んだ。わたしのせいだ。なんてことをしてしまったんだ……」

ハリーは泣いていた。

「どうしたんです?　なにがあったんです?」

そこで電話が切れた。すぐにかけ直したが、出ない。携帯電話にもかけたが出ない。ぼくは何度もかけ直し、留守電にいくつもメッセージを残した。だがハリーからはかかってこない。心配でたまらなくなった。実はこのときすでにハリーはコンコードの州警察本部にいたのだ。でもぼくはなにも知らず、ただやきもきしていた。すると四時にダグラスが電話してきた。

「マーカス！　聞いたか？」大声だった。

「なにを？」

「馬鹿、テレビをつけろ！　ハリー・クバートだよ、クバート！」

「クバートって、なにが？」

「いいから見ろ！　テレビだ、テレビ！」

あわててリモコンをつかみ、報道番組にチャンネルを合わせると、いきなりグースコーブのハリーの家が映し出されたので驚いた。レポーターが早口でしゃべっている。「……現場はニューハンプシャー州オーロラのこちらの家です。今朝、この家の敷地内から遺体が発見され、その後、この家に住む作家のハリー・クバート容疑者が逮捕されました。これまでの警察の調べによれば、遺体は一九七五年に十五歳で行方不明になったノラ・ケラーガンさんのものと思われます……」めまいがして、ぼくはソファーに倒れ込んだ。テレビの音が遠のいていく。電話の向こうでダグラスががなり立てていたが、はるかかなたでしゃべっているようにしか聞こえなかった。「マーカス？　もしもし？　彼がやったのか？　彼が殺したのか？」悪夢のように、ぼくの頭のなかを映像と音がぐるぐる回った。

こうしてテレビの画面を通して、ぼくは、いや多くのアメリカ人が、グースコーブでなにが起きたのかを知った。この日の朝、ハリーに頼まれた植木屋が、紫陽花《あじさい》を何株も植えるためにグースコーブにやって来た。そして庭を掘り返していたところ、深さ一メートル近いところから人骨らしきものが出てきた。植木屋はすぐに通報し、警察の手で白骨化した遺体が掘り出され、ハリーが逮捕された。

テレビからは次々と新しい情報が流れてきた。遺体発見現場のオーロラと、ハリーが身柄を拘束されているコンコードから交互に中継が入る。コンコードはオーロラの北西約七十キロのところにあるニューハンプシャー州の州都で、ハリーはそこの州警察本部で取り調べを受けていた。現地のレポーターは捜査状況をかなり詳しくつかんでいて、白骨とともに、それがノラ・ケラーガンのものであることを示す手がかりも掘り出されたと報じた。またノラ・ケラーガンのものと断定された場合、ハリーにはもう一件、デボラ・クーパー殺害容疑もかかるという。デボラ・クーパーというのは、一九七五年八月三十日にノラを最後に目撃した女性で、同日、警察に通報した直後に何者かに殺害され、こちらも迷宮入りになっているらしい。めまぐるしい展開にぼくは呆然としてしまった。事件の衝撃はみるみる大きな波となって全米に広がっていった。テレビ、ラジオ、インターネット、ソーシャルネットワークを通して、情報がリアルタイムで伝わっていく。ハリー・クバート、六十七歳、二十世紀後半を代表する作家の一人、それがなんと少女殺人事件の犯人だったとは！

だがぼくはまったく実感が湧かず、晩の八時にダグラスが心配して様子を見に来たときも、まだなにかの間違いだと思っていた。だからダグラスに嚙みついた。

「そもそも白骨死体がノラなんとかのものだとはっきりしたわけでもないのに、二つも殺人の容疑をかけられるなんて、おかしいじゃないか！」

「そうはいっても、彼の庭から死体が出たことは事実だからな」

「でも、自分で埋めたんなら、わざわざ掘らせるわけがないだろう？　理屈に合わないよ。ぼくが行く」

「どこへ？」

「ニューハンプシャー。ハリーを助ける」

するとダグラスは、中西部出身者ならではの〝現実的良識〟に照らしてこう言った。

「やめとけ。墓穴を掘るだけだ」

「ハリーが電話してきた……」

「いつ？　今日か？」

「午後の一時頃。たぶん、勾留前に許された最後の電話だったんだ。だからぼくが行くしかない。これは大事なことだ」

「大事？　大事なのは次の本じゃないのか？　まさかおれをだましちゃいないだろうな。月末には原稿が貰えるんだろうな。バーナスキがおまえを切ろうとしてることを忘れたか？　それに、ハリーの運命はもう決まったようなもんだ。悪いことは言わないから、この件には関わるな。せっかくのキャリアをふいにするな」

それに答える余裕はなかった。記者たちの前に州の検事補が出てきたところがテレビに映ったからだ。検事補は第一級誘拐罪と二件の第一級殺人罪でハリー・クバート容疑者を起訴するつもりだと発表した。つまりハリーはノラ・ケラーガンとデボラ・クーパー殺害容疑で正式に起訴されるということだ。誘拐と殺人二件が重なれば、死刑もありうるかもしれない。

ハリーの転落はその翌日からが本番だった。予備審問が行なわれ、その映像が全米を駆けめぐった。ハリーが手錠をかけられ、警官に囲まれて法廷に入っていくところを、各局のテレビカメラとフラッシュの嵐が容赦なく捉えた。憔悴《しょうすい》しきった顔で、ひげが伸び、髪も乱れ、シャツのボタンが外れ、目が腫《は》れていた。弁護士のベンジャミン・ロスがつき添っていた。コンコードで名の通った弁護士で、以前からハリーのおかかえだ。ぼくもグースコープで何度か顔を合わせたことがある。

テレビというマジックによって、予備審問の様子は広く一般の人々に届けられた。ハリーは無実を主張したが、判事は訴追事実の真実性に疑いはないとして、拘置所への勾留を言い渡した。だがそれは嵐の前兆にすぎなかった。その時点で、ぼくはまだ無邪気にも、すぐに容疑が晴れるのではないかと思っていた。だが一時間後にベンジャミン・ロスから電話がかかってきて、甘い考えは吹き飛ばされた。

「ハリーから番号を貰ってかけさせてもらったよ。伝言があってね。自分は無実だと、それをどうしてもきみに伝えてほしいと言われた」

「言われなくてもわかってますよ」ぼくは答えた。「ハリーが人殺しなんかするはずがない。彼の様子はどうです？」

「かなりまいっている。警察は強気だ。ハリーはノラが行方不明になった夏に、彼女と交際していたことを認めたよ」

「ノラのことは知ってます。でも殺人は？」

ロスは少し間を置いてから言った。

「否定している。だが……」

「だが？」

「マーカス、正直に言うが、事態は深刻だ。警察は決定的なものを手にしている」

「決定的って？　教えてくださいよ。わからなきゃどうしようもない」

「ここだけの話にしてくれるか？　外にもれるとまずい内容でね」

「もちろんです」

「実は、遺体と一緒に『悪の起源』の原稿が出てきたんだ」

「え？」

「あの本の原稿がノラと一緒に埋められていた。だから、ハリーはすでに崖っぷちに立たされている」

「そのことをハリーは？」

「もちろん知っている。そのことでも尋問を受けたからね。ハリーはあの本をノラのために書いたと言っている。ノラは始終グースコーブにやって来ていて、自分で読むために原稿を持ち出すこともあったそうだ。そして、行方不明になる数日前にも原稿を持ち出していた」

「ノラのため？」ぼくは叫んだ。「あの本はノラのために書かれたんですか？」

「そうだ。わかっているだろうが、この情報がもれたらえらいことになる。この半世紀最大のベストセラーの一冊が、誰もが感情移入できるような恋愛小説ではなく、実は三十四歳の男と十五歳の少女の違法な交際の話だったとマスコミに知れてみろ……」

「保釈は可能なんですか？」

「まだのみ込めていないな。この種の重罪に保釈はない。このままいくとハリーを待っているのは終身刑で、死刑になる可能性もゼロではない。十日前後で大陪審が開かれて、そこで正式起訴になって、審理期間も決められることになる。大陪審といっても単なる手続きにすぎないことが多くてね、裁判になることはもう間違いないんだ」

「無実かもしれないのに？」

「それが法律だよ。もう一度言うが、事態は深刻だ。ハリーは二人の人間を殺した罪で起訴されようとしている」

　ぼくはまたしても受話器を手にしたままソファーにへたり込んだ。とにかくハリーと話さなければならない。

「電話くれるように言ってください。お願いです」

「伝えてみるよ……」

「頼みます。どうしても話したいと言ってください」
電話を切ってから、ぼくはすぐ本棚に向かった。そして『悪の起源』を引っ張り出してきて最初のページを開いた。そこにはハリーの直筆でこう書かれている。

わたしの最高の教え子、マーカスへ
友情を込めて
一九九九年五月、H・L・クバート

ぼくはもう何年も開いていなかったこの本を読み直した。それは書簡をちりばめた恋愛小説で、男と女が許されない愛に落ちてゆく物語だ。これがあのノラという謎の少女のために書かれたものだったとは……。真夜中に読み終えたとき、ぼくは本のタイトルを見つめ、初めて疑問に思った。どうして『悪の起源』なんだ? 〝悪〟とはなんのことだろう?

＊

三日が過ぎた。その間にDNA鑑定と歯型の照合から、グースコーブで見つかった白骨死体はノラ・ケラーガンのものと断定された。また、骨の検査で十五歳前後の少女のものと確認され、ノラは行方不明になってからあまり時を置かずに死亡したと考えられることがわかった。さらに決定的だったのは頭蓋骨に骨折があったことで、後頭部を強打されたのが死因と思われる。要するに、ノラ・ケラーガンは殺されたのだ。

ハリーからはなんの連絡もなかった。州警察にも拘置所にもロスにも電話したが、ハリーと話をすることはできなかった。ぼくはマンションのなかを歩きまわった。数々の疑問が頭のなかで渦を巻き、ハリーのあの謎の電話も耳から離れない。そして日曜の夜、とうとう我慢できなくなった。こうなったらニューハンプシャーに行って自分で調べるしかない。


二〇〇八年六月十六日月曜日の朝、ぼくはレンジローバーのトランクにスーツケースを積んでマンションを出た。イーストリバー沿いのFDRドライブ（フランクリン・D・ルーズベルト・イーストリバー・ドライブ）を通ってマンハッタンを抜けていく。ハーレム、ブロンクス、そしてインターステート九五号線に入り、そのままニューヨーク州を少し進んでから、つまりもう戻る気になれないところまで来てから実家に電話を入れた。しばらくニューハンプシャーに行くと言ったら、母はぼくの頭がおかしくなったと思ったようだ。

「なにをおかしなこと言ってるの？　あの残忍な犯罪者を弁護しようとでも言うの？」

「母さん、犯罪者じゃない、友人だよ」

「まったく、おまえの友達は犯罪者ばっかり！　父さんも横にいて、本が書けないからニューヨークから逃げるのかって言ってるわ」

「そうじゃないよ」

「それじゃ女のせいで逃げるのね？」

「だから、逃げるためじゃないって言ってるだろ？　今恋人はいない」

「まあ、いつになったらできるの？　去年おまえがうちに連れてきたナタリアのことも考え直してみたのよ。感じのいいお嬢さんだったわ。また会ってみたらどうかしら？」

「嫌ってたくせに」

「それにどうして本を書かないの？　おまえが作家だったときは、誰もがおまえのことを好きだったじゃないの」

「今でも作家だよ」

「帰ってきなさい。ホットドッグを作ってあげるから。それと、焼き立てのアップルパイにバニラアイスを載せてあげるわ。ほら、リンゴの上でアイスがとけていくのが好きでしょう？」

「母さん、ぼくはもう二十八で、ホットドッグくらい自分で作れるから」

「父さんはもうホットドッグは駄目ですって、信じられる？　医者にそう言われたのよ」父がたまには食べさせろとうめく声が聞こえてくるようだった。そのたびに母に、ホットドッグみたいな品のない食べ物は禁止だとやり込められているのだろう。「マーカス、聞いてる？　父さんがね、クバートのことを書けって言ってるわ。そしたらまた売れるって。これだけ話題になってるんだから、おまえが書けば今度はおまえのことが話題になるって。どうしてうちへ食事をしに来ないの？　もうずいぶんになるじゃないの。おいしいアップルパイが待ってるのに」

どうにか電話を切ると、そこからはオペラのＣＤを聞きながら順調に飛ばした。だがコネテイカット州をだいぶ行ったところでCDをやめてラジオに切り替え、ニュースを聞いて愕然とした。警察情報がもれていたのだ。遺体と一緒に『悪の起源』の原稿が出てきたことと、ハリーがノラとの関係をあの本に書いたと認めていることがマスコミにリークされ、早くも午前中に全米に広まっていた。トランド郡を少し過ぎたところで給油に寄り、スタンドの店内に入ったら、やはり店員がテレビにかじりついていた。ボリュームを上げてくれないかと頼むと、その店員がぼくの様子を見てこう訊いてきた。

「知らなかったんすか？　もう何時間も前からやってんのに。地球にいなかったってこと？　ひょっとして、おたく宇宙人？」

「車に乗ってたからね」

「ならラジオがあるっしょ？」

「オペラを聞いてたんだ。気分転換に」

店員はぼくの顔をじっと見た。

「会ったことある？」

「いや」

「どっかで見た感じ……」

「ありふれた顔だから」

「いや、絶対見たことある……。テレビに出てない？　でしょ？　俳優？」

「いいや」

「なにしてる人?」

「作家」

「ああ、それだ!　ここでも本売ってたんだよ、去年。カバーに顔写真あったし」

そいつは陳列棚のあいだを縫っていったが、ぼくの本はもう置いてなかったとみえて、奥の倉庫まで取りに行った。そして勝ち誇った顔で戻ってくると、カウンターに本を置いた。

「ほら、この顔。名前もここに、マーカス・ゴールドマンって」

「まあね」

「で?　ゴールドマンさん、次はなに書いてんです?」

「たいしたものは書いてなくてね」

「で、どこ行くんです?」

「ニューハンプシャー」

「いいところっすよね。特に夏はね。なにしに?　釣りとか?」

「まあね」

「なにを?　でかいブラックバスが釣れるとこ知ってるけど」

「いや、厄介事を釣るんだよ。友人が困ったことになっててね。窮地に立たされてるんだ」

「そりゃまずいっすね。もしかして、ハリー・クバートみたいな窮地だったりして?」

店員は馬鹿笑いし、それから握手を求め、セレブなんかめったにお目にかかれないからとコーヒーをおごってくれた。

車に戻ってまたラジオをつけると、世論はヒステリックになっていた。それは、遺体と一緒に原稿が出てきたからというよりも、あの小説が未成年の少女との恋愛物語だったことがわかったからで、この点に誰もが言いようのない不快感を覚えたようだ。こうなった以上、この作品をどう扱うべきかと、批判的な意見が飛び交《か》っていた。変質者を大作家としてもてはやしてきたとなると、アメリカの恥ではないかという意見まで出ていた。一方、報道関係者は、ノラ・ケラーガン殺害の動機についてさまざまな憶測を並べ立てていた。たとえば、交際していることをばらすと脅されたのだろうとか、ノラが別れ話を持ち出したので頭にきたのだろうとか。そのせいで、ぼくも運転しながらそんなことばかり考えてしまった。途中で考えるのに疲れ、ラジオを切ってオペラのCDに戻してみたが、どこを聞いてもハリーを思い出してしまい、そうするとまたノラという少女のことを考えてしまう。ノラは三十年以上も土のなかに埋まっていたのだ。ぼくの青春時代の思い出の場所でもあるあのグースコーブの庭に……。

マンションを出てから五時間ほどでオーロラの町に入ったが、そこではたと考えた。どうしてこっちに来たんだろう。ハリーもロスもコンコードにいるのに……。国道一号線沿いにはテレビ局の中継車が並んでいて、ハリーの家に続く砂利道には記者や野次馬が集まっていた。生中継中のレポーターもいる。まずいなと思ったが、そのまま砂利道に車を入れようとすると、案の定行く手をふさがれ、ぐるりと囲まれてしまった。レポーターの一人がぼくに気づき、「マーカス・ゴールドマンだ！」と声を上げた。群れはざわめき、カメラが何台も寄ってきて窓ガラスにぶつかりそうになった。誰もがいっせいに声を張り上げる。

「ハリー・クバートがやったと思いますか？」

「『悪の起源』があの少女のために書かれたものだと知ってましたか？」

「あの本は販売中止にすべきだと思いますか？」

何もしゃべるつもりはなかったので、窓を閉めたまま、サングラスもかけたままじっとしていると、現場に残っていたオーロラ署の警官たちが人をかきわけて道を作ってくれた。おかげでどうにか関門を抜け、桑や松に囲まれた小道に逃げ込むことができた。後方でまだ記者たちが叫んでいる。

「ゴールドマンさん、どうして来たんです？　なんのためですか？　どうしてここに？」

どうしてここに？　ハリーのためだ。たぶんハリーがぼくの最良の友だからだ。そう心のなかで答えて自分でも驚いた。ぼくはこのとき初めて、ハリーがどれほど大切な友であるかに気づいたのだ。高校でも大学でも同年代の親友を作ることができなかった。これまでの人生で心を通わせることのできた友人はハリーしかいない。そして、おかしなことかもしれないが、ハリーが有罪だろうが無罪だろうが関係ないと思えた。それは経験したことのないような感情だった。むしろハリーを嫌うことができたら、ほかの人と同じように罵倒できたら、そのほうがずっと楽だろう。それでも、ハリーに対する友情は揺らがなかった。最悪の場合でも、それは要するにハリーが人間だということだ。人間は誰でも悪魔を宿している。結局のところその悪魔をどこまで許せるかという問題でしかない。

玄関脇の砂利敷きのスペースに車をとめた。ガレージ代わりの小さい離れの前には、いつものようにハリーの赤いコルベットがとまっていた。主人が家にいるかのように。何事もなかったかのように。だが家に入ろうとすると鍵がかかっていた。こんなことは初めてだ。家の周りを回ってみると、裏手の敷地に規制線が張られていた。かなりの範囲で、奥は森に接するところまでテープで囲まれている。近づくことはできないが、大きな穴がぽっかりと口を開けているのは見えた。警察はかなり入念に掘り返したとみえる。そしてその脇に、植えられることのなかった紫陽花が積んであり、早くも枯れつつあった。

そのまま小一時間ほどもテープの外から死体発見現場をぼんやり眺めていただろうか。ふと気づくと後ろで車の音がして、ハリーの弁護士のロスが降りてきた。テレビでぼくがここへ来たのを知って、コンコードから駆けつけたとあとでわかったが、第一声はこうだった。

「やはり来たな」

「やはり？」

「ハリーが言っていた。きみはとんでもなく頑固だから、きっとここに来て事件に首を突っ込むだろうとね」

「全部お見通しだな」

ロスは上着のポケットをさぐり、紙切れを取り出した。

「ハリーからだ」

広げてみると、手紙だった。

マーカスへ
これを読むということは、わたしのことを気にしてニューハンプシャーに来てくれたんだね。相変わらず勇敢だな。
誓うが、わたしは今訴えられているような罪を犯していない。それでもしばらくは拘置所暮らしだと覚悟しているし、きみにはこんなことに関わってほしくない。もっと大事なことがあるだろう？　今月末が締め切りの小説に集中してほしい。きみの仕事はわたしにとっても大事なんだよ。だからこんなことで時間を無駄にしないでくれたまえ。

ハリー

追伸　うまく書けないとか、オーロラで過ごしたいというときは、いつでもグースコーブを使ってくれ。いたいだけいてくれてかまわない。その場合は一つだけ頼みがある。カモメに餌をやってほしい。テラスからパンを投げてやるんだ。忘れずに。

「見捨てないでやってくれ」ロスが言った。「クバートにはきみの助けが必要だ」

ぼくはうなずいた。

「それで、状況は？」

「悪い。ニュースを見ただろう？　本のことが知れわたってしまったのでね。それに、状況が明らかになればなるほど、弁護の余地がなくなってくる」

「どこからもれたんです？」

「検事局だろう。世論の圧力でハリーを追い詰める作戦だ。狙いは全面自供だよ。三十年以上も前の事件となると、自白に勝るものはないからな」

「いつ会えます？」

「明日の朝には会える。拘置所はコンコードの外れだ。で、どこに泊まるつもりだ？」

「できればここに」

ロスは口をゆがめた。

「そいつはどうかな。警察は家宅捜索もしたし、ここは現場だぞ」

「でも、現場っていうのはあの穴のところでしょ？」と一応訊いてみた。

ロスは玄関を調べ、それから手早く家を一回りすると、にやにやしながら戻ってきた。

「きみは弁護士に向いているね。確かに家自体にはテープが張られていない」

「つまりここに滞在してもいいいってこと？」

「ここに滞在することを禁じられてはいないということだ」

「それは……どういうことです？」

「それがアメリカだよ、ゴールドマン君。法で決められていないなら、自分で法を作る。それに誰かが文句をつけてきたら最高裁まで争う。そこできみの主張が認められると、それが『ゴールドマン対ニューハンプシャー州事件』という名前で公表されて、判例になるというわけだ。

この国では逮捕のときに権利を読み上げることになっているが、それがなぜか知っているか？　一九六〇年代にアーネスト・ミランダっていうやつが婦女暴行事件を自白して有罪になったんだが、すると弁護士が不当だと控訴した。ミランダは十分な教育を受けていない上に、黙秘権のことも知らされていなかったとね。弁護士が騒ぎ立てたので、最高裁も巻き込んで大問題になり、で、どうなったと思う？　そいつが勝ったんだよ！　有罪判決は破棄され、『ミランダ対アリゾナ州事件』は有名になり、それ以来、逮捕するときには『あなたには黙秘権と、弁護士の立ち会いを求める権利があります。弁護士を依頼する経済力がなければ、公選弁護人をつけてもらうことができます』と言うことになった。映画でもしょっちゅう出てくるだろう？　それはミランダっていうやつのおかげというわけだ。つまり、アメリカの正義というのは共同作業で、誰もが参加できる。だからここに滞在することを禁じられていない以上、もし警察がうるさく言ってきたら法の穴があると指摘して、あとは最高裁うんぬんをちらつかせ、面倒なことになりますよと脅せばいい。うまくいくはずだ。それはいいとして、鍵がないぞ」

ぼくはポケットから出してみせた。

「学生時代にハリーがくれたやつです」

「素晴らしい！　きみはマジシャンでもあるんだな。ただし立ち入り禁止区域には入るなよ。それをやるとまずいことになる」

「了解です。ところで、家宅捜索でなにか出たんですか？」

「いや、警察はなにも見つけられなかった。だから家にはテープを張らなかったんだろう」

ロスはコンコードに戻っていき、ぼくは人気《ひとけ》のない家に入った。玄関になかから鍵をかけ、すぐ書斎に行ってあの木の箱を探したが、もうなかった。ハリーには隠す時間などなかったはずだから、家のなかのどこかにあるのだろう。なんとか確保しなければとほかの書棚も居間も探したが見つからない。こうなったら徹底的に家探しするしかない。それに、ひょっとしたらほかにも一九七五年の事件の手がかりが残されているかもしれない。そう考えてすべての部屋を調べてみた。

だが、見つかったのは数冊のアルバムくらいのものだった。これまでそんなものがあることも知らなかったが、無造作に開いてみたら大学でのぼくとハリーの写真が何枚も貼ってあったので驚いた。講義室で撮った写真、あるいはボクシングの練習場、キャンパス内の小道、よく待ち合わせしたキャンパス近くの小さいレストランの写真もある。卒業式の写真もあり、そのあとにはぼくの本に関する新聞の切り抜きが続いていた。赤で囲んだり、下線を引いたりした箇所もある。ハリーはぼくのことをずっと気にかけて、こんなふうに見守っていてくれたのだ。なんと、一年半前のモントクレアの新聞の切り抜きまであった。母校のフェルトン高校がぼくのために式典を開いてくれた日の記事だ。こんなものまでどうやって手に入れたのだろう？　あれは忘れもしない、二〇〇六年のクリスマス前のこと、処女作が二百万部を突破したことにフェルトン高校の校長が感激して、わが校にとっても名誉だからぜひ式典をやりたいと言ってくれた。

土曜の午後、大講堂に生徒と卒業生を集め、地元の報道関係者まで招いて、式典は盛大に執り行なわれた。大きな幕がかけられていて、その前に折りたたみ椅子をぎっしり並べて参列者たちが座っていた。そして、校長が得意げにスピーチをしてから幕を取り除くと、ガラスのショーケースが現われ、そのなかにはぼくの小説、かつての成績表、写真、ラクロスとトラック競技のユニフォームが飾られていた。ショーケースにはプレートもついていて、〈一九九四年から一九九八年まで本校に在籍した〝できるやつ〟マーカス・P・ゴールドマンの名誉をたたえて〉と刻まれていた。

その記事を読み直して思わず苦笑した。フェルトン高校はモントクレア北部にある小さな高校だが、ぼくはそこでクラスメートからも教師からも〝できるやつ〟と呼ばれていた。だが、そこで四年ものあいだスターの座を維持できたのは単なる誤解の産物でしかなかったし、しかもその誤解は、初めこそ偶然によるものだったが、その後は巧妙に仕組んだものだった。そのことを、あの式典の参列者の誰一人として知らなかった。

〝できるやつ〟の伝説は早くも一年生のときに始まった。単位を取るためにはスポーツも履修する必要があったので、アメフトかバスケにしようと思っていたが、まずいことに申し込みの日に出遅れた。登録の窓口に行ったら、責任者だという太ったおばさんが出てきて、もう締め切ったから来年にしなさいと言われてしまった。

「お願いします」ぼくは泣きついた。「今年取らないとまずいんです」

「しょうがないわねえ……名前は？」

「ゴールドマン。マーカス・ゴールドマンです」

「種目は?」

「アメフトか、駄目ならバスケット」

「どっちももう空きがないわ。残ってるのは新体操かラクロスよ」

新体操かラクロス……。ペストかコレラと言われたようなものだ。仕方がないので、まだしもましなラクロスにした。新体操チームに入ったとなると、クラスメートから相当冷やかされる。ラクロスに空きがあったのは、フェルトン校には二十年前からまともなラクロスチームがなく、誰もやりたがらないからだ。チームメンバーはほかの種目で単位を落としたか、ぼくのように登録の日に遅刻した連中でしかない。こうしてぼくは運動神経もやる気もない落伍者チームに入ったのだが、それが逆にチャンスになった。学期途中でアメフトチームから声がかかるように、とにかく目立つ活躍をしようと熱心に取り組んだところ、コーチがとうとう期待の星が現われたと喜んで、わずか二週間でキャプテンに指名してくれたのだ。チーム全体のレベルが低いので、それほど無理をしなくてもスターになれたし、過去の記録があまりにもお粗末だったので、ぼくのゴール数はすぐに新記録を更新した。そのおかげで、校内の優等生名簿のスポーツ部門に載るという、一年生としては初の快挙を達成。当然のことながらクラスメートからも先生たちからも注目された。このことでぼくは学んだ。優秀であるかどうかは相対的な問題だから、そこをうまくやればいい。要するに見せかけの問題にすぎないと。

学んだことはさっそく実行に移す。目標はもはや花形競技をすることではなく、なんでもいいからトップになること、手段を選ばず脚光を浴びることになっていた。だからラクロスをやめる必要もない。そして、スポーツの次は科学の個人プロジェクトの学内コンクールに狙いを定めた。結果はサリーという女子生徒が一位で、ぼくは十六位だったが、そこからが頭の使いどころだ。ぼくはうまく立ちまわって表彰式でスピーチの機会を得られるようにし、そこでお涙ちょうだい話を一席ぶった。コンクールの前は週末ごとに障害のある子供たちを助けるボランティアに励んでいたこと、個人プロジェクトに時間を割《さ》くどころではなかったことを語り、最後は目をうるませてこう締めくくった。「あの子供たちをほんの少しでも笑顔にすることができるなら、入賞なんかどうでもいいんです」このスピーチは参列者の心を揺さぶり、おかげでサリー以上の注目を集めることができた。おまけにサリー自身が感激して最優秀賞を辞退し、ぼくに譲るというおまけまでついてきた。ぼくは知らなかったが、なんと彼女には重度の障害に苦しむ弟がいたのだ。こうしてぼくはスポーツ部門のみならず、科学と友情の部門でも優等生名簿に載った。でもそれがごまかしにすぎないことは十分自覚していたので、心のなかでは優等生名簿ではなく「駄目なやつ名簿」だと思っていた。それでもやめられなかった。なにかに取り憑かれたようになっていた。その翌週にはバザーの福引券の販売でも記録を打ち立てた。どうやったかというと、市の公園やプールの掃除をして貯めた二年分の夏のバイト代をつぎ込んで自分で買った。だが、そんなことは誰も知らない。こうなると、「マーカス・ゴールドマンはできる」と学校じゅうでうわさになるのは当然のことで、ぼくは〝できるやつ〟と呼ばれるようになり、それがぼくのブランド、成功の保証となった。やがてそのうわさは地域全体に広まり、両親は鼻高々だった。

こうして見せかけの名誉を背負ったことが、ぼくをボクシングに向かわせたのだと思う。子供の頃からボクシングが好きだったし、そこそこのハードパンチャーでもあったが、この時期に熱中したのはむしろ負けるためだった。誰も知らないところで〝できるやつ〟の仮面を脱ぎ捨て、自分より強いやつにたたきのめされるためだ。だから家から電車で一時間もかかるブルックリンのジムに通った。そこなら知った顔はいない。自分が生み出した〝なんでも一番〟という怪物から逃げ出すには、それしか方法がなかった。ジムではかっこ悪いところをさらしてもいい。つまり自分自身でいられる。裏を返せば、一番でなければならないという強迫観念にそれだけ追い詰められていたということで、成功すればするほど、失敗することが怖くなっていった。

三年のとき、予算削減のあおりで、成果に比べて費用がかかりすぎていたラクロスチームは解散を余儀なくされた。まいったと思ったが、とにかく別のスポーツに乗り換えなければならない。アメフトチームからもバスケットチームからも誘いがかかったが、もう気が進まなかった。どちらもラクロスよりタフな連中がそろっているし、そんなところに入ったら単なる一メンバーに転落しかねない。下手をするとベンチ入りさえできないかもしれない。ラクロスチームのキャプテンで、二十年ぶりにゴール記録を塗り替えた〝できるやつ〟マーカス・ゴールドマンが、アメフトに移ったら雑用係？　それでは嘲笑の的になるだけだ。どうしたものかと考えあぐねていたら、二週間後のこと、ラクロスよりもっとマイナーなチームがあることがわかった。それはトラック競技で、チームといっても肥満の短足が二人とひょろひょろののっぽが一人の三人しかいない。しかもトラック競技はフェルトン校が他校との試合に参加したことがない唯一の競技だった。つまり自分より強い相手にぶつかることは絶対ない。これはいいのが見つかったとほっとして、さっそくチームに加わった。そして初練習の日から軽々と三人を抜き去り、ぼくのファンの女子生徒や校長が見守るなか、華々しくタイムを更新した。

そのままならなんの問題もなかった。ところが、あろうことか校長が、わが校の〝できるやつ〟なら勝てると見込んで、周辺の高校のチームを招いて競技大会を開くと言いだした。それを知ってぼくは青くなり、一か月間必死で練習したが、その程度で大会慣れしている他校の選手に勝てるはずがない。このままではもの笑いの種になるのは避けられない。それもアウェイじゃなくてホームで恥をかかされるなんて、絶体絶命のピンチだ!

大会当日、学校の競技場にはフェルトン校の教員や生徒はもちろん、近隣の住民まで集まってきて〝できるやつ〟のための大応援団ができていた。だが案の定、ぼくはスタート早々に集団から遅れはじめた。最悪の事態だ。しかも競技は一万メートルで、トラックを二十五周もしなければならない。ということは二十五周分の恥辱に耐え、ぼろぼろになって、おそらくは周回遅れでゴールすることになる。そんなことになってたまるか。なんとしても〝できるやつ〟の名誉を守らなければとぼくは奮起した。そこで歯を食いしばり、ありったけのエネルギーを絞り出してダッシュし、大歓声のなか、なんとトップに躍り出た。そして次の瞬間、マキャベリ流の苦肉の策に身を委ねた。つまりトラックに足を取られたふりをして転んでみせたのだ。

体を派手に回転させながら宙を飛んだとき、観衆はいっせいに悲鳴を上げた。そしてぼくは地面にたたきつけられ、片足を骨折した。もちろん骨折は予定外で、そのあとには手術と二週間の入院が待っていてさんざんだったが、おかげで名誉は守られた。翌週の学校新聞にはこんな記事が出た。

この熱戦で、〝できるやつ〟ことマーカス・ゴールドマンは他校の選手たちを追い抜いてリードを広げ、圧勝は間違いなかった。ところが、そこで不運にも状態の悪いトラックの犠牲となった。足を取られて激しく転倒し、骨折したのだ。

この怪我でぼくのランナーとしての、いやスポーツ選手としての高校生活は終わりを告げた。ひどい骨折だったので、卒業までスポーツはできず、単位も免除された。その代わり、ぼくの名誉をたたえて、学校の記念の陳列ケースのなかにトラック競技のユニフォームが納められることになった。すでに納められていたラクロスのユニフォームに続いて、これが二つ目の名誉だった。校長はというと、すべてはトラックのせいだと思い込み、大金を投じてコーティングをやり直させた。そして工事費を捻出するために学校の活動費が削られたため、結局その後一年間、全学年がほとんどなんの課外活動もできなかった。

さて、四年間の高校生活が終わりに近づき、優秀な成績表と数々の表彰状と推薦状を手にしたぼくは、いよいよ大学という運命の選択を迫られることになった。そして首尾よくハーバード大学とエール大学とバローズ大学の合格通知を手に入れると、それをベッドの上に並べ、寝そべって考えた。バローズはマサチューセッツ州にある名もない小さな大学だが、そこがよさそうだ。大きな大学に行ったら〝できるやつ〟というレッテルをはがされてしまう。ハーバードもエールもレベルが高すぎる。全米の選《え》りすぐりのエリートたちと競い合いたくはないし、そのなかに埋もれてしまったらスターにはなれない。だがバローズならなれそうだ。〝できるやつ〟は羽をもがれたくない。〝できるやつ〟のままでいたい。それにはバローズがもってこいだと思った。幸いなことに、バローズも文学部だけは名が通っていて、ハーバードよりもエールよりも上だったので、両親を説得するのは難しくなかった。そして一九九八年の秋、ぼくはモントクレアを離れてバローズ大学があるマサチューセッツ州の小さな工業都市に行き、そこでハリー・クバートと出会った……。

そんな思い出にふけりながら、夕方までグースコーブのテラスでアルバムをめくっていたら、ダグラスから電話がかかってきた。頭に血が上った声だった。

「黙ってニューハンプシャーに行くとはどういう了見だ！　記者から電話で質問攻めにされたぞ。きみがなにしに行ったのかとね。こっちはニューヨークにいないことさえ知らなくて、テレビで見てようやくわかったってのに。とにかく戻れ。手遅れになる前に戻ってこい。そっちの事件はきみの出る幕じゃない。明日の朝一番でそこを出るんだ。クバートには優秀な弁護士がついてるんだろ？　そいつに任せてきみは仕事に戻れ。二週間しかないんだぞ！」

「今は友人としてハリーのそばにいないと」とぼくは言った。

するとと沈黙があって、それから力の抜けたような低い声が聞こえてきた。ダグラスは数か月前に気づくべきだったことに今ようやく気づいたのだ。

「なあるほど、書いてないんだな。締め切りまで二週間だってのに、書けちゃいない、そういうことか？　つまり友人を助けるんじゃなくて、逃げたんだな？」

「やめてくれ」

また長い沈黙。

「それともなにか考えがあるのか？　特別なわけがあってそっちに行ったのか？」

「特別なわけ？　友情じゃ足りないのか？」

「馬鹿な、ハリーにいったいなんの恩がある？」

「あらゆる恩さ」

「あらゆる？」

「ダグラス、長い話なんだ」

「いい加減にしろ。いったいなんのことだ？」

「これまで話さなかったけど、高校を出たときぼくはまずいことになっててね。でもハリーに会って……彼のおかげで命拾いしたようなものなんだ。だから大きな借りがある……。ハリーがいなければ作家になれなかったし、すべてはあのバローズで過ごした日々のおかげだ。全部ハリーのおかげなんだよ」

29　人は十五歳の少女と恋に落ちるか？

「マーカス、こうして教えているのは、書けるようになってほしいからじゃない。作家になってほしいからだ。本を書くのは実はたいしたことではない。誰でも書こうと思えば書ける。だがな、誰もが作家になれるわけではない」

「だとしたら、どうなったら作家だと言えるんですか？」

「本人にはわからない。周りが教えてくれるんだよ」

ノラ・ケラーガンのことを覚えている人はみな、とてもいい娘《こ》だったと言う。優しくて、思いやりがあり、才能にあふれ、輝いていたと。生きる喜びを絵に描いたような少女で、陰気な雨の日でも彼女の周りだけは明るかった。毎週土曜日に《クラークス》でバイトをしていて、ふんわりしたブロンドの髪を揺らしながら、テーブルのあいだを踊るように動きまわっていた。客の一人一人に言葉をかけることも忘れない。店じゅうの視線を集める存在。独特の雰囲気をもつ少女。

ノラは一九六〇年四月十二日に、アラバマ州ジャクソンのケラーガン夫妻の一人娘として生まれた。父親のデヴィッドと母親のルイーザは福音主義者で、父親が一九六九年秋にオーロラのセントジェームズ教会の牧師に就任することになり、この町に移ってきた。当時の教会は町の南の入り口に建っていて、大勢の信者が集うコミュニティの核のような場所だった。だがその後、信者が徐々に減り、予算不足も重なって、オーロラと隣町のモンベリーの教区が統合され、セントジェームズ教会は閉鎖された。今ではその場所にマクドナルドがある。オーロラに引っ越してきたケラーガン家は、テラス・アベニュー二四五番地の教会所有の家で暮らしていた。平屋造りの家なので、ノラは出ようと思えば自分の部屋の窓から外に出られたようだ。行方不明になった一九七五年八月三十日にも、そうやって家を出たのではないかと言われている

――。

以上はオーロラに着いた次の日に、朝から《クラークス》に行って常連客から仕入れた情報の一部だ。オーロラに来た理由が自分でもよくわからないという居心地の悪さからだろうか、この日はずいぶん早く目が覚めた。そこで浜辺に出てジョギングし、それからカモメに餌をやったのだが、そこでふと、わざわざニューハンプシャーまで来てカモメの餌やりで終わるのはまずいぞと思った。十一時にコンコードで弁護士のベンジャミン・ロスと待ち合わせしていて、一緒にハリーの面会に行く予定だったが、それまでは暇だ。一人でいるのは嫌だったし、なにもせずにじっとしているのも耐えられなかったので、《クラークス》へ朝食をとりに行った。学生時代にハリーのところに泊まりに来たときも毎朝そうだった。夜明け前に容赦なくたたき起こされて、さっさとトレーニングウェアを着ろと言われる。そして二人で浜辺に下りてランニングとボクシング。若い頃のようにはいかないと言いながらも、ハリーはトレーナーを務めてくれた。時々途中でやめて、動きや姿勢を直してくれたが、実は呼吸を整えるためだったことをぼくは知っている。二人でパンチやステップの練習をしたり、走ったりを繰り返しながら、グースコーブからオーロラの町なかまでの数キロを移動し、グランドビーチの岩場のところから上がって、まだ眠っている町並みを行く。あたりはまだ闇に沈んでいるが、メインストリートに出ると遠くにぽつんと明かりが見える。早朝から開いている唯一の店、《クラークス》の窓からあふれるまばゆい光だ。なかに入るとまだ客はまばらで、店内にはラジオが流れていて、いつもニュース専門局なのだが、ボリュームが抑えてあるのでよく聞き取れない。真夏には朝からシーリングファンがきしみながら回り、ランプの埃《ほこり》を舞い上げる。ハリーとぼくが十七番テーブルにつくと、すぐにジェニーがコーヒーを持ってきてくれる。ジェニーは息子を見るような微笑みをぼくに向け、「かわいそうに、また早くから起こされたのね？　ハリーったら昔からずっとそうなんだから」と言い、三人で笑う。

だが二〇〇八年六月十七日のその朝は、時間が早いのに《クラークス》に人が押しかけていた。みんな事件の話をしていたとみえて、ぼくが入ると知った顔の連中が寄ってきて、あれは本当なのかと質問攻めにした。ハリーは本当にノラとつき合っていたのか、ハリーは本当にノラを殺し、デボラ・クーパーも殺したのかと。答えようのない質問をどうにかかわして、空いていた十七番テーブルに座ったが、見るとハリーのことが書かれたあの金属プレートがなくなっていた。残っていたのは二つのビスの穴と、プレートの形にニスが変色した跡だけだ。

ジェニーがコーヒーを持ってきてくれたが、元気がなかった。

「ハリーの家に泊まりに来たの？」

「ああ。プレート外した？」

「ええ」

「どうして？」

「だって、あの本はノラのために書かれたんでしょう？　十五歳の子供だったのよ？　そのままにはしておけないわ。ひどい話だもの」

「なにか込み入った事情があったと思うけどな」

「それより、あなたはこの事件に首を突っ込まないほうがいいんじゃない？　ニューヨークに戻りなさい。関わらないほうがいいわ」

　ホットケーキとソーセージを頼んでから、テーブルの上にあった油染みのついた地元の新聞、オーロラ・スター紙を手に取った。第一面に少し前のハリーの写真がでかでかと載っていた。深いまなざしに、威厳と自信に満ちた微笑み。でもそのすぐ下には、予備審問の法廷に入っていくハリーのみじめな姿と、ノラの丸枠の写真があった。見出しは「ハリー・クバートはなにをしたのか？」だった。

　少しするとアーン・ピンカスが入ってきて、カウンターでコーヒーを受け取ってから十七番テーブルにやって来た。

「夕べのニュースできみを見たよ。しばらくいるつもりかい？」

「たぶんね」

「なんのために？」

「わからない。まあ、ハリーのためだけど」

「ハリーはやってないんだろう？　あんなことするわけがないさ……あんなとんでもないことを」

「ぼくもわけがわからなくてね」

　それからアーンに頼んで、グースコーブの庭から死体が発見された日のことを聞かせてもらった。オーロラの人々は、パトカーのサイレンがあまりにも続くので事件だと気づいたそうだ。

とにかく次から次へと警察車両が通り過ぎ、高速パトカーから覆面パトカー、ついには科学捜査班のバンまでやって来た。

「それで、死体がどうやらノラ・ケラーガンのものらしいとわかったときには、みんな仰天してね。誰が信じられると思う？　こんなに長いあいだ、あの娘《こ》が目と鼻の先に埋まってたなんてさ。おれなんか何度もハリーの家に行って、テラスで一杯やってたんだし……。マーカス、ハリーは本当にあの娘《こ》のために書いたのかい？　あの二人になにかあったなんて、どうにも信じられないよ……。なにか聞いていなかったか？」

どう答えたらいいのかわからず、ごまかすためにコーヒーをかき混ぜつづけたら大きな渦ができてしまった。仕方なくこう言った。

「ごめん、ぼくにもよくわからない」

そこへ、今度はオーロラ警察署長のトラヴィス・ドーンがやって来て腰をおろした。トラヴィスはジェニーの夫で、ぼくも顔なじみだ。人当たりのいい白髪交じりの六十歳で、もう誰からも恐れられなくなった田舎のおまわりさんといったところだ。

「やあ、残念なことだったな」

「なにがですか？」

「おまえさんにとっちゃ顔面パンチ並みの今度の事件のことさ。ハリーとは特別に親しかったんだし、つらいだろうと思ってな」

ぼくのことを気遣ってくれたのはトラヴィスが初めてだった。すなおにうなずいてから訊いてみた。

「それにしても、この町でノラ・ケラーガンの話を耳にしたことがなかったけど、どうしてでしょうね」

「そりゃあ、死体が出てくるまでは話題にもならない昔話だったからさ。それに、この町の連中にとっても、あまり思い出したくない話だからな」

「そもそも一九七五年の八月三十日になにがあったんです？　デボラ・クーパーって誰ですか？」

「実に不可解な事件だったよ。おれは捜査の第一線にいたんだが、首をかしげることばかりだった。通報センターからの連絡を受けたのは、ほかならぬおれなんだ。デボラ・クーパーは、ご亭主に先立たれてサイドクリークの森の外れで独り暮らしをしていたご婦人だよ。サイドクリーク・レーンは知ってるな？　グースコーブから二キロほど行った、大きな森の手前にある通りのことだ。クーパー夫人のことはよく覚えてる。こっちはまだ下っ端だったが、よく通報してきてたからな。特に夜、おかしな物音がすると言ってね。森の外れの家に一人でいたから、時々誰かに来てもらわないと不安だったんだろう。行くと毎回空振りなんだが、するとクーパーさんは申し訳ないとケーキとコーヒーを出してくれる。そして、翌日には署までなにか礼の品を持ってくる。まあ、誰もが放っておけない寂しがり屋の優しい未亡人ってことさ。で、問題の一九七五年の八月三十日だが、あの日クーパーさんは、森のなかを若い娘が男に追われて走っていくのを見たと電話してきた。で、その知らせを受けて、おれはすぐサイドクリークに向かった。あの日パトロールしてたのはおれだけだったんだ。クーパーさんが明るいうちに通報してきたのはそれが初めてだったよ。サイドクリークに着くと、クーパーさんが家の前で待っていて、こう言った。『トラヴィス、頭がおかしいと思うかもしれないけど、本当なのよ。なんだかおかしなものを本当に見たんですよ』それで、その娘を見かけたっていう森の端のあたりを見てまわったら、赤い布切れが落ちていた。これは事件だと思ってね、すぐにボスのプラットに電話を入れた。当時のオーロラ警察署長だよ。あの日署長は非番だったが、すぐに飛んできた。しかしあの森は広いからな、二人じゃ無理があると思ったが、とにかく森の奥に入っていった。そしたら、一キロほど進んだところで血痕と金髪と、またしても赤い布きれが見つかった。これは大変だと二人で顔を見合わせた。だがそれ以上考える暇はなかった。そのとき、クーパーさんの家のほうから銃声が聞こえたんだ……。あわてて取って返すと、クーパーさんが台所で倒れていて、血の海だった。あとからわかったことだが、クーパーさんはもう一度警察に電話して、さっき見た娘がここに逃げてきたと告げていた」

「クーパーさんの家に？」

「そうだ。署長とおれが森にいたあいだに、娘は血だらけでクーパーさんの家にやって来て、助けを求めたそうだ。だがおれたちが駆けつけたときには、クーパーさんは殺されていて、ほかには誰もいなかった。妙だろ？」

「で、その娘というのがノラだった？」

「ああ。それはすぐにわかった。まず、その少しあとに父親が、娘が行方不明だと警察に電話をしてきてね。それからクーパーさんが最後の通報で、逃げてきた娘はノラだと言っていたことも確認できた」

「で、それから?」

「クーパーさんの二度目の通報を受けて、すでに郡保安局から応援部隊がこっちに向かっていた。そのうちの一人がサイドクリークの森の外れまで来たところで、黒のモンテカルロが北へ走り去るのを見た。すぐに追跡が始まって、非常線も張られたが、モンテカルロはつかまらなかった。それから何週間もノラを探したよ。一帯をしらみつぶしに探した。まさかハリー・クバートの家の庭に埋まってるなんて誰も思わんからな。森のどこかにいるはずだと考えるのがまっとうで、だから捜索は長引いた。だが結局、車も見つからなかったし、ノラも見つからなかった。範囲を全米に広げてでも探しつづけたかったが、三週間で切り上げざるをえなくなってね。州警察のお偉いさんが、金がかかるばかりで解決の見込みがないと判断して、捜査を打ち切ったんだよ」

「容疑者に挙げられた人物はいなかったんですか?」

トラヴィスは少しためらう様子を見せてから言った。

「公《おおやけ》にはしなかったんだが、実は……ハリーがね。当時ハリーは黒のモンテカルロに乗っていたし、八月三十日のアリバイがなかった。だが、ハリーが事件に関与していることを示す具体的な証拠もなかった。今回出てきた原稿みたいな有力な手がかりは、当時はなかったわけだ」

「でも考えられませんよ、ハリーだなんて。それに、ハリーが犯人ならあんな手がかりを一緒に埋めるわけがない。しかもわざわざ植木屋を呼んで、死体を埋めたところを掘らせるなんて、どう考えてもおかしいでしょう?」

トラヴィスは肩をすくめた。

「警官としての長年の経験から言わせてもらうけどな、人ってのはわからないもんだ。それも、よく知っているはずの人ほどそうなのさ」

トラヴィスは立ち上がり、ぼくをなぐさめるように「なにかできることがあったら遠慮なく言ってくれ」と言って店を出ていった。すると、ずっと黙って話を聞いていたピンカスが口を開いた。「驚いたねえ……。警察がハリーを疑っていたとは、ついぞ知らなかったよ……」それには答えず、ぼくは新聞の一面を破り取り、それを持って店を出た。まだ時間は早かったが、その足でコンコードに向かった。

*

ニューハンプシャー州刑務所の拘置所は、コンコードの北の外れのノース・ステート・ストリート二八一番地にある。オーロラからは幹線道路を通って国道九三号線に出て、これを上がってコンコードの中心部でホリデイ・インの方向に下りて、十分ほど直進する。右手に馬蹄形のホースシュー池、左手にブロッサムヒル墓地が見えたあとは鉄条網が続くので、ここがどういう場所かはすぐにわかる。少し行くと刑務所の標示があり、赤レンガの建物と分厚い壁と鉄柵が見えてくる。向かいはカーディーラーだ。

ロスは駐車場で、安い葉巻をくわえて待っていた。さすがに場慣れしているとみえて気楽なもので、あいさつ代わりにぼくの肩をたたいた。

「こういうところは初めてか？」

「ええ」

「まあリラックスして」

「してますよ」

ロスがちらりと目をやった方向を見ると、記者たちが待ち構えていた。

「連中はどこにでもついてくる。しかも誘いをかけるのがうまい。面白い情報を手に入れるまで獲物から離れないハイエナだ。気を引きしめて、口を開くな。ひと言でもしゃべれば、それが悪いほうに解釈されて不利になる。つまり弁護方針が崩れる」

「どういう方針なんです？」

ロスは真剣な顔でぼくを見て言った。

「全面否認する」

「全面否認？」

「そうとも、すべて否認する。恋愛関係も、誘拐も、殺人も否認して、無罪を主張する。そして無罪放免を勝ち取り、場合によってはニューハンプシャー州を相手どって数百万ドルの損害賠償請求を起こす」

「でも、死体と一緒に出てきた原稿はどうするんです？　それに、ハリー自身がノラとの関係を認めてますよね」

「原稿はなんの証拠にもならんよ。本で人が殺せるわけじゃない。それに、ハリーはノラが失踪前に原稿を持ち出したと供述しているが、これは筋が通っている。二人の関係については、まあ、かりそめの恋ってことで、悪意はないし、ましてや犯罪ではない。検事はなにも立証できないはずだ」

「でも、オーロラ署のドーン署長は、当時ハリーは容疑者だったと言ってましたよ」

「んだとぉ？」ロスは怒るとすぐ言葉が荒れる。

「なんでも、失踪事件のとき現場近くから黒のモンテカルロが走り去るのが目撃されていて、トラヴィスの話では、当時ハリーも黒のモンテカルロに乗ってたって」

「ちくしょうめ！」とロスは叫んだがすぐ冷静になり、「だがわかってよかった」と続けた。「いいぞ、ゴールドマン。そういう情報がぜひとも必要だ。きみはオーロラの連中を知ってるからちょうどいい。町の誰かが証人として法廷に呼ばれた場合、どんな証言をしそうか、そのあたりをさりげなく探ってくれ。それと、大酒を食らうやつ、女房を殴るやつもだ。そういうやつらの証言は信憑性《しんぴょうせい》がないと指摘できるからな」

「なんだか卑怯なやり方ですね」

「裁判は戦争だ。ブッシュは国民に嘘をついてイラクを攻撃したが、それは必要悪だった。見ろ、サダム・フセインをやっつけてイラク国民を解放し、世の中少しはよくなったろう」

「でも、今や国民の大半はあの戦争に否定的ですよ。大失敗以外の何物でもなかったって」

ロスは肩を落とした。

「きみに限ってまさか……」

「なんです？」

「民主党に入れるつもりか、ゴールドマン」

「もちろんです」

「そんなことをしてみろ、きみみたいな高額所得者は搾《しぼ》り上げられるぞ。あとから泣いても遅い。アメリカを治めるには肝《きも》が据わっていないと駄目だ。それにはロバよりゾウだろ」（ロバは民主党、ゾウは共和党のマスコット）

「なるほど。でも大統領選はもう民主党が勝ったようなもんですよ。あなたが評価するあの戦争のせいで、世論はもう民主党に傾いてますからね」

するとロスは笑いながらも、信じ難いという目つきで言った。

「まさか本気じゃないだろうな。きみも名士なら少しは考えたまえ」

面会のための所定の手続きをすませてから、ぼくはロスに頼んで、先にハリーと二人きりで会わせてもらった。面会室に入ると囚人服を着たハリーが粗末なテーブルの前に座っていた。ひどくやつれていたが、ぼくを見ると顔を輝かせて立ち上がった。どちらもすぐには言葉が出ず、しばらくしてようやくハリーが口を開いた。

「怖いんだ、マーカス」

「ここから出してみせます」

「ここでもテレビは見られるから、なにを言われているのか知っている。わたしはもうおしまいだ。作家としてのキャリアも、人生も。これは終わりの始まりで、あとはただ落ちていくだけさ」

「負けることを恐れるな、そう教えてくれたのはあなたですよ」

ハリーは悲しげに微笑んだ。

「来てくれてうれしいよ」

「友人を訪ねるのは当然のことです。グースコーブに泊まらせてもらってます。ちゃんとカモメに餌をやってますよ」

「ニューヨークに戻ってもいいんだぞ。無理をしないでくれ」

「どこにも行きません。ロスはちょっとくせがあるけど、やるべきことは心得てますからね。無罪放免にしてみせると言ってましたよ。だからここで彼の手伝いをします。事実を明らかにして、あなたの名誉を挽回します」

「次の小説は？　今月末が締め切りじゃないのか？」

ぼくは下を向いた。

「小説はもうなしです。何も書けませんでした」

「どういうことだ？」

それには答えず、《クラークス》から持ってきた新聞の一面をポケットから出して、話題を変えた。

「ハリー、教えてください。事実がわからないと動きようがないから。先日の電話が気になって……自分のせいでノラが死んだと言ってましたよね？」

「あのときは感情が高ぶっていた。逮捕された直後で、一本だけ電話をかけていいと言われてね。知らせたい相手はきみだけだった。だが知らせたかったのは逮捕されたことじゃない。ノラが死んだことだ。ノラのことはきみしか知らなかったし、悲しみを分かち合える相手もきみだけだった……。わたしはノラがどこかで生きていてくれたらと、ずっとそれだけを願っていた。ところがとっくの昔に死んでいたとは……。どう考えてもわたしに責任があるような気がしたんだよ。守ってやれなかったという意味でね。だがもちろん彼女に害を加えたわけじゃない。今疑われているようなことはなにもしていない」

「わかっています。警察にはなにを話しました？」

「事実だけを話した。やっていないと。そうでなけりゃ、あそこに花を植えようなんて思うわけがないだろう？　馬鹿げてる！　それから、原稿が一緒に出てきた理由もわからないと言ってある。ただ、あの小説はノラのことをノラのために書いたものだ。もちろんノラが失踪する前にね。そのことは説明した。ほかには、ノラとわたしが恋人同士だったこと。あのひと夏の恋を共にし、そこから小説が生まれたこと。原稿には手書きとタイプの二つあったことも話した。ノラはわたしが書くものに興味を持っていて、タイプ打ちまで手伝ってくれていたんだ。

ある日タイプ原稿のほうがなくなっていることに気づいたが、それがもう八月末のことだ。ノラが持っていったのだろうと思った。よく勝手に持ち出して家で読んでいたし、感想を聞かせてくれたりしていたからね。だが、その直後に彼女がいなくなったから、確認することはできなかった。手元には手書きの原稿だけが残り、それが数か月後に『悪の起源』となって世に出たんだ」

「つまり、ノラのために書いたというのは本当なんですね？」

「本当だ。世間はあの本を発禁にしろと言っているんだな。テレビで見たよ」

「それで、ノラとのあいだにはなにがあったんです？」

「だから恋だよ、マーカス。彼女と恋に落ちた。どうやらそれがわたしの命取りになったようだが」

「警察はそれ以外に、なにかあなたに不利な証拠を握っているんですか？」

「わからない」

「あの箱は？　ノラの手紙や写真が入っていた箱はどうしました？　グースコーブを探したけど、見つかりませんでした」

　だがそのとき足音が近づいてきて、ドアノブに手をかける音がすると、ハリーは早口で「モンベリーのフィットネスクラブのロッカーだ。中身を全部燃やしてくれ。あれがあると危ない。鍵は陶器の小物入れ」と言い、それ以上なにも言うなと目で訴えてきた。

　入ってきたのはロスで、座るや否や訴訟の展開と手続きについて説明し、それからハリーに訊いた。「ノラについて言い忘れていることはないか？　全部知っておく必要があるのでね。弁護のために大事なことだ」

ハリーは黙ったままロスとぼくの顔を見ていたが、しばらくして言った。

「実は、話していなかったことがある。一九七五年八月三十日のことだ。あの晩、つまりノラが行方不明になった晩、彼女と待ち合わせをしていた……」

「待ち合わせ？」ロスとぼくは同時に訊き返した。

「警察には、あの晩わたしは町を離れていたと言ったが、あれは嘘だ。嘘をついたのはそこだけだがね。あの日、わたしはオーロラからメイン州方面に行く国号一号線に面したシーサイド・モーテルにいた。今もまだ当時の場所にあるモーテルだ。その八号室で、ベッドに座って待っていた。彼女が好きな青い紫陽花の花束も買ってあって、まるで思春期の若者のように胸をときめかせて待っていた。待ち合わせは晩の七時だったが、ノラが来ない。九時になっても来ない。紫陽花が枯れるといけないので、洗面台に水を溜めて活《い》け、それから気を紛らそうとラジオをつけた。嵐になりそうな重苦しい夜だった。ポケットから短い手紙を取り出して何度も読み返した。それこそ何十回も。それは数日前にノラがくれた手紙で、今でも一字一句覚えている」

そこでハリーがすらすらと諳《そら》んじたのは、あの秘密の箱のなかに入っていた手紙の文面だった。〈心配しないで、ハリー。わたしのことは心配しないで。絶対に行くから。八号室で待っててね。八ってわたしが好きな数字なの。夕方七時に八号室で待ってて。そして二人で旅立つ

のよ。愛してる。心を込めて　ノラ〉

ハリーは続けた。

「ラジオが十時を告げてもまだノラは現われなかった。とうとうわたしは服を着たまま、ベッドに寝転がって眠ってしまった。そして目が覚めるともう朝で、つけっぱなしだったラジオから朝の七時のニュースが流れていた。『……昨夜七時頃、ノラ・ケラーガンさん、十五歳が行方不明となり、オーロラとその周辺一帯に緊急事態宣言が発令されました。警察はみなさんからの目撃情報を待っています……失踪時のノラ・ケラーガンさんの服装は赤いワンピース……』驚いて飛び起きたよ。あわてて花を処分して、服も髪も乱れたまま車に飛び乗り、オーロラに向かった。

オーロラであれほど多くの警官を目にするのは初めてだった。かなり遠い地域の警察車両まで集まってきていた。国道一号線にも大きな検問所が設けられて、オーロラに出入りする車をすべて調べていた。オーロラ署長のギャレス・プラットが散弾銃を手にして立っていたから、ラジオで耳にしたばかりだが、いったいなにがあったのかと訊いてみた。だがプラットから聞けたのは、ノラが昨日家を出たまま行方不明で、夕べサイドクリーク・レーンで目撃されたがそのあとがまったくわからないということと、警察が町全体を包囲して、森を捜索しているということだけだった。ラジオも同じことを繰り返すばかりだった。『十五歳、白人、身長一五八センチ、体重五〇キロ、ブロンドのロングヘア、緑の瞳、赤いワンピースを着用。ＮＯＬＡと名前の彫られた金のペンダントをしています』赤いワンピース、赤いワンピースとラジオは繰り返していた。ノラが気に入っていた服だ。彼女はわたしのために着たんだ。というわけで、一九七五年八月三十日のわたしの行動は以上だ」

ロスもぼくも唖然とした。

「それはつまり、駆け落ちしようとしてたってことですか？」ぼくは訊いた。「ノラがいなくなった日に、二人で逃げようとしていた？」

「そうだ」

「だからあの電話で自分のせいだと言ったんですね？　待ち合わせをしていて、ノラはそこに向かう途中で消えたから」

ハリーは力なくうなずいた。

「待ち合わせなんかしなければ、彼女はまだ生きていたかもしれない……」

面会室を出ると、ロスがこの件は決して口外するなと言った。駆け落ちなんて話が知れたらますます手の打ちようがなくなる。検察側に知られたら終わりだと。それから駐車場に出てロスと別れた。

ハリーの言葉が気になり、ぼくはすぐグースコーブに戻って「陶器の小物入れ」をヒントに鍵を探した。すると書斎の机の上の、クリップを入れた陶器の底から鍵が出てきた。二〇一と番号が入っている。

モンベリーはオーロラの隣町で、陸側に十数キロ入ったところにある。この町にフィットネスクラブは一つしかない。町の大通り沿いにあるガラス張りのモダンな建物だ。さっそく昼過ぎに行ってみると、ロッカールームには誰もいなかったので、遠慮なく二〇一番を探して鍵で開けた。なかにはトレーニングウェア、プロテインバー、ウェイトリフティング用の手袋、そしてあの木箱――ぼくが数か月前にハリーの書斎で見つけた秘密の木箱があった。中身もそのままだった。ノラとの写真、新聞記事の切り抜き、ノラの手紙。だがもう一つ、黄ばんだ紙束を綴じたものも出てきた。表紙には何も書かれていない。ページをめくってみると手書きの文字が並んでいて、数行読んですぐに『悪の起源』の原稿だとわかった。数か月前に書斎を探したときは見つからなかったが、こんなところに隠してあったとは。ベンチに座り、じっくり見てみたが、見れば見るほど驚き、興奮した。三十三年前だけに、手書きの字が若々しい。しかも丁寧に清書したとでもいうようなペン運びで、推敲のあとがまったくない。途中でがやがやと人が入ってきて着替えはじめたが、ぼくはもう夢中になっていて、原稿から目を離すことができなかった。こんな傑作が書けたらどんなにいいかと思うものを、ハリーは実際に書いたのだ。ノラ・ケラーガンとの恋を底に秘めながら、この見事な文章を、アメリカじゅうを魅了することになった崇高な文章を、ハリーは大衆食堂のテーブルで書き上げた。

それからグースコーブに戻り、ハリーに言われたことを忠実に実行した。居間の暖炉に火を入れ、箱の中身を全部投げ入れた。手紙、写真、新聞の切り抜き、そして最後に手書き原稿も。「あれがあると危ない」とハリーは言った。どういう意味だろう？　火の勢いが増すとともに、ノラの手紙はちりと消え、写真は真ん中に穴が開いてから徐々に燃えていった。原稿は大きな炎となって燃え上がり、ページがめくれて火のなかで躍った。床に座り込んだぼくの目の前で、ハリーとノラの物語が消えていった。

＊

一九七五年六月三日火曜日

その日は天気が悪かった。しかも少し前からますます雲行きが怪しくなってきていた。もう午後も終わりかけ、浜辺には誰もいない。オーロラに来て以来、ハリーはこれほど暗く威嚇的《いかくてき》な空をまだ見たことがなかった。海も荒れ、波は泡立ち、怒りでふくれ上がっている。もうじき雨が降りだすだろう。実はこの悪天候に誘われて、外へ出る気になったのだ。テラスから木の階段を下り、浜辺に出て、砂の上に座る。ノートを膝に載せ、万年筆をすべらせる。迫りくる嵐が霊感をもたらし、また一つアイディアが浮かんでいた。とはいえ、それがうまく小説になるとは限らない。この数週間でアイディアはいくつか浮かんだが、どれも始まり方が悪いか終わり方が悪く、次々と消えていった。

雨粒が落ちてきた。初めは小降りだったが、やがて土砂降りになった。あわてて家に戻ろうとしたとき、一人の少女が目に入った。この雨のなか、裸足で、サンダルを手に持ち、波打ち際でまさに波と戯《たわむ》れるように踊っている。ハリーは驚き、その少女の身のこなしに魅了されて目が離せなくなった。少女は服の裾《すそ》が濡れないように、器用に波を避けながら踊っていたが、一瞬のすきに波がくるぶしまでかかった。すると少女は笑い声を上げた。そして広大な空と海に身をささげるかのようにくるくる回りながら、灰色に濁った波へとさらに足を踏み入れた。いやむしろ、少女のほうが空と海を支配していた。ブロンドの髪が風にあおられたが、花の形のバレッタで留めてあって顔にはかからない。雨が滝のように落ちていた。

やがて少女は近くに人がいることに気づいて動きを止めた。見られていたのが恥ずかしかったのか、大雨のなかでこう叫んだ。

「ごめんなさい！　気がつかなくて！」

ハリーはどきりとして、とっさにこう答えた。

「いや、謝る必要なんかないからそのまま続けて。どうぞ、さあ続けて。こんなに雨が好きな人を見るのは初めてだったもので」

すると少女の顔がぱっと輝いた。

「あなたも好きなの？」うれしそうな声だった。

「何が？」

「雨」

「いや、その……雨は嫌いだな」

少女はにっこり微笑んだ。

「どうして？　こんなに美しいものがほかにある？　ほら、見て！　見て！」

ハリーは少女と同じように空を仰いでみた。雨粒が顔に当たる。無数の線を描いて落ちてくる雨のカーテンを眺めながら、その場で回った。すると少女もそれを真似た。二人は笑った。

どちらもずぶ濡れだ。とうとう一緒にテラスへ駆け上がって屋根の下に入った。ハリーはポケットから半分濡れた煙草の箱を取り出し、まだ無事だったうちの一本に火をつけた。

「わたしも貰える?」少女が言った。

その言葉に逆らえず、箱ごと差し出して一本取らせた。

「あなたは作家、そうでしょ?」

「ああ」

「そしてニューヨークから来た……」

「そうだ」

「質問があるの。どうしてニューヨークを離れて、こんな田舎に来たの?」

ふっと笑いがもれた。

「気分を変えたくてね」

「ニューヨークに行ってみたいな!」少女は言った。「そしたら街を何時間も歩くの。ブロードウェイのミュージカルやお芝居も全部見るのよ。そしていつかスターになるの。ニューヨークのスターに!」

「失礼」ハリーは遮《さえぎ》った。「前にどこかで会ったかな?」

少女はまた笑った。こぼれるような笑顔だった。

「いいえ。でもあなたのことは町じゅう誰でも知ってるわ。だって作家だもの。オーロラへようこそ、作家先生。わたしはノラ。ノラ・ケラーガン」

「ハリー・クバートだ」

「だから知ってるってば。誰でも知ってるわ。そう言ったでしょ？」

ハリーはあいさつ代わりに手を差し出した。するとノラはその腕につかまって爪先立ちになり、頬にキスをした。

「もう行かなきゃ。煙草のことは内緒ね？」

「わかった」

「さよなら、作家先生。また会えますように」

そう言って、ノラは土砂降りのなかを帰っていった。

ハリーは心を奪われていた。あの娘は何者だろう？　半ば呆然とテラスに立ちつくすうちに、日が暮れた。だがもう雨も感じないし、暗いことも気にならなかった。あの娘は何歳だろう？　自分には若すぎる。それはわかっていた。でも高鳴る胸を抑えることはできなかった……。

こうして、十五歳の少女ノラがハリーの胸に火をつけた。

＊

電話の音でわれに返った。驚いたことに二時間も経っていて、外は暗くなっていた。暖炉の火も消えかかっている。電話はダグラスからだった。

「うわさになってるぞ。この状況でニューハンプシャーに行くなんて、頭がおかしいってな。ゴールドマンは人生最大の墓穴を掘ろうとしてるともっぱらのうわさだ」

「でも、ぼくがハリーと親しいこともみんな知ってるだろう？　黙って見ているわけにはいかないよ」

「いや、今回は話が別だね。なにしろ殺人事件だし、『悪の起源』の問題もある。とんでもないスキャンダルだってことがわからないのか？　バーナスキは次の本が書けていないと見抜いて怒りまくってる。ニューハンプシャーに逃げ込んだに違いないとわめいてたぞ。実際そのとおりだしな……。もう六月十七日だ。期限まであと十三日しかない。十三日できみは破滅だ」

「そんなことを言うためにわざわざ電話してきたのか？」

「いや、違う。いいことを思いついたからだ」

「いいこと？」

「この事件のことを書け」

「そんなことできるわけないだろ？　ハリーをだしにするなんて」

「だしにするわけじゃない。ハリーを助けたいと言ったよな？　だったら無実を証明して、そのことを本に書けばいい。大成功間違いなしだ」

「たった十三日で？」

「バーナスキにはそう言ってなだめておいたから……」

「そんな馬鹿な！」

「いいから話を聞け！　マーカス、頭を冷やして聞いてくれ。バーナスキはこの話に食いついてきた。マーカス・ゴールドマンがハリー・クバート事件を語るとなれば、必ずベストセラーになると言ってる。売上げランキング一位も狙えるだろうと。だから契約を考え直してもいいと言ってるんだ。今の契約は白紙にして、新たな契約を結ぶ。おまけに五十万ドル前払いするときた。どうだ、これがどういうことかわかるな?」

これがどういうことか? 作家として首がつながる。ベストセラーが出せる。大成功確実で、報酬もついてくる。

「バーナスキはなぜそんなチャンスをくれるんだ?」

「もちろんきみのためじゃない。自分のためさ。こっちじゃ誰もがこの事件に注目してるんでね。だからきみが書けば大ヒット間違いなし」

「いや、無理だよ。本当に書けないんだから。ひょっとするともう二度と書けないかもしれない。それに、無実を証明するといってもどうすればいいんだか……。捜査は警察の仕事だし、ぼくにはやり方もわからない」

だがその後もダグラスはしつこく食い下がった。

「きみにはもうあとがない。本当にこれがラストチャンスだぞ」

「考えてみるよ」

「それじゃ駄目だ。きみの場合、そりゃ考えないってことだろう?」

そこで二人同時に笑った。すっかり見抜かれている。

「ダグラス……人は十五歳の少女と恋に落ちたりするものだろうか?」

「ないね」

「どうして?」

「さあな」

「愛ってなんだろう」

「頼むよ。今は哲学なんか……」

「だから、ダグラス、ハリーは愛していたんだ！　ハリーは十五歳の少女と恋に落ちた。今日言っていた。家の前の浜辺で彼女と出会って、恋に落ちたと。でもどうしてよりによって十五歳の少女と?」

「知らないね。おれはむしろ、きみがそこまでハリーにこだわる理由を知りたいよ」

「〝できるやつ〟」

「誰?」

「だから〝できるやつ〟。早くも人生に行き詰まってた青二才のことさ。そいつはハリーに出会うまで〝できるやつ〟だった。だがハリーがそいつを作家にしてくれた。負けることの意味を教えてくれたのはハリーだ」

「なんの話だかさっぱりわからん。酔ってるのか?　きみが作家になれたのは才能があったからだろ?」

「違う。生まれつきの作家なんかいない。作家とは努力してなるものなんだ」

「それが前に言ってた、一九九八年にバローズであったことか?」

「そう。全部ハリーが教えてくれたんだよ。全部」

「聞かせてくれるか？」

「ああ」

それでその晩、ぼくはダグラスにハリーとの関係について話した。そして長い電話を終えてから、一人で浜辺に下りた。外の空気が吸いたかった。もう夜だったが、厚い雲が垂れ込めているのはわかった。蒸していて、雷雨になりそうだった。不意に強い風が吹いて木々が激しく揺れた。偉大なるハリー・クバートの末路を暗示するかのように。

そのまましばらくあたりを散歩した。それから家に戻ると、玄関に封筒が置かれていた。宛名もなにも書かれていない。開けてみるとタイプで打った紙が出てきた。

ニューヨークに帰れ、ゴールドマン

28　負けることを恐れるな

（一九九八年から二〇〇二年、マサチューセッツ州バローズ大学）

「ハリー、教わったことのなかで一つしか残せないとしたら、それはなんでしょう？」

「きみはなんだと思う？」

「ぼくなら〈負けることを恐れるな〉を選びます」

「賛成だね。人生は長い転落のようなものだ。だからいちばん大事なのは、負けることを恐れないことだ」

一九九八年といえば、アメリカ北東部とカナダ南東部が大規模なアイスストームに襲われ、数百万の人々が何日も電気なしで過ごさなければならなかった年だが、ぼくにとってはなんと言ってもハリーに出会った年だ。フェルトン高校を卒業したぼくは、この年の秋にバローズ大学のキャンパスに足を踏み入れた。そこにはプレハブとヴィクトリア朝の校舎が混在し、周囲には手入れの行き届いた芝生が広がっていた。寮では東棟のこぎれいな二人部屋に割り振られた。同室になったのはジャレドというミネソタ生まれの黒人で、痩せぎすで眼鏡をかけた気のいいやつだ。口うるさい家族から逃げてきたそうだが、自由に慣れていないのか何事もおっかなびっくりで、しょっちゅう「していいのか?」と訊く。「コーラを買いに外に出ていいのか?」「部屋に食べ物を置いといてもいいのか?」「病気のときは授業に出なくてもいいのか?」という調子だ。そのたびに「修正第十三条で奴隷制は廃止されたから、したいことをなんでもしていいのさ」と言ってやると、ジャレドはめちゃくちゃうれしそうな顔をする。

ジャレドは二つのことに取り憑かれていた。復習することと、母親に電話してなにも問題ないよと言うこと。ぼくのほうはただ一つ、有名な作家になるという目標に取り憑かれていた。だから時間があれば小説を書いて、大学の雑誌に投稿したが、二回に一回しか載せてもらえない。それも後ろのほうの地元企業の広告ページで、ルーカス印刷所、フォースター汚水処理、フランソワ美容室、ジュリー・フー生花店といった広告の隙間だから、誰も読んでくれない。こんなのは屈辱的だし、不当だと思った。いや実は、その雑誌でドミニク・ラインハルトとかいう三年生の強敵と張り合うはめになり、そいつの文章がずば抜けていたので、ぼくは青くなっていたのだ。読者の称賛はそいつが独り占めで、新しい号が出るたびに、図書館で学生たちがすごいねと言っているのが聞かれるほどだった。でもジャレドだけはいつもぼくの小説を褒めてくれた。書けた時点でプリントアウトしたのを熱心に読んでくれるし、雑誌になってからまた読んでくれる。いつも一部ただで渡すのに、どうしても自分で買うと言って、わざわざ編集室まで行って二ドル払って買ってくれる。しかもその二ドルは、週末に大学の掃除を手伝って稼いだ金なのだ。ジャレドはどうやらぼくに心酔していたようで、「きみってすげえな。どうしてバローズなんかでくすぶってんだよ」とよく言っていた。晩秋のある晩、二人でキャンパスの芝生に寝転がってビールを飲んだり星空を眺めたりしたことがある。ジャレドは例によって、「ここでビールを飲んでもいいのか?」とか「夜、芝生に入ってもいいのか?」とか言いはじめたが、そこで流れ星を見つけて叫んだ。

「願いごとをしろ、マーカス! 早く!」

「ぼくらが成功しますように」とぼくは言った。「で、きみはなにになりたいんだい?」

「ちゃんとした人になりたいってだけかな。きみは?」

「売れっ子作家になりたい。何百万部も売れる本を書きたい」

ジャレドは目を見開いた。白目がつややかで、二つの月みたいに見えた。

「きみならなれるぜ。ほんと、すげえよ！」

でもそのとき、ぼくは心のなかでこう思っていた。流れ星っていうのは、本来なら美しく輝くこともできたのに、それが怖くてどこまでも逃げていく星だと。ぼくみたいに。

ジャレドとぼくは毎週木曜日の午前、この大学の目玉の一つである作家ハリー・クバートの授業に欠かさず出ていた。カリスマ性といい人間性といい、意表を突いた授業といい、クバート教授は並外れていて、学生たちから崇拝されていた。その講義にはみんな雨でも風でも詰めかけ、熱心に耳を傾けたが、それは有名作家の講義だからというだけではなく、長身のハリーの威風堂々たるたたずまいと、生まれもった優雅さと、温かく、かつとどろきわたる声に引き込まれてしまうからでもあった。構内の廊下でも、キャンパス内の小道でも、クバート先生を見かけると学生はみなあいさつをする。学生のみならず、教授陣も含めて、ハリー・クバートなら望みさえすればどんな名門校の教壇にも立てることを知っていたので、こんな小さな大学で教えてくれるなんてありがたいと思っていた。だから待遇も特別で、クバート先生だけはいつも大講堂で講義をする。本来は卒業式や演劇の上演のための場所なので、ほかの教授陣は使えない。

ところで、一九九八年といえばあのルインスキー事件があった年でもある。この国の頂点に立つ大統領が、あろうことか執務室で〝お戯れ〟に興じていたことが発覚し、とうとう大統領自ら、ホワイトハウス実習生と不適切な関係をもったことを国民の前で告白するという、前代未聞の事態となった。この手の話は盛り上がると決まっている。キャンパスもこの話でもちきりになり、学生たちはにやついた顔でクリントンはどうなることやらとうわさし合っていた。

十月末のある木曜日、ハリーはこんなふうに授業を始めた。「諸君、どうやらワシントンの件でずいぶん盛り上がっているようだね。ルインスキー事件……。ジョージ・ワシントン以来、アメリカ合衆国の大統領が任期中に地位を退いた理由は二つしかない。違法行為と死亡だ。違法行為というのはリチャード・ニクソンで、ウォーターゲート事件で辞任した。ほかに八人の大統領が任期中に死亡、その半分は暗殺された。さて、今回そこに第三の理由が加わるかもしれず、それがフェラチオというわけだ。オーラルセックスとか、おしゃぶりとか、まあいろいろに言われるがね。そして誰もが考える。あの立派な大統領はズボンを膝まで下ろしたときも大統領と言えるのかと。なにしろアメリカ人は色事と教訓話に目がない。アメリカはセックスパラダイスだ。だから、見ていてごらん、あと何年かしたら、クリントン大統領がアメリカ経済を立て直したことや、共和党が多数を占める議会と巧みに渡り合ったことや、イスラエルのラビン首相とPLOのアラファト議長に握手をさせたことなどは忘れられているだろう。その一方で、ルインスキー事件は誰もが覚えているに違いない。なぜなら、こういう話は記憶に深く刻まれてしまうからだ。だがね、大統領がたまにフェラチオを楽しんだからってそれがなんだ？　そんなことはクリントンだけの話じゃない。どうだね？　ここにも好きなやつはいるんじゃないのか？」

そう言うと、ハリーは話をやめて学生たちを見渡した。講堂は静まり返った。ほとんどの学生は下を向いた。ぼくの隣に座っていたジャレドなどは、先生と視線が合うのが怖いらしく、目を閉じていた。そこで、ぼくは手を上げた。ぼくらが座っていたのは最後列だ。するとハリーはぼくを指差し、こう言った。

「きみ、立ちたまえ。全員によく見えるように立って、言いたいことを言ってごらん」

ぼくは椅子に上がって立ち、胸を張った。

「マーカス・ゴールドマンです。ぼくはフェラチオが好きです。われらが大統領と同じようにフェラしてもらいたいです」

ハリーは講義用の眼鏡を外し、面白そうにぼくを見た。そのときのことを、ハリーはあとから振り返ってこう言った。「あの日、きみが堂々と椅子の上に立ったとき、こりゃまたすごいやつが現われたと思ったよ」だが、その場ではこう訊いただけだった。

「ほう。それできみは、男性と女性のどちらにしてもらいたいんだね？」

「女性です、クバート先生。ぼくはよき異性愛者で、よきアメリカ人です。われらが大統領と、セックスと、アメリカに、神の祝福を！」

これには講堂じゅうが唖然とし、それから大爆笑となった。ハリーも大喜びで、学生たちに向かってこう言った。

「さあどうだ？　これでもう誰もゴールドマン君を以前と同じ目では見なくなる。きみたちは哀れなゴールドマン君を見かけるたびにこう思うだろう。ほらあいつだよ、フェラ好きの嫌なやつ、とね。そして、ゴールドマン君にどれほど才能があっても、どれほど性格がよくても、そんなことは無視され、今後はずっと〝ミスター・フェラ〟と呼ばれるようになる。(ここでハリーはまたぼくのほうを向いて)さて、ミスター・フェラ、きみ以外の全員が黙っているべきだと考えたのに、なぜきみは大勢の前であえて打ち明けたのかね?」

「なぜなら、セックスパラダイスにおいては、確かにセックスで身の破滅を招くこともありますが、注目を集めることもできるからです。現に、今こうして講堂じゅうの目がぼくに向けられています。そこでこの機会に言わせてください。ぼくは面白い小説を書いて校内誌に載せています。講義後に大講堂の出口で、一部たったの五ドルで販売しますので、よろしくお願いします」

そして講義後、校内誌は飛ぶように売れ、ハリーもやって来て最後の一部を買ってくれた。

「何部売れたんだ?」ハリーが訊いた。

「持ってきた分全部、五十部です。あと、前払いで百部注文が取れました。二ドルで買って、五ドルで売ったので、全部で四百五十ドルの儲けです。しかも編集部の一人から、編集長をやらないかと声をかけられましたよ。こんな奇妙で効果的な宣伝を打ったやつは初めてだからって。あ、さらにすごいことが。女子学生が十人くらい電話番号を教えてくれました。先生のおっしゃるとおりアメリカはセックスパラダイスなんですね。それをどう利用するかは人次第ですけど。あの……ぼくは先生のような大作家になりたいんです。ぼくの作品を気に入っていただけるといいんですが」

ハリーは微笑み、手を差し出した。ぼくらは固い握手を交わし、ハリーはこう言って立ち去った。

「マーカス、きみは大物になるよ」

でもこの日、ぼくは必ずしも完全な大成功を収めたわけではない。なぜなら、怒り狂った文学部長のダスティン・パージェルに呼び出されたからだ。

「き、きみ！」学部長は体をこわばらせ、肘掛けをわしづかみにし、声も裏返っていた。「きみは今日大講堂で、大勢の前で猥褻《わいせつ》な話をしたそうじゃないか」

「猥褻な話ですか？　いいえ」

「いやいや、三百人の学生の前で口腔性交を賛美したんだろう？」

「ああ、フェラチオの話はしました」

学部長は天を仰いだ。

「きみはもしや本当に、セックスだの異性愛だのと、神やアメリカといった言葉を、一つの文章のなかで使ったのか？」

「一字一句は覚えていませんが、まあ、だいたいそういうことです」

学部長は落ち着こうとして、息継ぎしながらゆっくり言った。

「では、ゴールドマン君、そうした言葉を一度に使って、いったいどんな猥褻なことを言ったのか、教えてくれるかな？」

「ご心配はいりません。別に猥褻な話をしたわけじゃありませんから。ただアメリカと、セックスと、それに由来するあらゆる慣行を祝福したかっただけです。あらゆるというのは、正常でもバックでも、左でも右でも、全方位でも、という意味です。つまり、われわれアメリカ人は祝福が好きですし、そういう文化ですから、なにかいいことがあるとすぐに祝福するわけです」

学部長は再び天を仰いだ。

「それで、そのあと大講堂の出口で、無許可で校内誌を販売したんだね？」

「はい。でも、それはやむをえずしたことです。これまで校内誌のために精魂込めて小説を書いてきましたが、編集部は誰も見ないようなページにしか載せてくれません。ですから、読んでもらうためには少し宣伝が必要でした。読んでもらえなければ書く意味がありませんから」

「で、きみが書いているのはポルノ小説なのか？」

「いえ違います」

「ちょっと目を通させてもらいたいね」

「ぜひお願いします。一部五ドルです」

学部長はそこでまた激怒した。

「自分がなにをしでかしたかわかっていないようだな！　きみの話にみんなショックを受けたんだよ。学生たちが抗議してきた。これはきみにとっても、わたしにとっても、大学全体にとっても芳《かんば》しくない事態だ。どうやらきみは……」学部長は机に置かれた紙を読み上げた。「『ぼくはフェラチオが好きです。ぼくはよき異性愛者で、よきアメリカ人です。われらが大統領と、セックスと、アメリカに、神の祝福を』と言ったようだが、こりゃいったいなんなんだね？」

「事実を言っただけです。ぼくは本当によき異性愛者で、よきアメリカ人ですから」

「そんなことはどうでもいい！　きみの性的指向など知りたくもない！　きみがどんな下品なやり方が好きだろうとかまわんが、それはほかの学生にわざわざ言うべきことじゃないだろう？」

「ぼくはクバート教授の質問に答えただけですが」

その名が出ると、学部長はひるんだ。

「な……なんだって？　クバート教授の質問？」

「はい。教授がフェラチオを好きなやつはいるかと尋ねられたので、手を上げました。質問されたのに誰も答えないのは失礼だと思って。すると続いて、男性と女性のどちらからされたいのかと尋ねられたので、女性だと答えました。それだけです」

「クバート教授が、その、好きかどうかを……？」

「そのとおりです。そして、言うまでもありませんが、それはクリントン大統領のせいです。大統領がすることは、誰でもしたいと思いますから」

すると学部長は立ち上がり、未決書類と書かれた箱のなかからファイルを一つ出してきた。そしてまた肘掛け椅子に戻ると、ぼくを真正面から見て言った。

「ゴールドマン君、きみは何者だ？　少し聞かせてもらおうか。いったいどういう人間なのか教えてくれ」

そこでぼくは自己紹介した。一九八〇年ニュージャージー州モントクレア生まれ。父はエンジニア、母はデパートの従業員。中流のよきアメリカ人家庭の一人っ子。頭脳が平均以上だったにもかかわらず、子供時代はごく平凡に過ごした。フェルトン高校では〝できるやつ〟と呼ばれた。ジャイアンツのファン。十四歳のときに歯を矯正。バカンスは太陽とオレンジを求めてフロリダの祖父母のところへ行く。何事も正常。アレルギーなし、これといった病歴なし。八歳のときにボーイスカウトのキャンプで鶏肉を食べ、食中毒になったことくらい。犬好き、猫嫌い。スポーツはラクロス、トラック競技、ボクシング。将来の目標は有名な作家になること。煙草は吸わない。肺癌になりたくないし、朝起きたとき臭いのが嫌だから。酒はほどほどに飲む。好きな料理はステーキとマッケンチーズ（マカロニ・アンド・チーズ）。シーフードもたまに食べる。特にフロリダの《ジョーズ・ストーンクラブ》（石蟹の爪が名物）のが好き。でも母は、わたしたちにふさわしい店じゃありませんよと言う。

学部長は無表情で聞いていたが、ぼくの話が終わるとこう言った。

「そういう話が聞きたいんじゃない。きみの書類にはさっき目を通したばかりだ。いくつか確認の電話もかけたし、フェルトン高校の校長先生とも話をした。先生によれば、きみは並外れて出来のいい生徒で、どんな名門大学でも進学できたそうじゃないか。だとすれば、ぜひとも聞かせてもらいたいね。ここで何をしてるんだ？」

「どういう意味ですか？」

「ゴールドマン君、ハーバードやエールを蹴って、バローズに来たのはなぜだ？」

大講堂で注目を浴びたことで、ぼくの学生生活は大きく変わることになった。ただし、バローズを追い出されそうになるというピンチもあった。あの日パージェル学部長は「考えさせてもらう」と言って話を切り上げたが、そのままでは収まらなかった。これはあとから知ったことだが、学部長は問題を起こした学生はいずれまた問題を起こすと考え、ぼくを退学させようとしたそうだ。それをハリーがとりなして、バローズに残れるようにしてくれた。

フェラチオ談義の翌日、ぼくは校内誌編集部の圧倒的多数の支持を得て編集長に選ばれた。雑誌に新風を吹き込んでほしいと期待されてのことだ。そして〝できるやつ〟マーカス・ゴールドマンにとって、新風を吹き込むとはすなわち、巻頭にラインハルトではなくぼくの作品を載せることを意味した。次の月曜日、ぼくはキャンパス内のボクシングの練習場で偶然ハリーと再会した。練習場には入学以来せっせと通っていたが、ハリーと一緒になったのはこれが初めてだった。バローズではボクシングをやる学生が少なくて、定期的に顔を出していたのはぼくとジャレドくらいのものだ。しかもジャレドはぼくが誘った。一週おきの月曜日に数ラウンドだけ相手をしてくれと説得した。たまには練習相手が必要だったし、それもどちらかと言えば弱い相手、勝てる相手がよかったので、ジャレドは最適だった。二週間に一度ジャレドに勝つことで、自分は相変わらず〝できるやつ〟だと思い込むことができた。

その月曜日、ハリーが練習場に来たとき、ぼくは鏡の前でディフェンスの練習をしていた。ハリーはスポーツウェアをダブルのスーツと同じくらい優雅に着こなしていて、ぼくに気づくと遠くから声をかけてくれた。「やあ、きみもボクシングをやるとは知らなかったよ」だがそれだけで、すぐに隅のほうでサンドバッグに向かい、無駄のない動きで鋭いパンチを次々と打ち込みはじめた。ぼくはぜひとも話をしたかった。学部長に呼び出されたことも聞いてほしかったし、フェラチオや表現の自由についても、校内誌の編集長になったことも、ハリーをどんなに尊敬しているかについても話したかった。だが気迫のこもったパンチに圧倒されて声をかけられなかった。

ハリーはその次の月曜日にも練習場に来た。それはジャレドと練習する日で、ハリーはリングの外から、ぼくがジャレドを容赦なくたたきのめすのをじっと見ていた。そして練習が終わると、きみはうまいねと声をかけてきた。そして、自分もまた少し真剣にやらないと体型を維持できそうにないから、少し手ほどきしてくれないかと言った。ハリーは五十をとうに超えていたが、ゆったりしたTシャツ越しでも筋肉がついているのがわかる。それに、基礎がしっかりできていて、パンチングボールの打ち方は正確だし、フットワークは少し遅いが安定しているし、ディフェンスは完璧だ。まともに打ち合うのはまずい。そこでぼくは、サンドバッグから始めてみましょうかと提案し、その日はそれでごまかした。

それ以来、ハリーは毎週月曜日にやって来るようになり、なんとなくぼくがトレーナーということになった。そしてボクシングの練習を重ねながら、ハリーとぼくは親しくなっていった。練習のあとでロッカールームのベンチに並んで腰かけ、汗が乾くまでのあいだ話をすることもあった。だが数週間後、ぼくが恐れていた瞬間がやって来た。ハリーがリング上で三ラウンド勝負しようと言いだしたのだ。当然のことながら、ぼくは教授相手にパンチを繰り出すのは遠慮した。だがハリーのほうは迷うことなく顎を狙って右ストレートを繰り出してきて、ぼくは何度も倒された。ハリーはこんなことは数十年ぶりだから、実に愉快だと笑っていた。そしてぼくを文字どおりめった打ちにし、腰抜け呼ばわりしたあとで、食事に行こうと言った。ぼくは大通りにある学生相手の安レストランへ案内し、二人で脂ぎったハンバーガーを食べながら、本と執筆について話をした。

「きみは優秀だね」とハリーが言った。「知識量も豊富だ」

「ありがとうございます。ぼくの小説を読んでいただけましたか?」

「まだだ」

「感想を聞かせていただきたいんですが」

「それできみが満足するなら、そうしよう」

「正直なところをお願いします」

「わかった」

一般の学生に対する口調ではなく、もっと親しみを込めた口調で話してもらえて、ぼくは天にも昇る心地だった。その晩さっそく実家に電話して、入学してまだ数か月なのに、あの有名なハリー・クバートと食事したんだよと知らせたほどだ。母はぼくに輪をかけて興奮し、そのあとニュージャージーじゅうの知り合いに電話をかけて、息子が、うちのマーカスが、さっそく文学界のスターと親しくなったと自慢したそうだ。マーカスは大作家になると。

その後、月曜の夕方はハリーとボクシングの練習をしてから夕食に行くというのが習慣になった。それはなにを差し置いても確保すべき時間であり、自分はやはり〝できるやつ〟だと実感できる時間でもあった。木曜日のハリーの講義のときもそんな気分が味わえた。途中で質問したりすると、ほかの学生たちは「きみ」と呼ばれるが、ぼくだけは「マーカス」と呼んでもらえた。

数か月後のこと――クリスマス休暇よりあとだったから一月か二月だと思うが――月曜の夜のハリーとの夕食のときに、ぼくはしつこく小説の感想を求めた。ハリーは読むと約束しながら、ずっとなにも言ってくれていなかった。するとハリーは少し迷う様子を見せ、それから言った。

「マーカス、本当に聞きたいのか？」

「もちろんです。厳しく批評してください。学ぶために大学にいるんですから」

「よく書けているよ。才能を感じる」

顔が火照《ほて》るほどうれしかった。

「それから？」じれったくて先を促した。

「文才がある。それは間違いない」

ぼくはもう椅子から飛び上がりそうだった。

「改善すべき点はありませんか？」

「ああ、それはもちろん。わかっていると思うが、非凡な才能を感じさせるものの、わたしが読ませてもらった作品は出来が悪い。はっきり言えば、ひどい。なんの価値もない。実は、校内誌に載ったきみの作品をひととおり読んでみたが、どれも同じだった。あんな駄文を印刷するために木を伐採するのは罪だね。この国の森は巷《ちまた》にあふれる下手な物書きに十分なほど広くはない。努力が必要だよ」

心臓が止まるかと思った。棍棒《こんぼう》で頭をたたかれたようなショックだった。ハリー・クバートは、文壇の大御所は、なんと嫌みの大御所でもあった！

「先生は以前からそんなふうですか？」ついきつい口調になってしまった。

ハリーはにんまりし、トルコのパシャのような余裕の表情でぼくをじっと見た。

「そんなふうとは？」

「鼻持ちならない」

ハリーは大笑いした。

「いいか、マーカス。きみがどういう人間かは手に取るようにわかる。モントクレアが世界の中心だと思っているとんでもないうぬぼれ屋だ。言うなれば、中世のヨーロッパ人だな。船で大海に乗り出し、海の向こうに自分たちより優れた文明があることを知る前のヨーロッパ人だ。しかもそれがわかったとき、彼らはそれを隠すために大虐殺を繰り広げた。いや、なにが言いたいかというと、きみはできるやつだが、ここで奮起しないと大物にはなれないということだ。文章は悪くない。だが文体、言葉の選び方、テーマ、着想、全部やり直しだ。すべてを問い直し、努力を重ねる必要がある。推敲が足りない。吟味もせず安易に言葉を並べ、それだけで満足しているのがわかる。自分を天才だと思っているんだろう？　だがそうじゃない。きみの仕事は雑で、価値がない。なにもかもこれからだ。わかるかね？」

「さあ……」

ぼくは腹立ちを抑えられなかった。いくら大作家とはいえあんまりだ。〝できるやつ〟と呼ばれたこのぼくをなんだと思ってるんだ！　だがハリーは続けた。

「わかりやすい例で説明しよう。きみはいいボクサーだ。これは事実だ。才能がある。それなのにどうだ、あの弱いやつとしか勝負しない。あの痩せっぽちを力まかせに殴って、ある意味ご満悦なのを見ると、反吐《へど》が出そうだよ。勝てるとわかっている相手としか勝負しない。それがきみを弱くするんだ。きみは臆病者だ。腰抜けだ。空っぽのつまらない人間、はったり屋、口先ばかり。きみは人の目を欺くのがうまい。最悪なのはそういう自分に満足していることだ。本物の相手と勝負しろ！　勇気をもて！　ボクシングはごまかしが利かないから、リングに上がれば実力がわかる。勝つにしろ負けるにしろ、嘘をつくことはできない。自分自身に対しても、相手に対してもだ。ところがきみは正面から勝負しない。いつでも逃げられるようにうまく立ちまわる。要するにペテン師だ。作品が広告ページにしか載せてもらえないのはなぜだ？　それは単純に出来が悪いからだ。ではラインハルトの作品が称賛されるのは？　出来がいいからだ。それを見て追い抜きたいと思ったらどうする？　必死になって文章を磨く。自分を見つめ直す。違うかね？　ところがその単純なことに取り組まず、きみは逃げ道を探す。お粗末なクーデターを起こしてラインハルトを引きずり下ろし、代わりに自分の作品を載せるわけだ。

マーカス、もしやきみは、今までずっとそうやって来たんじゃないのか？　違うか？」

　怒りで頭が爆発しそうだった。だからこう叫ぶしかなかった。

「なんにもわかっちゃいないくせに！　高校では注目されてたんだ！　ぼくは〝できるやつ〟だった！」

「それだよ、マーカス、そこが問題だ。きみは負けることを知らない。そして失敗を恐れている。だからこそ、このままでは空っぽのつまらない人間になってしまうと言っているんだ。自分をよく見ろ。バローズでやってることを！　大学のきみの記録を見たよ。パージェルとも話をした。きみは追い出されかけていたんだぞ。ハーバードでもエールでも、どこのアイビーリーグでも望めば行けたって？　いや、違うね。きみはバローズに来るしかなかった。あまりにも肝が小さくて、まともなライバルと張り合う根性がないからだ。フェルトン高校にも電話して校長と話をしたが、あれはとんでもないお人よしだな。〝できるやつ〟のことを涙声で語ってくれたよ。マーカス、きみは無敵の人物像をでっち上げて自らなりすました。それは実人生に立ち向かえる代物ではないが、バローズならごまかし通せると考えた。バローズなら負けることはないと知っていたからだ。それこそが問題だ。つまり、負けを知ることの重要性をまだ理解していない。そして、それを理解しない限り、いつか本当の惨敗を喫《きっ》することになる」

　そこまで言うと、ハリーは紙ナプキンに住所を書きつけた。マサチューセッツ州ローウェル。ここから車で一時間ほどのところだ。そして、ここにボクシングジムがあって、毎週木曜の夜に誰でも参加できる試合をやっていると言うと、勘定も払わずに出ていった。

その次の月曜日、ハリーは練習場に来なかった。その翌週も来なかった。木曜日の講義でももうマーカスと呼ばず、冷たい態度をとった。ぼくは耐えられなくなり、ある日とうとう講義のあとでハリーを追いかけて声をかけた。

「もう練習場には来ないんですか？」

「マーカス、きみのことは嫌いではないよ。だが、すでに言ったように、きみは泣き虫のうぬぼれ屋だ。そんな人間と無駄に過ごす時間はないのでね。バローズにきみの居場所はないし、わたしにはなにもしてやれない」

そんなわけで、頭にきたぼくは、次の木曜日にジャレドの車を借りてローウェルのボクシングジムに行った。そこは工業地区の大倉庫で、なかに入ると人がわんさかいて、汗と血のにおいがむっとくる恐ろしい場所だった。中央のリングでは見たことがないほど野蛮な打ち合いが繰り広げられていて、その周囲をロープぎりぎりまで観客が取り囲み、人とは思えない奇声を上げている。恐怖に襲われ、逃げたい、降参だと思ったが、そう思ったときはもう遅かった。黒人の大男が目の前にぬっと現われ――こいつがジムのオーナーだった――「おい、やりたいのか？」と訊いたのだ。ぼくは反射的にそうだと答えてしまい、ロッカールームに案内されてそこで着替えるはめになった。そして十五分後、ぼくはリングに上がっていた。目の前には先ほどの大男。試合は二ラウンド。

あの日の負けっぷりは一生忘れない。相手は容赦なく攻めてきて、本当に殺されるかと思った。文字どおりたたきつぶされた。世間知らずの白人の青二才が顔をぼこぼこにされるのを見て、観客は狂喜し、大歓声を上げた。それでもぼくは、途中でダウンするのだけは嫌だと踏ん張った。それはもう力量じゃなく、プライドの問題だ。そして二ラウンド終了のゴングと同時に倒れ、意識を失った。再び目を開けたとき、視界はぼやけ、世界はぐるぐる回っていたが、まだ生きているとわかって神に感謝した。ようやく目の焦点が合うと、ハリーがスポンジと水を手にしてぼくのほうにかがみ込んでいた。

「先生?　どうしてここに?」

ハリーはスポンジでそっと顔を拭いてくれた。

「きみはとんでもない肝っ玉の持ち主だな。あいつは三十キロは上だったろうに……。見事なファイトだった。誇りに思うよ」

起き上がろうとすると、止められた。

「じっとしていろ。おそらく鼻が折れている。やはりできるやつだ。そうだろうとは思っていたが、今日きみは自分でそれを証明したな。大講堂で手を上げたあのときから、ひそかにきみに期待をかけていた。それが正しかったことが証明されたんだ。きみなら自分自身と向き合い、自分自身を乗り越えていける。これでわたしたちは本当の友になれる。改めて言っておくよ。きみは近年まれに見る才能の持ち主で、立派な作家になれることは間違いない。そのためにわたしも手を貸そう」

＊

ローウェルでの大敗北のあと、ハリーとぼくは本当の意味で友人になった。文学部のハリー・クバート教授はただのハリーとなり、月曜日の夕方にはボクシングの練習相手、休日の午後には友人兼先輩として小説を書く手ほどきをしてくれた。それはたいてい土曜日で、二人でキャンパス近くの小さいレストランの大きなテーブルを陣取り、本やノートを広げてぼくの原稿を検討する。ハリーに毎回言われたのは、やり直すこと、文章を徹底的に練り直すことだった。「文章にこれでよしということはない。ただ前よりよくなることがあるだけだ」そして次の指導までのあいだ、ぼくは寮にこもって何時間も机に向かい、原稿に手を入れる。それまでなんの苦労もなく、何事もうまく切り抜けてきたぼくが、こうしてようやく壁にぶつかった。しかも分厚い壁に！　ハリー・クバートこそ、ぼくに自分自身と向き合うことを教えてくれた初めての、そして唯一の師だった。

ハリーは書くことだけではなく、視野を広げることも教えてくれた。そのために演劇や展覧会、映画にも連れていってくれた。ボストン・オペラハウスにも行った。いいオペラは泣けるとハリーは言う。また、ぼくらには似ているところがあると言って、自分の作家人生についていろいろ聞かせてくれた。ハリーの人生は小説を書くことで変わったそうだが、それは一九七〇年代半ばのことだという。二人で少し遠くの町まで高齢者の合唱団を聞きに行ったときに、ずいぶん昔のことまで話してくれた。ハリーは一九四一年にニュージャージー州のベントンという町で生まれた。父親は医者、母親は秘書で、一人息子だった。少年時代の話はほとんどしなかったが、それは幸せで、特にこれといった問題もなかったからだろう。悩み事にぶつかったのは一九六〇年代末頃からだったようだ。ハリーはニューヨーク大学の文学部を卒業して、クイーンズの高校で文学を教えていた。だがそれが天職とは思えず、居心地の悪さを感じていた。以前から作家になりたいと思っていて、その夢をあきらめきれなかった。一九七二年に最初の小説を発表した。自信作だったにもかかわらず、ほんの一部の人が評価しただけで、注目されることはなかった。そこで思い切って一歩踏み出すことにした。「ある日、一大決心をして行動に出た。今度こそ傑作を書いてみせると決意して、数か月執筆に没頭できるような海沿いの家を探したんだ。するとオーロラに一軒見つかった。ひと目でここだと思ったよ。一九七五年の五月末にニューヨークを離れ、オーロラに移った。そして、結局そのまま住みつくことになった。なぜなら、その夏に書いた小説が栄光への扉を開いてくれたからだ。そう、そうなんだよ、マーカス。オーロラに移ってきたその夏に『悪の起源』を書き、それがヒットし、印税でオーロラの家を買い取り、それ以来ずっとそこに住んでいるというわけだ。いいところだから、きみもぜひ遊びに来たまえ」

二〇〇〇年一月、大学のクリスマス休暇に、ぼくは初めてオーロラに行った。ハリーと親しくなってから一年以上経っていた。ワインと花束を抱えていったのをよく覚えている。大きな花束を見たハリーは、当惑顔でこう言った。

「花束とはまた意外だね。なにか打ち明け話でもあるのか?」

「ミセス・クバートに」

「ミセス・クバート? わたしは独身だよ」

親しくしてきたつもりだったのに、私生活の話をしたことがなかったとこのとき気づいた。なんとハリー・クバート夫人は存在しなかったのだ。だがいないのは夫人だけではなかった。家族が一人もいない。ハリーは独り暮らしで、それに嫌気がさしていた。だから学生の一人と友情を結んだのかもしれない。そう思ったのは冷蔵庫のなかを見たときだ。家に着いて、板張りの壁と書棚に囲まれた居間に通されてすぐ、ハリーがなにか飲むかねと訊いた。

「レモネードはどうだ?」

「いただきます」

「冷蔵庫に入れてあるから注いでおいで。きみのための特製だぞ。ついでにわたしにも一杯注いできてくれ」

すぐキッチンに行って冷蔵庫を開けると、冴えないピッチャーがあるだけで、あとは空だったので驚いた。でもレモネードは丁寧に作られていて、星形の氷とレモンの皮、ミントの葉が入っていた。いずれにせよ、どう見ても独り暮らしの冷蔵庫だ。

「冷蔵庫が空ですよ」と居間に戻って言った。

「ああ、すぐ買い物に行ってくるよ。申し訳ないね、客を招く習慣がないもので」

「お一人ですか?」

「誰と住めと言うんだね?」

「いや、その、ご家族とか……恋人とか?」

ハリーは寂しげに笑った。

「誰もいない」

初のオーロラ滞在で、ぼくはそれまでハリーの一面しか知らなかったことを痛感した。海辺の家は広くて立派だったが、空っぽだった。文壇のスターであり、一目も二目も置かれる教授であり、カリスマ的で、ダンディーで、威厳に満ちたハリー・L・クバートは、この小さな町の家に戻るとただのハリーになる。そしてこの家に住むただのハリーは、時に少し悲しげで、すぐ目の前の浜辺を散策するのが好きで、カモメにパンくずを投げてやるのが日課で、そのパンくずは〈メイン州ロックランドの思い出〉と文字が浮き出たブリキの缶に入っている。それを知ったとき、いったいハリーになにがあってこうなってしまったのかと首をかしげずにはいられなかった。

でも、ぼくらの友情がうわさになったりしなければ、ハリーの独り暮らしもそれ以上気にならなかったかもしれない。ところがバローズの学生たちが気づいて同性愛じゃないかとうわさしはじめたので、ぼくは動揺し、ある土曜日、出し抜けにこう訊いた。

「どうしてずっと独り暮らしなんです？」

ハリーは首を横に振り、その目が一瞬冷たく光った。

「愛はあまりにも複雑だ。それは人生最善のものにも最悪のものにもなる。負けることを恐れるなと教えたが、恋に落ちることも恐れてはならない。それは美しいものだから。だが、美しいものはすべてきみの目をくらませ、傷つける。だからそのあとで人は泣くんだよ」

それ以後、ぼくはしばしばオーロラの家を訪ねるようになった。日帰りの時もあれば、泊まることもあった。ハリーはぼくに小説の手ほどきをし、ぼくはハリーの孤独をいささかなりとも穴埋めする。その関係がその後数年間、卒業まで続いた。つまりぼくはバローズの花形作家としてのハリー・クバートと、オーロラのただの孤独なハリーの両方を知ったのだ。

バローズで四年過ごしたぼくは、二〇〇二年の夏に文学士となった。卒業式では総代としてスピーチし、モントクレアから来た家族や友人たちはやはり〝できるやつ〟だったと感動してくれた。式のあとで、ハリーと二人きりでキャンパスを歩いた。プラタナスの並木をぶらぶら行くうちに、いつしかボクシングの練習場の前に来ていて、二人で練習場をひと巡りした。サンドバッグにもリングにも思い出が詰まっている。

「これからどうするつもりだね？」ハリーが言った。

「ニュージャージーに戻って本を書きます。大傑作を書きますよ」

ハリーは微笑んだ。

「焦ることはない。一生書きつづけることになるんだから。たまには訪ねてきてくれるね？」

「もちろんです」

「オーロラの家でいつでも歓迎するよ」

「ありがとうございます」

「きみはずいぶん変わった。一人前の男になった。きみの本を読むのが今から楽しみだよ」

ぼくらは見つめ合い、最後にハリーはこう訊いた。

「ところで、きみはなんのために書くんだね？」

「わかりません」

「それは答えじゃない。なぜ書くんだ？」

「書くのが好きだから……。朝起きた瞬間から、もうそのことしか頭にないんです。それ以外のことはわかりません。で、あなたは？　なぜ作家になったんです？」

「書くことが生きる意味を与えてくれたからだ。きみにはまだわからないかもしれないが、一般論として言えば人生には意味がない。意味を与えようとし、毎日その目標に向かって努力しつづけないかぎり駄目だ。だから人生に意味を与えたまえ。勝利の風を吹かせたまえ」

「でも、もしなれなかったら？」

「きみならなれる。簡単なことではないが、きみなら成し遂げられる。書くことで人生に意味を与えられたら、そのときこそきみは本物の作家だ。それまでのあいだは、負けることを恐れるな」

　そして、その後三年かけて書いたデビュー作で、ぼくは一気に頂点を極めることになった。何社もの出版社が原稿を奪い合い、最終的にニューヨークの大手、シュミット&ハンソンが勝ち残った。やり手社長のロイ・バーナスキは五作分の包括契約を提示し、二〇〇五年にぼくは巨額の契約書にサインした。本は二〇〇六年秋に出版され、大成功を収めた。フェルトン高校の〝できるやつ〟は新人作家として有名になり、二十六歳で金と名声を手にした。だが、その段階はまだハリーの教えのほんの始まりにすぎなかったことを、ぼくは知らなかった。

「今書いているものに自信が持てないんです。これでいいのか不安で。このまま続けていいんだろうかと……」

「ランニングショーツに着替えて、走ってこい」

「今ですか？　土砂降りですよ？」

「泣き言は聞き飽きた。雨で死ぬことはない。雨のなかを走る勇気がないやつに、本を書く勇気があるはずもない」

「それも作家の心得の一つですか？」

「もちろんだ。しかも広く応用できるぞ。人間としても、ボクサーとしても、こうと決めて始めたことにもし途中で迷ったら、そのときは走れ。わけがわからなくなるまで走れ。そうすればなにくそという気持ちが湧いてくる。わたしだって初めから雨が好きだったわけじゃないんだ……」

「どうして好きになったんです？」

「ある人のおかげでね」

「ある人って？」

「いいから行け。へとへとになるまで戻ってくるなよ」

「なんにも話してくれないのにどうやって学べっていうんです？」

「くどいぞ」

そいつはずんぐりしていて、無愛想だった。ごつい手をしたアフリカ系アメリカ人で、タイトなブレザーが体型に合っていない。しかも、そいつはぼくにピストルを向けていた。銃口を正面から見るなんて生まれて初めてだったので、心臓が縮み上がった。二〇〇八年六月十八日水曜日、ノラ・ケラーガンとデボラ・クーパー殺人事件について個人的捜査に乗り出した初日のことだ。グースコーブに来て二日目のその朝、ぼくは思い切って、それまで手前から眺めるだけだったあの庭の穴に近づいてみることにした。警察が張りめぐらしたテープをくぐって入り、以前からよく知る庭を改めてじっくり観察しながら近づいた。ハリーの家は海岸と森に囲まれているだけで、敷地を区切る柵もなければ、〈敷地内立ち入り禁止〉の看板もない。誰でも通り抜けられるので、家の前の浜辺や周囲の森を散策する人を見かけることも珍しくない。穴はその森とテラスのあいだの、海に面した草地に掘られていた。家から二十メートルくらいのところだ。穴のへりに立つと、疑問や当惑で頭がいっぱいになった。ここに少女の遺体が眠っているとも知らず、いったいどれほどの時間をテラスで過ごしたことだろう。携帯で写真や動画を撮りながら、警察が白骨死体を掘り出したときの様子を想像しようとしたが、なかなか難しい。そんなことに気を取られていたからだろうか、人の気配にまったく気づかず、穴とテラスとの距離を撮影しようとして振り向いた瞬間に男と鉢合わせした。そいつはもう目の前にいて、しかもこっちにピストルを向けていたので、ぼくは飛び上がって反射的にわめいた。

「撃つな！　おい、撃つなよ！　マーカス・ゴールドマンだ！　作家の！」

そいつはすぐにピストルを下ろした。

「なに？　あんたがマーカス・ゴールドマン？」

そして、そいつが腰のホルスターにピストルをねじ込んだとき、ぼくはようやくバッジに気づいた。

「警察ですか？」

「州警察殺人課の巡査部長、ペリー・ガロウッドだ。ここでなにしてる？　犯罪現場だぞ」

「いきなりピストルを向けるなんてどういうつもりです？　こっちがＦＢＩじゃなかったからいいようなものの、そうだったらこの場でクビですよ」

するとそいつは豪快に笑った。

「ＦＢＩとは笑わせてくれるね。あんたをしばらく見ていたが、靴を汚すまいとへっぴり腰だった。そんなＦＢＩがいるもんか。それに、連中はピストルを見てわめきゃしない。自分のを抜いて動くものすべてを撃ちまくる、それだけだ」

「強盗かと思ったから」

「黒人と見りゃすぐ強盗か？」

「いや、顔が怖いからですよ。それ、インディアン・ループタイ？」

「ああ」

「流行おくれもはなはだしいな」

「ここでなにしてる！」

「住んでます」

「住んでるだと？」

「ぼくはハリー・クバートの友人で、留守のあいだ家を頼むと言われたんです」

「寝ぼけてんのか？　クバートは二件の殺人容疑で逮捕されて、家も捜索されたし、当然立ち入り禁止だぞ。逮捕する」

「家にテープは張られていませんでした」

そいつは一瞬顔をしかめ、それから言った。

「素人作家がこそこそ入り込むとは思わなかったものでね」

「それは迂闊《うかつ》でしたね。まあ警察はそこまで頭が回らないかもしれないけど」

「とにかく逮捕だ」

「法の穴だ！」ぼくは叫んだ。「テープが張られていなかったんだから、立ち入りは禁じられていなかった。ここから出ていくつもりはないし、それでも駄目だと言うなら最高裁まで争いますよ。ついでに銃で脅されたと訴えます。損害賠償もふっかけてやる。全部携帯で録画したし」

「なるほど、ロスの入れ知恵か」ガロウッドはため息をついた。

「ええ」

「いけすかないね。依頼人を無罪にするためなら、代わりに実の母親を犯人に仕立て上げかねない野郎だ」

「法の穴ですよ、刑事さん、法の穴。ぼくが悪いんじゃありません」

「そうはいかんぞ。まあ、われわれにとっちゃ家はどうでもいい。だが庭は別だ。ここはテープが張ってあるな？　ああ、そうか、字が読めないか。〈犯罪現場につき立ち入り禁止〉と書いてあるんだがね」

ぼくはようやく落ち着きを取り戻し、もったいぶってシャツの埃を払うと、堂々とまた穴に近づいた。

「実は、ぼくもこの事件を調べることにしたんです」真面目に言った。「だから、これまでにわかったことを教えてくれませんか」

ガロウッドはふき出した。

「なんだ、事件を調べる？　ますます笑わせるね。まあ、教えることなら一つあるぞ。あんたには十五ドルの貸しがある」

「十五ドル？　いったいなんのことです？」

「あんたの本代。去年買って読んだんだよ。ひどかったね。ありゃ今までに読んだなかで最低だな。だから本代を返してもらいたい」

ぼくはそいつの目をじっと見て言った。

「とっとと失せろ、このへぼ刑事！」

そしてにらみつけたまま一歩踏み出したら、あろうことか穴に落ちてしまった。そしてその瞬間、ここは死体があった場所だと思い出してじたばたし、またわめきまくった。ガロウッドは上から見下ろしてあきれたように言った。

「どこまで間が抜けてるんだ」

しかし、彼は手を差し伸べ、引っ張り上げてくれた。それから二人でテラスに上がって椅子に腰をおろし、ぼくは本代を払った。といっても五十ドル札しかなかったので、それを渡して訊いた。

「釣りを持ってます?」

「ないね」

「じゃあ、取っといてください」

「そりゃどうも、へぼ文士」

「もう書いてないんです」

ガロウッドは無愛想なだけではなく、石頭だということがすぐにわかった。それでもしつこく頼んだら、少しだけ話を聞かせてくれた。ノラの死体が発見された日、彼はちょうど当直で、一番にここに駆けつけたそうだ。

「出てきたのは人骨と革のかばん。かばんの内側には〈ノラ・ケラーガン〉と名前が彫られていた。開けると原稿が入っていて、紙は比較的いい状態だった。革で守られたんだろう」

「その原稿がハリー・クバートのものだとどうしてわかったんです?」

「その場ではわからなかったが、取調室でクバートに見せたらすぐに認めたよ。もちろんおれは自分の目でも確かめた。一字一句『悪の起源』と同じだった。あの本は一九七六年に刊行されているんだな。失踪事件から一年も経っていない。偶然とは思えないね」

「ノラのことを本に書いたからって、殺したことにはならないでしょう？　ハリーは原稿がなくなっていたと言ってるし、ノラがよく原稿を持ち出すことがあったとも言ってます」

「あいつの庭から死体が出たんだ。しかもあいつの原稿と一緒に。クバートがやってないと言うなら、その証拠を見せてくれ。そしたら話を聞いてやる」

「原稿を見せてもらえませんか」

「駄目だ。証拠物件だから」

「だからこそですよ。ぼくも事件を調べることにしたと言ってるでしょう？」ぼくは食い下がった。

「あんたがなにを調べようと警察には関係ない。それに、大陪審が終われば弁護側も関係資料を見られるぞ」

素人扱いがしゃくに障ったので、この事件についてはそれなりに情報を持っていることをちらつかせた。

「オーロラ署の署長、トラヴィス・ドーンと話をしました。ノラの失踪事件のとき一つだけ手がかりがあったそうですね。黒のモンテカルロ」

「ああ」そしてガロウッドはすぐにつけ足した。「ハリー・クバートは黒のモンテカルロに乗っていた」

「そのことはどこで？」

「当時の捜査資料を読んだ」

　ぼくは少し考えてから、こう切り返した。

「刑事さん、頭がよさそうだから教えてくれませんか？　ハリーがここにノラを埋めたんなら、なぜわざわざここに花を植えようとしたんです？」

「植木屋があんなに深く掘るとは思わなかったんだろう」

「それは屁《へ》理屈ですよ。どう考えてもハリーはノラを殺していない」

「なぜそう断言できる？」

「ハリーはノラを愛していたから」

「法廷でよく聞く証言に、『あまりにも愛していたんです。だから殺しました』ってのがあるぞ。まあ、本当に愛しているなら殺すはずはないがね」

　そう言うと、ガロウッドはここまでと立ち上がった。

「もう行くんですか？　ぼくらの捜査は始まったばかりなのに」

「ぼくら？　おれのだ！」

「次はいつ会えます？」

「二度と会うか」

　そして、それを最後にさっさと出ていった。

ガロウッドはまともに取り合ってくれなかったが、トラヴィス・ドーンはそんなことはなかった。そのあと少ししてから、ぼくはオーロラ署にトラヴィスを訪ねていき、昨夜の匿名《とくめい》の脅迫状を見せた。

「グースコーブにこんなものが」とぼくはデスクの上に紙を置いた。

「ニューヨークに帰れ、ゴールドマンだと？　いつ見つけたんだ」

「昨日の夜。浜辺を散歩して、戻ってきたらこれが玄関の扉の下にはさんであったんです」

「近くで誰か見かけなかったか？」

「誰も」

「脅迫状が来たのはこれが初めてか？」

「だって、そもそもここに来てまだ二日だし……」

「事件として登録して調査しよう。ちゃんと用心するんだぞ、マーカス」

「母さんみたいなセリフだな」

「いや、真面目に言ってるんだ。今回の事件が人々にどんな感情を抱かせたか、その情動効果を軽く見ちゃいかん。これは預からせてもらっていいな？」

「もちろん」

「よし。ほかにおれにできることはあるか？　この紙切れだけのために来たんじゃないんだろ？」

「もし時間があったら、サイドクリークの森を案内してもらえないかと思って。事件があった場所を見ておきたいんですよ」

トラヴィスはサイドクリークに案内してくれただけではなく、時間をさかのぼる旅のガイドも務めてくれた。ぼくをパトカーに乗せて、三十三年前に通報を受けてデボラ・クーパーの家に向かったときと同じ道筋をたどってくれた。オーロラから海岸沿いの国道一号線をメイン州方向に少し行き、グースコーブを過ぎてさらに二キロ行くと、サイドクリークの森の外れにぶつかる。そこで交差するのがサイドクリーク・レーンで、この通りに折れて少し行くとデボラ・クーパーが住んでいたという家に着いた。しゃれた木造建築で、一方は海に面し、三方を森に囲まれている。景色は申し分ないが、周囲に人気がない。

「ここは当時から変わっていない」家の周囲を回りながらトラヴィスが言った。「塗装はやり直してるから、前より色が明るくなってるけどな。でも、それ以外は当時のままだ」

「今は誰が住んでるんですか？」

「ボストンの夫婦が夏の別荘として使ってるよ。毎年七月に来て、八月末には帰っていく。それ以外の月は空き家だ」

トラヴィスは勝手口を指した。

「生きているクーパーさんを最後に見たのはここだ。プラット署長が合流して、クーパーさんには家のなかで待ってるように言って、それから二人で森に入った。まさかその二十分後にクーパーさんが撃たれるなんて思いもしないからな」

トラヴィスはしゃべりながら森の小道へと進んだ。それが三十三年前にプラット署長とたどった道らしい。

「プラットさんはその後どうしてるんです?」ぼくは後ろを歩きながら訊いた。

「とっくに引退したが、今でもオーロラのマウンテン・ドライブに住んでるぞ。おまえさんもすれ違ったことくらいあるんじゃないか? けっこう恰幅《かっぷく》がよくて、年がら年じゅうゴルフパンツをはいてるよ」

ぼくらは木々のあいだを縫って森の奥に入っていった。密集した樹木の隙間から、少し離れたところの浜辺がちらちらと見える。十五分くらいは歩いただろうか、松が三本まっすぐに伸びているところでトラヴィスが立ち止まった。

「ここだよ」

「ここって?」

「血痕と、髪の毛と、服の切れ端を見つけたところだ。嫌な光景だった。今でもここだとはっきりわかる。当時より苔が増えてるし、木も大きくなってるが、おれにとっちゃなにも変わらないのと同じさ」

「そのあとどうしたんでしたっけ?」

「ここでなにか重大なことが起きたとわかったが、そのとき銃声が聞こえたから、すぐに戻らざるをえなかった。だが不思議だったよ。おれたちは森に入ってから誰にも会わなかったんだ。ノラか犯人とすれ違っていてもおかしくないはずだが……。たぶん、犯人がノラの口を押さえて、茂みのなかにでも隠れていたんだろうな。まあ森は広いし、身をひそめる場所があったんだろう。で、ノラがすきを見て犯人を振り切って逃げ、クーパーさんのところまで走って助けを求めた。ところが犯人が追いかけてきて、家で追いつき、クーパーさんを殺した」

「そして、あなたとプラット署長は銃声が聞こえたのですぐ取って返した……」

「そうだ」

ぼくたちも来た道を引き返して家まで戻ってみた。

「クーパーさんはキッチンで倒れていた」トラヴィスが説明を続けた。「たぶんこういうことだ。ノラが森から助けを求めて走ってきて、クーパーさんが勝手口から迎え入れた。そして、そのことを警察に知らせるために居間に行った。電話が居間にしかなかったことはおれが覚えてる。その三十分くらい前に、プラット署長を呼ぶのに借りたもんでね。で、クーパーさんが電話をしているあいだに、犯人が勝手口から入ってきてノラをつかまえた。クーパーさんはキッチンに戻り、そこで犯人と鉢合わせし、殺された。それから犯人はノラを連れて車まで行った」

「車はどこにとまってたんですか?」

「国道一号線沿いだ。この森に沿って走っているところだ。行こう。教えてやるよ」

そこで家をあとにして、再び森に入った。だが先ほどとは別の方向だ。トラヴィスは木々のあいだを迷いのない足取りで歩いていく。するとほどなく国道一号線に出た。

「ここにとまっていたんだ。当時は道路の両脇はこんなに切り開かれていなくて、灌木に覆われてたけどな」

「犯人が森を抜けてここに来たっていうのは確かですか？」

「家からここまで血痕が続いてたからね」

「で、車は？」

「消え失せた。昨日も言ったが、応援に駆けつけた保安官補が国道一号線を来て、偶然そのモンテカルロを見た。すぐに追跡をかけて、付近一帯に非常線を張ったんだが、見事にまかれたってわけだ」

「犯人はどうやって警察の網の目をくぐり抜けたんだろう」

「おれが知りたいよ。しかもわからないのはその点だけじゃない。この事件についちゃ三十三年前からずっと疑問だらけだ。それに、パトカーに乗るたびに、あのときモンテカルロをつかまえていたらと考えない日はないしな。そしたらノラを助けられたかもしれない……」

「ノラが車に乗せられたっていうのは確かですか？」

「今となっちゃ、ここから数キロのところに死体が埋められたとわかったわけだから、そりゃ間違いないだろう」

「ってことは、そのモンテカルロをハリーが運転していたと思ってるんですね？」

トラヴィスは肩をすくめた。

「今回の結末を見る限り、そうとしか考えられんだろ？」

その日のうちに、ぼくはかつてのオーロラ署長、ギャレス・プラットを訪ねた。結果から言えば、プラットの意見はかつての部下のトラヴィス・ドーンと同じだった。玄関口に出てきたプラットはやはりゴルフパンツをはいていた。奥さんのエイミーが飲み物を出してくれたが、そのあとも引っ込まず、ポーチのプランターの世話をするふりをしてぼくらの会話を聞いていた。いや、会話に参加したと言うべきだろうか。

「どこかで見た顔だな」プラットが言った。

「ええ、オーロラにはよく来てますから」

「ほら、あなた、あの本を書いた若い作家さんよ」エイミーが口をはさんだ。

「あんたは本を書いたんじゃなかったか?」とプラットが同じことを言った。

「ええ、まあ作家の一人です」

「ギャレス、だから今そう言ったじゃないの」とエイミーがまた口をはさんだ。

「おまえ、ちょっと黙っててくれんか。客人はわたしを訪ねておいでなんだから。さて、ゴールドマンさん、今日はどういうご用件で?」

「実は、ノラ・ケラーガン事件のことで教えていただきたいことがあるんです。ドーン署長の話では、あなたは当時ハリー・クバートを疑っていたそうですね」

「そのとおり」

「なぜですか?」

「疑わしい点がいくつかあったからだ。たとえば犯人の逃げっぷりだな。あれはどう見ても地元の人間だ。このあたりの警察がいっせいに動いたのにつかまらなかったということは、この地域を知りつくしているやつに違いない。それから、あの黒のモンテカルロだ。当然のことながら、この一帯の住民のなかからあの車種の所有者をリストアップして、片っ端から調べたんだよ。そのなかでアリバイがなかったのはクバートだけだった」

「でも、結局は逮捕しなかったわけですよね」

「ああ、それは車の件以外に、証拠がなにもなかったからだ。かなり早い段階で容疑者リストから外したよ。そのクバートの庭から死体が発見されたとはね。つまり、わたしらが間違っていたということで、腹立たしい限りだ。あいつには好意をもっていたのに……。いや、もしかしたら、それがわたしの判断を狂わせたのかもしれない。あいつはいつも感じがよくて、礼儀正しくて、堂々としていたからな……。ところで、ゴールドマンさん、あんたこそクバートをよく知ってるんだろう？　彼のこれまでの言動を振り返ってみて、なにか疑わしいと思うことはないのかね？」

「ありません。覚えている限りなにもありません」

グースコーブに戻ると、紫陽花が庭に打ち捨てられたまま枯れかかっているのが目に入った。そこで離れに行ってシャベルを取ってきて、またしても立ち入り禁止テープを無視して庭に入り、土の柔らかいところを掘って紫陽花を植えた。

＊

二〇〇二年八月三十日

「ハリー？」

朝の六時だった。テラスでコーヒーカップを手にしていたハリーが振り向いた。

「マーカス、汗だくじゃないか！　もう走ってきたのか？」

「そうですよ。十キロほどね」

「何時に起きたんだね？」

「すごく早く。覚えてるでしょう？　ここに来るようになった頃、いつも夜明けにたたき起こされたじゃないですか。あれ以来習慣になっちゃったんです。早起きして世界を独り占めするのが。で、先生はテラスでなにを？」

「見てるんだよ」

「なにをです？」

「庭だ。浜寄りの松のあいだにちょっとした草地があるだろう？　以前からあそこをどうにかしたいと思っていてね。この家の敷地には、花を植えられるようなところがあそこしかないからな。小さい庭にして、錬鉄のテーブルと小さいベンチを置いて、その周りに紫陽花を植えたらどうかと思うんだ。たくさんの紫陽花をね」

「またどうして紫陽花なんです？」

「紫陽花が好きな人がいた。その人のことをいつも思い出せるように」

「先生が好きだった人？」

「ああ」

「悲しそうだけど、なにかあったんですか?」

「気にしないでくれ」

「ハリー、どうして恋愛の話を一度も聞かせてくれないんです?」

「言うほどのことじゃないからさ。それより見てごらん。いや、想像してごらん。ほら、テラスから紫陽花まで敷石の小道が続いていて、テーブルと小さいベンチが二つ。そこに座れば海と紫陽花が同時に目に入る。最高だ。小さい池があって、真ん中に彫像の噴水まである。池の大きさによっては色鮮やかな日本のコイを泳がせてもいい」

「魚はすぐカモメに食べられちゃいますよ」

ハリーはふっと笑った。

「ここではカモメはなにをしようと自由だからな。きみの言うとおりだ、コイはやめておこう。さあ、熱いシャワーを浴びてこい。風邪をひいたりしたらご両親に面倒見が悪いと言われてしまう。そのあいだに朝食を用意しておく。マーカス……」

「なんです?」

「ありがとう。息子ができたようだよ……」

「礼なんかいりませんよ」

＊

翌日の二〇〇八年六月十九日木曜日、ぼくはシーサイド・モーテルに行った。場所はすぐわかった。昨日見てまわったサイドクリーク・レーンから、さらに国道一号線を北に三キロほど行けばいい。すると大きな木の看板が出ているので見落としようがない。

シーサイド・モーテル&レストラン
創業一九六〇年

ハリーがノラを待っていたというモーテルは本当にそのまま残っていた。その前を車で何度も通っているのに、このモーテルに気を留めたことは一度もなかった。それは赤い屋根の木造で、薔薇《ばら》の庭で囲まれている。すぐ後ろがサイドクリークの森だ。一階の部屋はすべて駐車場に面している。二階には外階段で上がっていくようだ。

フロントで訊いてみたら、内装が現代風になり、レストランが併設されたが、建物自体は変わっていないという。フロント係は自分が正しいことを証明したかったのか、モーテルの四十年史をまとめた本を引っ張り出してきて、当時の写真を見せてくれた。

「ここになぜ興味をお持ちなんです?」

「どうしても知りたいことがあってね」

「なんでしょう?」

「実は、一九七五年の八月三十日から三十一日にかけて、ここの八号室に誰か泊まってたかどうかを知りたいんだけど」

フロント係は笑った。

「一九七五年ですか？　ご冗談でしょう。宿泊記録をさかのぼって調べられるのは二年前までです。しかもそれは技術上のことで、ご存じのように、外部のお客様にそのような情報をお伝えすることはできません」

「つまり、知る方法はなにもないってこと？」

「宿泊記録以外に保存されているのは、わたくしどものニュースレターの送信先メールアドレスだけです。購読の登録をなさいますか？」

「いやけっこう。じゃあ宿泊記録はあきらめるとして、せめて八号室を見せてもらえないかな」

「それはできません。でも本日八号室は空いております。ご宿泊いただければなかをご覧になれますよ。一泊百ドルです」

「看板にはどの部屋も七十五ドルと書いてあったけどね。どうだろう、二十ドル払うから、ちょっと見せてもらえない？　それであいこでしょ」

「これは手厳しい。わかりました」

八号室は二階だった。なんの変哲もない普通の部屋で、ベッド、ミニバー、テレビ、小デスク、バスルームがある。

「なぜこの部屋にご関心が？」

「ややこしい話でね。友人が一九七五年にここに泊まったと言っていて、それが本当なら、ある訴訟で彼は無罪になるんだけど」

「どういう訴訟ですか？」

それには答えず、質問を続けた。

「ここはなぜシーサイド・モーテルなんだ？　海は見えないのに」

「森の小道を抜けていくと海に出られるんです。でもほとんどのお客様は関心がないようですね。ここに宿泊される方々は海が目当てじゃありません」

「じゃあ、オーロラから海岸沿いに、森を抜けてここまで来られるってこと？」

「ええ」


この日は、そのあとずっと町営図書館で過ごした。当時の資料を漁るためだ。どこに手がかりが隠れているかわからない。アーン・ピンカスがいてくれて大助かりだった。時間を惜しまず調べ物を手伝ってくれた。

当時の新聞を見る限り、ノラが失踪した日、手がかりになるようなものを見た人はデボラ・クーパー以外に誰もいなかった。逃げるノラを見た人もいなければ、ノラの家の近くを不審者がうろついていたという情報もない。ノラの失踪は町じゅうの大きな謎で、デボラ・クーパー殺害もそれをさらに不可解にしただけだった。近所の人が数人、あの日ケラーガン家で物音や悲鳴がしたと証言していたが、それはノラの父親のケラーガン牧師が大音量で音楽をかけていただけだという証言もあった。オーロラ・スター紙の取材によれば、牧師はガレージで日曜大工をするときいつも音楽をかけていたそうで、しかも工具の音にかき消されないように音量を上げるのが常だった。だがそのせいで、あの日ノラが助けを求めて叫んだとしても、牧師には聞こえなかったと思われる。アーンの話では、牧師はそのことをいまだに悔やんでいて、ノラがいなくなって以来テラス・アベニューの家に引きこもり、同じレコードをかけっぱなしにしている。それは自分への罰で、耳が聞こえなくなればいいと思っているからだそうだ。ノラの母親のルイーザはすでにこの世の人ではなく、ケラーガン牧師は独り暮らしだ。白骨死体が見つかり、それがノラのものらしいとわかったときには、報道陣がケラーガン家に詰めかけたという。

「あんな悲しい光景は見たことがないね」アーンが言った。「デヴィッドはこんなふうに言ったよ。『ああ、娘は死んでいたんですか……』。大学に行かせてやりたくて、ずっと金を貯めていたんだが』そしたらどうだね、次の日に偽者のノラが五人も現われたっていうんだからあきれるじゃないか。金目当てでね。気の毒に、デヴィッドはすっかり途方に暮れていた。まったく嫌なご時世だね。みんなろくでもないことを考えてる。そう思わないか?」

「それで、ノラの父親がよく大音量で音楽をかけてたっていうのは本当なのか?」ぼくは訊いた。

「ああ、四六時中さ。ところでハリーのことなんだが……昨日、町なかでクインばあさんに会ってね……」

「クインばあさん?」

「《クラークス》の前の女主人だよ。あのばあさん、ハリーがノラに目をつけてたことはとっくの昔に知ってたと、会う人ごとに言いふらしてるね。ノラの失踪当時から決定的な証拠をつかんでたとかなんとか……」

「どんな証拠だろう」

「さあねえ。それで、ハリーの様子はどうだい?」

「明日また会いに行くよ」

「よろしく言ってくれ」

「アーンも行ってみないか? 喜ぶと思うけどな」

「いや、今はどうも……会う気になれないんだよ」

アーンはコンコードの織物工場で働いていた元工員で、もう七十五歳になる。学校に行けなかったので、本への情熱を燃やすことができずに悔やんでいて、せめてもの埋め合わせに図書館でボランティアをしてきた。だがあるとき、そんなアーンにハリーが素晴らしい贈り物をした。バローズ大学の講義をただで聴講できるようにしてくれたのだ。だからアーンはハリーに心から感謝している。ということは、当然のことながら忠実な支持者の一人だとぼくは信じていたのだが、そのアーンでさえ、今はハリーと距離をとろうとしているようだ。

「あのな」とアーンは続けた。「ノラは明るくて、誰にでも優しくて、ここの連中のアイドルみたいな存在だった。みんなの娘みたいなもんだ。だからどうしてハリーが……。いや、つまり、たとえ殺していないとしてもだ、あの娘《こ》のためにあの本を書いたわけだから。ええい、ちくしょう！　十五歳だぞ？　子供じゃないか。本に書くほど愛していたって？　おれはうちのばあさんと五十年連れ添ったが、あいつのために本を書く必要なんかなかったね」

「でも、あの本は傑作だから……」

「いや、あれは悪魔が取り憑いた本だ。倒錯の本だ。だからここに置いてあったのも処分したよ。町の連中も動揺してたからね」

ぼくはため息をついたが、あえて言い返さなかった。アーンと口論などしたくないので話題を変えた。

「アーン、この図書館宛に小包を送らせてもいいかな？」

「小包か？　いいとも。でもなんでここに？」

「家政婦さんに頼んで、家に置いてきた大事なものを宅配便で送ってもらうんだけど、グースコーブに一日じゅういるわけじゃないから。それに、グースコーブの郵便受けはひどい手紙でいっぱいでね、開ける気にもならない。その点、ここなら確実に受け取れると思って」

グースコーブの郵便受けはまさに世論の縮図で、アメリカじゅうから誹謗中傷《ひぼうちゅうしょう》の手紙が届く。それもそのはずで、世間ではまさに今文壇史上最悪のスキャンダルが進行中だった。『悪の起源』はすでに書店から回収され、学校の教材からも削除された。ハリーがコラムをもっていたボストン・グローブ紙は一方的にハリーとの関係を断ち、バローズ大学の理事会も即時解任を決めた。新聞も遠慮なくハリーのことを〝性犯罪者〟扱いしていたし、ハリーはあらゆる場面で恰好の餌食《えじき》にされていた。これを喜んだのがロイ・バーナスキで、千載一遇のチャンス到来、この事件をなんとしてでも本にすると気炎を揚げていた。そしてダグラスがぼくを説得できないとわかると、とうとう直接電話してきて、市場経済について教えを垂れた。

「これは市場の要求だ。わかるな？　読者が求めている。つまり需要がある。いいか、このビルの下にもファンが押し寄せて、きみの名前を叫んでるんだぞ」

と言って電話をスピーカーに切り替え、部下たちに合図していっせいに叫ばせた。

「ゴールドマン！　ゴールドマン！　ゴールドマン！」

「ファンじゃなくて、あなたの部下じゃないですか。やあ、マリサ」

「ゴールドマンさん、お元気？」マリサが答えた。

再びバーナスキが電話口に出た。

「いいから少しは考えろ。秋に出すぞ。大ヒット間違いなし！　一か月半やるから書け。なんとかなるな？」

「一か月半って、ぼくはあの最初の本を書くのに三年かかったんですよ。そもそもなにを書けばいいのかわからないし。事件は謎だらけで、暗中模索なんですから」

「そういうことならゴーストライターを用意してやる。文学作品を書けと言ってるわけじゃない。いいか、読者はクバートがあのお嬢ちゃんとなにをしたのか、そこを知りたいだけだ。だからただ出来事を並べてくれればいい。ただしそれをサスペンスタッチでな。卑劣な行為も織り交ぜながら。もちろん濡れ場もちょいと」

「濡れ場？」

「おいおい、ゴールドマン、そこまで手ほどきしてやらなきゃならんのか？　老人と七歳の少女のみだらなシーンが入ってなかったら、そんな本誰が買うか。興味の的はそこだよ。本の出来が少々悪くたって、それが入ってりゃ飛ぶように売れる。大事なのはそこだろう？」

「ハリーは三十四歳で、ノラは十五歳でした」

「細かいことをいちいち……。とにかくきみが書くなら、契約書を作り直して、新たに五十万ドル前払いする。貴公のご協力への感謝としてだな」

　そしてぼくがきっぱり断わると、バーナスキは脅しに転じた。

「ほう、そうやってお高くとまるつもりなら、こっちにも考えがある。約束どおり月末までに原稿を上げてもらおうか。あと十一日だ。上がってこなけりゃすぐさま訴訟だからな。身の破滅を覚悟しておけ！」

　そしてがちゃりと切った。その少しあとで、メインストリートの雑貨屋で買い物をしていたら、今度はダグラスからかかってきた。バーナスキに焚《た》きつけられたとみえて、またしても説得の電話だった。

「マーカス、よく平気でごねたりできるな。何度も言うようだが、きみはバーナスキに首根っこを押さえられてるんだぜ。前の契約はまだ有効なんだし、今度の申し出を受ける以外に生きる道はない。それに、事件のことを書けば作家としての地位も安泰だ。しかも五十万ドルの前金なんて、これ以上のことはないだろ？」

「バーナスキが書かせようとしてるのは三文小説だ。問題外だよ。数週間ででっち上げたごみ箱行きの本なんか書けるか！　いい本を書くには時間がかかるんだ」

「でっち上げだろうがなんだろうが、最近じゃそういう本で売上げを確保するのがむしろ当たり前だろ？　瞑想にふける作家なんてもう昔話だよ。それに、一行も書かないうちからうわさになるなんて、そんなラッキーな話があるか？　だがな、それも時間が勝負だ。ぎりぎりのところを狙うしかない。秋には大統領選が控えてるし、候補者が本を出すのはお決まりだから、メディアはそっちに注目する。バラク・オバマの本もかなりの動きだ。本当だぞ」

そんなことはもうどうでもよかった。ぼくは買い物をすませ、路上にとめておいた車に戻った。するとワイパーに紙がはさんであった。また同じメッセージだ。

ニューヨークに帰れ、ゴールドマン

あわてて周囲を見渡したが、怪しいやつはいない。近くのカフェのテラスに数人座っているのと、雑貨屋から出てきた客だけだった。誰かにあとをつけられていたんだろうか？　そいつはぼくがノラ・ケラーガンについて調べるのが気に食わないんだろうか？

その翌日、六月二十日の金曜日、ぼくはまたハリーに会いに行くことにした。オーロラを出る前に図書館に寄り、ぼく宛に届いていた小包を受け取った。

「なんなんだい？」アーンは興味深々で、その場で開けてみせてくれと言わんばかりだった。

「必要な道具」

「なんの道具？」

「仕事の道具だよ。受け取ってくれてありがとう」

「おい待て。コーヒーでもどうだ？　ちょうど一杯やりたくてね。小包を開けるんなら鋏《はさみ》がここにあるぞ」

「ありがとう、アーン。コーヒーは今度にするよ。もう行かなきゃ」


コンコードではまず州警察本部に寄ることにした。ガロウッドをつかまえて、あれからぼくが考えたことを聞いてもらうためだ。


ニューハンプシャー州警察本部は、コンコード中心部のヘイズン・ドライブ三三番地にある。赤レンガの大きな建物で、殺人課もここに入っている。午後の一時になるところだったが、ガロウッドはまだ昼食から戻っていなかった。そこで廊下の長椅子で待たせてもらうことにした。すぐ横にテーブルがあって、有料のコーヒーマシンと雑誌が置いてあった。だがコーヒーを飲み終えてもガロウッドは戻ってこない。結局いろいろ考え事をしながら一時間も待ったところへ、ようやく戻ってきた。ところがぼくを見るなり顔をしかめた。

「なんだあんたか。一時間も待ってる人がいるというから、大事な用かと思って食事の途中で戻ってきてやったのに」

「そりゃ失礼。でも、捜査の出発点が間違ってるような気がして、それで……」

「文士、おれはあんたが嫌いだ。この事実はどうしようもない。かみさんがあんたの本を読んで、あんたに夢中なんだ。だからあんたの顔が、ほら、裏表紙のやつ、あれがずっとうちに鎮座ましましてるってわけだよ。もう何週間も前からナイトテーブルに置いてある。つまりあんたは寝室に住みついてて、おれたちと一緒に寝てるわけ。食事も一緒にしてるわけ。バカンスも一緒。かみさんと一緒に風呂にも入ってる。かみさんの友達もみんなあんたの話ばかり。あんたのおかげでおれの日常がめちゃめちゃなんだよ！」

「なんだ、結婚してるんですか？　そりゃまたびっくり。これほど感じの悪い人も珍しいから、独身に違いないと思ってました」

ガロウッドが肩をいからせると、二重顎になった。

「で、なんなんだ。なんの用だ？」

「理解したいんです」

「あんたには難しいだろ」

「わかってます」

「警察に任せてもらおうか」

「でも情報が欲しいんです。どうしても知りたいんです。そういう性格だから。とにかく全部把握しないと落ち着かなくて」

「なら、まずは自分自身を把握しろ！」

「とにかくオフィスに入れてもらえませんか？」

「やだね」

「じゃあ、ノラが本当に十五歳で死んだのかどうかだけでも」

「そうだ。骨の分析で確認済み」

「てことは、誘拐されてすぐ殺された？」

「そう」

「でもあのかばん……。どうしてかばんと一緒に埋められてたんです？」

「知らんね」

「かばんを持ってたってことは、ノラは家出しようとしてたんじゃないですか？」

「家出するときはかばんに着替えを入れるもんだろ？」

「ええ」

「ところがだ、あのかばんには原稿しか入ってなかった」

「一ポイント取りましたね。ご明察。でもあのかばんは……」

ガロウッドが遮った。

「かばんのことなんか言うんじゃなかったよ。なんでしゃべっちまったんだか……」

「さあね」

「憐《あわ》れみだな。そう、憐れみだよ。あんたが途方に暮れた顔で泣きついてきて、靴も泥だらけだったし」

「そりゃどうも。ついでに検死についても教えてもらえませんか？　というか、白骨死体でも〝検死〟って言うのかな」

「さあな」

「〝法医学検査〟のほうがいいですかね」

「どうでもいい！　教えてやれるのは頭蓋骨が割れてたってことだけだ。ぶったたかれたんだ。ごつんだよ、ごつん！」

そう言いながらガロウッドは棒で殴るしぐさをした。

「棒で殴られたんですか？」

「知らんよ。いい加減にしろ！」

「女？　それとも男？」

「なにが」

「女の力でも棒を使えば殺せるんじゃありませんか？　どうして男ってことになってるんです？」

「そりゃ目撃証言があるからさ。デボラ・クーパーは電話ではっきり男だと言ったんだ。おっと、ここまでだ。我慢も限界」

「それであなたは、あなた自身はこの事件をどう見てるんです？」

ガロウッドは財布から家族の写真を引っ張り出した。

「見ろ、おれには二人の娘がいる。十七歳と十四歳だ。だからケラーガンのおやじのような思いはしたくない。おれが欲しいのは真実だ。正義だ！　だが正義ってやつは単なる事実の寄せ集めじゃない。もっと厄介な代物さ。だから徹底的に捜査する。クバートが無実だという証拠が出てくれれば、もちろん釈放する。そこは信じてもらいたいね。だが有罪なら、ロスが陪審員に向かって得意のはったりを利かすのを黙って見ているわけにはいかないってことだ。なぜなら、ロスのやり方は決して正義じゃないからだ」

機嫌の悪いバイソンみたいなけんか腰はどうにも気に食わないが、少なくとも哲学は気に入った。

「なんだ、いいとこあるじゃないですか。ドーナツおごりますから、もう少し話せませんか」

「ドーナツなんかけっこう。帰ってくれ」

「でも捜査のやり方を教えてくれないと動くに動けないし。ぼくはどうすりゃいいんです？」

「帰れ。もう今週は顔も見たくない。いや、たぶんもう一生見たくない」

またしても取り合ってもらえなくてがっくりきたが、これ以上は無理だと思った。そこであいさつ代わりに手を差し出すと、ガロウッドはでかい手でぐっと握り返してきた。指の骨が折れるかと思った。仕方なく、ぼくはそのまま建物を出た。でも駐車場まで来たところで、「おい、へぼ文士！」と後ろで声がした。振り向くと、ガロウッドが図体を揺すって走ってくるところだった。

「へぼ文士」追いつくと息を切らせながらこう言った。「できる刑事は犯人だけを追うわけじゃない……。むしろ被害者を調べる。あんたも被害者を調べろ。頭から始めるんだ。殺人のずっと前から。尻尾からじゃなくて頭からだ。事件だけを見てると道を誤るぞ。ノラ・ケラーガンが何者だったかを調べろ」

「デボラ・クーパーのほうは？」

「おれが思うには、すべてはノラにかかってる。デボラ・クーパーは巻き添えを食ったにすぎん。ノラを調べろ。そうすりゃノラとクーパーを殺したやつがあぶり出される」

ノラ・ケラーガンは何者なのか？　ぼくはそれをさっそくハリーから訊き出そうと思った。でもこの日のハリーは機嫌が悪く、フィットネスクラブのロッカーのことばかり気にしていた。

「全部あったか？」ハリーはぼくの顔を見るなり訊いた。

「ありましたよ」

「全部燃やしたんだね？」

「ええ」

「原稿も？」

「ええ、原稿も」

「なぜ早く知らせてくれないんだ。心配で気が変になりそうだった。二日間どこに行ってたんだね？」

「いろいろ調べてまわってました。ハリー、あの木の箱はどうしてフィットネスクラブに持っていったんです？」

「馬鹿げていると思うかもしれないが……三月にきみがあれを見つけてから、いつ誰に見られるかわからないと不安になってね。ぶしつけな客とか家政婦とかが偶然見つけるかもしれない。だからどこかに移すべきだと思った」

「隠した、ということですか？　でもそれじゃますます疑われますよ。それにあの原稿……『悪の起源』ですよね？」

「ああ、最初の原稿だ」

「確かに文章はそうでした。でも表紙にタイトルがなかった」

「タイトルをつけたのはもっとあとなんだ」

「ノラが失踪したあと、ということですか？」

「ああ。もう原稿の話はよしてくれ。あれは呪われている。不幸を呼び寄せる。その証拠にノラは死んだし、わたしはこのありさまだ」

ぼくはしばらくハリーの顔を見つめた。それから勇気を出し、小包の中身を入れて持ってきたプラスチックの袋を机の上に置いた。

「これはなんだね？」ハリーが訊いた。

それには答えず、袋からMDプレーヤーを取り出してハリーの前に置いた。録音できる機種で、マイクもついている。

「マーカス、いったいなんの真似だ？　またずいぶんと古いものを……」

「大切に取っておいたんです」

「しまってくれ。そんなもの」

「仏頂面はやめてくださいよ……」

「どうしようというんだ」

「ノラのこともオーロラのことも、全部話してください。一九七五年の夏のことも、あなたの本のことも、全部です。そのどこかに真実を知る手がかりがあるはずだから」


ハリーはしぶしぶ承知した。ぼくはレコーダーのスイッチを入れ、ハリーにしゃべらせた。この日の面会室の光景は忘れられない。この場所で、これまでに数多くの夫が妻と、父親が子供と再会し、互いを改めて知るという経験をしてきたに違いない。そしてぼくも、過去を語る恩師を目の前にして、ハリー・クバートという人間を改めて知る思いだった。

その日、ぼくはオーロラに戻る途中で早めの夕食をとったが、そのあとまっすぐグースコーブに戻る気がしなかった。あの広い家で一人になるのかと思うと気が重い。そこで海岸沿いをドライブすることにした。海が夕日に映《は》えてまぶしかった。シーサイド・モーテルを過ぎ、サイドクリークの森に沿って走り、グースコーブを過ぎ、オーロラの町なかを抜けてグランドビーチまで行った。そこで車を降りて歩き、砂利浜に座って暗くなっていく海を眺めた。波間にオーロラの町の明かりが映って揺れている。上空からは海鳥たちの鋭い鳴き声が、近くのやぶからはナイチンゲールのさえずりが聞こえていた。ぼくは録音を再生した。薄闇のなかにハリーの声が響いた。

グランドビーチはきみも覚えているね？　マサチューセッツ州から来ると、最初にオーロラが見えるのがあそこだ。わたしはたまに夜あそこに行く。オーロラの町の明かりを眺めながら、この三十数年のあいだに起きたことを思い返すんだよ。あのビーチは初めてオーロラに来たときにも立ち寄ったところでね。一九七五年の五月二十日のことだ。わたしは三十四歳だった。自分の手で運命を切り開こうと決意してニューヨークからやって来た。すべてを捨て、教員も辞め、作家になると決めてやって来た。都会を離れ、ニューイングランドに引きこもって夢見ていた小説を書くのだと。

当初はメイン州に家を借りようと思っていた。だがボストンの不動産屋がオーロラを薦めてくれてね。わたしの希望どおりの家があるからと言うんだよ。それがグースコーブだった。ひと目見て惚れ込んだ。理想的だと思った。自然に囲まれていて、静かで、かといってまったく孤立しているわけでもない。オーロラからはほんの数キロだ。オーロラの町も気に入った。人々がのんびり暮らし、子供たちが通りを駆けまわっていてもなんの不安もない、犯罪とは無縁の町。まるで絵葉書のような昔懐かしい町。グースコーブのひと夏分の家賃はわたしには贅沢なものだったが、不動産屋は二回の分割払いでもいいと言ってくれた。計算してみたら、無理な散財をしなければ帳尻が合いそうだった。それに、なんとなく予感がしていた。ここを選んで間違いはないと。そのとおりだったよ。なにしろあの決断で人生が変わったんだから。わたしはあの夏、あそこで書いた本で、富と名声を手にした。

オーロラが気に入った理由はもう一つある。特別待遇を受けたからだ。ニューヨークではただの高校教師でしかなかったわたしが、オーロラでは有名な作家になれた。マーカス、きみならわかるだろう？　きみは高校で〝できるやつ〟と注目されて喜んでいた。わたしがオーロラに来たときもまさにそれだった。若く、自信にあふれ、体格もよく、教養もあり、しかもあの立派なグースコーブの家の住人となれば、町の人は注目する。彼らはわたしの名前など知らなかったから、見た目と家で判断するしかなかったわけだ。そして、ニューヨークから有名人が来たと思い込んだ。持参した処女作を何冊か町営図書館に寄贈したら、ニューヨークでは見向きもされなかったのに、オーロラでは称賛された。なにしろ一九七五年で、まだインターネットもないから正体がばれることもない。しかも、オーロラという小さな町は自分たちの存在理由を求めていた。わたしは町が待ち望んでいたスターとして迎えられたわけだ。

＊

グランドビーチからグースコーブに戻ったのは夜の十一時頃だった。家に続く砂利道に折れると、車のライトのなかを覆面の人影がさっと横切り、森へと消えた。ぼくは急ブレーキを踏み、車から飛び出した。そして叫びながらそいつを追いかけようとしたが、そのとき視界の隅に炎が見えた。家の近くでなにかが燃えている。あわてて家のほうに取って返すと、ハリーのコルベットが燃えていた。すでに炎が広がり、鼻を突く異臭がして、どす黒い煙が空高く上がっていた。ぼくは助けを求めて叫んだが、誰もいない。周囲には森しかない。熱でコルベットのガラスがはじけ飛び、車体が溶けはじめると、炎はますます勢いを増してガレージの壁をなめはじめた。どうすることもできなかった。

26

ノラ NOLA

（一九七五年六月十四日土曜日、ニューハンプシャー州オーロラ）

「マーカス、作家はもろい存在だが、それは二つの苦悩を背負うからだ。作家は人の二倍の苦しみを味わうことになる。愛の苦しみと、本を書く苦しみ。本を書くことは誰かを愛することと同じで、時にひどく苦しいものになる」

業務連絡
全スタッフに

今週ハリー・クバート氏が毎日来店されています。クバート氏はニューヨークの著名な作家ですから、十分に気配りしてください。どんなご要望にも応えること。不愉快な思いや窮屈な思いをさせないこと。

十七番テーブルは当面クバート氏専用とします。いつも空けておくようにしてください。

タマラ・クイン

その日、《クラークス》では朝から派手な音がした。そもそもはメープルシロップの瓶のせいだった。重いので、載せた途端にトレーが傾き、支えようとしたノラの足ももつれ、トレーと一緒に転んでしまったのだ。

驚いたハリーがカウンターの上から顔を出した。

「ノラ？　どうした？」

ノラはちょっとふらつきながら立ち上がった。

「あ、ええ、あの……」

二人は色とりどりの調味料が散らばった床の惨状を見て、同時にふき出した。

「もう、笑わないでったら」ノラは自分も笑いながら言った。「また落としたなんてミセス・クインに知られたら、大目玉だわ」

ハリーがカウンターのなかに入ってきてしゃがみ込み、マスタードとマヨネーズとケチャップとメープルシロップとバターと砂糖と塩が飛び散ったなかから、ガラスの破片を拾いはじめた。

「先週から気になってたんだけど、どうしてぼくがなにか注文するたびに、こんなに調味料をそろえて持ってくるんだ?」

「ミセス・クインのメモのせいよ」ノラは答えた。

「メモ?」

ノラがカウンターの内側に貼られた紙のほうに目をやると、それを見てハリーが立ち上がり、声に出して読みはじめた。

「駄目、ハリー、やめて! ミセス・クインに聞こえちゃう……」

「大丈夫。誰もいないよ」

朝の七時で、《クラークス》はまだがらんとしていた。

「これはいったいなに?」

「ミセス・クインの指示」

ていき、ノラは粗相の始末を急いだ。

「わたしたちウェイトレスに」

「誰に対する？」

そこへ何人か客が入ってきたので、二人は会話をやめた。ハリーはすぐテーブルに戻っていき、ノラは粗相の始末を急いだ。

「クバートさん、すぐ新しいトーストをお持ちしますので」ノラは礼儀正しく言って厨房《ちゅうぼう》に戻った。

両開きの仕切り戸が閉まると、ノラは少しのあいだ夢見心地に浸った。ひとりでに顔がほころんでしまう。ハリーのことが好きだからだ。二週間前に浜辺で出会って以来、恋焦がれている。あの土砂降りの雨の日に、たまたまグースコーブの近くを散歩していてハリーと出会ったあの瞬間、ノラは恋に落ちた。こんな気持ちは初めてだけれど、これが恋なのは間違いないと思った。自分がこれまでの自分ではないようで、前より幸せで、前より毎日が美しく見える。そしてもちろん、ハリーが近くにいると胸が高鳴る。

雨の日の出会いのあと、ノラはハリーと偶然二度会っていて、今日が三度目だった。一度目はメインストリートの雑貨屋の前で、二度目はやはり《クラークス》で。そして会うたびに、二人のあいだになにか特別なことが起きる。今日はそれが調味料の散乱だったわけだ。

ハリーは毎日《クラークス》に来て執筆するようになっていた。それで、三日前の夕方、店の女主人のタマラ・クインが〝あなたたち《ガールズ》〟――タマラはウェイトレスのことをこう呼ぶ――

を呼び集めて緊急ミーティングを開いた。そのとき見せたのがあの業務連絡で、タマラは〝あなたたち《ガールズ》〟を軍隊式にきっちり並ばせてからこう言った。「あなたたち《ガールズ》、もう知らないはずはないでしょうけど、あのニューヨークの大作家、ハリー・クバートさんが今週毎日ここにいらしてます。それはつまり、この店が東海岸でも最上級の洗練されたレストランとして、先生のお眼鏡にかなったということです。《クラークス》は一流店ですからね、どんなハイレベルのお客様にもご満足いただかなきゃなりません。でも、あなたたち《ガールズ》のなかにはおつむの弱い人もいるから、クバートさんがいらしたらどうするのか忘れないように紙に書いておきました。これを読んで、何度も読んで、まるごと覚えるんです！　抜き打ちテストしますからね。厨房とカウンターの裏側に貼っておきます。いいわね？」さらに続けて細かい指示を出した。「とにかくクバートさんのお邪魔をしちゃいけません。先生に必要なのは仕事に集中できる場所なんですから。先生の気が散らないように、またくつろげるように、知恵を絞ってちょうだい。これまでのご来店の記録によれば、先生はブラック・コーヒーしか召し上がりません。ですからお見えになったらすぐブラック・コーヒーをお出しして、ほかのことでお邪魔しちゃいけません。ほかにもなにか召し上がりたいときは、先生のほうからおっしゃいますから。ほかのお客さんに対するように、注文もないのに声をかけたり、あれこれ勧めたりしちゃいけません。それで、もしなにか食事のご注文があったら、すぐに調味料とつけ合わせを全部お出しすること。先生がいちいちウェイトレスを呼ばなくてもいいようにするんです。マスタード、ケチャップ、マヨネーズ、胡椒、塩、バター、砂糖、メープルシロップ、全部ですよ」

そう、大作家ともなれば――とタマラは思っていた――本人があれこれ要求するまでもなく、周りが察して対応するものだ。創作に励むには、ほかのことに気を取られてはいけないのだから。それに、もしかしたら、今あの人が毎日同じテーブルに座って書いているものがやがてベストセラーになって、この店の名がアメリカじゅうに知れわたるかもしれない。そうなったら――とタマラの夢はふくらんでいく――店が評判になって、本来あるべき名声と儲けがようやく手に入る。そしたらその儲けを使ってコンコードに立派な二号店を出そう。それからボストン、ニューヨーク、いやそれどころか南はフロリダまで、東海岸のあらゆる大都市に出店しよう。

ウェイトレスのミンディーが質問した。

「あの、ミセス・クイン、クバートさんがブラック・コーヒーしか飲まないって決めつけちゃっていいんですか?」

「いいんです。わたしにはわかってますから。一流レストランでは常連のお客様は注文する必要がありません。スタッフがすべて心得ているからです。ここは一流レストランですか?」

「はいそうです、ミセス・クイン!」とウェイトレスたちが合唱したが、ジェニーだけは「はいそうです、ママ」と答えた。ジェニーはタマラの娘だからだ。

「店ではもう〝ママ〟と呼んじゃいけません」とタマラがその場で決めた。「それじゃまるで田舎の旅籠《はたご》みたいでしょ」

「え、じゃあなんて呼べばいいの?」とジェニーが訊いた。

「呼ばなきゃいいのよ。わたしの命令を聞いて、すなおにうなずいてればいいの。しゃべる必要はありませんよ。わかった？」

ジェニーはうなずいた。

「わかったの？　わからないの？」タマラが訊いた。

「え？　わかったわよ。だからうなずいたのに……」

「あああ、そういうことね。呑み込みが早いこと。じゃあ、あなたたち《ガールズ》、お客様への会釈《えしやく》は？　そう、いいですよ。では次に〝かしこまりました〟のときは？　そうです。そう、上から下へまっすぐ、すっとね。はい、よくできました。これならハリウッドの《シャトー・マーモント》にも負けないわ」

もちろん、ハリー・クバートがオーロラにやって来たことで興奮したのはタマラ・クインだけではなかった。今や町じゅうが興奮していた。おそらくきっかけは、あの人はニューヨークの超大物だよと誰かが知ったかぶりをしたことだったに違いない。するとそれを聞いた数人がよそで同じことを吹聴《ふいちよう》し、さらにそれを聞いた人々が無教養だと思われたくないばかりに調子を合わせ、といった調子で町じゅうに興奮が広がったのだろう。ただ、図書館でハリー・クバートの処女作を棚に並べたアーン・ピンカスだけは、こんな名前の作家は聞いたことがないと言っていた。でも、ニューヨークの上流社会とおよそ縁のない一工員の意見に誰が耳を貸すだろうか。さらに決定打となったのがグースコーブで、あの立派な邸宅に滞在できるということは、凡人ならざる証拠だと誰もが思う。現に、あそこはもう何年も借り手がいなかったくらいなのだから。

また、別の意味で興奮していたのが、結婚適齢期の娘たちとその両親だった。なにしろハリー・クバートは独身で、それもただの独身ではない。有名人で、エリートで、金持ちで、見た目もいいのだから、花婿としてこれ以上の候補はいない。そんなハリーのハートを射抜くことができたらたいしたものだ。《クラークス》でもさっそくジェニーがハリーに熱を上げていて、そのことにはスタッフ全員が気づいていた。ジェニーは二十四歳の肉感的なブロンド美人で、高校時代にはチアリーダーやミス・オーロラ高校として名をはせたこともある。ウィークデーは毎日店に出ていて、スタッフのなかでただ一人、タマラの業務連絡を無視している。だが土曜日は、ジェニーではなくノラの出番だった。


コックがサービスベルを鳴らしたので、ノラは物思いからわれに返った。ハリーのトーストが焼けていた。すぐに皿をトレーに載せ、金色のバレッタを留め直し、それから両開き戸を誇らしげに押し開けてフロアに戻った。そう、二週間前からノラは恋をしていた。

一方ハリーのほうは、ノラが早く出てこないかと首を長くして待っていた。するとようやくトーストをトレーに載せてやって来た。《クラークス》は少しずつ客が増えてくる時間だった。

「お召し上がりください、クバートさん」とノラが言った。

「ハリーと呼んでほしいな」

「ここでは駄目よ」ノラは小声になった。「ミセス・クインに禁止されてるの」

「今はいないし、誰にもわからないよ……」

でもノラはほかの客たちのほうを目で示し、そちらへ行ってしまった。

ハリーはトーストをひと口かじって飲み込むと、ノートに数行書きつけた。まずは日付。〈一九七五年六月十四日、土曜日〉。毎日こうしてページを埋めているが、実のところなにを書いているのか自分でもわからない。オーロラに来て三週間になるのに、まだ小説のかけらさえ書けていない。アイディアらしきものが浮かんでも、どれ一つとして形にならず、書こうと思えば思うほど小説が逃げていく。なんだか海の底にゆっくり沈んでいくようで、これこそが物書きにとっての最悪の病、ライターズ・ブロックというものらしいと気づいていた。しかも症状は毎日少しずつ悪化している。ということは、この計画は失敗だったと言わざるをえない。金に余裕もないのにあんな立派な家を借りてしまうとは、なんとも愚かな真似をしたものだ。あれはまさに夢見ていた〝作家の家〟だった。でも、書けもしないのに作家のふりをしてなんになる？　借りると決めたときは、この計画はいけると思えたのだが……。その計画は、いや甘い夢はこうだった――いい小説を書く。九月までにある程度書いて、最初の数章をニューヨークの大手出版社に送る。それが彼らの心をつかみ、版権の取り合いになる。前金を貰って、それで小説を書き上げる。経済的な不安は解消され、ずっと夢見ていた一流の作家になる――。だがその夢は、早くも苦い後味を残して消えつつあった。この調子では秋になったら一文無しで、しかも手ぶらでニューヨークに戻ることになりそうだ。そして今度こそ夢をあきらめ、高校の校長に頭を下げて、また働かせてくださいと頼むしかない。

ハリーはほかの客と話しているノラのほうを見た。彼女の周りだけ明るく輝いていた。ノラの笑い声が聞こえる。そこでノートに書いた。

NOLA、NOLA、NOLA

NOLA——世界を変えてしまった四文字。NOLA——出会った途端に惹《ひ》かれてしまった少女。浜辺で出会った二日後に、二人は雑貨屋の前で偶然再会した。そして一緒にメインストリートをマリーナまで下りていった。

「あなたは本を書くためにオーロラに来たって聞いたけど、ほんと?」

「ああ、ほんとだ」

ノラは目を輝かせた。

「わあ、わくわくしちゃう! 作家に会うなんて初めてだもの。質問したいことがいっぱいあって……」

「たとえば?」

「どうやって書くの?」

「うーん、こんな感じかな……いろんな考えが頭のなかに渦巻いてて、そのうちそれが文章になって、紙の上に出てくる」

「それって、すごいことよ!」

うれしそうにそう言うノラを見て、ハリーは自分がただもう無条件にこの少女に恋していることを改めて感じた。ノラが毎週土曜に《クラークス》で働いていると聞いたのもそのときだ。そこでハリーは次の土曜に朝早くから店に来た。そして一日じゅうノラの姿を眺め、動作の一つ一つに見とれた。だが相手は十五歳なのだと思うと、後ろめたさを感じずにはいられなかった。自分の気持ちを町の誰かに知られたら敵意の目で見られるだろう。ひょっとしたら警察に通報されるかもしれない。そこで、疑われないようにと、土曜だけではなく毎日《クラークス》に通うことにした。

そんなわけで、ハリーはもう一週間以上も、何げないふりを装って毎日《クラークス》に通ってきている。土曜だけ胸の鼓動が早くなるが、そんなことは誰も知らない。そして毎日《クラークス》で、あるいはグースコーブに戻ってからなにをしているかと言えば、NOLAと書き綴っている。白いページをその名で埋め、ノラのことを考え、ノラについて書く。そしてそのページを破り取り、金網のかごに入れて暖炉で燃やす。誰かに見られたらおしまいだからだ。

昼少し前、店が混み合ってきた頃に、ノラがミンディーと交替した。ハリーがどうしたのだろうと思っていると、ノラが店の客の一人を連れてこちらにやって来た。昼前に入ってきて、カウンターでアイスティーを飲んでいた男だ。ノラの父親のデヴィッド・ケラーガン牧師に違いない。

「クバートさん、今日はこれで失礼します」ノラがあいさつした。「あの、父をご紹介したくて。ケラーガン牧師です」

　ハリーは立ち上がり、牧師とにこやかに握手を交わした。

「あなたが有名な作家さんですね」牧師が微笑んだ。

「初めまして、ケラーガン先生。この町に来て以来、先生のお話はいろいろ伺っています」とハリーは答えた。

　牧師はちょっとおどけた顔をした。

「ここの人たちが言うことは真に受けないほうがいい。いつも大げさに言うんですから」

　ノラがポケットからちらしのようなものを取り出した。

「クバートさん、今日、高校の学年末の発表公演があって、それでバイトも昼までなんです。夕方五時からなんですけど、いらっしゃいませんか？」

「ノラ」父親がそっとたしなめた。「クバートさんのお邪魔をしてはいけないよ。高校の演《だ》し物なんかにお呼びしてどうするんだね？」

「でも、とってもすてきな公演だから！」ノラが興奮した声で言った。

　ハリーはありがとうと言うだけにしておいた。そしてノラが父親と帰っていくのをずっと目で追い、それから自分も店を出てグースコーブに戻り、また白いページに向かった。

　午後二時。〈NOLA〉。ハリーは二時間前から書斎で机に向かっていたが、時間ばかり気になってなにも書けなかった。高校の公演には行くべきではない。行ってはならない。それはわかっている。しかし、どれほど厚い壁も、牢獄の格子でさえも、ノラと一緒にいたいという気持ちを阻《はば》むことはできない。体はグースコープに閉じ込められていても、心はノラと浜辺で踊っている。

三時になった。そして四時になった。ハリーはここから出るものかと万年筆にしがみついた。彼女は十五歳。これは禁じられた愛だ。〈NOLA〉

午後四時五十分。ハリーはダークグレーのスーツ姿でオーロラ高校のホールにそっと潜り込んだ。ホールはすでに人でいっぱいだった。町じゅうの人が来ているのかもしれない。ハリーは通路を進みながら居心地の悪さを感じた。誰もが自分を見てささやいているような、生徒の親たちが「おまえが来たわけは知っている」とにらんでいるような気がする。それに耐えられず、早々に適当な列に逃げ込み、目立たないように座席に身を沈めた。

演し物が始まった。まずはお粗末なコーラス、それからリズム感のないトランペット・アンサンブル、形ばかりのピアノの連弾、聞くに堪えない歌と続いた。そこで一度照明が落ちた。それからスポットライトが舞台上に小さな円を作ると、そのなかに青いドレスを着た少女が現われた。ドレスにはスパンコールがちりばめられ、きらきらと輝いている。ノラだった。ホールは静まり返った。ノラは脚の長い椅子に腰かけ、髪のバレッタを留め直し、前に置かれたマイクスタンドの高さを調節した。それから観客のほうに笑顔を見せると、ギターを構え、あいさつ抜きでエルヴィス・プレスリーの『好きにならずにいられない』を歌いはじめた。

観客はその歌声に圧倒された。そしてハリーはその瞬間、自分は運命に導かれてオーロラにやって来たのだと悟った。すべてはノラ・ケラーガンに会うためだったのだと。ノラは自分にとってかけがえのない存在で、もしかしたら自分の運命は作家になることではなく、このたぐいまれな少女に愛されることなのかもしれない。だとしたら、そんな美しい運命がほかにあるだろうか？　ハリーはすっかり動揺し、曲が終わるや否《いな》やホールを抜け出した。そしてそのままグースコーブに逃げ戻り、テラスでウィスキーをあおりながら無我夢中で〈ＮＯＬＡ、ＮＯＬＡ、ＮＯＬＡ〉と書き綴った。正直なところ、どうすればいいのかわからない。オーロラを出ていくべきだろうか？　でもどこへ？　あのニューヨークの喧騒に戻るのか？　いや、そうはいかない。家は九月まで借りる契約で、すでに半額を支払っている。ここには本を書くために来たのだし、それだけはなんとしても全《まっと》うしなければならない。

書きつづけていたら手首が痛くなった。ウィスキーで頭がぼんやりしてきたので浜辺に下りた。自分がみじめだった。大きな岩の前にへなへなと座り込み、岩に背を預けて水平線を眺めた。不意に背後で声がした。

「ハリー？　ハリー、どうしたの？」

ノラだった。青いドレスのままだ。ノラは走ってきて砂の上に膝をついた。

「どうしたの？　気分が悪いの？」

「ここでなにしてる？」ハリーは驚いてそれしか言えなかった。

「拍手の途中で出ていったでしょ？　あのあとで探したけど見つからなくて。心配になって……。どうしてさっさと帰っちゃったの？」

「ノラ、ここにいてはいけない」

「どうして？」

「飲んだんだ。つまり、ちょっと酔ってるから」

「どうしてそんなに飲んだの？　そんな悲しい顔して……」

「寂しくて。とんでもなく寂しくてね」

ノラは顔を寄せ、きらきらした目で見つめてきた。

「ハリーったら、あなたの周りにはたくさん人がいるじゃない」

「孤独で死にそうだよ」

「じゃあ一緒にいてあげる」

「駄目だ……」

「そうしたいの。お邪魔じゃなければだけど」

「邪魔なわけがない」

「ねえ、どうして作家ってみんな孤独なの？　ヘミングウェイも、メルヴィルも……。世界でいちばん孤独な人たちみたいに見える」

「作家が孤独なのか、それとも孤独だから書かざるをえないのか、どっちなのかわからない」

「それに、作家ってどうしてみんな自殺しちゃうの？」

「作家がみんな自殺するわけじゃないよ。本を読んでもらえない作家だけだ」

「あなたの本を読んだわ。町営図書館で借りてひと晩で読んだわ。大好き！　あなたってすごい作家なのね。ハリー……公演のとき、あなたのために歌ったの。あの歌はあなたのために歌ったのよ」

ハリーはようやく微笑んだ。ノラがそっと髪に手を入れながら言った。

「あなたは立派な作家よ。それに、あなたは一人じゃないわ。わたしが一緒にいるから大丈夫」

25　ノラについて

「ハリー、結局のところどうすれば作家になれるんですか？」

「あきらめなければなれる。いいかマーカス、自由とは、そして自由への渇望とは、自分との闘いだ。わたしたちはこの社会で忍従を強いられているが、その状態から抜け出すには自分自身とも世界とも闘わなければならない。自由とは一瞬一瞬の勝負のことなんだが、それをわかっている人は少ない。だがわたしはわかっているつもりだし、決して負けるつもりはない」

アメリカの田舎町の困ったところは、ボランティアの消防団しかないことで、残念ながら消防署よりも出動が遅い。だから、二〇〇八年六月二十日の夜も、助けを呼んでから消防団が到着するまでに時間がかかった。だから、コルベットから出た火がガレージを焼いただけで、家自体に燃え広がらなかったのはなんとも幸いなことだった。もちろん消防団長に言わせれば、それはガレージが離れになっていたからだそうだが、いずれにしても危なかった。

警察と消防団がグースコーブであわただしく作業しているところへ、署長のトラヴィス・ドーンも駆けつけてくれた。

「マーカス、無事か?」

「ええ、ぼくはね。でもハリーの家が……まるごと焼けるところだった」

「それで、どういうことなんだ?」

「遅くにグランドビーチから戻ってきたら、砂利道に折れたところで人影が森のほうへ走り去るのが見えて、それから炎が目に入って……」

「人影? 顔は見たか?」

「いや、一瞬のことだったから」

そこへ、消防団と一緒に駆けつけて家の周囲を調べていた警官が、息を切らせて戻ってきた。

扉の隙間に紙がはさんであるのを見つけたのだ。また同じ文面だった。

ニューヨークに帰れ、ゴールドマン

「くそっ！　昨日に続いてまた……」

「昨日もか？　どこでだ？」トラヴィスが訊いた。

「車ですよ。ほんの十分ほど雑貨屋の前にとめておいて、戻ってみたらこれと同じのがワイパーにはさんであったんです」

「誰かにつけられていなかったか？」

「さあ……わかりません。特に注意してなかったから。でもどうして？」

「決まってるだろう。この放火はどうみても警告だ」

「警告？　ぼくに？」

「おまえさんにオーロラにいてほしくないやつがいるってことだ。事件のことを嗅ぎまわってるのは町じゅうが知ってるしな」

「だから？　ぼくがノラについて調べると困る人がいるってことですか？」

「かもしれん。どっちにしても気に食わないね。どうもきな臭い。夜はここをパトロールさせることにしよう。もう安全とは言えないからな」

「そんな必要はありませんよ。そいつがぼくに用があるなら、会いに来ればいい。逃げも隠れもしない」

「冷静になれ。とにかく今夜はここに警官を残していく。これが警告ならまた次があるはずだ。十分気をつけるんだぞ」


翌朝早く、ぼくは拘置所に行って放火のことをハリーに伝えた。

「ニューヨークに帰れ、ゴールドマン?」脅迫状のことを言うと、ハリーはぼくの言葉を繰り返した。

「そうです。パソコンで打った文字です」

「それで警察は?」

「トラヴィス・ドーンが来て、手紙を持っていきました。分析するそうです。トラヴィスは警告だと言ってます。ぼくがこの件を嗅ぎまわることを誰かが快く思っていないんだと。つまり、誰かがあなたを犯人に仕立てようとしていて、ぼくが首を突っ込むのを止めたいんですよ」

「そいつがノラとデボラ・クーパーを殺したということか?」

「可能性はあります」

ハリーはひどく暗い顔をしていた。

「ロスが知らせてきたんだが、今度の火曜に大陪審が開かれるそうだ。ひと握りの市民たちがこの件を吟味して、起訴するに足る根拠があるかどうかを判断するんだそうだ。だがどうやら、それも結局は検事の言いなりだそうで……。悪夢だよ、マーカス。一日過ぎるごとにどんどん深みにはまっていく。逮捕されたときは、なにかの間違いだから数時間で釈放されると思った。ところが裁判まで閉じ込められることになった。しかも終身刑になるかもしれない。そのことが一時も頭から離れない」

ハリーは明らかに衰弱していた。逮捕されてからまだ十日も経っていないのに。このままでは一か月もたないかもしれない。

「助け出しますよ。真実を暴きます。ロスは優秀な弁護士だし、とにかく気をしっかり持ってください。話の続きをお願いします。いいですね？　ノラのことを話してください。あのあとどうなりました？」

「あのあとって？」

「浜辺での話のあとですよ。土曜日に高校で演し物があって、そのあとノラが来て、あなたは一人じゃないと言ったんでしたね？」

そう言いながら、ぼくはまたレコーダーをセットしてスイッチを入れた。ハリーは苦し紛れの笑みを浮かべた。

「きみはいいやつだな。そう、大事なのはノラの話だった。ノラが浜辺にやって来て、あなたは一人じゃないと言った。自分がいるからと……。実はわたしは人づき合いが苦手でね、若い頃からずっと一人だった。それがあのとき突然変わったわけだ。ノラといると自分がなにかの一部だと感じることができた。ノラと二人でなにかを形成しているという感覚だ。逆に、ノラがいないと心に穴が開いてしまう。つまり、ノラがわたしの人生に入り込んだことで、彼女なしでは世界がきちんと回らなくなってしまったんだよ。ノラがいなければ幸福になれない。でもその一方で、二人の関係が厄介なものになることもわかっていた。だからまず考えたのは、その感情を押し殺すことだった。無駄な抵抗だったがね。あの土曜の夜はしばらく二人で浜辺にいたんだが、もう遅いから帰れ、ご両親が心配するからと言うと、ノラはすなおに従った。わたしはノラが浜沿いを戻っていく後ろ姿を目で追った。途中で振り向いてくれないかと、一度でもいいから振り向いて手を振ってくれないかと思いながら。だが同時に、なんとしてもノラを頭から追い出すのだと心に誓った。そして次の週、あえてジェニーに近づくことでノラを忘れようとしたんだ。今では《クラークス》の女主人になっているあのジェニーだ」

「ちょっと待って……一九七五年に《クラークス》で働いていたジェニーっていうのが、つまり今のジェニー・ドーン？　トラヴィスの奥さんで、《クラークス》を切り盛りしてるあのジェニーなんですか？」

「そうだとも。当時のジェニーは大変な美人だった。今でもその面影が残っているがね。ハリウッドに出て女優になろうとしていたくらいだ。よくその話をしていたよ。オーロラを出て、カリフォルニアの大都会で生きていくんだと。だが結局そうはならなかった。ジェニーはこの町に残り、母親に代わって店の女主人になり、ずっとハンバーガーを売って暮らすことになった。だがそれは誰のせいでもない。マーカス、人生とはすべて自分で選び取ったものだ。そのことはわたし自身がいちばんよく知っている……」

「どういう意味です？」

「まあ、それはどうでもいい……。すまないね、話が脱線して。ジェニーの話だったな。要するに、当時二十四歳だったジェニーはとびきりの美人だったということさ。ゴージャスなブロンド美人、男なら誰もが振り向くといったタイプの美人だ。実際、この町の若い男はみんな彼女を狙っていた。わたしは《クラークス》へ通い、積極的にジェニーとしゃべった。勘定はつけにしてもらった。それがどういう金額になるか気にもしていなかった。生活に余裕がなかったにもかかわらず、そんなことで散財していたわけだ」

*

一九七五年六月十八日水曜日

ハリーがオーロラに来てから、ジェニー・クインは朝の身支度《みじたく》に前より一時間以上も長くかけるようになった。ハリーにひと目ぼれしたからだ。それまでこんな気持ちを経験したことはなかったので、とうとう運命の人に巡り合ったと思った。だから、ハリーの姿を見るたびに、ごく自然に二人の未来を想像してしまう。見事ゴールインして、ニューヨークで暮らす。グースコーブが二人の夏の別荘になり、そこでハリーが原稿に手を入れるあいだ、自分は両親を訪ねる。そう、ハリーなら自分をオーロラから連れ出してくれる。そしてもう二度と油だらけのテーブルを拭いたり、あの田舎くさい食堂のトイレを掃除したりしなくてすむようになる。自分はブロードウェイでデビューして、カリフォルニアで映画に出る。二人はセレブのカップルとして新聞に載る……そんなふうに夢がどんどんふくらんでいった。

しかも、それは独りよがりな夢ではないようだった。ハリーと自分のあいだにはなにかが起こりつつあるとジェニーは感じていた。そう、彼も間違いなくわたしのことを愛している。そうでなければ、毎日店に来るはずがない。ハリーがカウンターに座って話しかけてくるのがジェニーはうれしくてたまらない。ハリーはジェニーがこれまで見てきたどんな男性とも違っていた。はるかに洗練されている。母のタマラは店のスタッフに指示を出し、ハリーに話しかけたり邪魔をしたりしてはいけないと言った。家でも、おまえのクバートさんに対する態度はなっていないと言われ、口論になった。ママったらわかっちゃいないわとジェニーはいらついた。ハリーは自分を愛していて、自分のことを本に書こうとまでしているのに。

本のことは数日前から気になっていたが、今日とうとう確信が持てた。早朝の六時半に店を開けると、すぐハリーがやって来た。こんなに早く来たのは初めてだった。いつもはトラック運転手か外交販売員しかいない時間だ。ハリーは十七番テーブルにつくと、すぐに夢中で書きはじめた。誰かに見られるのが嫌なのか、テーブルに覆いかぶさるような恰好で書いている。だが時々手を止めて、こちらをじっと見る。ジェニーは気づかないふりをしたが、ハリーが見ているのは自分だとわかっていた。最初はなぜそんなにしつこく見るのかわからなかった。だが昼少し前に、そうだ、彼は自分のことを本に書いているのだと気づいた。そう、自分が、ジェニー・クインが、ハリー・クバートの次の傑作のヒロインになる。それに気づいた途端、ジェニーは言いようのない喜びに包まれた。そこで、昼が近いのを幸いに、さっそくメニューを持って十七番テーブルに向かった……。

残念ながら、ハリーがジェニーのことを書いているというのはジェニーの思い込みでしかなかった。ハリーが午前中ずっと書きつづけていたのはＮＯＬＡの四文字だった。ハリーの頭のなかにはノラの姿だけが浮かんでいて、ほかのことは考えられなかった。時々目を閉じると、いっそう鮮明にノラの顔が浮かんでくる。だからあわてて消そうとして、無理やりジェニーのほうを見る。ジェニーはとても美人だし、ひょっとしたらノラを忘れてジェニーを愛することもできるのではないかと、むなしい期待を抱いてのことだった。

ジェニーがメニューを持って近づいてきたので、ハリーはまた書いたものを白紙で覆った。誰かが近づいてくるたびにそうしている。

「そろそろなにかお腹に入れたほうがいいわ、ハリー」ジェニーは子供に言うように話しかけてきた。「今朝からコーヒーばかり飲んでるでしょう？　空腹のままそんなことをしてたら胸焼けするわよ」

ハリーは無理やり笑顔を作り、ちょっとした会話を試みた。額が汗ばんできたのでさっと手の甲で拭った。

「暑いの？　根を詰めすぎよ」

「かもしれない」

「なにかでインスピレーションを得たのね？」

「ああ。ここ数日いいような気がする」

「午前中もずっと書いていたわね」

「そうなんだ」

やはり無理な会話はうまくいかないとハリーは思った。適当な答えでごまかすことになってしまう……。


一方、ジェニーはハリーのぎごちない態度や額の汗を恋のせいだと思った。ハリーが原稿を隠すのは自分のことが書かれているからだし、最近調子がいいのも自分がインスピレーションのもとになっているからだし、会話だって恋人同士のすてきな会話になっていると思った。そこで、思わせぶりな微笑みを浮かべて頼んでみた。

「ハリー……図々しいかもしれないけど……読ませてもらってもいいかしら？　数ページだけでも。なにを書いているのかとても興味があって。きっと素晴らしい文章だと思うから」

「いや、まだ推敲してないから……」

「それでも素晴らしいに決まってるわ」

「まあ、またそのうち」

ジェニーは最高の微笑みをサービスした。

「レモネードはいかが？　頭がすっきりするわよ。それともなにか召し上がる？」

「ベーコンエッグを貰うよ」

ジェニーはすぐに厨房に行き、コックに向かって叫んだ。「大作家先生にベーコンエッグをお願いね！」するとタマラに呼び止められた。フロアでおしゃべりしていたのを見られていた。

「ジェニー、クバートさんの邪魔をしちゃ駄目って言ってるでしょ！」

「邪魔？　ママったら、ほんとにわかってないのね。わたしはハリーの創作意欲を刺激してあげてるのよ」

　それを聞いたタマラのほうは、おやおやこの娘《こ》ったらなにを言ってるのかしらと眉を上げた。そして、ジェニーは優しい娘だけれど、ナイーブすぎるところが問題だと思った。

「いったいどこからそんな考えが出てくるの？」

「ママ、ハリーはわたしに夢中なの。それでわたしのことを本に書いてるみたい。だから、わたしは一生ベーコンやコーヒーを運ぶことにはならないわ。あなたの娘は大物になるのよ」

「なにを馬鹿なこと言ってるの」

　するとジェニーは、鈍感な親にも困ったものといった表情できっぱり言った。

「ハリーとわたし、もうじき公認の仲になるわよ」

　そしてちょっと自慢げに顎を上げ、ファーストレディのような足取りでフロアに戻っていった。

　実はジェニーは少々大げさに言ったのだが、タマラはそうとは知らず、うれしくて顔がほころぶのを抑えられなかった。娘が大作家をつかまえたとなれば、《クラークス》の名は間違いなくアメリカじゅうに知れわたる。そうだ、結婚式をここでやったらいいとひらめいた。なんなら自分がハリーを説得すればいい。このあたりを通行止めにして、大きな白いテントを張って、選りすぐりの招待客だけを呼ぶ。半分はニューヨークの上流階級になるだろう。報道関係者も数十人は来て、フラッシュの嵐が続くに違いない。

この日ハリーは、午後四時になるとあわてて立ち上がって店を出ていき、すぐ前にとめていた車に飛び乗り、走り去った。いや、この日だけではない。ハリーは毎日午後四時に店を出ていく。いったいどこへ行くのだろうとジェニーは気になっていた。待ち合わせだろうか？　だとしたら誰と？

それから少しして、車が空いた場所に今度はパトカーが来てとまったが、ジェニーはハリーのことを考えていたので気にも留めなかった。乗っていたのはオーロラ署の巡査、トラヴィス・ドーンだった。トラヴィスはハンドルを握りしめたまま、緊張の面持ちで店の様子をうかがった。だがまだ客がかなりいたので、そのまま車のなかで待つことにし、そのついでに考えてきた文章を復唱することにした。たった一行の文章なんだから、必ず言えるはずだと改めて自分に言い聞かせた。びくびくすることはない。ほんとに短いんだから。そしてバックミラーで自分の顔を見ながら言ってみた。「あ、あの、ジェ、ジェニー、もしかして、土曜に映画が、その、行けるかも、なんて思ったりして……。ええい、くそっ！」まともな文章になっていない。どうということもない文章一つ覚えられないなんて！　トラヴィスは仕方なく折りたたんだ紙を広げて、書いてきた文章を読み上げた。

こんにちは、ジェニー。土曜の夜、暇だったら、
モンベリーに映画を見に行かないか？

これがどうして覚えられないのか、自分でもわからない。でも本当に簡単な文章だからなんとかなるさと思い直した。段取りはこうだ。笑顔で店に入る。カウンターに座ってコーヒーを注文する。そしてジェニーがカップにコーヒーを注いだときにこの文章を言う。トラヴィスは髪を整え、人に見られているといけないので無線で話すふりをした。これならパトロール中になにかの連絡を待っているように見えるだろう。十分経った。四人のグループ客が店を出ていった。突入のチャンス。心臓がばくばくしている。鼓動を胸に感じ、両手に感じ、こめかみに感じる。指先までぴくぴく動くようだ。トラヴィスは紙を片手に握りしめてパトカーから出た。ジェニーのことが好きだった。高校時代からずっと好きだった。この世で最高の女性だと思っている。だからこそオーロラにとどまったのだ。警察学校では能力があると評価され、地方警察ではなくもっと上を目指したらどうかと勧められた。州警察、あるいはＦＢＩへという可能性もあった。ワシントンから来ていた教官がこう言った。「おい坊主、田舎でぐずっててどうする。ＦＢＩも考えろ。やっぱりたいしたもんだぞ、ＦＢＩは」ＦＢＩを勧められるなんて、それだけでも胸が躍った。ひょっとしたらあの名高いシークレットサービスにだって志願できるかもしれない。この国の大統領や要人を警護するエリート中のエリートだ。だが、トラヴィスにはジェニー・クインがいた。オーロラの《クラークス》でウェイトレスをしている美人。

ずっと前から好きで、いつか自分に目を向けてくれないかと切望している相手。というわけで、トラヴィスはオーロラ署への配属を願い出た。ジェニーがいなければ人生に意味がないと思えたからだ。そしてこの日、トラヴィスは扉の前で深呼吸してから、勇気を出して店に入った。

ジェニーはコップを拭いていた。なにか考え事をしているようで、こちらに気づきもしない。目の前のカウンターに座ると、ようやく気づいてくれた。

「こんちは、ジェニー」

「あら、いらっしゃい。コーヒー？」

「ああ、頼む」

トラヴィスは一瞬目を閉じて集中した。あの文章を言わなくては。ジェニーがカップを置いて、コーヒーを注いだ。言うなら今だ！

「ジェニー……あのさ……」

「なあに？」

そこでジェニーと目が合ってしまった。大きな明るい色の瞳に見つめられ、トラヴィスは動揺した。文章の続きはなんだったっけ？　そう、映画だ、映画。

「映画」口から出たのはそれだけだった。

「映画がどうしたの？」

「あ……マンチェスターの映画館で強盗があって」

「ふうん、映画館で強盗？　妙な話ね」

「いや、マンチェスターの郵便局でって言いたかったんだけど」

ちくしょう！　なんで強盗の話になったんだ？　映画だ、映画！　映画の話をしなけりゃ。

「郵便局なの映画館なの？」ジェニーが訊いた。

映画館。映画館……。映画館に誘うんだ！　トラヴィスの心臓は爆発しそうだった。もう言うしかない！

「ジェニー……あのさ……もしかしてって思って……つまり、もしきみが……」

そのとき、厨房からタマラが娘を呼んだ。

「ごめんなさい、トラヴィス。行かなくちゃ。ここんとこママがご機嫌斜めなの」

そう言ってジェニーは両開き戸の向こうに消えてしまった。トラヴィスはため息をつき、文章の続きを小声でつぶやいた。「土曜の夜、暇だったら、モンベリーに映画を見に行かないか……」そしてコーヒーに口もつけず、しかも五十セントのコーヒーに五ドルも置いて、がっくりうなだれて《クラークス》を出た。

*

「それで、毎日午後四時にどこに行ってたんです？」とぼくは訊いた。

ハリーはすぐには答えず、少し遠くを見るような目をした。

「どうしても彼女に会いたくて……」

「つまり、ノラ？」

「ああ。ジェニーがどんなに素晴らしくても、ノラではない。ノラといれば生きていると感じることができた。ほかに説明のしようがないんだよ。それが愛というものかもしれないな。あの笑い声だよ、マーカス。わたしの耳には三十三年前からずっと聞こえている。話し声もいつも聞こえている。どこにいても、彼女が人生について、本について話しかけてくる。時には、そこに彼女がいるのかと思うほどに。あのまなざしも、髪を直したり唇を嚙んだりするしぐさも、ずっとわたしの目の前にある。あのときもすでにそうだった。ノラと出会ってからまだひと月にもならなかったが、ずっと前から一緒にいるような気がしていた。そして、彼女がいないとすべてが意味を失うように思えた。一日でも会わないと、その一日が失われる。だからどうしても会いたくなって、オーロラ高校の前で待つようになったんだ。午後四時に《クラークス》を出て、車で高校に行く。正門前の教員用駐車場にとめて、車のなかで彼女が出てくるのを待つ。彼女が現われると、自分は生きていると感じ、自分が強くなったように感じる。そして彼女がスクールバスに乗るのを見届け、そのバスが見えなくなるまでじっと見送る。マーカス、わたしはどうかしていたんだろうか？」

「いえ、そんなことはありませんよ」

「わたしにわかるのは、ノラがわたしのなかで生きていたということだけだ。文字どおりの意味でね。そしてまた次の土曜がやって来た。それは素晴らしい一日だった。天気がよくて多くの人が浜に出たから、逆に《クラークス》は客がいなくて、ノラと二人だけでずいぶん話ができたんだよ。ノラはわたしとわたしの本のことをずいぶん考えたと言っていた。わたしが書いているものはきっと大傑作になるとも言ってくれた。そしてバイトが終わると、わたしが車で送っていった。もちろんノラの家の一ブロック手前で彼女を降ろしたんだがね。ノラは少し一緒に歩こうと言ったが、そんなところを見られたらうわさになるから駄目だと答えた。するとノラが『でも一緒にいたいの。あなたは特別なんだもの。こそこそせずに一緒にいられる時間があったらいいのに』と言ったんだ」

＊

一九七五年六月二十八日土曜日

午後の一時だった。ジェニー・クインは《クラークス》のカウンターのなかで忙しく働いていた。入り口の扉が開くたびに飛び上がって扉のほうを見るが、そのたびにがっかりする。ハリーを待っているのに来ないのだ。ジェニーは苛立ち、悲しくもあった。また扉が開いた。だがやはりハリーではなく、母のタマラだった。タマラはこちらを見て目を丸くした。

「おや、そんなおめかしして何事なの？　前掛けは？」

ジェニーは今日、特別な日にしか着ないクリーム色のドレスを着ていた。

「あんなみっともない前掛けはもう嫌よ。不細工に見えちゃう。たまにはおしゃれしたっていいじゃない。一日じゅうハンバーガーを運ぶのが楽しいとでも言うの？」

ジェニーは泣きたい気分だった。

「おやまあ、いったいなにがあったの？」タマラが訊いた。

「今日は土曜日だし、働かなくてもいい日じゃない！　週末は働かないことにしてるのに！」

「今頃なに言ってるの？　代わると言い張ったのはあなたじゃないの。ノラが今日だけ休みが欲しいって言ったときに」

「そうだっけ。よく覚えてないけど……。ああ、ママ、わたし悲しいわ！」

そう言った拍子に、ジェニーは手にしていたケチャップの瓶を落としてしまった。瓶は割れ、真っ赤なケチャップがジェニーの真っ白なスニーカーに飛び散った。ジェニーはとうとうこらえきれずに泣きだした。

「あらら、もう、いったい何事よ！」タマラがおろおろしながら訊いた。

「ハリーを待ってるのよ！　いつもは土曜も来るんでしょう？　なのにどうして今日は来ないの？　ああ、ママ、やっぱりわたしが馬鹿だったのね。ハリーに愛されてると思ってたなんて。ハリーみたいな人が田舎のハンバーガーの売り子なんか好きになるわけないのよ！　わたし、なんて間抜けなんだろう」

「そんなこと言いなさんな」タマラが抱きしめてくれた。「さあ、今日は好きなことしていいから。店はわたしに任せて。あなたが泣くところなんか見たくないわ。あなたは素晴らしい娘よ。ハリーもきっとあなたのことが好きよ」

「じゃあ、どうして来ないのよ」

タマラはちょっと首をかしげ、それから言った。

「今日店に出ることをハリーは知ってるの？　土曜日はあなたいつも休みでしょう？　だから

来ないんじゃないの？　ママは思うけど、土曜日には、ハリーはきっと家でしょげてるのよ。あなたに会えないから」

ジェニーはなるほどと思い、急に元気が出てきた。

「そうよね、ママ。どうして気づかなかったのかしら！」

「家を訪ねてみたらどう？　あなたが行ったら喜ぶんじゃないの？」

ジェニーはうれしくなった。そう、いい考えだ。ピクニックバスケットになにか食べるものを詰めてグースコーブに持っていく。ハリーはきっと仕事をしていて食事の準備どころではないだろう。だから自分がキッチンを借りて準備する。完璧だ。


ちょうどその頃、《クラークス》から二百キロほど離れたところで、ハリーはノラとピクニックを楽しんでいた。メイン州にあるロックランドという小さな町の海沿いの散歩道だ。大きなカモメがしわがれ声で鳴きながら近くを飛んでいて、ノラがパンのかけらを投げてやっていた。

「カモメって大好き」ノラが言った。「鳥のなかでいちばん好き。海が好きだからかな。カモメがいるところには必ず海があるから。遠くに森しか見えなくても、カモメが飛んでいればその先が海だとわかるでしょ？　ハリー、あなたの本にカモメは出てくる？」

「お望みならなんでも登場させるよ」

「なんについての本なの？」

「言えたらいいんだけど、言えない」

「恋愛小説？」

「そんなところかな」

ハリーは手帳を開き、鉛筆で風景をスケッチしはじめた。

「なにしてるの？」

「スケッチだ」

「絵も描くの？　すごい、なんでもできるのね。見せて、見せて！」

ノラはハリーの手元をのぞき込み、スケッチを見てはしゃいだ。

「すごくきれい！　絵の才能もあるんだ！」

そして興奮したはずみでハリーの胸に身を寄せた。ハリーは半ば反射的に押し返し、誰にも見られなかったかと周囲を見まわした。

「どういうこと？」ノラが怒ったように言った。「わたしといるのが恥ずかしいの？」

「ノラ、きみは十五で……ぼくは三十四だよ。人に見られたらなにを言われるかわからない」

「そんなの、なにか言う人が馬鹿なのよ！」

ハリーはその顔を見てふき出し、ふくれっ面のノラを素早く描いた。またノラが身を寄せてきたが、もうそのままにさせておいた。そして二人でカモメたちが餌を奪い合うのを眺めた。

内緒のピクニックを計画したのは数日前のことだった。その日、ハリーはオーロラ高校ではなく、ノラが下校時にスクールバスを降りるあたりで待っていた。ハリーを見つけたノラは驚いた様子だったが、でもうれしそうな顔をした。

「ハリー？　ここでなにしてるの？」

「それが自分でもわからないんだ。ただきみに会いたくて。それで……きみがこのあいだ言ったことを考えてた」

「こそこそせずに一緒にいられるってこと？」

「そう。週末にどこかに出かけるのはどうかと思って。遠くじゃない。たとえばロックランドとか。それなら知ってる人もいないし、こそこそせずにいられる。もちろんきみが行きたければだけど」

「すてきだわ！　でも行けるのは土曜だけよ。日曜は礼拝があるから」

「じゃあ土曜だ。バイトは休めるのか？」

「もちろん！　ミセス・クインにお願いして休みを取るわ。それに、親にどう言うかも心得てるから、任せといて」

親にどう言うかも心得てる——その言葉を聞いたとき、未成年の少女に恋をするなんていったい自分はどうしたんだと、ハリーは改めて思った。

その思いはロックランドに来てからも消えなかった。ノラの両親のことが頭に浮かんだ。

「なに考えてるの？」ノラが身を寄せたまま訊いた。

「ぼくらはなにをしてるんだろうと思って」

「わたしたちがしてることになにか問題があるの？」

「わかってるだろう？　いやわかってないのかな。ご両親にはなんて言ってきた？」

「親友のナンシー・ハッタウェイと遊びに行くって。朝早く出て、テディー・バプストのお父さんの船に一日じゅう乗るって。テディーはナンシーのボーイフレンドよ」

「で、そのナンシーは今日どうしてるんだい？」

「もちろんテディーと船の上よ。二人きりでね。ナンシーは自分の親にわたしが一緒だって言ってるわけ。テディーと二人きりだったら、駄目って言われちゃうから」

「つまり、ナンシーの両親はナンシーがきみと一緒にいると思ってて、きみの両親はきみがナンシーと一緒にいると思ってるわけだ。だから親同士が電話したとしても、ばれない」

「そういうこと。完璧でしょ？　だから八時までに戻れば大丈夫なの。踊りに行く時間あるかしら？　あなたと踊りたくてうずうずしてるのよ」


ジェニーがグースコーブに着いたのは午後三時だった。ハリーの車はなかった。呼び鈴を押したが、返事がない。テラスにも回ってみたが、誰もいなかった。気晴らしのドライブにでも出たのだろうか。だとしたら、戻ってきたとき食事が用意してあったら喜ぶに違いない。ジェニーはそう思って入ってみることにした。食べるものならたくさん持ってきている。ビーフサンドにゆで卵、チーズ、サラダ、自慢のサラダ用ディップ、タルト、そしてみずみずしい果物……。

ジェニーがグースコーブの家のなかに入るのはこれが初めてだった。どこもかしこもすてきだわと感激した。空間が広く、インテリアの趣味がいい。天井は梁《はり》がむき出しになっていて、壁は巨大な書棚になっている。床はつやのある寄せ木張りで、大きなガラス窓からは海が一望できる。ここでハリーと暮らす毎日をつい想像してしまう。夏の朝食はテラスだ。冬は暖かく着込んで居間の暖炉の前で過ごす。そこでハリーが書いたばかりの小説を読み聞かせてくれる。ジェニーはこれまでニューヨークに住みたいと思っていた。でも、ハリーと一緒にいられるならここで十分だという気がしてきた。ジェニーは食事を用意し、棚からよさそうな食器を出してきてダイニングテーブルの上に並べた。そして支度ができると、肘掛け椅子に座った。ここで待っていて、ハリーを驚かそうと思った。

一時間待った。ハリーはなにをしているのだろう？　退屈なので、ジェニーは家のなかを探検することにした。まず入ってみたのは一階の書斎だ。やや狭いが家具は整っている。収納棚、黒檀《こくたん》のライティングデスク、壁一面の書棚、大きな机。机の上には紙やペンが散らばっていた。ハリーはここで仕事をしているようだ。ジェニーはちょっとだけ、ちらりとだけ見るつもりで机に近づいた。盗み見するわけじゃない。ただ、あんなに長い時間、自分についてなにを書いているのか知りたいだけだ。それに、見たことは誰にもわからない。そう自分に言い聞かせ、ジェニーはいちばん上に載っていた紙を一枚手に取り、どきどきしながら読んだ。冒頭の数行は黒のフェルトペンで塗りつぶしてあって読めないが、そのあとははっきり読めた。

彼女に会うために《クラークス》へ行く。彼女のそばにいたいがためにあそこへ行く。

彼女はわたしが夢見てきたもののすべてだ。わたしは取り憑かれている。だがそれは禁じられている。こんなことは許されない。あそこに行くべきではない。この不幸な町にとどまることさえ許されない。出ていくべきだ。逃げるのだ。そして二度と戻ってきてはならない。愛してはいけない。それは禁じられている。わたしは気がふれてしまったのだろうか？

ジェニーはしびれるほどの幸福感に包まれ、紙に口づけし、そっと胸に押し当てた。そして踊るようにステップを踏んでから、思い切り叫んだ。「ハリー、あなたは気がふれてなんかいないわ！　わたしもあなたを愛しています。わたしたちの愛を禁じるものなどなにもないのよ。だから逃げないで！　あなたを心から愛しているわ！」そして興奮したまま紙を机の上に戻すと、こんなところを見られたら大変と急いで居間に戻った。それからソファーに飛び込み、スカートの裾を引っ張り上げ、胸元のボタンも外し、ハリーと抱き合うところを想像した。自分のためにあれほど美しい言葉を書いてくれた人はいない。ハリーが戻ってきたらすぐにでもこの身をささげよう。そう、ハリーに処女をささげよう。

ちょうどその頃、《クラークス》にデヴィッド・ケラーガンが入ってきた。そしてカウンターに座り、いつものようにアイスティーを注文した。

「先生、今日お嬢さんはいませんよ」タマラが言った。「休みが欲しいとおっしゃって」

「ええ、ミセス・クイン、知っています。娘は友達と海に行くと言って、朝早く出ていきましたよ。車で送ろうと言ったら、いいからゆっくり寝ていてと言われてね。優しい子です」

「本当に。ここでもとてもよくやってくれています」

ケラーガン牧師がにこやかに笑う様子を、タマラは改めてまじまじと見た。柔和な顔に丸眼鏡で、いつも陽気だ。たしかもう五十を越えたはずだ。痩せていてひ弱そうなのに、なぜか存在感がある。話しぶりはいつも落ち着いていて、人より大きな声を上げたことがない。町じゅうの人がそうであるように、タマラも牧師をとても尊敬していた。牧師の説教も好きで、南部訛りも気にならない。そう言えば、娘のノラもよく似ているわとタマラは思った。柔和で明るく、世話好きで、愛想がいい。善良な親子だ。よきアメリカ人であり、よきキリスト教徒。二人がオーロラでみんなに愛されているのは当然のことだ。

「この町に来て何年になられました?」タマラは訊いた。「もうずっと昔からいてくださるような気がして」

「もうすぐ六年ですよ。充実した六年でした」

牧師は何げなくフロアを見渡して、こう言った。

「おや、あの作家さんがいないな。いつもここで書いているんじゃなかったかな?」

「ええ、今日は見えてなくて。すてきな方ですわね」

「ああ、感じのいい人だった。先日ここでお目にかかってね。しかもご親切に、娘の高校の演し物を見にきてくれましたよ。教区の会員になっていただけると助かるんだが。教区の発展には名士が必要ですからな」

タマラはそこで娘のことを思い出し、思わず頬を緩めた。こんなうれしい話は黙っていられない。

「ここだけの話ですけどね、先生、どうやらあの方とうちのジェニーがうまくいってるようなんです」

デヴィッド・ケラーガンはそれはそれはとうなずくと、アイスティーをゆっくり口に運んだ。


ロックランドでは、ハリーとノラが店のテラスで日を浴びながらフルーツジュースを飲んでいた。夕方六時になろうとしていた。ノラがニューヨークでの暮らしについて話してほしいとハリーに頼んだところだった。ノラは何でも知りたがる。「お願い、全部話して。ニューヨークで有名人になるってどんな感じなの?」だが、ノラがセレブの生活を想像しているとわかるだけに、ハリーはどう答えたらいいのかわからなかった。そんな生活はしていないとはっきり言うべきだろうか? 実はニューヨークでは無名で、最初の本も見向きもされなかったのだと。グースコーブを借りるのに大金を払った上に、次の小説もまったく書けていないと。つまり自分はペテン師のようなもので、《クラークス》やグースコーブで日がな一日執筆にいそしんでいる大作家ハリー・クバートはこのひと夏しか続かない存在なのだと……。いや、そんなことはとても言えない。言えばノラを失うかもしれない。ハリーは仕方なく作り話でごまかすことにした。才能を認められ、人々から尊敬され、レッドカーペットにもニューヨークの喧騒にもうんざりし、しばしの休息を求めて田舎町にやって来た大作家のふりを続けた。

「いいなあ」ハリーの話を聞いて、ノラはうっとりした顔で言った。「なんて刺激的な人生なの！　わたし時々、自分が空を飛べたらなって思うの。そしたらオーロラを離れて遠くに行きたい。ここは息が詰まるもの。うちの両親は気難しくて。パパは立派な人だけど、聖職者だから頭が固いの。ママは……わたしにものすごく厳しくて、自分は子供だったことがないみたいな人なの。それから日曜日の教会……もううんざりよ。神様を信じてるかどうかもわからなくなっちゃった。あなたは信じてる？　あなたが信じてるなら、わたしも信じてもいいんだけど」

「わからない。ぼくももうわからないよ」

「ママは神様を信じなければならないって言うの。そうしないと厳しく罰せられるって。だから、迷ってるあいだは信じるふりをしたほうがいいって思うこともあるわ」

「でも結局のところ、神が存在するかどうかは神にしかわからないだろ？」

ノラは笑った。くったくのない笑いだった。そしてハリーの手をそっと握ってこう言った。

「母親を嫌いになるのは悪いこと？　子供に親を嫌う権利はないの？」

「あるさ。愛は義務じゃないよ」

「でも十戒のなかにあるじゃない。『あなたの父母を敬え』って。第四か第五か忘れちゃったけど。でも第一が『あなたには、わたしをおいてほかに神があってはならない』だから、神を信じないとしたら、母親を愛する義務もなくなるっていうこと？　ママは信じられないくらい厳しいの。おまえはふしだらだって言うのよ。部屋に閉じ込められることもある。わたしはふしだらなんかじゃなくて、ただ自由でいたいだけ。少し夢を見たいだけなのに。あ、大変、もう六時よ！　ああ、時間が止まってくれたらいいのに。もう帰らなきゃ。踊りに行く時間もないわ」

「またにすればいい。今度一緒に踊ろう。時間はこの先たっぷりあるさ」

夜八時。ジェニーははっと目を覚ました。待ちくたびれて、ソファーで眠ってしまっていた。もう日がかなり傾いている。横になったのが失敗だった。ジェニーはあわててスカートをなおし、胸のボタンもかけ直し、急いで荷物をまとめてグースコーブの家から駆けだした。なんだか恥ずかしかった。

その数分後、ハリーとノラはオーロラに戻ってきた。ハリーは港のそばで車をとめた。ノラはそこでナンシーと待ち合わせしていて、一緒に家に帰ることになっていた。二人はしばらく車のなかにいた。日が沈みかけていて、通りには誰もいなかった。ノラはかばんから包みを取り出した。

「なんだい？」ハリーは訊いた。

「開けてみて。あなたへのプレゼント。ジュースを飲んだところの近くのお土産屋さんで見つけたの。今日の思い出に持ってて。今日のことを忘れないように」

ハリーは包みを開けた。すると青く塗られた缶が出てきた。〈メイン州ロックランドの思い出〉と文字が浮き出ている。

「これにパンくずを入れるのよ」ノラが言った。「そしてカモメにやってちょうだい。カモメに餌をやるの。忘れないで」

「ありがとう。忘れずに毎日投げてやるよ」

「ねえ、ハリー、なにか優しい言葉を言って。〝いとしいノラ〟って言って」

「いとしいノラ……」

ノラは微笑み、顔を寄せてキスしようとした。ハリーはあわてて身を引いた。

「やめろ」乱暴に言った。

「え？ どうして？」

「きみとぼくは……面倒な関係だから」

「なにが面倒なの？」

「全部、全部だ。さあ、もう行くんだ。友達が待ってるんだろう？ もう……もうぼくらは会ってはいけないと思う」

ハリーはすぐに車を降り、反対側に回ってドアを開けた。とにかくノラを早く行かせたかった。そうでないと、こんなにも愛していることを黙っていられそうになかった。

＊

「じゃあ、あのキッチンにある缶は、ロックランドでのピクニックの思い出なんですね?」

「あれ以来、ノラに言われたとおりカモメに餌をやっている」

「それで、ロックランドのあとは?」

「あの日があまりにも素晴らしかったので、わたしは怖くなった。幸せな一日だったが、複雑な思いだったし、恐ろしかった。それで、改めてノラから離れようと決心した。前のようにただノラを忘れようとするのではなく、あえてほかの女性を受け入れてしまおうと思ったんだ。愛することが禁じられていない女性をね。もう誰だかわかるね?」

「ジェニー」

「ああ」

「それで?」

「それはまたにしよう。今日はもうしゃべりすぎて疲れたよ」

「わかりました」

ぼくはレコーダーを止めた。

24　独立記念日の思い出

「マーカス、構えろ」

「え？」

「早く！　足の位置を決めて拳《こぶし》を引きつけるんだ。そうだ。どんな気がする？」

「どうって……なんでも来いって感じです」

「それでいい。いいか、書くこととボクシングは似ているんだ。しっかり構えて、決意をもって打ち合いに入る。拳を上げ、相手に向かっていく。本も似たようなものだ。一冊の本は一つの闘いだ」

「マーカス、事件のことを調べるのはもうやめなさい」

ジェニーに一九七五年の話を訊こうと思って《クラークス》に行ったら、開口一番こう言われた。放火事件のことが地元のテレビで流れ、町じゅうに知られてしまったからだろう。

「なぜやめなきゃいけないんだ?」

「だって心配で。嫌な予感がするの……」いつものように息子に言うような優しい声だった。

「いきなり放火だなんて、この先なにがあってもおかしくないじゃないの」

「三十三年前になにがあったのかはっきりしない限り、この町を離れるつもりはない」

「なに馬鹿なこと言ってるの? まったく頑固なんだから。それじゃハリーと同じじゃない!」

「褒め言葉と受け取っておくよ」

ジェニーはあきれたという顔をした。

「それで? わたしになんの用?」

「少し話を聞かせてほしいんだけど。なんなら、ちょっと外に出て」

ジェニーは店を従業員に任せ、時間を作ってくれた。ぼくらはマリーナまで歩いていき、海が見えるベンチに並んで腰かけた。計算では五十七歳になるはずのジェニーの横顔を、ぼくは改めて見つめた。ひと言で表現すれば、やつれている。痩せすぎだし、顔の皺も目立つし、目の下に隈《くま》ができている。ぼくはハリーが言っていた若い頃のジェニーを想像しようとしてみた。ふくよかなブロンド美人で、ミス・オーロラ高校だったジェニー。そこへジェニーが出し抜けに質問してきた。

「マーカス……どんな感じなの？」

「なにが？」

「栄光を手にするって」

「苦しいよ。もちろんうれしいけど、だいたいにおいては苦しいよ」

「あなたが学生のとき、ハリーとしょっちゅう《クラークス》に来て二人で文章を練ってたのを思い出すわ。ハリーったらあなたに猛勉強させてたわね。二人ともあのテーブルで何時間も読んだり書いたりして、よく飽きもせずにって思ったものよ。店の外でも、あなたがしごかれて、明け方からジョギングしてるときにすれ違ったりしたわね。あなたがこの町に来るとハリーはうれしそうだった。別人になったみたいだった。町の人たちはみんな、あなたがいつ来るか事前に知ってたのよ。だって、ハリーが会う人ごとに言うんですもの。『もう言ったかな？来週マーカスが来るんだよ。あいつはすごいんだ。必ず成功するよ』って。あなたが来ることが、いえ、あなたの存在自体がハリーの人生を変えたの。ハリーがあの家でどれほど孤独だったか誰もが知ってたけど、それがあなたによって変わったのよね。再生って言えばいいかしら。孤独な老人がとうとう誰かに愛されたっていう感じ。つまり、あなたがハリーを救ったの。だからハリーったら、あなたが卒業してニュージャージーに戻ってからも、マーカスがどうしたのこうしたのって、みんながうんざりするほどあなたの話ばっかりでね。息子を自慢する父親みたいだった。そう、あなたはハリーが持つことのなかった息子になったのよ。始終あなたの話を聞かされるから、ずっとオーロラにいるような気がしてたくらい。そしてある日、あなたのことが新聞に載って、マーカス・ゴールドマン旋風が巻き起こった。大作家の誕生ね。ハリーは雑貨屋に並んでた新聞を全種類買って、《クラークス》でみんなにシャンパンをおごったわ。マーカスの成功を祝して『かんぱーい』って。それからしばらくのあいだ、町じゅうの人があなたをテレビで見て、ラジオで聴いて、あなたとあなたの本の話ばかりしてた。ハリーはそれこそ何十冊も買って、あちこちでばらまいてたわよ。そして誰もがマーカスは元気なのか、今度いつ来るのかって訊いたけど、ハリーの返事はこうだった。『元気だと思うけど、最近連絡がなくてね。ひどく忙しいんだろう』マーカス、あなたは電話一本かけてこなくなったわね。雑誌の取材だのテレビ出演だので忙しかったんでしょうけど、とにかくハリーを捨てた。ここにもぱったり来なくなった。あなたのことが自慢でたまらないハリーは、ちょっとした便りでもないかと待っていたけど、なかったわ。あなたは成功し、栄光を手にした。だからもうハリーは必要なかったのね」

「違うよ！」ぼくはたまらずに叫んだ。「確かに成功して浮かれてたけど、ハリーのことを忘れたりはしなかった。毎日思ってたよ。でももう自分の時間なんてまるでなかったんだ」

「電話一本かける時間も？」

「もちろん電話したさ！」

「それは行き詰まって、どうにもならなくなってからでしょう？　何百万冊だか知らないけど本が売れたところで、お偉い大作家様は怖気づき、次になにを書いたらいいのかわからなくなった。そのことも全部知ってるわ。ハリーが店のカウンターですごく心配してたから。あなたから電話があって、元気がなかったって。なにも書けなくなってて、出版社からなにもかも取り上げられそうになってるって。そしてその翌週、虐《しいた》げられた犬みたいにしょげたあなたがオーロラに現われた。ハリーはあなたを元気づけようとあらゆる手を尽くしたわよね。それが数か月前のことで、そのあと、お気の毒な新人作家はどうなったのかしら、なにか書けるようになったのかしらと思っていたら、二週間前に奇跡が起きた。ハリーの事件。そしたらやって来たのは誰？　お優しいマーカス君。あなた、オーロラでなにしてるの？　次の本のネタを探してるわけ？」

「どうしてそんなこと言うんだ？」

「勘よ」

　ぼくはショックでしばらくなにも言えなかった。でも結局すなおに打ち明けた。

「確かに出版社から今度の事件を本にしろって言われたよ。でもそんなことはしない」

「なに言ってるの、書かないわけにはいかないでしょう？　ハリーが化け物じゃないってアメリカじゅうに知らせるには、本にして出すしかないわ。彼は無実よ。わたしにはわかる。心の底でそう感じてる。だから見捨てないで。あなたしかいないのよ。あなたは有名だから、あなたの言うことなら世間も耳を貸すわ。だからハリーのことを、これまで一緒に過ごしてきた時間のことを書いてよ。ハリーがどれほど非凡な人かを書いて」

　ぼくはつぶやいた。

「愛してたんだね」

　ジェニーは目を伏せた。

「愛なんて、わたしにはもうわからないわ」

「いや、そんなことない。ハリーのことを話す様子を見ればわかるよ。どんなに嫌ってるふりをしたってわかるさ」

　ジェニーは寂しげに笑ったが、声は涙ぐんでいた。

「もう三十年以上も彼のことばかり考えて生きてきたの。あの人が寂しそうにしてるのを見るたびに、できることならわたしが幸せにしてあげたいと思った。それにわたしだって……。若い頃は映画スターになることを夢見ていたのに、結局は安食堂のスターにしかなれなかった。こんなはずじゃなかったのに」

　今なら昔のことを話してくれるかもしれないと思い、訊いてみた。

「ジェニー、ノラのことを話してくれるかな……」

　ジェニーはかすかに微笑んだ。

「優しい娘《こ》だったわ。母もとても気に入っていて、いつも褒めてた。それがしゃくに障ったわ。だって、ノラが登場するまではわたしがこの町のお姫様だったから。いつでもわたしが主役だった。引っ越してきたときのノラはまだ九歳で、その頃はそんなに目立つ存在じゃなかったのよ。でもある夏、思春期の女の子にはありがちなことだけど、突然変わったの。あのちびっ子が急にきれいな娘になったと誰もが気づいたわ。しなやかに伸びた脚、豊かな胸、そして天使のような顔立ち。見事に成長したノラ、水着姿のノラを見て、誰もがため息をついた」

「嫉妬してた?」

ジェニーはちょっと考えた。

「そうね、今だから言えるんだけど、そう、少し嫉妬してたわ。男の人たちがみんなノラに注目するようになったから」

「でもまだ十五歳だった……」

「でもね、少女って感じじゃなかったの。ノラは一人前の女性だった。それも美しい女性だった」

「ハリーとノラのことを疑ってた?」

「全然! 誰もそんなこと考えてもみなかったわよ。ハリーとはもちろんだけど、そもそもノラが恋愛なんて。確かにとても美人だったけど、なんといっても牧師の娘だから」

「じゃあ、ノラとハリーを奪い合うなんてことは?」

「ないわよ! あるわけないわ」

「それで、ハリーとはつき合ってたのか?」

「つき合ったと言えるほどのことじゃないの。ちょっと親しくなっただけ。ハリーはこの町で大もてだったしね。だって、ニューヨークの有名人がこんな田舎に……」

「ジェニー、ごめん、こんなこと聞いたら驚くかもしれないけど……あの頃ハリーは有名でもなんでもなかったんだ。知らなかった？　一介の高校教師で、そんなに金もないのに無理してグースコーブを借りたってこと」

「え？　でももう作家だったんでしょ？」

「一冊出してたけど、自費出版だったし、注目されることもなかった。でもこの町に来たら誤解されたみたいで、夢にすぎなかった大作家の役を自ら演じなきゃならなくなったんだ。でもそのあとで『悪の起源』が出て本当に有名になったから、化けの皮がはがれずにすんだんだけど」

ジェニーは笑った。なんだか楽しそうに。

「なあんだ、知らなかった！　ひどいわね、ハリーったら……。初めてのデートのことを思い出すわ。あまりにもうれしくて、しかもちょうど独立記念日だったからよく覚えてるの。一九七五年の七月四日よ」

ぼくは頭のなかで日付を並べた。ハリーがノラとロックランドに行ったのが六月二十八日だから、七月四日はハリーが別の女性を受け入れようと決意したすぐあとだ。だとしたら、やはり詳しい話を聞きたい。

「その日のことを聞かせてくれる？」

ジェニーは目を閉じ、昔を懐かしむような調子で語りはじめた。

「お天気のいい日だったわ。ハリーが《クラークス》に来て、コンコードに花火を見に行かないかと誘ってくれたの。夕方六時に家に迎えに行くって。当時はいつも六時半まで店に出てたんだけど、とっさに六時で問題ないって答えてしまってね。それから母に相談したら、今日はもう店はいいから、すぐ家に帰って支度しなさいと言ってくれたの」

＊

一九七五年七月四日金曜日

ノーフォーク・アベニューのクイン家はちょっとした騒ぎになっていた。夕方の五時四十五分になってもジェニーの支度ができていなかったのだ。着ていく服が決まらず、ジェニーは下着姿であわただしく一階と二階を往復していた。

「ねえ、ママ、これは？」そう言いながら服を持って居間に駆け込むのはそれが七度目だった。

「駄目よ、それも駄目」タマラは厳しい目でチェックした。「下半身が太って見えるわ。ハリーに大食漢だと思われたいの？　別のにしなさい！」

ジェニーは半べそをかきながらまた二階に上がった。なんてみじめなんだろう。似合う服の一枚もないなんてと悲しくなってくる。そして、こんなことじゃ一生独身で、みじめなまま終わることになるかもしれないと思った。

タマラのほうも気が気ではなかった。なんとしてもジェニーをハリー・クバートにふさわしい娘に仕立て上げなければならない。ハリーはそんじょそこらの男どもとは格が違うのだし、失敗は許されない。だからこそ、デートのことを聞いてすぐジェニーを家に帰らせたのだ。昼時で店はてんてこ舞いだったが、一刻も早く娘を店から出さなければと思った。そうしないと肌や髪についた脂のにおいが夕方までに抜けきらない。そして美容院に行かせ、マニキュアも塗らせた。そのあいだに自分は家をくまなく掃除し、ハリーが軽くつまめるように粋なつまみと食前酒を用意した。それにしても娘の勘違いじゃなくてよかった。ハリーは本当に娘をくどこうとしている。そう思っただけでタマラは興奮を抑えられず、早くも結婚のことを具体的に考えはじめた。ああ、これでようやく娘の嫁ぎ先が決まるんだわと胸が躍る。そこへ玄関で音がして、夫のロバート・クインが帰ってきた。ロバートはコンコードの手袋製造工場で技師として働いている。タマラはぎょっとして目をむいた。

ロバートのほうも、家に入るなりいつもと様子が違うので驚いた。隅から隅まで片づいて、きれいになっている。玄関にはアイリスの花が活けられ、花瓶敷きもしゃれたレースになっている。

「おい、こりゃどうした?」と大声を上げて居間に入ると、小テーブルにつまみと菓子類、シャンパンのボトルとシャンパングラスが並べられていた。

「あなた」タマラはどならないようにぐっと自分を抑えた。「もう帰ってきたの?　ちょっとまずいのよ。工場の人に伝言を頼んだのに」

「聞いてないぞ。伝言って?」

「七時前に帰ってこないでちょうだいって」

「へえ、そりゃまたなんで？」

「クバートさんがみえるからよ。ジェニーをコンコードの花火に誘ってくださってね」

「クバートさんって誰？」

「あらやだ。少しは社交にも目を向けてくださいよ。先々月末に引っ越してらした有名な作家の先生のことよ」

「へえ。で、どうしておれが家にいちゃまずいんだ？」

「へえって、いやだわ〝へえ〟なんて。有名な作家が娘を誘いにみえるっていうのに、あなたったら〝へえ〟なんて。これだから困るのよ。しゃれた会話の一つもできゃしない。だから帰ってきてほしくなかったの！　ハリー・クバートといったら大物ですよ。なにしろグースコーブのお屋敷に住んでるんだから」

「グースコーブ？　すげえな」

「そりゃあなたにとってはね。でもクバートさんみたいな人にとっては、あそこの家賃なんかはした金よ。なにしろニューヨークの大物なんだから」

「はした金？　そんな言葉知らなかった」

「もう、あなたったら、頭空っぽなんだから」

ロバートはちょっと口をとがらせ、小テーブルに近づいた。

「駄目！　触らないで！」

「なんだ？　この食い物」

「食い物じゃありません。食前酒とおつまみです。粋でしょ?」

「でもおまえ、今日はお隣さんちでバーベキューだって言ってなかったか? 毎年七月四日はバーベキューと決まってるだろ」

「ええ、行きますよ。でももっとあとで! 言っときますけど、間違ってもクバートさんの前でバーベキューだのハンバーガーだのって安っぽい話をしないでちょうだい!」

「おれたちゃ安っぽいよ。それにバーベキューもハンバーガーも好きだしな。そもそもおまえがやってんのはハンバーガー屋だろ?」

「このとうへんぼく! なんにもわかってないのね。うちのレストランをそこらの店と一緒にしないでちょうだい。わたしにはね、壮大な計画があるんですから」

「そりゃ知らなかった。初めて聞いた」

「なんでもかんでもあなたに話すわけないでしょ」

「なんでだ? おれはなんでもおまえに話してるぞ。実は今日の午後ずっと腹が痛くてな。ガスが溜まっちまって苦しくてさ。とうとう事務室に鍵かけて閉じこもって四つんばいになってな、屁が出るまで唸ってたよ。いや苦しいのなんのって。ほら、何でも話してるだろ?」

「もうたくさん! 気が散るわ!」

そこへジェニーがまた別の服を持って下りてきた。

「それじゃフォーマルすぎるでしょ!」タマラが叫んだ。「上品だけどカジュアルなのにしなさい!」

ロバートはタマラの注意がそれたのを幸いに、お気に入りの肘掛け椅子に腰を下ろして一杯やりはじめた。

「座っちゃ駄目！」すかさずタマラが叫んだ。「汚さないで！　全部掃除するのに何時間かかったと思ってるの？　それより早く着替えてきて」

「着替える？」

「背広にしてちょうだい。そんなだらしない恰好じゃクバートさんを迎えられませんよ！」

「おい、このシャンパン、大事なときのために取っといたやつだろ？」

「今が大事なときでしょ！　娘をいいところに嫁がせたくないの？　早く着替えてらっしゃい。もうクバートさんがいらしちゃうわ」

タマラは夫を急いで部屋に上がらせるために、階段まで引っ張っていこうとした。そこへジェニーがショーツ一枚というあられもない姿で下りてきた。そしてしゃくり上げながら、もうわけがわからないからデートはやめるとわめいた。するとロバートもこれはしめたと反撃に出た。お偉い作家なんかと気難しい話をするよりも、新聞が読みたい。だいたいこっちは本なんか見ただけで眠くなるんだから、なにをしゃべったらいいかわからないとわめいた。もう五時五十分だった。約束の六時まであと十分。それなのに三人で玄関ホールに突っ立って口論になってしまった。そのとき、呼び鈴が鳴った。タマラは心臓が止まるかと思った。ハリーだ。有名な作家のご到来は十分早かった。

呼び鈴が鳴った。ハリーは玄関に向かった。ジェニーを迎えに行こうとしていたところで、リネンのスーツにサマーキャップという恰好だった。扉を開けるとノラが立っていた。

「ノラ？　こんなところでなにしてる？」

「〝こんにちは〟じゃないの？　普通は会ったら〝なにしてる〟じゃなくて〝こんにちは〟でしょ？」

ハリーは笑った。

「こんにちは、ノラ。ごめん、まさかきみだとは思わなくて」

「ねえ、ハリー、どうしたの？　ロックランドのあとなんの音沙汰もないから心配になっちゃって。丸々一週間もよ！　わたしなにか怒らせるようなこと言った？　それとも不愉快なこと？　ああ、ハリー、あの日は本当に楽しかったわ。魔法の国にでも行ったみたいだった」

「怒ってなんかいないさ。ぼくもあの日は楽しかった」

「じゃあどうしてなにも言ってきてくれないの？」

「本のせいだ。仕事に没頭してた」

「毎日でも一緒にいたいのに。それも一生よ」

「きみは無邪気だね」

「でも、ほんとに一緒にいられるのよ。学校がないから」

「学校がない？」

「学期が終わったの。もう夏休みよ。知らなかった？」

「ああ」

ノラは心底うれしそうな顔で言った。

「最高でしょ？　それでね、ここに来てあなたのお世話をしようかなって思ったの。あなただって《クラークス》よりこっちのほうが仕事に集中できるでしょ？　テラスで書いてもいいし。海があんなにきれいだから、そのほうがインスピレーションも湧くでしょ？　で、わたしが身の回りの世話をするの。一生懸命やるから。あなたを幸せにするから。だからお願い、そうさせて」

見ると、ノラはピクニックバスケットを手に提げていた。

「今夜の食べ物よ。二人分あるの。ワインも持ってきちゃった。浜辺で食べたらどうかと思って。きっとロマンチックだわ」

だがハリーはロマンチックな食事などしたくなかったし、ノラと一緒にいたくもなかった。ノラを忘れようとしているのだから。ロックランドに行ったことも後悔していた。未成年の少女と両親に内緒で他州に遠出するなど、途中で警察の検問にでも引っかかっていたら誘拐だと思われたかもしれない。この娘は身の破滅のもとだ。遠ざけるしかない。

「駄目だ」とストレートに言った。

ノラはがっかりという顔をした。

「どうして？」

別の女性と会うことを言うべきだと思った。傷つけることになるが、そうでもしなければ、二人の関係が許されないことをノラにわからせることはできない。だが、ハリーにはそれができなかった。仕方なく嘘をついた。

「コンコードに用事がある。独立記念日の式典に来る編集者と会うんだ。退屈な夜になりそうだよ。きみといるほうがずっと楽しいのに」

「一緒に行っちゃ駄目？」

「駄目だ。きみにとっても退屈だよ」

「そのシャツ、とてもよく似合うわ」

「ありがとう」

「ハリー……わたしあなたが好きなの。あの雨の日に出会ったときからあなたに夢中なの。死ぬまであなたと一緒にいたいの」

「やめてくれ、そんなこと言うんじゃない」

「どうして？　本当のことなのに！　いつかあなたと会えなくなるかもって考えただけで耐えられない。あなたと会うたびに、人生がどんどん輝きを増すの。でもあなたは……あなたはわたしのことが嫌いなの。そうでしょ？」

「違うよ。とんでもない」

「みっともない小娘だと思ってるでしょ？　ロックランドもつまらなかったのね。だからなにも言ってこなかったのよ。わたしのことを頭が軽くて、退屈で、不細工な小娘だと思ってるのよ」

「なにを馬鹿なこと言ってるんだ。さあ、家まで送っていくから」

「いとしいノラって言って……もう一度言って」

「言えない」

「お願いよ！」

「言えない。言ってはいけないんだ！」

「どうして？　いったいどうして？　どうして気持ちのままに愛し合っちゃいけないの？」

ハリーは機械的に繰り返した。

「さあ、家まで送っていくから」

「待って、ハリー。愛しちゃいけないとしたら生きる意味がないじゃない！」

ハリーはもう答えず、ノラを黒のモンテカルロまで引っ張っていった。ノラは泣いていた。


クイン家の呼び鈴が鳴ったとき、家のなかでは一家三人がパニックに陥ったが、タマラがとっさに娘と夫を二階に追いやり、どうにか扉を開けた。ところがそこにいたのはハリーではなく、オーロラ警察署長夫人のエイミー・プラットだった。タマラは胸をなで下ろし、愛想笑いを浮かべた。エイミーが夏のダンスパーティーの幹事として福引券を売ってまわっていることは知っていた。夏のダンスパーティーはオーロラ最大の行事で、今年は七月十九日の土曜日に開催されることになっている。福引の一等賞はマサチューセッツ州のマーサズ・ヴィニヤード島への旅行よとエイミーが説明した。マーサズ・ヴィニヤード島には有名人もよく泊まる高級ホテルがあり、なんと一等賞はそのホテルの一週間分の宿泊券だという。それを聞いてタマラは目を輝かせ、福引券を二綴り買った。だが、それ以上長々とおしゃべりすることはなかった。いつもならオレンジエードでも出すところなのだが——タマラはエイミーのことを町の重要人物だと思っている——今日はそれどころではない。早々に話を切り上げ、エイミーにはお引き取り願った。扉を閉めると五時五十五分だった。ようやく落ち着きを取り戻したジェニーが、よく似合う緑色の夏のワンピースを着て下りてきた。続いてロバートも三つ揃えのスーツで下りてきた。

「クバートさんじゃなくてエイミー・プラットだったわ」タマラは動揺を隠して言った。「そうだと思ったけど。あなたたちったら飛び上がって逃げちゃって。馬鹿みたい！　わたしにはわかっていましたよ。だってハリーは上流の人だし、上流の人は時間より早く来たりしませんからね。早すぎるのは遅れることよりずっと失礼に当たるの。ロバート、覚えておいてよ。あなたはいつも遅れやしないかって、そればっかり心配するんだから」

時計が六時を告げた。クイン一家は玄関ホールに三人横並びでハリーを待ち受けた。

「お願い、自然に、ね？」とジェニーが両親のほうを見て言った。

「言われなくても自然ですよ」タマラが言った。「ねえ、あなた？　わたしたちのどこが不自然だって言うの？」

「ああ、自然だとも。でも……なんだかまた腹にガスが溜まってきたな。爆発寸前の圧力鍋みたいになってきた」

その数分後、ハリーが呼び鈴を鳴らした。泣いているノラを家の近くで無理やり降ろし、そのまま置き去りにしてきたのだった。

＊

七月四日のデートは、ジェニーにとっては忘れられない思い出になったようで、出店のこと、夕食のこと、コンコードの夜空を彩《いろど》った花火のことなどを興奮した様子で話してくれた。

その話しぶりからわかったことが二つある。一つは、ジェニーがその後もずっとハリーを愛しつづけてきたということ。もう一つは、ジェニーがハリーを犯人扱いするような態度を見せたのは、彼女の苦しみの表われだったということ。ハリーが自分ではなくノラを愛していたこと、そしてハリーがノラのためにあの傑作を書いたとわかったことで、ジェニーは傷つき、苦しんでいる。それが手に取るようにわかった。

最後にこう訊いてみた。

「ジェニー、ノラのことをもっと教えてもらうには誰に訊くのがいいかな？」

「ノラについて？　もちろん父親よ」

そうだ、もちろん父親だ。

23
ノラをよく知る人々

「それで登場人物は？　先生はどこからヒントを得るんですか？」

「あらゆる人だ。友人も、家政婦も、銀行の窓口係も、誰でもモデルになる。だが勘違いするなよ。モデルになるのは彼らそのものではなく、行動だ。彼らがどういうときにどう振る舞うか、それが登場人物の行動のヒントになる。モデルは生身の人間ではないと言う作家もいるが、それは嘘だ。だがそう言うのも当然で、そうでないと敵が増えるばかりだからね」

「敵が？」

「作家は時に小説のなかで、登場人物を使って自分の問題にけりをつけるからな。もちろん実名を出さずにだがね。実名を出してはいけない。出せば訴訟とトラブルが待っている。これは第何条だったかな？」

「二十三です」

「よし、では第二十三条の心得だ。厄介事をしょい込みたくないなら、書くのは作り話だけにすること」

二〇〇八年六月二十二日日曜日、ぼくは初めてデヴィッド・ケラーガンに会った。この日はニューイングランド特有の鬱陶しい天気で、海霧が陸に上がって低く垂れ込め、梢《こずえ》や屋根が霞《かす》んでいた。ケラーガン牧師の家はテラス・アベニュー二四五番地で、そのあたりは瀟洒《しょうしゃ》な住宅街だ。一家がオーロラに引っ越してきたときから、家の様子はほとんど変わっていないらしい。壁の色も同じなら、家を囲む植木もほぼ同じ。変わったことと言えば、当時植えられた薔薇が大きく育っていることと、家の前の桜の木が十年前に枯れて、別の木に植え替えられたことくらいだそうだ。

着いてみると、音楽が家の外まで鳴り響いていた。呼び鈴を何度も押したが、誰も出てこない。そのうち通行人がぼくに気づいて声をかけてくれた。「ケラーガンさんをお訪ねなら呼び鈴を押しても無駄ですよ。いつもガレージです」そこでガレージに回り、扉をたたいた。だが音楽はまさにガレージで鳴っていて、少々たたいたくらいでは聞こえそうもない。それでもしつこくたたきつづけたら、ようやく扉が開いた。姿を現わしたのはひ弱そうな小柄な老人で、髪も肌も灰色だった。作業着姿で防護眼鏡をかけている。それが八十五歳のデヴィッド・ケラーガンだった。

「なんのご用です?」大音量の音楽を背に、牧師は大声で、だが丁寧に言った。

いくら声を張り上げても音楽にかき消されそうなので、ぼくは両手を牧師の耳元に当てて叫んだ。

「マーカス・ゴールドマンと言います。初めてお目にかかりますが、お嬢さんの事件について調べている者です」

「警察の方かな?」

「いえ、作家です。すみませんが、音を少し小さくしてもらえませんか?」

「いや、それはできません。なんでしたら居間へどうぞ」

そう言うと、牧師はぼくをガレージからなかに入れてくれた。そこはまるごと作業場になっていて、中央にかなり古そうなハーレーダビッドソンが置かれていた。隅のほうにレコードプレーヤーとスピーカーがあり、そこからジャズのスタンダードナンバーが鳴り響いている。頭が変になりそうな音量だった。

ぼくは追い返されることを覚悟していた。報道陣が詰めかけたという話だったし、いい加減にしろとどなられるだろうと思っていた。ところが意外にも、牧師は愛想がよかった。オーロラには何度も来ているにもかかわらず、ぼくは牧師と面識がなく、牧師のほうもぼくの顔を知らないようだ。だとすればハリーと親しいことも知らないだろうから、ちょうどいい、このまま黙っていようと思った。牧師はぼくを居間に案内すると、アイスティーを持ってきてくれた。だが自分は防護眼鏡も外さず、すぐにでもガレージに戻りたい様子だった。大音量の音楽も一向に止まらない。ぼくは三十三年前のデヴィッド・ケラーガンを想像しようとしてみた。教区を盛り立てようと精力的に活動していたと聞いている。

「それで、ゴールドマンさん、なんのご用でしょう」牧師はぼくの顔をまじまじと見ながら訊いた。「本のためですかな?」

「先生、なんのためというわけではないのですが、ノラになにがあったのか知りたいんです」

「先生と呼ぶのはおやめなさい。わたしはもう牧師ではない」

「お嬢さんのこと、お悔やみ申し上げます」

もう牧師ではないと言うデヴィッドは心からの笑みを見せた。

「お心遣いに感謝します。そんな言葉をくれたのはあなたが初めてだ。十日前から町じゅうの人が娘の話をしているが、誰もが事件のことばかりで、わたしのことを気にかけてくれる人など一人もいませんよ。記者以外に訪ねてくるのは、音がうるさいと文句を言う隣人だけでね。喪に服す父親には、音楽を聴く権利くらいあると思うんだが。違うかな?」

「そうですね」

「それで、あなたは本を書いておられる?」

「実は、作家としては挫折しかかっています。いい本を書くのは簡単なことではありません。出版社は今回の事件のことを書いたらどうかと言っています。そうすればまた作家としてやり直せると。ノラのことを本にするのはご不快ですか?」

デヴィッドは肩をすくめた。

「いや。それが世の親たちに注意を促すことになるなら、反対はしません。あの日、娘は自分の部屋にいたんだが、わたしはガレージで音楽をかけて作業していて、なにも聞こえなかった。娘の部屋の窓が開いていて、どうやらそこから出ていったようでね。わたしは娘を守ってやることができなかったわけです。だから、ゴールドマンさん、親たちのために本をお書きなさい。親たちが子供にもっと注意を払うように」

「その日、ガレージでなにをしておられたのですか？」

「あのバイクの手入れですよ。あそこにハーレーがあったでしょう？」

「見事なマシンですね」

「ありがとう。あれは昔、モンベリーの修理屋で手に入れたものでね。もう直せないし、部品としても使えないからといって、たった五ドルで譲ってくれたんです。つまり、娘がいなくなったとき、わたしは壊れたバイクをいじっておったわけだ」

「ここにはお一人で？」

「ええ、家内をずっと前に亡くしまして……」

デヴィッドは立ち上がり、アルバムを持ってくると、小さい頃のノラと母親のルイーザの写真を見せてくれた。幸せそうな写真だった。それにしても、初対面なのにアルバムまで見せてくれるとは驚いた。ノラの思い出をよみがえらせたい一心だったのかもしれない。それから、一九六九年の秋の話をしてくれた。アラバマ州ジャクソンからここに移ってきたときの話だ。当時ジャクソンの教会は発展のさなかでたいそう忙しかったそうだが、そのときニューハンプシャー州から声がかかった。オーロラの住民が新しい牧師を探しているから、ぜひ来てほしいという依頼だった。デヴィッドはそれに応じたわけだが、その一番の理由は、ノラを静かな町で育てたかったからだそうだ。当時、アメリカは公民権運動やベトナム戦争などで国全体が揺れていた。一九六〇年代に入ると南部でさまざまな事件が起きたため——相次ぐ暴動、黒人に対する警察の暴力的弾圧、クー・クラックス・クランの復活、黒人教会の放火、さらにはケネディ大統領暗殺、マーティン・ルーサー・キング・ジュニアの暗殺など——牧師は娘のために安全な場所に移りたいと願っていた。だから、ぽんこつの小型車に目いっぱい荷物を積んで、モンベリーの睡蓮が浮かぶ湖までたどり着き、遠くにオーロラののどかな風景が見えたときにはほっとしたという。いい決断をしたと思った。ところが、その町で六年後に一人娘が姿を消すことになったのだから、皮肉としか言いようがない。

「セントジェームズ教会があった場所を見てきました」ぼくは言った。「今はマクドナルドになっていますね」

「今や世界全体がマクドナルドになりつつあります」

「教会はなぜ閉鎖されたのですか？」

「活動は順調でしたが、娘が行方不明になってすべてが変わってしまいましてね。いや、違うな。変わったのはわたしだ。わたしが神を信じるのをやめたんです。神がいるなら、子供が姿を消したりはしませんよ。そこで、牧師をお払い箱になるようにいろいろむちゃをやってみましたが、この町の人々にはわたしを追い出す勇気がありませんでした。それでも少しずつ信者がばらばらになっていき、とうとう十五年前、経済上の理由からオーロラとモンベリーの教区が統合されて、教会があったところは売りに出されたわけです。今では、敬虔《けいけん》な信者はモンベリーの教会に通っていますよ。娘がいなくなったときから、わたしはもう事実上牧師の役を果たしていませんでしたが、公式に職を辞したのは六年後のことです。それでも教区の人々はずっと年金を回してくれていて、しかもこの家をただ同然の値段で譲ってくれました」

続いてデヴィッドは、オーロラでの幸せな六年間について懐かしそうに話した。それが人生最良の時だったようだ。夏の夜にノラがポーチで夜更けまで本を読みたいと言って、それを特別に許したこと。そんな娘を見て、夏が終わらなければいいと思ったこと。ノラが《クラークス》のバイト代を大事に貯めていたこと。いつかカリフォルニアに行って女優になりたいと言っていたこと。牧師自身も《クラークス》によく顔を出し、常連客やミセス・クインがノラのことを褒めるのを聞いてうれしく思ったこと。ノラがいなくなってからも長いあいだ、娘はカリフォルニアに行ったのだと思っていたこと。

「カリフォルニアに?」ぼくは訊いた。「家出という意味ですか?」

「とんでもない。娘は家出なんかしません」デヴィッドはむっとした声で言った。

「ハリー・クバートのことはよくご存じでしたか?」

「いや、ほとんど知りませんな。数回すれ違っただけで」

「ほとんど?」ぼくは驚いた。「三十年以上も同じ町に住んでいるのに?」

「ゴールドマンさん、わたしだって町じゅうの人を知っているわけじゃない。それに、ご存じのように、ずっと家に引きこもっていましたから。ところで、あれは全部本当のことですか?

クバートと娘の関係や、クバートが娘のことを本に書いたというのは。あの本はいったい何を言わんとしているんです？」

「はっきり申し上げます。お嬢さんはハリーを愛していました。相思相愛だったようです。小説のほうは、出身階級の異なる男女の禁じられた愛の物語です」

「知っている！」デヴィッドは叫んだ。「そんなことは知っている！　つまり、クバートは〝倒錯〟を〝階級〟に置き換え、体裁を整えて、何百万部も売ったんだな？　あいつはうちの娘、わたしの大事なノラとのみだらな話を本にして、しかもそれをアメリカじゅうの人が読み、三十年以上も賛美してきたってことなんだな？」

デヴィッドは激昂し、最後のほうは、小柄な体格からは想像できないほど激しい口調だった。そして口を閉じると、しばらく背を丸めてじっとしていた。怒りが収まるのを待つためだろう。ガレージでは相変わらず音楽が鳴り響いていた。ぼくは言った。

「ハリー・クバートはノラを殺していません」

「なぜ断言できるんです？」

「断言してるわけじゃありません。ケラーガンさん、誰も、なにも、断言なんかできませんよ。だから人生は時にややこしいことになるんです」

デヴィッドは顔をしかめた。

「結局あなたはなにが知りたくてここに来られたのかな？」

「本当にあったことを知りたくて。お嬢さんがいなくなった晩、あなたは本当になにも耳にしていないんですね?」

「そうです」

「当時、近所の人が悲鳴を聞いたと証言していません。この家で悲鳴が上がったことなど一度もありません。そもそもなぜ悲鳴なんです? あの日は午後ずっとガレージで作業していて、気づいたら夕方七時でした。急いで食事の支度をしなければと思い、手伝ってくれと娘を呼びに行きました。でも部屋は空だった。最初はちょっと出かけただけだろうと思いました。黙って出かけるような娘じゃありませんから、妙だとは思いましたがね。だが待っても戻らないので心配になり、あたりを探すことにしたんです。すると、百メートルも行かないところで近所の人たちが立ち話をしていて、サイドクリークで血だらけの若い女性が目撃されたとか、パトカーがあちこちから集まってきて一帯を封鎖したらしいとか言うじゃありませんか。すぐさま近くの家に飛び込んで電話を借り、もしかしたらうちの娘かもしれないと警察に知らせました……。あれ以来、娘はどこへ行ったのかと、三十年以上も心配しつづけてきました」

「あの夏、お嬢さんになにか変わった様子はありませんでしたか?」

「いや、ありません。なかったと思います。ただ、少し気になることが……」

デヴィッドによれば、あの夏、学校が夏休みに入った頃、ノラは時々ふさぎ込んでいたという。デヴィッドは思春期だからだろうと思っていたそうだ。それからノラの部屋を見せてもらえないかと頼むと、デヴィッドは博物館の警備員のように何度も「絶対に、なにも触らないでください」と念を押しながら案内してくれた。なんと、ノラの部屋は三十三年前の当時のまま残してあった。ベッド、人形を並べた棚、小さな本箱、そして机。机の上にはペン類や長い定規や紙が置かれている。紙は黄ばんでいるが、よく見ると便箋で、ハリーが持っていたノラの手紙と同じものだった。

「娘はこの便箋をモンベリーの文房具屋で見つけました」ぼくが目を留めたのに気づいたのか、デヴィッドが言った。「気に入ったようで、いつも持ち歩いて、メモや伝言に使っていました。つまりこの便箋は娘の印のようなものでしてね、いつも何冊も余分に買っていましたよ」

部屋の隅にレミントンの小型タイプライターが置いてあった。

「これもお嬢さんのですか？」

「いや、わたしのですが、娘も使っていました。特にあの夏はよく使っていました。大事なものをタイプするんだと言って、家から持ち出すこともありました。重いから車で送っていこうと言っても、いいと言うんです。そして自分で手に提げて、歩いて持っていっていました」

「この部屋はお嬢さんがいなくなった日のままなんですね？」

「そうです。あの日、娘に声をかけようとしてここに来たときに見たままです。部屋は空で、窓が大きく開いていて、そよ風でカーテンが揺れていました」

「誰かが入ってきて、娘さんを無理やり連れ出したという可能性は？」

「なんとも言えませんな。なにも物音を聞いていませんから。それに、ご覧のとおり争った形跡がありません」

「警察はお嬢さんと一緒にかばんを発見しました。内側に名前が彫られたかばんです」

「ええ、確認を求められました。あれは娘の十五歳の誕生日にわたしが贈ったものです。モンベリーに一緒に行ったときに、娘があれを見つけて欲しがっていたのでね。メインストリートにある店で、今でも覚えていますよ。翌日、娘には内緒でその店に行って買い、革職人のところに寄って名前を彫らせたんです」

　ぼくはハリーの証言の裏が取れないかと思い、こう言ってみた。

「ということは、娘さんは自分のかばんを持って出たということですね。だとすると、どこかに出かけようとしていたんじゃありませんか？　ケラーガンさん、申し上げにくいのですが、家出しようとしていたとは考えられませんか？」

「いやそれは……。三十三年前にも警察で訊かれましたが、部屋からなにもなくなっていません。服も、小遣いも、なにも。これが貯金箱です。中身もそのままです（デヴィッドは棚の最上段からビスケットの缶を取った）。ほら、百二十ドル。百二十ドルですよ？　家出するならこれを持っていくはずでしょう？　ところで、かばんにあの忌《い》まわしい本の原稿が入っていたと聞きましたが、本当ですか？」

「ええ」

　疑問がいくつも浮かんだ。ノラはなぜ服も金も持たずに逃げようとしたのだろう？　なぜ原稿しか持っていかなかったのか？

　ガレージではレコードの最後の曲が終わり、音楽が消えた。するとデヴィッドはあわてて戻り、また頭からかけた。それ以上悩ませるのは気が引けたので、ぼくはあいさつをして帰ることにした。ガレージを通るとき、ハーレーの写真を撮るのを忘れずに。

グースコーブに戻ってから浜に出てボクシングの練習をしていると、驚いたことにガロウッドがやって来た。ぼくはイヤホンをしていたので、肩をたたかれるまで気づかなかった。

「けっこう鍛えてるな」ガロウッドはぼくの上半身を見ながら握手をし、手についた汗をズボンで拭った。

「体がなまるのは嫌なので」

ぼくはポケットからMDプレーヤーを出して止めた。

「MDプレーヤー？　アップルが世の中を変えたのを知らないのか？」ガロウッドはここぞとばかりに嫌みを言った。「今じゃ小さいハードディスクにいくらでも音楽を入れられるんだぞ。アイポッドも知らないとはね」

「音楽じゃありません」

「じゃなんだ？　トレーニングしながらほかに聴くものなんかあるか？」

「まあね。それより、ここにおいでいただけるとは光栄な。おまけに日曜ですよ。なんの用です？」

「ドーン署長から電話があった。金曜の夜の放火の件だ。署長が心配してたぞ。おれも同感だね。こういう展開は気に食わない」

「それはつまり、ぼくのことを心配してくれてるってこと？」

「いやまったく。ただ大ごとになるのを避けたいだけだ。児童に対する犯罪は、この国じゃ社会的動揺を引き起こすのが常でね。請け合ってもいいが、テレビでノラのことが報道されるたびに、どこの家でも、たとえ教育レベルの高い家でもだ、父親が『クバートの息の根を止めてやる』とすごんでいるに違いない」

「でも、狙われたのはハリーじゃなくてぼくだけど」

「だからわざわざ来てやったんだ。脅迫状のことをどうして言わなかった？」

「だって、州警察まで行ったのに、追い返したじゃないですか」

「まあな」

「ビールは？」

ガロウッドは一瞬躊躇《ちゅうちょ》したが、結局うなずいた。ぼくらは家に戻り、テラスで一緒にビールを飲んだ。ぼくはグランドビーチから戻ってきて火事を見つけた晩のことを話した。

「走り去ったやつのことはわかりません。顔をなにかで覆ってたし、ほんとに一瞬だったもので。それからまた同じ脅迫状が見つかったんです。『ニューヨークに帰れ、ゴールドマン』って。三度目ですよ」

「ドーン署長に聞いたよ。あんたが事件を調べてることを知ってるのは誰だ？」

「みんな知ってますよ。だって一日じゅうあちこちで質問してるから。刑事さんも、この事件を掘り返されたくない誰かが放火したと考えてるんですか？」

「ノラについての真実を知られたくない誰か、かもしれない。それで、そっちの捜査は進んでるのか？」

「そっちの捜査って、急に興味が湧いてきたようですね」

「まあな。誰かが脅迫してきたとなると、あんたが手繰《たぐ》ってる糸がなにかにつながる可能性が高いからな」

「ノラの父親から話を聞きました。まともな人でしたよ。ノラの部屋を見せてくれました。あなたも見てますよね？」

「ああ」

「家出だとしたらなぜなにも持っていかなかったのか。その点をどう思います？　服も、金も、なにも」

「そりゃ家出じゃなかったからだ」

「じゃあ誘拐？　争った形跡がないのに？　それに、どうしてかばんに原稿を入れて持っていったんです？」

「争った形跡がないのは、ノラが犯人と顔見知りだったと考えればつじつまが合う。特別な関係だったと考えてもいいんじゃないか？　そいつが窓辺にやって来て誘った。たぶんそれまでにも何度もそうしていたんだろう。ちょっと出られないか、とね」

「それがハリーだって言うんですか？」

「そうだ」

「それで？　ノラは原稿を持って窓から出たんですか？」

「そんなこと誰が言った？　原稿を持っていたのはノラだと言ったのは誰だ？　クバートだ。原稿がノラと一緒に埋まっていたことに対するクバートの説明にすぎない」

ぼくは一瞬、ハリーとノラが待ち合わせしていたことを打ち明けようかと思った。でも、ハリーのためにもう少し黙っていたほうがいいような気がしたので、こう訊くだけにした。

「じゃあ、あなたの説は？」

「クバートがノラを殺し、原稿を死体と一緒に埋めた。おそらく良心の呵責《かしやく》からだろう。あれは二人の愛を描いた本だからな。そして、その愛が彼女を死に追いやったんだ」

「なぜそう言えるんです？」

「あの原稿には書き込みがあった」

「書き込み？　なんの？」

「まだ言えない。捜査上の秘密だ」

「勘弁してくださいよ！　まったく、言うことが多すぎるか少なすぎるか、どっちかなんだから。あなたの推理と符合するんなら、隠す必要はないじゃありませんか」

ガロウッドはため息をつき、あきらめたように言った。

「『さようなら、いとしいノラ』と書いてあった」

ぼくは声を失った。動揺を隠すのが精一杯だった。〈いとしいノラ〉――それこそロックランドでノラがハリーに言わせた言葉だ。

「で、その書き込みについてはどういう捜査を？」

「専門家の筆跡鑑定に回すことになる。それでなにかわかればいいんだがな」

〈いとしいノラ〉――ぼくはその言葉に打ちのめされた。ハリー自身の口から聞いた言葉だ。録音もしてある。


その日の晩は半ば途方に暮れ、ぼんやり考え事をして過ごした。夜の九時に母から電話があった。テレビで放火の件が流れたらしい。

「もう、なんなの、マーカス！　あのいまいましい犯罪者のために死ぬつもりなの？」

「母さん、落ち着いて」

「こっちでもおまえのうわさばかりよ。わかるだろうけど、いいうわさなんかじゃないのよ。ご近所でもみなさん首をかしげてるわ。おまえがこの期《ご》に及んであのハリーにくっついてるのはなぜだろうって」

「ハリーがいなければ、ぼくは作家ゴールドマンになれなかったんだ」

「そう、そうよね。つまり、あんな人がいなければ、おまえは作家ゴールドマンじゃなくて、大作家ゴールドマンになれたかもしれない。大学であの人と親しくなってから、おまえは変わったわ。マーカス、おまえはあんな人に教わらなくても、もっと前から〝できるやつ〟だったじゃないの。覚えてるわね？　ほら、スーパーのレジの、あの小柄なラングさんだっていまだにこう訊くのよ。おたくの〝できるやつ〟は元気？　って」

「母さん……〝できるやつ〟なんていなかったんだよ」

「いなかった？　いなかったって？」母はここで父を呼んだ。「ちょっと、あなた来て。早く、早く！　マーカスったら、〝できるやつ〟なんていなかったですって」すると父がなにかもぞもぞ言った。「ほらね、父さんも言ってますよ。おまえは高校で〝できるやつ〟だったって。そうそう、昨日たまたま校長先生にお目にかかったの。おまえのことを、あんな素晴らしい生徒はほかにいないって涙を浮かべておっしゃってくださってねえ。でもそのあとで、『それにしても、今回はまたずいぶんと厄介な事件に巻き込まれましたね』ですって。わかるわね？　校長先生でさえ心配してるんですよ。ましてや父さんと母さんは、心配で頭がどうにかなりそうよ！　どうして恋人も探さないで、あんな老いぼれ先生の面倒を見ているの？　もうじき三十なのに、まだ一度も結婚してないなんて！　おまえの結婚式も見ないで死ねって言うの？」

「母さんはまだ五十二だから、たっぷり時間があるよ」

「屁理屈はもうたくさん！　それもあの人に教わったのね？　あのいまいましいクバートに。どうしてきれいな娘さんを連れてきてくれないの？　え？　どうして？　ちょっと、返事は？」

「最近は好きになるような人に出会ってないんだ。忙しいし、次の本のこともあるから……」

「また言い訳ばっかり！　それで次の本って？　なにを書くの？　まさか変態小説じゃないでしょうね。もう母さんはおまえのことがわからなくなったわ……。マーカス、ちょっと、これだけは答えてちょうだい。あのハリーと愛し合ってるの？　あの人と同性愛の関係なの？」

「違う！」

母が父に説明する声が聞こえた。「違うって言ってるわ。ってことは、そうだってことよ」

それからまた電話口に戻り、ささやくように言った。「おまえ病気なの？　病気でも母さんはおまえを愛してますよ。だからおっしゃい。どうなの？」

「なにが？　病気ってなんのこと？」

「だから女性のことが嫌いな男性の病気」

「ゲイかどうかって訊いてるのか？　違うよ！　それに、たとえそうだったとしてもそんなことは問題なんかじゃない。でもね、ぼくは女の人たちが好きだよ」

「女の人たち？　〝たち〟ってどういうこと？　一人を愛してその人と結婚するべきでしょ！女の人たちだなんて……一人じゃ満足できないっていうこと？　やっぱり病気なのね？　精神科のお医者様に相談したほうがいいんじゃないの？」

ぼくは頭にきて電話を切った。こめかみがずきずきした。それに、ひどく寂しかった。ハリーの書斎に行き、また録音を再生し、ハリーの声を聞いた。なにか新しい要素が欲しかった。捜査の流れを変えるような明白な要素、堂々巡りする謎に別の角度から光を当ててくれるような要素が欲しかった。だがこれまでのところ、ハリーと、原稿と、ノラの死体しかない。そうやってあれこれ考えているうちに、ふと珍しい感覚が、長く忘れていたあの感覚が湧き上がってきた。書きたいという衝動だ。体験したこと、感じたことを書きたいという衝動。そしてすぐに頭のなかが書くべきことでいっぱいになった。それはもう書きたいというレベルではなく、書かねばならないという至上命令だった。一年半ぶりのことだ。急に目覚め、噴火寸前になった火山のようだ。ぼくはノートパソコンに飛びついた。そして、どういうふうに始めようかと一瞬考えたが、次の瞬間にはもう手が動いていた。こうして、ぼくの次の本の冒頭の数行が生まれた。

二〇〇八年春、処女作の成功で文壇の仲間入りを果たしてからおよそ一年半後のこと、ぼくはある発見をし、と同時にそれを記憶の底に封印すると決めた。発見したのは、大学時代の恩師であり、この国で最も尊敬されている作家の一人であるハリー・クバートが、今から三十三年前、彼が三十四歳だったときに、十五歳の少女と交際していたことを示す証拠だった。二人が恋に落ちたのは一九七五年の夏のことだ。

＊

二〇〇八年六月二十四日火曜日、大陪審が起訴理由は正当であると認め、ハリーは第一級誘拐罪と二件の第一級殺人罪で正式に起訴された。その決定をロスが電話で伝えてきたとき、ぼくは受話器に向かってがなり立てた。「あなたは法律の専門家ですよね？　じゃあ、いったいなにに基づいて陪審員がこんなおかしな判断をするのか、そこのところをきっちり説明してくれませんか？」だが返事は短かった。「警察の捜査資料に基づいて」とそれだけだ。そして、ガロウッドが言っていたように、ハリーの正式起訴を受けて、被告側弁護人であるロスもその資料を見ることができるようになった。そこでさっそく、ロスとぼくの二人で午前中かけて資料に目を通したが、そのあいだ二人とも苛立ちを隠せず、お互いにぴりぴりしていた。ロスは紙をめくりながら何度も「ややや、まずいな。これはまずいぞ」と言い、ぼくが「まずいまずいと言ってたってなにも解決しませんよ。まずいのは弁護士のほうですよ」と言い返す。するとロスはわけがわからんという身振りを返してきて、ぼくはますますロスの弁護士としての能力を疑った。

捜査資料は写真、証言、報告書、鑑定書、尋問調書から成っていた。写真の一部は一九七五年のもので、クーパーさんの家や、キッチンで血の海のなかに倒れているクーパーさんの遺体、血痕と毛髪と服の切れ端が発見された場所の写真もあった。それから三十三年後の現在に飛んで、グースコーブの庭、警察が掘り起こした穴、胎児のように丸まった白骨死体の写真もあった。ところどころまだ肉片が骨に張りついていて、頭蓋骨には髪がまばらに残っている。服は半ば朽ち果て、その横に問題の革のかばんが写っていた。

「これがノラ?」ロスに訊いた。

「そうだ。このかばんのなかにクバートの原稿が入っていた。原稿だけ、がね。検事は、身の回りのものをなにも持たずに家出するとは考えにくいと主張したよ」

検死報告書には頭蓋骨に大きな損傷があると書かれていた。ノラは強打を受け、後頭骨を砕かれていて、検死官は棒あるいはそれに類似するもの、たとえばバットや棍棒のようなものを用いたのではないかと述べていた。

続いてさまざまな供述書に目を通した。植木屋のも、もちろんハリー本人のも。なかでも興味深いのはタマラ・クインのものだった。タマラはガロウッドに対し、自分は当時、ハリーがノラに夢中だったことを示す証拠を見つけて取っておいたが、その後なくしてしまい、そのせいで誰にも信じてもらえなかったと主張していた。

「これ、信憑性あるんですか？」ぼくは訊いた。

「まあ、陪審員にとってはな」とロスが言った。「そもそも反論する余地がない。ハリー自身がノラと交際していたと供述しているんだし」

「じゃあ、この資料のなかでハリーに有利なものは？」

その点はロスもすでに考えていたとみえて、すぐに資料のなかから分厚い紙束を抜き出し、ぼくに差し出した。

「これが問題の原稿のコピーだ」ロスが言った。

原稿は粘着テープで綴じてあった。表紙に字が書かれている。だがタイトルではない。ハリーがタイトルをつけたのはもっとあとのことだ。そこには手書きでこう書かれていた。

さようなら、いとしいノラ

ロスは例によって得意の弁舌をふるい、これを証拠として重要視するとは、検事局もへまをしたものだと言った。この文字は筆跡鑑定にかけられることになっていて、その結果が出ればハリーの立場は有利となり――もちろんロスはそれがハリーの文字ではないと信じているので――検察側の主張は退けることもできるという。

「それが弁護の大事な足がかりになる」ロスは得意げに言った。「運がよければ裁判まで行かずにすむかもしれない」

「でも、ハリーの筆跡だと鑑定されたら、そのときはどうなります？」

ロスはなにをおかしなことをという顔でぼくをじっと見た。

「そんな可能性があるとでも？」

「言いにくいけど、大事なことだから言います。ハリーから聞いたんですよ。ノラとロックランドに日帰りで遊びに行ったことがあって、そのときノラが自分のことを〝いとしいノラ〟と呼んでほしいと言ったと」

ロスは青ざめた。そして「わかってるだろうが、もしこれを書いたのがハリーなら……」と言いかけ、最後まで言う間もなく書類をかき集めて、ぼくを引っ立てるようにして拘置所に向かった。ロスは逆上していた。

面会室に入るや否や、ロスは原稿をハリーに突きつけ、どなった。

「〝いとしいノラ〟と呼んでほしいと言われたのか？」

「ああ」ハリーはそう答えて下を向いた。

「ここになんて書いてあるか見えるな？　きみの原稿の表紙に！　いつ言うつもりだったんだ、

え？」

「わたしが書いたものじゃない。わたしは殺していない。信じてくれないのか？」

ロスは頭に上った血が少し下りてきたのか、椅子に座った。

「信じているさ。だがな、これだけいろいろ重なると頭を抱えたくなる。駆け落ちに、別れの言葉……。陪審員は裁判が始まる前から極刑しか頭にない。そんな連中を前に弁護する身になってくれ」

ハリーはひどく顔色が悪かった。苛立ちを抑えられないのか、立ち上がってコンクリートに囲まれた狭い部屋を行ったり来たりしはじめた。

「アメリカじゅうがわたしを責めている。そしてもうすぐ、誰もがわたしの首を望むことになるんだろう。いや、もうすでにそうなのかもしれないが……。小児性愛者だの倒錯者だの変質者だのと、自分で理解してもいない言葉をぶつけて、わたしの名を汚し、本を燃やすのさ。だが、どうかわかってほしい。もう一度だけ言うが、わたしは彼らが言うような人間じゃない。ノラはわたしが愛したただ一人の女性で、ただ不運なことに十五歳だった。愛ってやつは、くそっ、思いどおりにはならないいんだ！」

「それにしたって十五歳の小娘だぞ」とロスが吐き出した。

ハリーは絶望的な表情をぼくのほうに向けた。

「マーカス、きみも同じ考えか？」

「いいえ、それより……ノラのことを話してくれなかったことが引っかかってて……。親しくなってから十年経つのに、そのあいだノラのことを一度も話してくれませんでしたね」

「冗談じゃない。なんと言えばよかったんだ？　オーロラに来た一九七五年に十五歳の少女と恋に落ちて人生が変わったが、その三か月後に彼女は行方不明になり、そのショックからいまだに立ち直れずにいるんだよとでも？」

ハリーはプラスチックの椅子を蹴り飛ばした。

「ハリー」ロスが言った。「きみが否定する以上、この別れの言葉を書いたのはきみじゃないと信じるよ。だとしたら誰が書いたと思う？　心当たりはないのか？」

「ない」

「きみとノラのことを知っていたのは誰だ？　タマラ・クインが当時から知っていたと証言しているが、ほかには？」

「わからない。ノラが友人にでも話したに違いない……」

「ちょっと待て。それはつまり、誰かが知っていた可能性はあるってことだな？」ロスが追及した。

するとハリーは口をつぐんだ。ますます悲痛な表情になり、見ているほうもつらかった。

「どうなんだ」ロスは食い下がった。「まだなにか隠しているな。こんな状態で弁護できると思うのか？　え？」

「実は……匿名の脅迫状が来た」

「脅迫状？」

「ノラが行方不明になった直後から、脅迫状が来るようになった。どこかへ出かけるたびに、戻ってくると玄関の扉にはさんであるんだ。震え上がったよ。誰かがずっと見張っていて、出かけたすきに脅迫状をはさむということだからな。しばらくはあまりにも恐ろしくて、見つけるたびに警察に通報していた。もちろん手紙のことは話していない。近くをうろついている人影を見たと言うんだ。するとパトロールに来てくれる。それで安心できた。不安の本当の原因については黙っているしかなかった」

「いったい誰が?」ロスが訊いた。「きみとノラのことを誰が知っていたんだ?」

「見当もつかない。四か月くらい続いたが、その後ぱたりと来なくなった」

「取ってあるか?」

「ああ、家にある。書斎の百科事典にはさんである。警察には見つからなかったと思う。なにも言っていなかったから」

ぼくはグースコーブに戻るとすぐ書斎に行き、ハリーが言っていた百科事典を引っ張り出した。するとページのあいだからクラフト紙の封筒が出てきて、なかに紙切れが十枚ほど入っていた。黄ばんだ紙に文字が並んでいる。どれもまったく同じ文面で、タイプで打ったものだった。


おまえが十五歳の少女になにをしたか知っている。

じきに町じゅうが知ることになるだろう。

つまり、誰かがハリーとノラのことを知っていた。そしてその誰かは、三十三年間そのことを黙っていた。

＊

その翌日と翌々日、ぼくはハリーとノラの関係を知っていた可能性がある人物を片っ端から訪ねてまわった。今回もアーン・ピンカスが大いに助けてくれた。図書館の保管資料のなかから一九七五年のオーロラ高校の年鑑を探し出してくれた上に、当時のノラの同級生の大多数の現住所を、電話帳とインターネットで見つけてリストアップしてくれたのだ。とはいえ、一日目が終わった段階では、この線は期待薄だと思えた。彼らはまだ四十代だが、高校時代となると子供じみた思い出しかなく、事件に関係するような情報はまったく出てこなかった。ところが、二日目に備えてリストの残りを見ていたら、そこに一人だけ知っている名前があった。ナンシー・ハッタウェイ……。ハリーが言っていた、ロックランド行きのときにノラのアリバイ工作の協力者になった親友だ。アーンの情報によれば、ナンシー・ハッタウェイは町から少し離れた工業団地で、注文服とパッチワークの店をやっているという。国道一号線をマサチューセッツ州方面に少し行ったところだ。

二〇〇八年六月二十六日、ぼくはさっそく行ってみた。その店は軽食堂と金物屋にはさまれた小さい店で、ショーウィンドーに色とりどりの品が飾られていた。なかをのぞくと、女性が一人いた。白髪交じりのショートヘアで、五十前後といったところだ。その女性は机に向かい、眼鏡をかけてなにか作業していたが、ぼくが店に入ると顔を上げ、丁寧に頭を下げた。

「ナンシー・ハッタウェイさんですか?」

「そうですが」と答えてナンシーは立ち上がった。「どこかでお目にかかりましたでしょうか? なんとなく見覚えが……」

「マーカス・ゴールドマンです。実は……」

「あ、作家の」とナンシーが言った。「思い出しました。ノラのことであちこち尋ねてまわっていらっしゃるとか」

そこからどうやら守りに入ったようで、続いてちくりと嫌みを言われてしまった。

「パッチワークを見にいらしたとも思えませんし」

「ええまあ、おっしゃるとおり、ノラ・ケラーガンのことを調べています」

「それでなぜわたしのところに?」

「ぼくの聞き間違いでなければ、あなたはノラをよくご存じだったと思うのですが。十五歳の頃に」

「誰がそんなことを言いました?」

「ハリー・クバートです」

するとナンシーは意を決したように立ち上がり、入り口のほうに向かった。帰れと言うのかと思ったが、そうではなく、〈閉店〉の札を扉に掛け、誰も入ってこないようにロックした。

それから振り向いてこう言った。

「ゴールドマンさん、コーヒーはブラック？　それともお砂糖とミルク？」

それからぼくらは店の奥の部屋で話をした。彼女はやはりハリーが言っていたナンシーだった。独身のままで名前が変わっていなかった。

「ずっとオーロラにいらしたんですか？」ぼくは訊いた。

「ええずっと。この町を離れられなくて。ところでこの店をどうやって見つけました？」

「インターネットです。こういうときは便利です」

ナンシーはうなずいた。

「それで、ゴールドマンさん、なにをお知りになりたいの？」

「マーカスと呼んでください。ノラのことを教えてくれる人を探しています」

ナンシーは微笑んだ。

「ノラとは高校で同じクラスでした。彼女がオーロラに引っ越してきたときからの友人です。家もすぐ近くで、同じテラス・アベニューだったんです。ですからノラはうちにもよく遊びに来ていました。ノラはわたしの家族が普通だから、うちに来るのが楽しいと言っていました」

「普通だから？　どういう意味ですか？」

「ケラーガン牧師に会われましたか？」

「ええ」

「あの方は厳格なんです。ノラみたいな娘がいるのが信じられないくらいに。ノラは頭もいいのですが、朗らかで、優しくて、いつも笑っていましたから」

「厳格とはいささか妙ですね。数日前にケラーガンさんに会いましたが、穏やかな人柄のように見受けました」

「ええ、そうでしょうとも。少なくとも表向きはね。だからこそ、ばらばらになりかけていた教区を立て直す救世主として、白羽の矢が立ったんでしょうから。アラバマでも重要な役割を果たされていたとか。現に、ケラーガン牧師がいらしてから、日曜日のセントジェームズ教会は信者でいっぱいになりました。でも教会の活動以外のこととなると、どうもよくわからないんです。ケラーガン家で実際になにが起きていたのか……」

「どういうことですか？」

「ノラは体罰を受けていました」

「なんだって？」

　それからナンシー・ハッタウェイが話してくれたことは、ぼくの計算によれば、一九七五年七月七日月曜日のことだと思われる。つまりハリーがノラを遠ざけていた時期のことだ。

＊

一九七五年七月七日月曜日

　夏休みだった。家にじっとしてなどいられない天気で、ナンシーはノラを誘いに行き、一緒に浜に向かった。するとテラス・アベニューを歩きながら、ノラが唐突にこう言った。

「ねえ、ナンシー、わたしって手に負えない悪い子?」

「悪い子? なに言ってんの! どうしてそんなこと訊くの?」

「家でそう言われるから」

「え? なんでそんなこと言われるの?」

「うん、たいしたことじゃないんだけど。どこで泳ぐ?」

「グランドビーチかな。でもちょっと、ノラ、ちゃんと答えてよ。なんでそんなこと言われるの?」

「たぶん、それがほんとだから」ノラが答えた。「アラバマであったことのせいだと思うの」

「アラバマで? 向こうでなにがあったの?」

「たいしたことじゃない」

「なんだか悲しそうだけど、どうしたのよ」

「だって悲しいんだもの」

「悲しい? 夏休みなのに? 夏休みに悲しいなんてことがあるの?」

「うん、ちょっといろいろあって」

「なにか困ってるの? 困ってるなら言ってよ」

「わたし、好きな人がいるんだけど、その人はわたしのことが嫌いなの」

「それって誰?」

「内緒」

「もしかしてコーディ？　あなたに言い寄ってたあの一級上の？　あなたもあいつに夢中なんじゃないかって思ってた！　一つ上とつき合うってどんな感じ？　でも、あいつ頭悪いじゃない。とびっきりの馬鹿だよ。バスケやってるからって、いかしてるとは言えないもん。こないだの土曜はあいつと出かけたの？」

「違う」

「じゃあ誰？　え、待って、もしかして、もう経験しちゃったとか？」

「違うってば！　ナンシーったらどうかしてるんじゃない？　わたし、運命の人とじゃないとそんなことしないわよ」

「じゃあ土曜の相手って？」

「ずっと年上の人。でも、もうどうでもいいの。どうせわたしのことなんか相手にしてくれないから。誰もわたしのことなんか好きにならないもの」

　二人はグランドビーチに着いた。そこは岩が多くて、いわゆる美しい砂浜ではない。でもそのせいで泳ぎに来る人が少ない。しかも面白いことに、潮が引くと浜が七、八メートルも広がり、そのたびに大きな岩のくぼみに天然のプールができる。それが太陽の熱で温水プールになるので、そこに浸かると気持ちがいい。この日もグランドビーチはがらんとして誰もいなかった。だから水着に着替えるのにも遠慮はいらない。二人は太陽の下で堂々と着替えたが、そのとき、ナンシーはふとノラに目をやって驚いた。ノラの胸に痛々しい傷跡があったのだ。

「ノラ！　それひどい！　どうしたの？」

ノラはすぐに胸を隠した。

「見ないで」

「だって見ちゃったもん！　それ傷跡じゃ……」

「なんでもないったら」

「冗談じゃないよ！　どうしたの？」

「土曜日にママに定規でぶたれたの」

「え？　なにおかしなこと言って……」

「本当よ！　わたしのこと手に負えない子って言ったのもママよ！」

「ちょっと、いったいなんの話？」

「だから本当なんだってば！」

ナンシーはそれ以上追及せず、話題を変えた。海水浴のあと、二人はナンシーの家に行った。ナンシーはバスルームから母親が使っている軟膏を取ってきて、ノラの胸に塗ってあげた。

「ねえノラ、お母さんのことだけど……誰かに相談したほうがいいよ。学校の看護師のミセス・サンダースとか……」

「ナンシー、もう忘れて。お願いだから……」

＊

ノラとの最後の夏を思い出して、ナンシーは目に涙を浮かべていた。

「アラバマでなにがあったんですか?」ぼくは訊いた。

「知りません。結局わからずじまいです。ノラはわたしには話してくれませんでした」

「ケラーガン一家がアラバマを出たことと関係があるんでしょうか?」

「お力になれなくて残念ですけど、知らないんです」

「それで、ノラの恋煩いのほうは、相手が誰だったかご存じですか?」

「いいえ」とナンシーは答えた。

もちろんハリーのことに決まっているが、ナンシーがそれを知っていたかどうかを確かめておきたかった。

「でも、ノラが誰かと会っていたことはご存じだったわけですね? 当時、ノラと口裏を合わせて、互いによくアリバイ作りをしていたとか」

ナンシーは口元を緩めた。

「よくご存じね……。最初はコンコードに二人で遊びに行くときにその手を使ったんです。あの頃のわたしたちにとっては、コンコードに行くだけでも大冒険で、なにかしら面白いことがありましたから。それがうまくいったので、次はわたしがボーイフレンドと二人きりで船に乗るときにノラに頼んで、そのときノラも誰かと……。実はあの当時から、ノラはかなり年上の人とつき合っているのではないかと思っていました。ノラがなんとなくほのめかしていましたし」

「じゃあ、あなたはノラとハリー・クバートが……」

ナンシーはそこで遮った。

「あら、やだ、違いますよ！」

「違うって？　ノラは年上の人とつき合っていたんですよね？」

気まずい沈黙が流れた。それで、ナンシーがなにか秘密を握っていると、しかもそれを言いたくないのだとわかった。

「年上の人とは誰ですか？」ぼくは訊いた。「ハリー・クバートではないんですね？　ハッタウェイさん、躊躇されるのはわかります。初めてお会いしたのに、こんなふうに昔のことを根掘り葉掘り訊いたりして申し訳ない。もっときちんと事情を説明してから協力をお願いするべきですよね。でも、時間がないんです。ハリー・クバートはすでに拘置所にいますが、ぼくはハリーがノラを殺したのではないと信じています。ですから、もしなにかご存じなら、どうか教えてください」

「ハリー・クバートのことはなにも知りません」ナンシーは言った。「ノラはクバートさんのことは一度も口にしませんでした。このわたしも二週間前にテレビを見て初めて知ったんです……。でも当時、ノラはある男性のことを話していました。ええ、かなり年上の男性と関係をもっていたんです。そして、それはハリー・クバートじゃありません」

ぼくは仰天した。

「それはいつの話ですか？」

「細かいことは忘れてしまいましたが、でも一九七五年の夏だったはずです。ハリー・クバートがこの町に来た年だったと覚えています。あの夏、ノラは四十代の男性と関係をもっていました」

「四十代？　名前を覚えていますか？」

「忘れようがありません。ニューハンプシャーでも指折りの金持ちですから。イライジャ・スターンです」

「イライジャ・スターン？」

「ええ。ノラはその人の前で裸にならなきゃいけない、彼の言うとおりにし、彼の好きにさせなければいけないと言っていました。そのためにコンコードの彼の家に行くのだと。スターンの運転手だという不気味な男が迎えに来ていました。ルーサー・ケイレブという男で、そのルーサーがオーロラまでノラを迎えに来て、車でスターンのところに連れていくんです。なぜそんなことを知っているかというと、一度この目で見たからです」

22　警察の仕事

「ハリー、書く力を失わないためにはどうしたらいいんですか?」

「失う人と失わない人がいる。マーカス、きみは失わない。わたしにはわかる」

「どうして?」

「それはきみがきみ自身のなかに持っているものだから。まあ、病気みたいなものだ。それこそが本当の作家の病だ。作家の病とは、書けなくなることじゃない。書きたくないのに書かずにはいられないことだ」

『ハリー・クバート事件』より

二〇〇八年六月二十七日金曜日、七時三十分。ガロウッド刑事を待っている。事件発生から二週間ほどしか経っていないが、もう何か月も過ぎたような気がする。わかってきたのは、オーロラという小さい町には秘密がたくさん隠されていて、住人たちは知っていることの半分も口にしないということだ。彼らはなぜ黙っているのか、その理由を探らなければ……。昨夜また脅迫状が置かれていた。〈ニューヨークに帰れ、ゴールドマン〉。誰かがぼくを精神的に追い詰めようとしている。

イライジャ・スターンのことを知ったらガロウッドはなんと言うだろうか。スターンについてはインターネットで調べた。アメリカ屈指の資産家であるスターン家の現当主で、その資産を巧みに運用して大成功を収めている。一九三三年コンコード生まれ。今もコンコードに住んでいる。七十五歳になる。

ぼくはガロウッドを待ちながら原稿を書いていた。コンコードの州警察本部の廊下だ。そこへ彼特有の低い声が響いた。

「おっと、またあんたか……なにしてる」

「大発見があったので知らせに来ました」

ガロウッドはオフィスの扉を開けてなかに入り、コーヒーカップをサイドテーブルに置き、椅子にジャケットを放り投げ、ブラインドを上げた。そのまま忙しそうに動きまわりながら言った。

「電話すりゃいいだろうが。礼儀をわきまえた人間はそうするぞ。電話をして、都合を訊いて、約束をして、たとえば午後一時にここへ来る。それならお互い気分がいい。何事もきちんとやってくれ」

ぼくは一気にまくし立てた。

「ノラにはイライジャ・スターンという愛人がいた。ハリーは当時ノラとの関係のことで脅迫状を受け取っていた。つまり誰かが二人のことを知っていた。以上」

ガロウッドは口を開けてぼくを見た。

「なぜそんなことがわかった？」

「自分で捜査してるから。前にそう言ったでしょう？」

ガロウッドはまたしても仏頂面になった。

「うんざりだ、へぼ文士め。頼むから捜査をかき回さないでくれ」

「ご機嫌斜めですね」

「当たり前だろ？　まだ朝の七時半だってのに、もうあんたがおれのオフィスに入り込んで御託を並べてるんだからな」

その嫌みを無視し、説明したいからボードみたいなものはないかと訊くと、あきらめた顔で隣の部屋に入れてくれた。壁にコルクボードが掛けてあって、サイドクリークやオーロラの写真がピンで留めてある。ガロウッドはその前に置いてあったホワイトボードを指差し、フェルトペンを差し出した。

「どうぞ」とため息をついた。「ご説明を」

ぼくはホワイトボードに〈ノラ〉と書き、そこから何本か線を引いて、その先に事件関係者の名前を書いていった。まず〈イライジャ・スターン〉、それから〈ナンシー・ハッタウェイ〉。

「これまで、ノラは模範的な娘だったと町の人たちからさんざん聞かされてきました。でもハリーと恋人同士だったことはもうわかっていて、そこへ今度は、同じ時期にイライジャ・スターンなる人物とも関係をもっていたことがわかったんです」

「イライジャ・スターンって、あの実業家の？」

「そう」

「そんな妙な話、誰から聞いた？」

「当時のノラの親友、ナンシー・ハッタウェイ」

「そんな親友、どうやって見つけた？」

「一九七五年のオーロラ高校の年鑑で」

「なるほど。それで、要するになにを言いたいんだ？」

「ノラが不幸だったこと。一九七五年の夏の初めのハリーとの恋は、うまく続かなかった。ハリーはノラを遠ざけ、ノラは苦しんだ。しかも母親からは体罰を受けていた。刑事さん、考えれば考えるほど、ノラの失踪はあの夏に起きたなにかとんでもない出来事の結果だという気がするんですよ。でも、誰もがその逆のことをぼくに信じ込ませようとしてるんです」

「続けてくれ」

「ハリーとノラのことを知っていた人間がほかにもいると考えられます。ナンシー・ハッタウェイも可能性はありますが、本人は否定しているし、嘘をついているようには見えませんでした。いずれにしても、誰かがハリーに脅迫状を書いていた……」

「ノラとのことで？」

「ええ。これです、ハリーの家で見つけました」ぼくは持ってきた脅迫状の一通を見せた。

「ハリーの家で？　家宅捜索したはずだが……」

「まあいいじゃありませんか。要するに、誰かがずっと前から知ってたってことですよ」

ガロウッドは脅迫状を読み上げた。

「おまえが十五歳の少女になにをしたか知っている。じきに町じゅうが知ることになるだろう……。クバートはいつこれを受け取ったんだ？」

「ノラが行方不明になった直後から」

「クバートに心当たりはないのか？」

「残念ながら、ないそうです」

ぼくはコルクボードのほうを向いた。写真やメモがたくさん留めてある。

「これはあなたが？」

「そうだ。もう一度整理しよう。ノラ・ケラーガンは一九七五年八月三十日に消えた。当時のオーロラ署の報告書によれば、誘拐の線も家出の線も考えられなかった。部屋には争った形跡がなく、目撃者もいなかった。だが今、われわれは誘拐の可能性が高いと考えている。ノラが金も荷物も持ち出していないからだ」

「ぼくは家出だと思います」

「ほう。じゃあ家出だとしよう。ノラは窓から出て逃げたのか？　どこへ？」

事実を明かすべき時だ。

「ノラはハリーと待ち合わせしていました」

「仮説か？」

「いや、事実です。ハリーから聞いたんです。ハリーに不利になるかもしれないから今まで黙ってました。でももう手の内を全部見せるべき時ですよね。あの晩、ノラはハリーと国道一号線沿いのモーテルで待ち合わせしていて、そこへ向かう途中でした。一緒に逃げる約束だったんです」

「逃げる？　なぜ？　どうやって？　どこへ？」

「それはまだわかりません。でもいずれ明らかにするつもりです。とにかく、あの晩ハリーはモーテルの一室でノラを待っていた。ノラがハリーに残した手紙に、そこへ行くから待っててと書かれています。だがノラは来なかった。ハリーはひと晩じゅう待ったそうです」

「どこのモーテルだ？　その手紙は？」

「シーサイド・モーテル。サイドクリークから北へ三キロほどのところです。行ってみましたよ。今でもあるんです。手紙のほうは……燃やしました。ハリーを守るために……」

「燃やしただと？　いよいよ本物の間抜けだな。なに考えてんだ？　証拠隠滅罪で訴えられてもいいのか？」

「燃やすべきじゃなかった。後悔しています」

ガロウッドはぼくを罵《ののし》りながらも、オーロラの地図を出してきてテーブルに広げた。そしてぶつぶつ言いながら、町の中心部、国道一号線、グースコーブ、サイドクリークの森と指で追っていった。

「逃げようとしていたとすれば、人目につかないルートを選ぶな。おれだったら、家からなるべく近いところで海岸に出て、そのまま海岸沿いを行って、どこかで国道一号線に出る。つまりグースコーブか、あるいは……」

「サイドクリーク」とぼくは口をはさんだ。「サイドクリークの森の小道を行くと、海岸からモーテルに出られるんです」

「よし！」ガロウッドは叫んだ。「ってことは、ノラが逃げようとしていたと考えてもあまり無理はないわけだ。テラス・アベニューはここ……いちばん近い海岸は……グランドビーチ。ノラはここから海岸沿いを歩き、サイドクリークの森に入った。だが、この森でなにかが起きた。それはなんだ？」

「誰かに会ってしまったとか？　誰かがノラを誘惑しようとして、うまくいかず、太い枝で殴って殺した」

「それもありうるが、大事なことを忘れちゃいないか？　原稿だよ。そして表紙に書かれていた〈さようなら、いとしいノラ〉。つまりノラを殺して埋めたやつは、ノラを知っていて、ノラに恋愛感情を抱いていた。そして、それがハリーじゃないとするならばだ、なぜハリーの原稿だったんだ？」

「原稿はノラが自分で持っていたんです。それは確かですよ。家出でも、荷物は持っていきたくなかった。なぜなら注意を引きたくなかったから。家を出るときにたまたま両親に見つかる可能性だってありますからね。それに、あえて持ち出す必要はなかった。ノラはハリーのことを金持ちだと思っていたから、必要なものはなんでも買ってもらえると思っていた。じゃあなにを持っていくか？　代わりがないものです。つまりハリーが書き上げたばかりの原稿。ノラはいつものように読むために持ち出していた。そして、それがハリーにとって大事なものだとわかっていた。だからかばんに入れて持って出た」

　ガロウッドは少し考えてからこう言った。

「ということは、犯人がかばんと原稿をノラと一緒に埋めたのは、ただ単に証拠を隠すためか？」

「そうです」

「だが、あの表紙の言葉は？」

「確かにそこは問題です」ぼくは一歩譲った。「犯人もまたノラを愛していたというのはどうです？　痴情のもつれからの犯行という線は考えられませんか？　たとえば、かっとなって殺してしまったが、すぐに後悔し、ノラを無名のまま送るのはいたたまれなくてあの言葉を残した。誰かがノラを愛していて、ハリーとの関係に我慢できなかった。ノラがハリーと逃げることを知り、止めようとしたがかなわず、思い余って殺してしまった。この仮説ならつじつまが合いませんか？」

「合うな。だが仮説は仮説だ。証明できなきゃ意味がない。ほかの仮説もまたしかり。そこからが厄介で細かい警察の仕事ってわけだ」

「どうします？」

「書き込みの件は筆跡鑑定に回したが、答えが出るのに少々時間がかかる。もう一つはっきりさせたい点がある。なぜノラをグースコーブに埋めたか。サイドクリークに近いとはいえ、死体をわざわざ数キロ運んだのはなぜだ？」

「死体が見つからなければ殺人もばれないから」ぼくは自分の推測を口にした。

「おれもそう思う。犯人は警察に包囲されたとわかっていたんだろう。だから比較的近い場所でなんとか死体を隠したかった……」

二人でホワイトボードを見つめた。

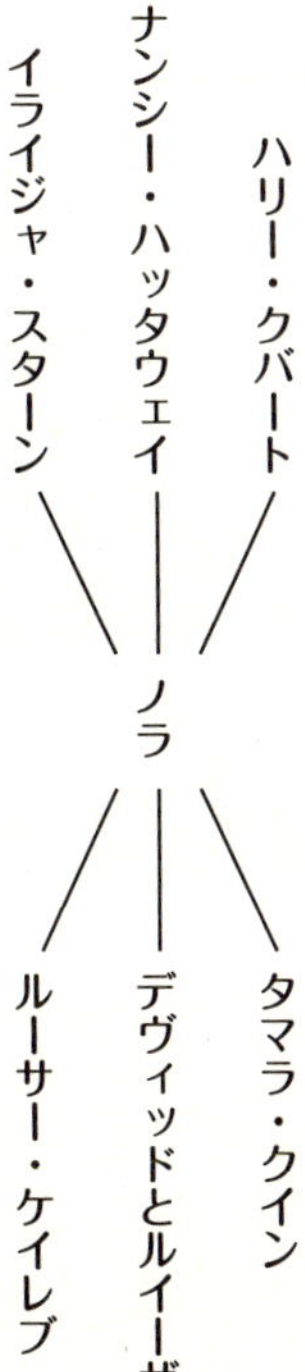

「ここに挙げたのは全員、ノラあるいは事件に関係があったと思われる人です。容疑者リストと考えてもいいかもしれませんよ」

「というより、混乱の元リストだろ」ガロウッドが横やりを入れた。

ぼくはそれをさらりと聞き流し、リストをさらに絞り込めないか考えてみた。

「ナンシーは一九七五年には十五歳だったし、動機もありません。外していいでしょう。タマラ・クインは、当時からハリーとノラのことを知っていたとあちこちで言いふらしていて……もしかしたらハリーに匿名の手紙を送っていたかもしれない」

「だが女が犯人ってのはどうかな」ガロウッドが口をはさんだ。「頭蓋骨を砕くには相当の力がいるからな。おれは男だと思うね。そもそもデボラ・クーパーは、男がノラを追いかけてるところを見たんだし」

「じゃあ、次にノラの両親です。ノラは母親から体罰を受けていた……」

「体罰は、そりゃ褒められたことじゃない。だがあんなふうに殺すのとはわけが違うだろう？」

「でもインターネットには、子供の行方不明事件の場合、犯人は家族の一人である場合が少なくないって書いてありましたけど」

ガロウッドは天井を仰いだ。

「おれはインターネットであんたが立派な作家だと書いてあるのを読んだよ。わかるか？　ネットの情報はでたらめばかりってことだ」

「それじゃイライジャ・スターンは？　すぐにも尋問すべきじゃないですか？　ナンシー・ハッタウェイは、スターンの運転手のルーサー・ケイレブがノラを迎えに来て、コンコードの屋敷に連れていったと言ってます」

「まあまあ、落ち着けって。イライジャ・スターンは名家中の名家の出で、超大物だ。絶大な権力を握ってる。確固たる証拠でもない限り、検事でもおいそれとは近づけない。ところが、今あるのは当時十五歳だった女性の証言だけ。もう今となっちゃ、ナンシー・ハッタウェイの証言はほとんど価値がないと考えたほうがいい。もっとしっかりした手がかりが欲しいね。証拠と呼べるものだ。当時のオーロラ署の報告書に目を通したが、ハリーも、スターンも、ルーサー・ケイレブとやらも出てこなかったぞ」

「ナンシー・ハッタウェイは信頼できますよ」

「そうかもしれんが、三十三年後にぽっと出てきた〝思い出〟ってやつは慎重に扱わないとな。その線はこっちでも洗ってみるが、スターンを容疑者扱いするにはもっとしっかりした証拠が必要だ。州知事とゴルフをするような人物に、なんの証拠もなくのこのこ質問しに行くようなへまはできない」

「それと、ケラーガン一家がアラバマからオーロラに来たのには、なにか大きなわけがありそうなんですが、そのわけを誰も知らないんですよ。ケラーガン牧師自身は静かなところで娘を育てたかったと言っていますが、ナンシーによれば、ノラはジャクソンでなにかあったとほのめかしていたようです」

「なるほど。となれば、そのあたりを全部探るしかないな」

＊

イライジャ・スターンのことは、はっきりした証拠が出てくるまでハリーには言わないことにした。その代わりロスには電話で伝えた。弁護の重要な鍵になるはずだからだ。

「ノラがイライジャ・スターンと関係をもっていた？」ロスはそう言ってからごくりと喉を鳴らした。

「そうです。信頼できる人物から聞いたんです」

「すごいぞ、マーカス。スターンを法廷に引っ張り出せたら形勢をひっくり返せる。想像してみろ。スターンが聖書に手を置いて宣誓する。それからノラとの肉体関係について事細かく証言するんだ。陪審員がどんな顔をするか、目に浮かぶようじゃないか」

「お願いだからまだハリーには黙っててください。スターンについてはまだなにも証拠がないんです」

　そしてその足で、ぼくは拘置所に行き、ハリーにノラの体罰の話をした。ハリーはすでに知っていて、ナンシーの証言を裏づけてくれた。

「ナンシー・ハッタウェイからノラが体罰を受けていたと聞きました」

「ああ、マーカス、あれは恐ろしい話なんだ……」

「それから、あの夏の初めに、ノラがひどく落ち込んでいたと」

　ハリーは悲しげにうなずいた。

「わたしがノラを遠ざけようとしたからだ。わたしがノラを追い詰め、そのせいでひどいことが起きたんだよ。独立記念日にジェニーとコンコードに出かけたが、その後もノラへの思いに胸をかき乱され、なんとしてもノラを忘れなければとわたしはもがいていた。だから、七月五日の土曜日は《クラークス》に行かなかったんだ」

　この日、ハリーは一九七五年七月五日と六日の話をし、ぼくはそれを録音した。その話を聞いて、『悪の起源』がまさにノラとの出来事を基にしたものだということがよくわかった。つまり、ハリーはノラのことを隠していたわけではなかった。もうずっと前から、ハリーはノラとの許されぬ愛について本のなかで告白していた。そう思ったとき、ぼくは思わずハリーの話を遮っていた。

「ハリー、それは全部本に書いてありましたよ！」

「ああ、そうだとも。全部書いたんだ。だが誰も本当のところを理解しようとはしなかった。

テクストを分析した人間は大勢いたがね。寓意がどうの、象徴がどうの、文飾がどうのと、わたしが意図してもいないことまで並べ立てて。だが実際には、わたしはただノラと自分のことを書いたにすぎないんだ」

＊

一九七五年七月五日土曜日

朝の四時半だった。通りはまだ寝静まっていて、足音だけがやけに響いた。ハリーは相変わらずノラのことを考えていた。ノラを遠ざけると決めてからも頭のなかはノラのことばかりで、ぐっすり眠ることもできない。毎日、夜明け前に目覚めてしまい、そのあとはもう眠れない。仕方がないのでスポーツウェアに着替え、走りに行く。浜辺を走り、カモメを追い、飛ぶ真似をし、また走り、そうやってオーロラの町なかまで行く。グースコーブから四キロほどあるが、その距離を矢のように走り抜ける。そしてだいたいは町なかを通り抜けてマサチューセッツ州方面に向かい、グランドビーチで足を止め、そこで日の出を迎える。だがこの日の朝は、ノーフォーク・アベニューに入ったところで足を止めてひと息つき、家並みのあいだを歩いた。汗をかき、呼吸も上がっていた。

ハリーはクイン家の前を通り過ぎた。夕べのジェニーとのデートは退屈きわまりないものだった。ジェニーは美人だが、笑わせてもくれないし、夢を見させてもくれない。夢を見させてくれるのはノラだけだ。ノーフォーク・アベニューからテラス・アベニューに出て下っていくと、今度は禁じられた家の前に来た。ケラーガン家だ。昨日はここで泣いているノラを車から降ろした。ノラにわからせるために冷たい態度をとらざるをえなかったが、結局のところノラには理解できなかったようだ。その証拠にノラはこう言っていた。「どうしてこんなことするの？　どうしていじわるするの？」ハリーはそのあともずっとノラのことを考えていた。コンコードでジェニーと食事をしていたあいだもそうで、とうとう中座して電話をかけに行ったほどだ。オペレーターにオーロラのケラーガン家につないでくれと頼んだが、ベルの音が聞こえた瞬間に切ってしまった。そしてテーブルに戻ったら、気分でも悪いのかとジェニーに訊かれた。

歩道に立ったまま、ハリーは窓のほうをうかがった。ノラの部屋はどこだろう？　ＮＯＬＡ。いとしいノラ。ハリーはしばらく立ちつくしていた。不意になにか物音がしたので、家から離れようとしたらごみの缶にぶつかって倒してしまい、大きな音が響いた。家のなかで明かりがつき、ハリーは大あわてで逃げ出した。結局ノラの様子を見ることはできず、そのままグースコーブに戻り、心ここにあらずのまま書斎で机に向かった。もう七月に入ったが、小説はまだ一行も書けていない。このまま日々が過ぎていき、なにも書けずに秋になったら、自分はいったいどうなるのだろう？　あの不幸な日々に逆戻りするしかない。そして一生作家にはなれない。作家どころか何者にもなれないだろう。ハリーは生まれて初めて自殺を考えた。そして途方に暮れながら、朝の七時頃机の上でようやくまどろんだ。枕代わりにしたのは、推敲しすぎて真っ黒になった挙句に破られた原稿の山だった。

昼の十二時半、《クラークス》の従業員用化粧室で、ノラは目が赤いのをなんとかしようとして顔に水をかけた。朝からずっと泣いていたのだ。今日は土曜なのに、ハリーが店に来ない。もう自分に会いたくないのだろうと思った。《クラークス》の土曜は二人にとってのデートだったのに、ハリーはそれを初めてすっぽかした。今朝起きたときは、ノラはまだ希望を抱いていた。ハリーが昨日は悪かったと謝りに来るだろうから、そしたらもちろん許そうと思っていた。ハリーの顔が見られると思っただけでうれしくなり、身支度のとき少し頬紅を差した。そのほうがきっと気に入ってもらえると思った。ところが、朝食のテーブルで母のルイーザにそれを見咎《みとが》められた。

「ノラ、なにを隠してるの、言いなさい」

「なにも隠してないわ」

「ママに嘘をつくつもり？　わからないとでも思ってるの？　わたしを馬鹿にしてるの？」

「思ってないわよ！　そんなこと思ったこともない！」

「おまえがしょっちゅう外出して、ご機嫌で、頬紅まで差してることに気づかないとでも思ってるの？」

「悪いことはなにもしてないわ。ママ、本当よ」

「あの恥知らずなナンシー・ハッタウェイとコンコードに行ったことを、わたしが知らないとでも思ってるの？　なんて手に負えない子なの！　親に恥をかかせないでちょうだい！」

すると父のデヴィッドが立ち上がり、キッチンを出てガレージに行ってしまった。ノラとルイーザが口論になると、デヴィッドはいつもそうする。そして体罰の音が聞こえないようにレコードを大音量でかける。

「ママ、わたし悪いことなんかなにもしてません。本当だってば」ノラは繰り返した。

ルイーザはノラの顔を嫌悪と軽蔑の目でじっと見つめ、それから薄笑いを浮かべた。

「なにもしていない？　じゃあわたしたちがアラバマを出たのはなぜ？　わかってるんでしょ？　思い出させてあげようか？　こっちにおいで！」

そしてノラの腕をつかみ、部屋まで引っ張っていくと、無理やり服を脱がせた。ノラは下着姿で恐怖に震えた。だがルイーザは容赦なくノラをにらみつけた。

「なぜブラジャーをしてるの？」ルイーザが訊いた。

「だって、ママ、胸があるから」

「胸なんかあっちゃいけません！　まだそんな年じゃないでしょ？　それを外してこっちに来なさい」

ノラは言われたとおりブラジャーを外し、ルイーザのほうに近づいた。ルイーザはノラの机の上にあった長い鉄の定規を握りしめた。そしてまず娘を上から下まで眺めまわし、それから定規を振り上げ、乳房を目がけて振り下ろした。あまりにも強く、しかも何度もたたいたので、ノラは痛みに身をよじった。するとルイーザは、まっすぐ立ちなさい、そうしなければもっとたたくよとどなった。そしてさらにたたきながら、繰り返しこう言った。「母親に嘘をついちゃいけません。言うことを聞かなきゃいけないのよ、わかった？　わたしを馬鹿にするのもいい加減にしなさい！」そのあいだ、ガレージではジャズのスタンダードナンバーが鳴り響いていた。

　そのあと、ノラはとてもアルバイトに行くような気分ではなかった。それでもハリーに会いたい一心で、痛みをこらえて《クラークス》へ行った。ハリー以外に生きる力を与えてくれる人はいない。だから自分は彼のために生きるのだと思った。ところが、ハリーは来ていなかった。ノラは動揺し、胸がつぶれそうになり、結局午前中ずっと化粧室に隠れて泣いていた。

　顔に水をかけてから鏡に向かってブラウスを持ち上げてみたら、胸にたくさん打ち傷があり、青あざになっていた。それを見てノラは、ママの言うとおりだと思った。自分は手に負えない醜い娘だ。だからハリーももう会いたくないのだと。

　そのときノックの音がした。

「ノラ、なにしてるの？」ジェニーの声だった。「お客さんでいっぱいよ！　早く仕事して！」

　ノラはあわてて化粧室の扉を開けた。誰かが文句を言って、それでジェニーが呼ばれてきたのかと思った。だが実際はそうではなく、ジェニーは偶然通りかかり、店をのぞいたらてんやわんやになっていたので、助けを買って出ただけだった。

「泣いてたの？」ジェニーがノラの顔を見て驚いたように言った。

「あの……ちょっと気分が悪かったから」

「顔を洗うといいわ。それからフロアをお願いね。わたしも手伝うから。厨房がパニックなの！」

それからどうにか昼のピークを乗り越え、店がまた静かになると、ジェニーがレモネードを持ってきてくれた。

「さあ、飲んで」と優しく言った。「少しは気分がよくなるわ」

「ありがとう。今日ちゃんと働けなかったこと、ミセス・クインに言う？」

「心配しないで、なにも言わないわよ。誰だって落ち込むことはあるもの。なにがあったの？」

「失恋」

ジェニーは笑った。

「なあんだ。あなたなんかまだ若いんだから、いつかまたいい人と出会うわよ」

「どうかな……」

「さあさあ、人生に微笑みを！　大丈夫よ、きっといいことがあるから。わたしだって、ついこのあいだまで落ち込んでたのよ。自分は孤独で不幸だって思ってた。でも、ハリーがこの町に現われて……」

「ハリー？　ハリー・クバートのこと？」

「そうよ！　彼すてきなの。聞いて……まだ正式じゃないから言うべきじゃないけど、でも、あなたとは友達みたいなものよね？　それに、うれしくて誰かに言わずにはいられないの。ハリーはわたしを愛しているのよ！　わたしのことを文章にも書いてるの。昨日の晩はコンコードに連れてってくれて、一緒に独立記念日の花火を見たの。ほんとにすてきだったわ」

「昨日の晩？　編集者と一緒じゃなくて？」

「わたしと一緒だったわ。川の上に上がる花火を見たの。もう最高だった！」

「じゃあハリーとあなた……一緒に？」

「そうよ！　ねえ、ノラ、わたしのために喜んでくれるでしょう？　でも誰にも言わないでね。まだ知られたくないの。だって、わかるでしょ？　みんなすぐ焼きもち焼くから」

喉が締めつけられ、ノラはあまりの苦しさに死んでしまいたいと思った。そうなんだ、ハリーはほかの人を愛しているんだ。ジェニー・クインを愛している。もうおしまい。わたしのことなんかなんとも思っていない。わたしを捨ててジェニーを取ったんだ。そう思いながら頭がくらくらして、倒れそうになった。

夕方六時に仕事が終わると、ノラはちょっと家に寄り、それからすぐグースコーブに向かった。ハリーの車はなかった。どこへ行ったのだろう？　ジェニーと一緒だろうか？　そう思っただけでまた苦しくなり、涙をこらえるのがやっとだった。それでもノラはなんとか浜辺からポーチまで上がり、ポケットから封筒を出して玄関の扉にはさんだ。封筒のなかにはロックランドで撮った写真を入れてある。一枚は海辺のカモメたち、もう一枚はピクニックを楽しむ二人。そして短い手紙も添えた。お気に入りの便箋に書いたものだ。

いとしいハリーへ
あなたはわたしを愛していない。でもわたしはあなたをずっと愛しているわ。

あなたが上手にスケッチしてみせたあの海辺の写真と、二人の写真を同封します。あなたがわたしのことを忘れないように。

もうわたしに会いたくないのね。でもせめてこの手紙に返事をちょうだい。一度でいいから。短くてもいいの。あなたの思い出にしたいの。

わたしはあなたのことを忘れない。これまでに出会ったなかでいちばんすてきな人だから。

あなたをずっと愛しています。

そして、ノラは大急ぎで戻った。浜辺に駆け下り、サンダルを脱いで、波打ち際を走った。ハリーに出会ったあの日のように。

ハリー・クバート著『悪の起源』より

二人の手紙のやり取りは、彼女が玄関口に残した一通から始まった。それは短い手紙だったが、思いのたけを綴った恋文だった。

いとしい人へ
あなたはわたしを愛していない。でもわたしはあなたをずっと愛しているわ。

あなたが上手にスケッチしてみせたあの海辺の写真と、二人の写真を同封します。あなたがわたしのことを忘れないように。

もうわたしに会いたくないのね。でもせめてこの手紙に返事をちょうだい。一度でいいから。短くてもいいの。あなたの思い出にしたいの。

わたしはあなたのことを忘れない。これまでに出会ったなかでいちばんすてきな人だから。

あなたをずっと愛しています。


数日後に、彼はようやく勇気を出し、返事を書いた。書くこと自体はなんでもなかった。でも彼女に書くのは勇気のいることだった。

いとしい人へ

ぼくがきみを愛していないなんて、なぜそんなことが書けるんだ？　きみのために、心の底からあふれ出る愛の言葉を、永遠の言葉を贈ろう。毎朝目覚めとともに想うのはきみのことだ。毎晩目を閉じるときに想うのもきみのことだ。きみの姿が心に焼きついているから、目を閉じてもきみはそこにいる。

今日も明け方、きみの家の前まで行った。実はもう何度もそうしている。窓を一つ一つ目で追ったが、明かりは見えなかった。天使のように眠るきみを想像した。その何時間かあとで、きみの姿を見た。そしてきみに見とれた。花柄のワンピースがとてもよく似合っていた。でもきみは少し悲しそうだったね。なぜ悲しかったんだい？　教えてくれ。ぼくもきみと一緒に悲しむから。

追伸　手紙は郵送してほしい。そのほうが確実だ。

きみを思っている。毎日。そして毎晩。

いとしい人へ

手紙を読んですぐに返事を書いています。実は十回くらい、いいえ百回読み返したのよ！　あなたはやっぱり書くのが上手。言葉の一つ一つが心に染みるの。才能があるのね。

なぜ会いに来てくれないの？　なぜ隠れたままでいるの？　なぜ話しかけてくれないの？　窓辺まで来ながら、会わずに帰ったのはなぜ？

お願い、姿を見せて。あなたが話しかけてくれなくなってから、わたしはずっと悲しいの。

すぐに返事をちょうだい。あなたの手紙が待ちきれない。


顔を合わせることができないとなれば、手紙を送り合うことが愛し合うことになる。二人は互いの唇を求めるように、便箋にキスをした。相手が乗った列車を駅で待つように、郵便配達員が来るのを待った。

時には、彼は彼女の家の通りに身をひそめ、郵便配達員が来るのを待つ。そして彼女が家から飛び出してきて郵便受けに飛びつき、手紙を取り出す様子を眺める。そのとき、彼女はまさに愛の言葉のためだけに生きている。それは心温まる光景だが、涙を誘う光景でもあった。二人にとって愛は最大の宝物だったが、その宝物を二人は禁じられていたのだから。

いとしい人へ
きみに会えないのは、ぼくが姿を見せれば、二人ともひどく傷つくことになるからだ。
ぼくらは違う世界に生きていて、誰も二人の愛を理解してはくれない。
ぼくは自分の生まれに苦しんでいる。なぜ慣習に従って生きなければならないのだろう？　なぜ違いを乗り越えて、心のままに愛し合うことができないのだろう？　でもそれが現実の世界だ。この世界は愛し合う二人が手を携えることを許さない。そう、それが現実の世界だ。この世界は規範としきたりにあふれているが、それは人々の心を囲い込み、その輝きを失わせるものでしかない。でもぼくらは、ぼくらの濁りのない心は、囲い込まれたりはしない。

きみを無限に、永遠に愛している。この世の始まりの日から。

愛する人へ

手紙をありがとう。お願いだから書きつづけてね。美しい言葉でわたしを満たして。

誰がこんなに書いてくるのかと、母が怪しんでいるわ。なぜ始終郵便受けを見に行くのか知りたがっているの。だから安心させるために、去年の夏のキャンプで出会った女友達だと答えたわ。嘘をつくのは嫌いよ。でもそれがいちばんいいのよね。だってなにも言えないもの。あなたが言ったとおり。言えばあなたが傷つくことになる。だから我慢するわ。こんなに近くにいるのに手紙を郵送するなんて、あまりにもつらいけれど、我慢する。

21　愛することの難しさ

「マーカス、人をどれほど愛しているか知る方法は一つしかないが、なにかわかるか？」

「いいえ」

「その人を失うことだ」

モンベリーには地元の人によく知られた小さい湖があり、夏の天気のいい日には、ピクニックの家族連れやサマーキャンプ中のボーイスカウトでにぎわう。人々は朝早くから押しかけ、湖畔にはあっという間にビーチタオルとパラソルの列ができる。大人たちはそこでごろごろし、子供たちは水に入って大騒ぎする。湖水は緑がかっていて、生ぬるく、ところどころに風で流されたごみが溜まって浮いている。二年前に湖畔で子供が使用済み注射器を踏んだことがあり、それを機にモンベリーの役所がようやく重い腰を上げ、周辺を整備した。以前はたき火もし放題で、草地が月面のようになっていたが、今では禁じられ、バーベキュー用のテーブルが用意されている。ごみ箱の数も増え、プレハブのトイレも設置された。駐車場も広くなって舗装され、六月から八月までのあいだは定期的に清掃係が来て、コンドームや犬のふんなど、さまざまなごみを片づけてくれる。

ぼくが行ってみた日には、子供たちが寄ってたかってカエルを八つ裂きにしようとしていた。もしかしたら、この湖で生き延びていた最後の一匹だったかもしれない。

アーン・ピンカスは、この湖は人類の退廃の縮図だよと言っていた。しかもその退廃はアメリカだけではなく、世界じゅうで進んでいるようだねと。三十三年前には、この湖を訪れる人は少なかったそうだ。そもそもここまで来るのが大変だった。車を遠くの幹線道路沿いにとめ、そこからちょっとした森を抜け、さらに丈の高い雑草や野イバラが密生するなかを一キロほど歩かなければならなかった。だが、苦労して来るかいはあったという。湖は穏やかで、薄桃色の睡蓮に覆われ、ほとりには枝垂《しだ》れ柳が並んでいた。水も澄んでいて、金色に輝くイエローパーチの群れが見えたし、それを葦《あし》のあいだから狙う灰色のサギの姿さえ見ることができた。湖畔の一角にはちょっとした砂浜さえあったそうだ。

そして三十三年前、ハリーがノラを避けて身を隠したのもこの湖だった。一九七五年七月五日土曜日、ノラが最初の手紙をグースコーブに残した日、ハリーはここにいた。

＊

一九七五年七月五日土曜日

ハリーがモンベリーの湖に着いたのは昼少し前だった。案の定アーン・ピンカスも来ていて、湖畔でくつろいでいた。

「おや、とうとう来たね」ピンカスがハリーに気づいてからかうように言った。「《クラークス》以外で会うなんて妙な感じだね」

ハリーは笑った。

「あれだけ話を聞かされたら、来てみないわけにはいかないから」

「いいところだろう?」

「素晴らしい」

「これこそがニューイングランドだよ」ピンカスが自慢げに言った。「残された楽園ってところかな。ほかの地方じゃビルがにょきにょき生えて、足元にはコンクリートが広がっていくばかりだけど、ここは違う。ここなら、数十年後もきっとこのままだろう」

二人は少し泳いだあと、ほとりで甲羅干《こうらぼ》ししながら本の話をした。

「それで、小説のほうは進んでるのかい?」ピンカスが訊いた。

「まあね」ハリーにはほかに答えようがなかった。

「そんな顔するな。きっといいのが書けてるさ」

「いや、まるでなってない」

「見せてみろ。客観的な意見を聞かせてやるからさ。なにがうまくいかないんだ?」

「なにもかも。ひらめきがないし、書き出しも決まらない。なにを書こうとしているのか、自分でもわからない」

「ジャンルは?」

「恋愛小説」

「恋愛か……」ピンカスはため息をついた。「きみ、恋愛中なのか?」

「まあね」

「そりゃけっこうなことじゃないか。ところで、ハリー、都会の豪勢な暮らしに戻りたくならないか?」

「いや、ここがいい。静かなほうがいい」

「ニューヨークではなにをしてたんだい？」

「まあその……作家だ」

ピンカスは少しためらう様子を見せてから言った。

「あのな……気を悪くしないでくれよ。実は、ニューヨークに住んでる友人に電話をしたら……」

「したら？」

「ハリー・クバートという作家は知らないと言われた」

「誰もが知ってるわけじゃないさ……。ニューヨークの人口を知らないのか？」

ピンカスは責めてるわけじゃないと言いたげに微笑んだ。

「ほんとは誰もきみのことを知らないんだろ？　版元にも連絡を取ったから……いや、もっと注文しようと思っただけだよ……。聞いたことのない版元で、おれが知らないだけかと思ったけど、調べたらようやくブルックリンの印刷所だってことがわかってさ……電話したんだ。自分で金を出して刷らせたんだね？」

ハリーはうつむいた。恥ずかしくて顔を上げられなかった。

「すべてばれたってことか」

「すべてって？」

「ペテン師だってこと」

ピンカスはそっとハリーの肩をたたいた。

「ペテン師だなんて、なに言ってるんだい。きみの本を読んだけど、素晴らしかったよ。だからもっと注文しようと思ったのさ。あれはいい本だ。有名な作家がいい作家とは限らないだろ？　きみには才能があるし、いつかきっと成功する。もしかしたら今書いてるやつが大評判になるかもしれないし」

「でも、いつまでも成功しなかったら？」

「するさ。おれにはわかる」

「アーン、ありがとう」

「礼なんかいらない。ほんとのことだからさ。それに、誰にも言いやしないから安心しろ。おれたちだけの秘密だよ」

＊

一九七五年七月六日日曜日

この日、クイン家はまたしてもちょっとした騒ぎになっていた。だが三人とも前回で要領がわかったので、それほどあわててはいなかった。

午後三時ちょうどに、タマラ・クインがスーツ姿のロバートを玄関ポーチに立たせ、右手にシャンパングラスを、左手に葉巻を持たせた。

「いいわね、そのまま動かないで」タマラが指示した。

「襟がこすれてかゆいんだけどな」

「なに言ってるの。高級品なんだから、そんなわけないでしょ！」

それは、タマラがわざわざコンコードの有名店まで行って買ってきた新しいワイシャツだった。

「どうしていつものじゃ駄目なんだ？」ロバートがごねた。

「さっきも言ったでしょ？ 偉い作家が来るっていうのに、あんなみっともない恰好でうろうろしてほしくないの！」

「それにしても、葉巻ってまずいな……」

「いやだ、それじゃ逆さまよ！ 火をつけるほうをくわえちゃってるわ、まったくこの人ったら。リングがあるほうが吸い口ですよ」

「これがキャップかと思った」

「あなた、〝粋っぽさ〟ってものをまるで知らないのね」

「〝粋っぽさ〟？」

「粋なもののことよ」

「〝粋っぽさ〟なんて言葉、聞いたことないぞ。そんな言葉はないだろ？」

「もう、なんにも知らないんだから。あと十五分でクバートさんが見えるわ。堂々としててちょうだい。馬鹿にされないように」

「どうすりゃいいんだ？」

「考え込むような感じで葉巻を吹かすんです。ほら、大物実業家とかがよくやってるじゃないの。それから、話すときは大物っぽくね」

「大物っぽくって、どうすりゃいいんだ?」

「あなたったら、ほんとになんにも、なあんにもわかっちゃいないのね。はっきり答えなきゃいいんですよ。質問には質問で返すのよ。たとえば『ベトナム戦争には賛成ですか、反対ですか?』って訊かれたら、こう答えるの。『その質問をされるということは、あなたははっきりした意見をお持ちのようだ。ぜひお聞かせ願いたい』って。それからシャンパンを薦めるわけ。つまり、機転を利かせるってこと」

「よっしゃ」

「がっかりさせないでちょうだいよ」

「任しとけ」

どうにかタマラを安心させて家のなかに戻すと、ロバートはしぶしぶポーチに置かれた籐《とう》の椅子に座った。ロバートはハリー・クバートが大嫌いだった。ニューヨークの大物だかなんだか知らないが、作家というより〝気取り屋〟に見えるところが気に食わない。タマラがハリーのために、初夜の花嫁みたいにうきうきしているところも気に食わない。おとなしく言われたとおりにしているのは、タマラがそれを条件に、今晩優しくしてあげる、場合によってはわたしの部屋に来てもいいわよと言ったからでしかなかった。つまり、クイン夫妻はふだん寝室を共にしていない。共にするのは、まあ平均すれば三か月か四か月に一度で、それもたいていはさんざん頭を下げてようやくのことだし、しかも最近はすっかりご無沙汰だった。

ロバートが今晩のことをあれこれ考えているあいだに、タマラのほうは急いで二階に上がり、娘の身支度の仕上げを手伝った。今日はパフスリーブのゆったりしたイブニングドレスに、まがい物のきらびやかなアクセサリー、いくつもの指輪、真っ赤な口紅という仕上りだ。タマラはドレスの裾を整えると、目を細めて言った。

「きれいよ、ジェニー。ハリーも改めて惚れ直すわ！」

「ママ、ちょっとやりすぎじゃない？」

「やりすぎ？　とんでもない。これくらいでちょうどいいんです」

「だって映画に行くだけなのに」

「そのあとは？　粋なレストランに行くかもしれないでしょ？　そこまで考えた？」

「オーロラに粋なレストランなんかないじゃない」

「婚約者のために、コンコードの超一流レストランを予約してくれてるかもしれないじゃないの」

「ママ、わたしたちまだ婚約してないってば」

「でももうすぐでしょ？　キスはしたの？」

「まだ」

「とにかく、そういうことになったらハリーに任せなさいよ」

「うん、わかってる」

「それにしても、映画に誘ってくださるなんて気が利くわねえ」

「違う、わたしが誘ったのよ。勇気を出して電話して、『ハリー、根の詰めすぎはよくないわ。今日の午後、映画でも行かない？』って言ってみたの」

「そしたら、いいよって？」

「すぐにね。迷いもせずに」

「だったら、ハリーも映画でもと思っていたんでしょうよ」

「でも、仕事の邪魔をするのはなんだか気が引けたわ。だって、彼はわたしのことを書いてるんだもの。ちょっとだけ見たから知ってるの。わたしに会うためだけに《クラークス》に行くって書いてあった」

「おやまあ！　こっちまでわくわくするわ」

タマラは自分のことのようにうっとりしながら、おしろいの箱を手に取って娘の顔をはたいた。ハリーが娘について書いているということは、じきにニューヨークの、いや世界じゅうの人々が《クラークス》とジェニーの話をするようになる。きっと映画にもなるだろう。ああ、これでようやく未来が開けるとタマラは思った。ハリー・クバートが自分の夢をかなえてくれる。一家三人、よきキリスト教徒として行ない正しく生きてきたことが、とうとう報われる。タマラは期待に胸をふくらませ、頭をフル回転させて考えた。まずは次の日曜にガーデンパーティーを開いて、娘とハリーが交際していることを発表しよう。急だけれど、日にちはそこしかない。その次の土曜はもう夏のダンスパーティーで、娘はハリーとペアで参加することになる。ということは、その前に何人かの友人に知らせておけば、事前にうわさが広まって、ダンスパーティーで二人が主役になれる。なんて素晴らしいこと！　タマラはもう飛び上がらんばかりだった。思い返せば、これまでどれほど娘の将来を案じてきたことだろうか。《クラークス》に立ち寄るトラック運転手を好きになったりしないだろうか。あるいは社会主義者と恋に落ちたらどうしよう？　ひょっとして白人じゃなかったら？　考えただけでも……。そんな不安にずっとさいなまれてきたけれど、それがようやく……と、そこでタマラははっとした。作家にはユダヤ人が多い。もしハリーがユダヤ人だったら？　まあ、大変！　ひょっとしたら社会主義のユダヤ人かもしれない。タマラは頭のなかで地団太を踏んだ。ユダヤ人が白人じゃなければ外見で見分けられるのに。ユダヤ人はどこに紛れているかわからないし、その意味ではいっそうたちが悪い。タマラの胃が痙攣《けいれん》しはじめた。一九五〇年のローゼンバーグ事件以来、タマラはずっとユダヤ人を恐れている。なにしろ連中は原爆の機密情報をソ連に流したのだ。どうしよう？　ハリーがユダヤ人かどうか確かめるにはどうしたらいいだろう？　だがその答えを、タマラはすぐに思いついた。そして時計を見た。まだ間に合う。今すぐスーパーまで走っていけば、ハリーが来る前に戻ってこられる。というわけで、タマラは二階から駆け下りると、小走りに家を出た。

午後三時二十分、黒のモンテカルロがクイン家の前にとまった。そこからハリー・クバートが降りてきたのを見て、ロバート・クインは驚いた。自分が好きな車種だったからだ。それに、大作家は意外にもラフな服装だった。それでも一応タマラに言われたとおり、堂々としたあいさつらしきものを口にし、すぐに〝粋っぽい〟飲み物を勧めた。

「シャンパンはどうだ？」

「や、実は、シャンパンはあまり好きじゃありません」ハリーが答えた。「できたらビールを……」

「ああ、いいともさ！」ロバートは急にハリーに親しみを覚え、熱を込めて言った。

ロバートはビールには自信があった。アメリカのビールが全種類載った本を持っているほどだ。そこでさっそく冷えたビールを二本取りに行き、そのついでに二階に向かって「クバートさんがみえたよ」と――心のなかでは「思ったよりお高くとまってないまともなハリー・クバートが来たよ」と――声をかけた。それからポーチに戻ってワイシャツの袖をまくり、ビールの蓋を開け、瓶のままでハリーと乾杯し、車の話を始めた。

「なんでまたモンテカルロなんだ？」ロバートが訊いた。「いや、その、あんたのような立場なら、どんな車種でも買えるだろうに。なにもモンテカルロじゃなくても……」

「スポーティーだし実用的ですから。それに、あの形が好きなんです」

「おれもだ！　去年あと少しってとこで買いそこねてな」

「買えばよかったのに」

「うちのやつに止められた」

「先に買って、それから意見を訊けばいいんですよ」

ロバートは爆笑した。そして、こいつは気さくなやつだ、すごくいいやつだと思った。そこヘタマラが息せき切って飛び出してきた。ハムやソーセージを盛り合わせたトレーを持っていて、呼吸を整えながらこう言った。「まあ、こんにちは、クバートさん！　よくいらしてくださって。豚肉はいかが？」ハリーはあいさつを返すと、ハムをつまんだ。それを見てほっと胸をなで下ろしたのは、もちろんタマラだ。急いでスーパーまで走ったかいがあったと思った。ハリーは豚肉を食べる。ということは人種的に問題はない。

ようやくすっきりして余裕が出たタマラは、ロバートがネクタイを外して袖まくりしていることに気づいた。しかも二人で瓶のままビールを飲んでいる。

「あらどうなさったの、シャンパンは？　ちょっとロバート、なにみっともない恰好してるのよ」

「暑いんだ！」ロバートは居直った。

「ぼくがビールのほうがいいと言ったんです」ハリーが援護した。

そこへようやく美しく着飾った、いや着飾りすぎたジェニーが現われた。

ちょうどその頃、テラス・アベニュー二四五番地では、娘が自分の部屋で泣いているのをケラーガン牧師が見つけたところだった。

「どうしたんだね？」

「パパ、わたし悲しくて……」

「なにがあったんだ？」

「だってママが……」

「……わかった。もうなにも言うな……」

ノラは床に座り込み、ぽろぽろ涙を流していた。牧師は娘のことが心配でたまらなかった。「映画でも見に行くか?」せめてものなぐさめになればと思い、そう言った。「おまえと、パパと。山盛りのポップコーンを買って。どうだね? 午後四時からの回があるから、まだ間に合うぞ」


「うちのジェニーったら、ほんとにすごいんですのよ」クイン家ではタマラが娘の自慢話に夢中になっていた。そのすきに、ロバートはチャンスとばかりハムとソーセージをせっせと口に運んでいた。タマラは続けた。「十歳でもうこのあたりの美少女コンテストを総なめにして、ねえ、ジェニー? 覚えてるでしょ?」

「ええ、ママ」ジェニーはうんざりした声で答えた。

「昔のアルバムがあっただろ?」ロバートが口をもごもごさせながら、タマラに言われていたとおり合いの手を入れた。

「そうよ、アルバムがあったじゃないの!」タマラも筋書きどおりに小躍りした。

タマラは急いでアルバムの山を出してきて、ジェニーが生まれてからの二十四年間を紙芝居風に紹介していった。しかもその途中で何度もわざとらしくこう訊いた。「あら、このかわいらしい子はだあれ?」そしてロバートと声をそろえて、「ジェニー!」と答える。

写真が終わると、タマラはロバートをついてグラスにシャンパンを注がせた。それから意を決したように姿勢を正し、こう切り出した。

「クバートさん、よろしかったら、次の日曜日にうちでランチはいかが？」

「喜んで」とハリーは答えた。

「もちろんご心配なさらないでくださいな。大げさなものじゃありません。ニューヨークの社交界がお嫌でここにいらしたことは重々承知しておりますのよ。この町の紳士淑女が数組集まるだけの、ちょっとした田舎のランチパーティーですから」


午後四時十分前、ケラーガン牧師がノラを連れて映画館に入ったとき、黒のモンテカルロが駐車場にとまった。

「席を取っておいてくれるか？」牧師が娘に言った。「パパがポップコーンを買ってくるから」

そう言われてノラが場内に入ったとき、ハリーとジェニーが映画館に入った。

「席を取っておいてくださる？」ジェニーがハリーに言った。「ちょっと化粧室に寄ってくるわ」

ハリーは場内に入り、人込みのなかを少し行ったところでノラと鉢合わせした。

その瞬間、ハリーはノラへの想いで胸がいっぱいになった。会いたいのをずっとこらえていたからだ。

その同じ瞬間、ノラもハリーへの想いと憤《いきどお》りで胸がいっぱいになった。独立記念日にジェニーと出かけたなら、なぜそう言ってくれないのか、そのわけを訊きたかった。

「ハリー、あの……」

「ノラ……」

そのときジェニーが場内に入ってきた。ノラがそれに気づき、逃げるように場外に出ていった。

「どうかしたの？」ジェニーはノラに気づかなかった。「変な顔して」

「いや……あの……すぐ戻るから。席取っといてくれる？　ポップコーンを買ってくるよ」

「わ、いいわね、ポップコーン！　バターたっぷりのにしてね」

ハリーは両開きの扉を押し開けて場外に飛び出した。するとノラが入り口ホールを抜け、階段を上がっていくのが見えた。上は二階席で、一般客が入れないところだ。ハリーは急いで追いかけた。

二階の通路にはノラしかいなかった。ハリーはノラに追いつき、手をつかんで壁際に引き寄せた。

「離して！　大声を出すわよ！」

「ノラ！　ノラ、なにを怒ってるんだ？」

「どうしてわたしを避けてたの？　どうして《クラークス》に来ないの？」

「ごめん……」

「わたしが醜いからでしょ？　ジェニー・クインと婚約したこと、どうして黙ってたの？」

「婚約？　婚約なんかしてないぞ。誰が言ったんだ、そんなこと」

　ノラはぱっと目を見開き、それからほっとしたように微笑んだ。

「じゃあ、ジェニーとあなた、愛し合ってるわけじゃないのね？」

「違う」

「じゃあ、わたしのことも醜いと思ってない？」

「醜い？　なに言ってるんだ、ノラ。きみはこんなにきれいなのに」

「ほんと？　わたしすごく悲しくて……。あなたはわたしのこと嫌いなんだと思った。どこかの窓から飛び降りようかと思ったの」

「やめてくれ」

「じゃあもう一度、きれいだって言ってくれる？」

「きみはとてもきれいだよ。悲しませて悪かった」

　ノラはまた笑った。このときノラは、こんなふうに思ってほっとしたのだ。ジェニーとのことは自分の思い違いだったんだ。ハリーは自分を愛している。わたしたちは愛し合っている……。そしてノラはつぶやいた。

「あなたはいつも輝いてて、ハンサムで、エレガントね。もうなにも言わなくていいから、抱きしめて……」

「それはできない」

「どうして？　きれいだと思ってくれてるんじゃないの？」

「思ってるよ。でもきみはまだ子供だ」

「子供じゃないわ！」

「ノラ……きみとぼくは、駄目なんだ」

「どうして……どうしてそうやっていじめるの？　もうあなたとは口も利きたくない！」

「ノラ……」

「一人にして。ほっといて！　もうなにも言わないで。なにか言ったらあなたのこと変態だって言いふらしてやる！　ほら、お気に入りの彼女のところに行きなさいよ。あなたと愛し合ってるって言ったのはあの女よ。全部聞いたわよ！　だからあなたなんか大嫌い！　もう行って！　行ってよ！」

ノラはハリーを押しのけ、階段を駆け下りて映画館から出ていった。ハリーは途方に暮れ、頭を抱えながら階段を下りた。そして場内に戻ろうと扉を開けたところで、今度はケラーガン牧師と鉢合わせした。

「おや、これはどうも、ハリー」

「先生！」

「娘を探しているんですが、見かけませんでしたか？　席を取っておくように言ったんだが、どこを探してもいなくて」

「あの……お嬢さんは帰られたようですが」

「帰った？　どうしたことだ。映画はこれからなのに」

映画のあと、ハリーはジェニーとモンベリーでピザを食べた。それから車でオーロラに向かった。ジェニーにとっては、それは夢のような時間だった。胸の高鳴りを抑えることができず、顔がほころぶのも止められなかった。そして、毎日でもハリーと一緒にいたい、いえ一生ハリーのそばから離れたくないと思った。だからこんな言葉が出た。

「ねえ、ハリー、まっすぐ帰りたくないわ。なにもかもすてきで……だからもう少しだけ一緒にいたいの。浜辺に行かない？」

「浜辺？　なぜだ？」ハリーは訊いた。

「だってロマンチックじゃない！　グランドビーチの近くでとめて。あそこなら誰もいないから、学生同士みたいにふざけたり、寝転がったりできるもの。星空を見て、楽しみましょうよ。ね、お願い……」

ハリーはとんでもないと思ったが、ジェニーはしつこかった。そこで仕方なく、浜ではなく森でどうだと妥協案を出した。浜辺はノラのための場所だからだ。ハリーはサイドクリーク・レーンの近くで車をとめた。するとエンジンを切った途端、ジェニーが身を投げてきた。そしてハリーの首に手を回し、なんの遠慮もなく濃厚なキスで口をふさぐと、手をすべらせてハリーのあらゆるところをなでまわしながら、品がいいとは言えない声を上げた。狭い運転席で、ハリーはジェニーにのしかかられて豊かな胸に押しつぶされそうになり、あっけにとられた。ジェニーが成熟した美しい女性で、理想的な結婚相手であり、彼女自身も結婚しか望んでいないことはハリーもよくわかっている。多くの男たちがジェニーに憧《あこが》れていることもわかっている。だが、ハリーの心にはすでにＮＯＬＡの四文字が棲みついてしまっていた。

「ハリー」ジェニーが言った。「あなたって、まさにわたしの理想の男性なの」

「どうも」

「わたしと一緒にいて幸せ？」

ハリーはそれには答えず、ジェニーをそっと押し返した。

「もう戻らなきゃいけないよ。ずいぶん遅くなった」

ハリーは急いで車を出し、オーロラに向かった。

クイン家の前でジェニーを降ろしたとき、ジェニーは泣いていたのだが、ハリーは気づかなかった。ジェニーはハリーとなにかがうまくいっていないことに気づき、動揺していたのだ。幸せかと訊いたのに答えてくれなかったのはなぜだろう？　わたしのことを愛していないのだろうか？　一緒にいてもどこか寂しく感じるのはなぜだろう？

実は、ジェニーはハリーがニューヨークの有名な作家だから愛しているわけではなかった。そんな高望みはしていなかった。ただ優しい人が自分を愛してくれて、守ってくれて、時々花を贈ってくれたり、食事に誘ってくれたりしたらそれでいいと思っていた。お金がなければホットドッグだってかまわない。一緒に出かけるのが楽しければそれでいい。愛する人がいて、その人が自分を愛してくれるなら、ハリウッドなんかどうでもいい。ジェニーはポーチで黒のモンテカルロが遠ざかるのを見送り、それからベンチに座って泣き崩れた。ただし両親に聞こえないように、両手に顔をうずめ、声を殺して泣いた。特に母には気づかれたくなかった。だから二階の明かりが消えるまで、このままポーチで待とうと思った。するとそこへエンジン音が聞こえたので、はっとして顔を上げた。ハリーが戻ってきて、自分を抱きしめ、さっきはごめんよとなぐさめてくれるのかと思った。だが家の前にとまったのはパトカーで、乗っていたのはトラヴィスだった。

トラヴィス・ドーンはパトロールでここを通りかかり、ひょっとしてジェニーの顔が見られないだろうかと車をとめたところだった。すると、なんとポーチに彼女がいたので驚いた。しかもなんだか様子が変だ。

「ジェニー？　大丈夫か？」トラヴィスはウインドーを下ろして顔を出した。

ジェニーは肩をすくめたがなにも言わない。トラヴィスはエンジンを切り、ドアを開けた。だが降りる前に、もう一度ポケットから紙を出して広げ、さっと目を走らせた。

おれ　やあ、ジェニー、元気？

ジェニー　あらトラヴィス、どうしたの？

おれ　たまたま通りかかってね。~~きみは素晴らしいよ。スタイルがいいね。~~元気そうだね。
もう夏のダンスパーティーのパートナーは決まったか？　もしよかったら、一緒に行かないか？

・あとはその場で考えること。

・そして彼女を散歩に誘い、どこかで飲み物をおごること。

トラヴィスはポーチまで行き、ジェニーの横に座った。

「なにかあったのか？」ジェニーの様子が気になった。

「なんでもない」ジェニーは涙を拭きながら答えた。

「なんでもないことないだろう？　泣いてたじゃないか」

「ある人にちょっと嫌なことされて……」

「なんだ？　誰だ？　どこのどいつだ！　ちゃんと話せよ……。おれがやっつけてやるから」

ジェニーは悲しげに微笑んだ。それからトラヴィスの肩に頭をもたせかけた。

「たいしたことじゃないの。でも、ありがとう。優しいのね。あなたが来てくれてよかった」

トラヴィスは思い切ってジェニーの肩に腕を回し、元気づけるように力を入れた。

「聞いて」とジェニーが続けた。「エミリー・カニンガムから手紙が来たのよ。ほら、高校で同級だった、覚えてる？　今ニューヨークなんですって。いい仕事を見つけて、しかも一人目を妊娠中って書いてあったわ。ふと周りを見ると、みんないつの間にかこの町を離れてるのよね。残ってるのはわたしと、あなたと、あと数人？　ねえ、なぜここに残ったのかしら？」

「さあ、そりゃまあ、それぞれだから……」

「じゃああなたは？　どうして残ったの？」

「好きな人のそばにいたかったからだな」

「あら、誰？　わたしも知ってる人？」

「だからその……。あのさ、ジェニー……。もしよかったら……。もしきみが……例の……」

トラヴィスはポケットのなかの紙を握りしめて落ち着こうとした。ダンスパーティーのパートナーになってほしいと言えばいいだけだ。難しいことじゃない……。と、そのとき、玄関の扉ががちゃりと開いて、髪にカーラーを巻いたネグリジェ姿のタマラが顔を出した。

「ジェニーなの？　あらら、外でなにしてるの？　声が聞こえたような気がしたもんだから……。おや、トラヴィスじゃないの。お元気？」

「こんばんは、ミセス・クイン」

「ジェニー、ちょうどよかったわ。ちょっと手伝ってちょうだいな。頭のこれを外したいんだけど、パパったら不器用で全然役に立たないのよ。神様が手の代わりに足をくっつけたに違いないんだから」

するとジェニーは立ち上がり、トラヴィスにじゃあねと手をひと振りして家に入ってしまった。トラヴィスはベンチに座ったまま、しばらく呆然としていた。


同じ日の深夜、ノラは部屋の窓から外に出て、ハリーに会いに行った。なぜもう自分を必要としないのか、その理由を知りたかった。それに、手紙に返事をくれないのはなぜ？　なぜなにも書いてくれないの？　疑問が次々と浮かんで、いても立ってもいられなかった。一時間歩いてグースコーブにたどり着くと、テラスに明かりがもれていた。

明かりがついていたのは、ハリーのほうも眠れずにいたからだった。ハリーは仕方なく、書斎の大きな木のテーブルの前で海を眺めていた。すると不意に名前を呼ばれたのでぎょっとした。

「うわっ、ノラ！　驚かさないでくれよ！」

「そう、そういうことなのね、わたしがあなたにもたらすものは……恐怖」

「なにを言ってるんだ……。なにしに来た？」

ノラはいきなり泣きだした。

「もうわかんない……。あなたが大好きで、こんな気持ちになったことなくて……」

「こっそり出てきたのか？」

「うん。ハリー、愛してるの。わかってくれてる？　これまでも、これからも、これ以上の気持ちはないっていうくらい、あなたを愛してる」

「そんなこと言うもんじゃない……」

「どうして？」

ハリーは胃がよじれる思いだった。机の上の原稿をとっさに隠したが、それは小説の書き出しだった。ようやく書きはじめることができた小説だ。ノラについての本。ノラのために書く本だ。あまりにも愛しているので、書かずにはいられない。だが、ノラにそのことを言うつもりはなかった。愛していると認めたら、この先二人はどうなってしまうだろう？　それを考えると恐ろしくてたまらなかった。

「きみを愛することはできない」ハリーは気持ちを偽った。

ノラの目から涙があふれた。

「嘘よ！　あなたは卑怯者の嘘つきよ！　じゃあロックランドはなんだったの？　あれはなんだったのよ！」

だがハリーは歯を食いしばり、冷淡な態度を貫いた。

「間違いだった」

「そんな、嘘よ！　あなたとわたしは特別だと思ってた！　ジェニーのせい？　ジェニーを愛してるから？　あの人のどこがわたしよりいいの？」

ハリーはなにも言えなかった。ノラは泣きじゃくりながら闇のなかへと走り去った。

＊

「あれはつらかった」とハリーが言った。面会室だ。「ノラとわたしはあまりにも強く惹かれ合っていた。わかるか？　生涯一度の恋だよ。あの晩の、ノラが走り去っていく後ろ姿がいまだに目に浮かぶ。わたしは迷った。あとを追うべきか、じっと耐えるべきか。あるいは勇気を出して町を出るべきだろうかとね。結局その後の一週間、ノラに会わずにすむように昼間はまたモンベリーの湖に逃げた。小説のほうも暗礁に乗り上げたよ。ようやく書きだしたと思ったのに数ページで早くも止まってしまった。なにしろノラについての本なのに、ノラを避けなければならないんだから。ノラの本をノラなしでどうやって書くんだ？　最初から成就しないとわかっている恋愛小説なんか、どうやって書けと言うんだ？　わたしは原稿を前にして唸った。何時間粘っても、出てくるのは数語か、せいぜい数行だ。それも下手くそな、なんの面白味もない数行だ。そしてとうとう、ライターズ・ブロックのなかでもとりわけたちの悪い症状が表われた。あらゆる本が、いや印刷された文字がすべて自分が書くものより上に見えてくる。信じられないかもしれないが、レストランのメニューでさえどこかの天才が書いたんじゃないかと思えてくる。〈Tボーン・ステーキ――八ドル〉、見事だ、なぜこれが浮かばないんだとね。最悪だよ。苦しかった。そしてわたしのせいで、ノラも苦しかったに違いない。一週間、わたしはノラを避けつづけた。ノラは何度かグースコーブにやって来た。夕方、わたしのために野の花を摘んでやって来る。そして扉をたたきながら、『ハリー、ねえハリー、どうしても会いたいからなかに入れて！　せめて話をさせて！』と叫ぶ。だがわたしは家のなかで息を殺していた。ノラが扉にすがるようにして泣き崩れ、それでもなおたたきつづける音が聞こえたが、その扉の反対側でわたしはじっとしていた。ただじっとして、ノラがあきらめるのを待つしかなかった。そんな状態が一時間以上続くこともあった。それからようやく、扉に立てかけるように花束を置く音がして、ノラが立ち去る。わたしはキッチンに走っていき、窓からノラの後ろ姿を見送る。胸を引き裂かれる思いだった。だがどうしようもない。なにしろ相手は十五歳だ。わたしが愛した相手は十五歳だったんだよ！　ノラの姿が見えなくなると、扉を開けて花束を取り込み、居間の花瓶に活けた。そして何時間もその花を見ていた。寂しかった。どうにもならないほどつらかった。そんな一週間が過ぎて次の日曜になった。そしてその日に、七月十三日の日曜に、とんでもないことが起きた」

＊

一九七五年七月十三日日曜日

この日、テラス・アベニュー二四五番地の前には朝から人だかりができていた。家のすぐ前にパトカーが二台と救急車がとまり、その周囲にやじ馬が群がり、トラヴィス・ドーンがその群れをどうにか押し返そうとしていた。ガレージからは音楽が大音量で鳴り響いていた。

この時点ですでに、事件のことはほぼ町じゅうに知れわたっていた。情報の出所はプラット署長……というよりもその妻のエイミーだった。事件の一報を受けて夫が飛び出していったあと、エイミーはさっそく隣の奥さんに話した。するとその奥さんがすぐ女友達に電話し、その女友達が妹に電話し、その妹の子供たちがすぐ自転車に飛び乗って、それぞれ同級生の家に「なんか大変なことがあったみたい」と知らせてまわったのだ。

だが、ハリーに知らせたのはアーン・ピンカスだった。ピンカスは朝十時半にグースコーブまで行き、扉をたたいた。ハリーはまだ寝ていたとみえて、パジャマ姿にくしゃくしゃな頭で出てきた。

「ああ、ハリー。朝から悪いんだけど、きみにはまだ誰も知らせてないんじゃないかと思ってね」

「なにを？」

「ノラだよ」

「ノラがどうした?」

「自殺を図《はか》ったそうだ」

20　ガーデンパーティーの日

「あなたが教えてくれる心得に順番はあるんですか？」

「ああ、もちろん……」

「どんな？」

「そうだな、そう訊かれると……実はないのかもしれないな」

「ハリー、頼みますよ！　助けてくれないとぼくは作家になれない」

「いや、わたしの順序などどうでもいいんだよ。結局はきみがどう順序づけるかの問題だからね。で、次は何条だったかな、十九？」

「二十です」

「よし、じゃあこれが第二十条の心得だ。マーカス、勝利はきみ自身の内にある。だから、それを引っ張り出してやればいい」

二〇〇八年六月二十八日土曜日の午前、ロイ・バーナスキから電話がかかってきた。

「やあ、ゴールドマン君。今度の月曜が何月何日か知ってるか?」

「六月三十日です」

「六月三十日。おお、時が過ぎるのはなんと速いことか! 光陰矢のごとし。で、ゴールドマン君、六月三十日はなんの日だ?」

「流れ星の日ですよ」とぼくは答えた。「新聞に書いてありました」

「違う! 六月三十日はきみの期限が切れる日だ。なんと、そういう日なんだな。きみのエージェントと話したが、あいつもひどく憤慨していたよ。きみがあまりにも聞き分けがないからもう電話もしていないとね。ゴールドマンは暴れ馬だと言っていたぞ。せっかく救いの手を差し伸べてやったのに、どうやらきみはそれをふいにして、暴れ馬のようにやたらめったら走りまわり、自ら壁に激突するつもりらしいな」

「救いの手? ノラ・ケラーガンの事件をエロ本まがいの小説に仕立て上げろというのが救いの手ですか?」

「なんだその偉そうな態度は? すぐそれだから困るね。こっちは読者を楽しませようと努力してるだけだ。本を買ってもらいたいだけだよ。本は売れなくなってきてるがね、中身がおぞましくて、しかも読者の下劣な本能を刺激するものとなりゃ、売れるんだよ」

「ピンチを切り抜けるために三文小説を書くなんて、ごめんです」

「そりゃまたご立派な。では好きなようにしたまえ。親切ついでに、六月三十日の段取りを教えておいてやろう。朝十時半、きみもよく知る秘書のマリサがこのオフィスに入ってくる。毎週月曜に、その週に期限がくる重要案件について打合わせするんだよ。そこでマリサが言う。『マーカス・ゴールドマンさんの原稿の締め切りが今日ですが、まだなにも届いていません』そこでおれは眉間に皺を寄せ、まあ今日一日待ってみようかと言う。そして午後五時半、とうとう苦渋の決断をし、法務担当のリチャードソンに電話して事態を伝える。そして、債務不履行でただちに訴えろ、一千万ドルの損害賠償を請求しろ、と命じるわけだ」

「一千万ドル？　そんなの正気の沙汰じゃありませんよ」

「そうか。じゃあ一千五百万ドルだ！」

「そんな、頭がおかしいんじゃないですか？」

「そこだよ。ゴールドマン君。きみはそこが間違っている。頭がおかしいのはこっちじゃなくて、そっち。きみは大物の仲間入りをしたいくせに、大物のルールを守らない。ＮＨＬ（北米プロホッケーリーグ）でプレーしたいと言いながら、プレーオフには出ないと言うのと同じだ。そういうのは世間じゃ通用しないんだよ。で、おれがどうすると思うね？　きみからふんだくった賠償金を意欲あふれる若い作家に回して、マーカス・ゴールドマンの話を書かせるのさ。将来を嘱望された男が、安い感情に流されてキャリアも将来もふいにする話だ。そいつがきみにインタビユーに行くだろうからよろしくな。その頃きみはフロリダの掘っ立て小屋にでも引きこもっているんだろうがね。過去を振り返るのが怖くて、朝の十時からウィスキーをあおってるだろうさ。じゃあな、ゴールドマン。次は法廷で」

そう言ってバーナスキは電話を切った。

なんとも有意義なこの電話のあと、ぼくは《クラークス》へ昼食をとりに行った。するとそこにクイン一家がいた。もちろん二〇〇八年版のクイン一家だ。タマラがカウンターに陣取り、ジェニーの仕事のやり方についてああだこうだと文句をつけていた。ロバートのほうは店の隅で背中を丸め、スクランブルドエッグを食べながらコンコード・ヘラルド紙のスポーツ欄を読んでいた。ぼくはタマラの横に座って新聞を広げ、真剣に読むふりをしながらタマラの言葉に耳を傾けた。

タマラはさかんに愚痴をこぼしていた。厨房が汚い、料理が出てくるのが遅い、コーヒーがぬるい、メープルシロップの瓶がべとつく、砂糖壺が空、テーブルに油が散っている、店内が暑すぎる、トーストがうまく焼けていない……と延々と続く。そして次第に口調が激しくなり、こんな料理に一セントだって払うもんですか、こんなコーヒーが二ドルなんてぼったくりよ、こんなことならあんたに店を譲るんじゃなかったわよ、よくも二流の安レストランに落としてくれたわね、わたしは立派な店にしようとあんなにがんばったのに、当時はニューハンプシャーじゅうからうちのハンバーガー目当てに人が来たのに、ここのが一番だと誰もが言ってくれたのに……とひとしきりまくし立てたところで、隣でぼくが聴き耳を立てていることに気づき、こいつは何者という目でぼくをにらんだ。

「ちょっと、あんた。そこでなに聞いてんの！」

ぼくは驚いたふりをして、目をぱちくりさせながらタマラのほうを向いた。

「え、ぼくですか？　いえ、なにも聞いてませんが」

「聞いてるじゃない！　だから答えたんでしょ！　あんたどこの人？」

「ニューヨークです」

するとタマラの態度が急に和らいだ。ニューヨークという言葉がタマラの精神安定剤になっているようで、今度は愛想よく訊いてきた。

「まあ、さすがに身のこなしがいいわねえ。お若いニューヨーカーが、この町にどんなご用？」

「本を書くために来ました」

するとまた態度が急変し、しかめっ面でわめきだした。

「本？　作家なの？　作家は大嫌いよ！　ぶらぶらしてる役立たずで、ほらふきばっかりですからね。あんた、どうやって食べてるの？　州の生活保護？　言っときますけどね、この店はうちの娘がやってるけど、娘はつけなんか認めないわよ！　払えないならさっさと出ていきなさいよ。警察を呼ぶからね。娘婿が署長なんだから！」

カウンターのなかではジェニーが途方に暮れた顔をしていた。

「お母さん、こちらはマーカス・ゴールドマンさん。有名な作家よ」

タマラはコーヒーを喉に詰まらせた。

「あらやだ、それじゃ前にクバートにまつわりついてた、あのひよっこ？」

「そうです」とぼくは答えた。

「まあ、すっかり立派になっちゃって……。それになかなかの男前。それじゃ、わたしがクバートのことをどう思ってるか訊きたいわよね？」

「いいえ、けっこうです」

「せっかくだから聞かせてあげるわよ。あれは極めつきのろくでなしだから、終身刑でちょうどいいんですよ！」

「お母さんったら！」ジェニーがたまりかねて声を上げた。

「だってほんとのことでしょ！」

「やめてよ！」

「お黙り！　言いたいことは言わせてもらうわ。いいこと？　作家だかなんだか知らないけど、少しでも良心があるんなら、ハリー・クバートの正体をはっきり書きなさいよ。あいつは最低のげす野郎で、変態で、しかも殺人鬼ですよ。ノラを殺し、クーパーさんを殺し、ある意味ではジェニーのことも殺したんだから」

ジェニーはとうとう厨房に逃げてしまった。たぶんそこで泣いていたと思う。だがタマラのほうは怒りが収まる気配もなく、カウンターチェアに座ったまま背筋をこわばらせ、目をぎらぎらさせていた。そしてそのままの姿勢で、上向きにぴんと立てた人差し指を振りながら昔のことを語りはじめた。それはなぜハリー・クバートを許せないのかという説明だった。タマラによれば、ハリーは一九七五年七月十三日日曜日にクイン家に泥を塗ったのだ。その日は記念すべき日となるはずだった。クイン家の庭で正午からガーデンパーティーが開かれた日だ。そう、招待状にははっきり〈正午より〉と書かれていたのだが……。

＊

一九七五年七月十三日日曜日

それはタマラ・クインにとって一大行事だった。だから準備万端抜かりはなかった。庭の芝生をきれいに刈り上げ、テントを張った。そこにテーブルと椅子を置き、銀食器と真っ白なナプキンを並べた。料理はビュッフェ形式で、コンコードのケータリング業者から取り寄せた。魚のムースに、肉の冷製、海の幸の盛り合わせ、そしてロシア風サラダ。冷たい飲み物やイタリアワインをサーブするために、プロのカクテルウェイターまで呼んできた。すべてが完璧であるように、タマラは最大限の注意を払った。オーロラの社交界を代表する人々にジェニーの恋人をお披露目する機会なのだから、これ以上重要な席はない。

正午まであと十分だった。タマラは準備の整った庭を満足げに眺めた。あとはぎりぎりになってから料理を並べればいい。この暑さだから早く出してはいけない。さあ、いよいよ、と自分に活を入れた。あと少ししたら、招待客たちがこの場所でハリー・クバートの気の利いた会話に耳を傾けながら、ホタテガイだのハマグリだのロブスターだのをほおばることになる。

そしてハリーの横にはジェニーが寄り添う。なんて晴れがましいこと！　タマラはその場面を思い浮かべてぞくぞくした。そしてもう一度庭を点検してから、紙切れにメモした席順を再確認し、頭にたたき込んだ。完璧だ。あとは客の到着を待つばかり。

タマラが招待したのは四人の女友達とそのご亭主たちだった。人数をどうするかはかなり悩んだ。あまり少ないと、交際範囲が狭いと思われてしまうし、逆にあまり多いと、慈善バザーのような田舎臭い集まりになってしまう。そこで、効率的にうわさを広めてくれる人、というくくりで絞り込んだ。つまり、「タマラ・クインが粋な昼食会を開いて、アメリカ文学界のスターが将来の娘婿になることを発表したのよ」とすぐに触れまわってくれる人たちだ。まずはエイミー・プラット――夏のダンスパーティーの幹事だから。それからベル・カールトン――夫が毎年車を買い替えることを根拠に、上流の代表を気取っているから。そしてシンディ・タ――ステン――いくつもの婦人クラブの会長だから。最後にドナ・ミッチェル――〈口は災いのもと〉を地で行く女性で、いつも子供の自慢話ばかりしているが、今回はその〝口〟が役に立つから。この四人を最大限活用するべく、タマラは周到に準備した。招待状を送ったあと、わざわざ電話をかけて、このパーティーの目的を説明した。もちろん肝心なところは言わず、「大事なお知らせがあるからよ」と当日の楽しみにしてある。ジェニーと大作家クバートが結婚すると知ったら、そのときこの四人の女性たちが（ご亭主のほうはどうせしゃべらないからどうでもいい）どんな顔をするか、それを早く見たくてたまらない。そしてこの四人が町じゅうに言いふらしてくれれば、クイン家が町の羨望の的になることは間違いない。

こんなふうにタマラの頭のなかはガーデンパーティーでいっぱいだったので、ほかの人々のようにケラーガン家のことを案じてはいなかった。もちろんタマラも、この日の朝早くノラの自殺未遂事件のことを聞いたが、そのときまず心配したのはパーティーのことだった。幸いなことに、ノラは一命を取り留めたというし、むしろ二重の意味でついていると思ったほどだ。一つは、ノラがもし死んでいたらパーティーを中止するしかなかったから。人が亡くなった日にお祝いごとなどできない。もう一つは、これがもし土曜日だったら、ノラの代わりに店に出てくれるウェイトレスを探さなければならなかったから。自殺を図ったのが日曜の朝で、しかも未遂に終わるなんて、ノラは本当に律儀な娘《こ》だわとタマラは思った。

庭の準備に満足したタマラは、家のなかの様子を確かめに戻った。ジェニーは言われたとおり、客を出迎えるべく玄関に立っていた。だがロバートのほうは尻をたたかなければならなかった。ワイシャツを着てネクタイを締めたところまではいいが、まだズボンをはいていない。夏の日曜には、ロバートはパンツ一枚という涼しい恰好でゆっくり新聞を読むのが好きなので、ぎりぎりまでズボンをはきたくないようだ。

「ズボンなしでうろうろするのはもうおしまい！」タマラはどなった。「なに考えてるの？ハリーがうちの婿になっても、そんな恰好でうろつくつもり？」

「でも、おまえ」ロバートは答えた。「あいつは案外気さくなやつだぞ。ごく普通の男だよ。車のエンジンが好きで、冷えたビールが好きで、だから普段着だってなんとも思わないさ。心配ならあいつに訊いてみるから……」

「訊かなくてけっこう！　あなたは食事中いっさい口を利かないでちょうだい。そもそもあなたはお呼びじゃないの。まったくもう……。法律違反じゃないなら、あなたの口を縫っちゃいたいくらい。だって口を開くと馬鹿なことしか言わないんだから。いいこと？　今後、日曜日はズボンとワイシャツにしてもらいます。もうパンツ一枚でうろつかないでちょうだい。今日からわたしたちはこの町の大物になるんですからね」

そう言ってから、タマラは夫の前のローテーブルにカードのようなものが置かれているのに気づいた。なにか文字が書いてある。

「ちょっと、なんなのよそれ」タマラはまたきつい調子で訊いた。

「まあ、ちょっとな」

「見せて」

「いや、これは……」と言いながらロバートはカードをつかんだ。

「見せなさい！」

「個人的な手紙だから」

「おーやおや、一家の主人がこんなときに個人的な手紙？　見せなさいったら！　家のなかではわたしが家長よ、そうでしょ？」

タマラは夫の手からカードをもぎ取った。それは小犬の絵が描かれたカードだった。タマラは馬鹿にした調子で読み上げた。

ノラへ
早くよくなっておくれ。また《クラークス》で会えるように祈っているよ。
きみが元気になるように、キャンディを贈ります。

クイン家一同より

「なんなの、この馬鹿げた代物は！」タマラが言った。

「ノラへのカードだよ。キャンディでも買って、これを添えて届けてやろうと思ってさ。少しはなぐさめになるだろ？」

「あきれた。小犬のカードなんて、みっともない。それにこの文章！『また《クラークス》で会えるように祈っているよ』ってなんなの？　ノラは自殺しようとしたんでしょ？　それなのにまたコーヒーを運びたいなんて思うわけがないでしょ？　それに、キャンディ？　ノラがキャンディをどうするっていうの？」

「食べるだろ？　喜ぶと思うけどな。おまえはいつもそうやって全部ぶち壊すんだよな。だから見せたくなかったんだ」

「なに文句言ってるのよ、まったく」タマラは苛立ちを抑えられず、ロバートの目の前でカードを破って捨てた。「わたしが花を贈っておきますから。スーパーのキャンディなんかじゃなくて、モンベリーのちゃんとした花屋さんの粋な花束をね。カードも書きます。無地のカードにきれいな字で、『一日も早いご全快を。クイン家一同とハリー・クバートより』って。ほら、早くズボンをはいてちょうだい。もうお客様が見えるから」

ドナ・ミッチェルとご亭主は正午ちょうどにやって来た。続いてすぐエイミーとプラット署長も到着した。タマラがウェイターにウェルカムカクテルをお出ししてと指示し、一同は庭で飲みはじめた。さっそくプラット署長が今朝電話でたたき起こされた話を始めた。

「ケラーガンの娘は薬を山ほど飲んだんだ。手当たり次第に飲んだんじゃないかと思うよ。で、そのなかに睡眠薬もあったわけだ。でも深刻なことにはならなくてね。モンベリーの病院に運ばれて、胃洗浄を受けて助かった。発見したのは牧師で、バスルームで見つけたんだそうだ。牧師は、娘は熱があったので、風邪薬を飲もうとして間違えたんだと言っている。いずれにしても……助かってよかった」

「それに、昼じゃなくて朝でよかったこと」タマラは思わず言ってしまった。「そうじゃなきゃ、ここに来ていただけなかったわ」

「ところで、大事な知らせってなんなのよ」とドナが急《せ》かした。

タマラはにっこり笑い、みなさんおそろいになってからにするわと答えた。それから少ししてターステン夫妻も加わった。カールトン夫妻は十二時二十分に到着し、新車のステアリングの調子が悪くて遅れたと言い訳した。こうして友人夫妻は全員顔をそろえたが、肝心のハリーが来ない。そこでタマラは二杯目のカクテルを勧めた。

「あとはどなたが?」ドナが訊いた。

「それはお楽しみよ」とタマラは答えた。

ジェニーも微笑んだ。すてきな午後になりそうだわと期待に胸をふくらませていた。

十二時四十分、ハリーはまだ現われない。カクテルは三杯目に入った。

さらに続いて四杯目のカクテルが振る舞われ、十二時五十八分になった。

「またカクテル?」エイミーが文句を言った。

「ええ、みなさんが来てくださるのがうれしくって、ウェルカムカクテルをたくさん用意しちゃったの!」とタマラはごまかしたが、頭のなかでは真剣に心配しはじめていた。

日差しがきつかった。カクテルの飲みすぎもあって、みんな頭がふらふらしてきた。ロバートは我慢できずに「腹が減った」とつぶやき、タマラにうなじをはたかれた。そして一時十五分。ハリーはまだ来ない。タマラの胃がよじれた。

＊

「ほんとにたまらなかったわよ」《クラークス》のカウンターでタマラが言った。「もう、どうしようもないくらい待ちくたびれちゃったの! しかも暑くって、みんな汗だくになっちゃって……」

「あんなに腹が減ったことはなかったぞ」とロバートが店の隅で声を張り上げた。会話に参加したかったようだ。

「お黙り! 質問されてるのはわたしですからね。ゴールドマンさんみたいな立派な作家は、あんたみたいなうすのろに興味ないのよ！」

タマラはロバートのほうにタオルを投げつけると、また向きなおって話を続けた。

「結局、午後の一時半まで待ったのよ」

*

タマラは、ハリーが遅れている理由が車のパンクならいいと思った。あるいは事故でもいい。とにかく約束をすっぽかしたのでなければどんな理由でもよかった。もう気が気ではなく、ちょっとキッチンへと言っては何度も家に駆け込み、グースコーブに電話をしたが、誰も出ない。ラジオのニュースも聞いたが、自動車事故は起きていないようだし、ニューハンプシャーで有名な作家が死んだというニュースもなかった。途中二度ほど車の音がして、そのたびにやっと来たと胸をなで下ろしたが、どちらも外れで、近所のろくでもない連中が近くに車をとめただけだった。

四組の招待客も明らかに疲れ果てていた。暑さにやられ、誰もがとっくにテントの下に逃れてテーブルについていたが、しゃべる元気もなく、座は白けてしまった。「よっぽどすごい知らせなんでしょうね」とドナが恨めしそうに言った。するとエイミーも、「これ以上カクテル飲んだら吐いちゃいそう」と口をへの字にした。それを見て、タマラはとうとうあきらめた。そしてウェイターに言って皿を並べさせ、「食事にしましょう」と客たちに言った。

午後二時、食事はだいぶ進んだが、ハリーからはまだなんの連絡もなかった。ジェニーは心配で食べ物が喉を通らず、客の前で泣くまいとこらえるのに必死だった。タマラのほうは怒りで震えていた。もう二時間が過ぎたし、ハリーはこのまま来ないつもりだろう。いったいクイン家になんの恨みがあるのか。紳士がこんなことをしていいと思っているのか。考えれば考えるほど腹が立つ。しかもまずいことに、ドナがしつこく「大事な知らせってなんなのよ」と訊いてくる。タマラは口を一文字に結んだ。すると、ずっと黙っていたロバートがのっそり立ち上がった。ロバートは妻の窮地を救おう、なんとかこの場を取り繕おうと思い、間抜けな役を買って出たのだ。そしてワイングラスを掲げ、客たちに向かって誇らしげに言った。「みなさん、大事な知らせとは、新しいテレビを買ったことです！」しばらくみんなきょとんとしていた。タマラはこの茶番に耐えられなかった。テレビなんかで〝大事な知らせ〟をごまかせるわけがない。タマラは馬鹿にされたくない一心で、今度は自分が立ち上がってこう言った。「ロバートが癌かもしれないの。手遅れかもしれないのよ」

これにはロバートも含めてその場の全員が凍りついた。特にロバートは、自分が死ぬとは思ってもみなかったので心底驚いた。いったいタマラはいつ医者に聞いたのだろう？　どうして隠していたのだろう？　だがそれを冷静に考える余裕もなく、涙があふれてきた。死にたくなんかないからだ。妻も娘もこの町も、すべてが大事で、失いたくなかった。そんなロバートを、客たちは代わる代わる抱きしめた。そして、病院に行くから、最後の時まで見舞いに行くから、あなたのことは決して忘れないからとなぐさめた。

ハリーがクイン家のガーデンパーティーに行かなかったのは、ノラが運ばれたモンベリーの病院にいたからだった。ピンカスに知らせを聞いて、すぐに病院まで車を走らせた。だが病室を訪ねる勇気がなく、そのまま駐車場で何時間もじっとしていた。運転席に座ったまま、自殺未遂の原因は自分に違いない、ノラが死のうとしたのは自分のせいだと思った。そしてそう思ったら自分も死にたくなった。無理をして抑えていた感情が一気にあふれ出てきて、胸が苦しくなった。自分のノラへの想いがどれほど強いかを目の前に突きつけられたような気がして、思わず愛を呪った。ノラがそばにいたときは、この恋はかりそめだと、ノラを遠ざけるべきだと自分に言い聞かせることもできた。ところが、ノラを失いかけた今となっては、もはやノラなしで生きることなどとうてい考えられない。ノラ、いとしいノラ、NOLA……。

ようやく勇気を出して病院内に入ったときには、夕方五時になっていた。誰にも会わないように祈ったが、一階のホールでケラーガン牧師と会ってしまった。牧師の目は赤く腫れていた。

「先生……ノラのことを聞きました。なんと申し上げたらいいのか」

「これはこれは、わざわざいらしてくださったとはありがたい。しかし、自殺を図ったというのは誤解でしてね、娘は頭が痛くなって、薬を飲み違えたようです。時々うっかりすることがあるんです。なにしろまだ子供ですから」

「そうでしたか」とハリーは答えた。「薬は厄介なものですね。ノラは何号室ですか？　ひと言だけでも声をかけたいのですが」

「ご親切にありがとう。ですが、しばらく面会はよくないようです。疲れるとまだ体にひびくようでして」

牧師が見舞客用に薄いノートを用意していたので、ハリーはそこに「早くよくなってください。H・L・クバート」と書いた。それから帰るふりをして車に戻り、そこでまたじっとしていた。一時間ほど経つと牧師が駐車場に出てきて車に乗り、帰っていった。それを目で追ってから、ハリーはこっそり病院に戻ってノラの病室を調べ、三階の二十六号室に上がり、不安を胸にドアを軽くノックした。返事はなかった。そっとドアを開けた。ノラはベッドの端に腰かけていた。そして振り向いてハリーだとわかると一瞬目を見開いたが、すぐ悲しそうな顔に戻ってしまった。

「帰って……。帰らないと看護師さんを呼ぶわ」

「帰るわけにはいかない……」

「あんなにいじわるしたくせに。あなたにはもう会いたくない。悲しくなるだけだもの。あなたのせいで死のうとしたのに」

「許してくれ……」

「わたしを受け入れてくれない限り許さない。そのつもりがないなら出てって」

ハリーはノラの正面に回った。だがこの気持ちをどう伝えればいいのかわからなくて、ただノラを見つめた。ノラもこちらをじっと見ていた。そして不意に口元を緩めた。

「もう、ハリーったら、叱られた犬みたいな顔はやめて。もういじわるしないって約束してくれる?」

「ああ、約束する」

「家まで行ったのに扉を開けてくれなかったあの数日のことを謝って」

「謝るよ、ノラ」

「もっとちゃんと謝って。膝をついて許しを請うのよ」

ハリーはあれこれ考えるのをやめ、言われるがままにひざまずき、ノラの膝の上に頭をのせた。ノラは身をかがめてハリーの顔をなでた。

「もう立って、ハリー。そしてわたしを抱いて。あなたを愛してる。最初に会った日から愛してる。永遠にあなたのものでいたいの」


ハリーとノラが狭い病室にいた頃、オーロラのクイン家ではガーデンパーティーがお開きになってすでに数時間が経っていた。ジェニーは部屋に閉じこもって泣いていた。ロバートがなぐさめようとして何度か声をかけたが、扉を開けようとしなかった。タマラはハリーを問い詰めると言って、少し前に恐ろしい形相で出ていった。そこへ、呼び鈴が鳴った。ロバートが扉を開けると、儀礼用の制服を着たトラヴィス・ドーンが棒のように突っ立っていた。そしてぎゅっと目を閉じたまま、ロバートのほうに大きな薔薇の花束をまっすぐ差し出し、一本調子で一気に言った。

「ジェニー夏のダンスパーティーに一緒に行ってくれませんかお願いします終わり」

ロバートはふき出した。

「やあ、トラヴィス。ジェニーに話があるんだな？」

トラヴィスは目をむいた。

「わっ、クインさん！　す……すみません。なんて間抜けなんだ。でもその……。あの、お嬢さんを夏のダンスパーティーに誘ってもいいでしょうか？　もちろん、彼女がいいって言ったらですけど。いや、でももう誰かと約束してるかな。誰かいますよね、そうですよね。いや、絶対そうだ。ああ、なにやってんだか」

ロバートは力が入ったままのトラヴィスの肩を優しくたたいてやった。

「いいから、さあ、入れよ。それにしてもいいタイミングで来たもんだな」

ロバートはトラヴィスをキッチンに案内し、冷蔵庫からビールを出した。

「ありがとうございます」トラヴィスはキッチンカウンターに花束を置きながら言った。

「いや、これはおれのだよ。きみはもっと強いのにしろ」

ロバートはコップに氷を入れ、ウィスキーの瓶を取ってダブルで注いでやった。

「ひと息に飲め」

トラヴィスはすなおに飲んだ。ロバートが続けた。

「緊張しすぎだな。もっとリラックスしろ。女はな、緊張してる男が嫌いなんだ。ほんとだよ、おれだってだてに年食っちゃいない」

「でも、おれ、別に臆病ってわけじゃないんですが、ジェニーを見るとどういうわけか思考が止まっちゃって。よくわからないんですが……」

「だから、それが愛なんだ」

「そういうもんですか？」

「そういうもんだ」

「クインさん、お嬢さんはほんとにすてきな人です。優しいし、頭もいいし、美人だし。こんなことあなたに言うべきじゃないかもしれませんけど、時々、窓越しにジェニーを見るためだけにパトカーで《クラークス》の前を通るんです。で、彼女を見て……そうすると心臓が爆発しそうになっちゃって、制服が苦しくて窒息しちゃいそうになるんです。こういうのが愛なんですか？」

「愛だよ」

「それで、そういうとき、車から降りて店に入って、元気かい、仕事のあとで映画でも行かないかって言いたいんですけど、それができないんです。それも愛ですか？」

「うんにゃ、そりゃただのアホだ。そういうことやってるから好きな女を取り逃がすんだ。思い切ってぶつかれ。きみは若くて、ハンサムで、条件はそろってるんだし」

「あの、クインさん、具体的にはどうしたらいいんでしょう」

ロバートはトラヴィスにもう一杯ウィスキーを注いでやった。

「ジェニーは部屋に閉じこもってて出てこないんだ。今日の午後ちょっとつらいことがあってな。そこでだ、きみはこうするといいぞ。これを飲んだらいったん家に帰る。その堅苦しい制服はやめて、ラフなシャツ一枚になる。それからここに電話して、ジェニーに外で食事をしないかと誘う。モンベリーにハンバーガーを食べに行こうと言うんだぞ。あそこにジェニーが好きな店があるからな。住所書いてやるから。まあ、やってみなって。きっとうまくいく。そしてだ、食事が進んでお互い打ち解けてきたら、散歩に誘うわけだ。で、ベンチに並んで座って、星空を眺める。そこで星座を教えてやって……」

「星座?」トラヴィスが絶望的な顔で遮った。「一つも知りません」

「じゃあ北斗七星でいいから」

「北斗七星? どこにあるんです? ちくしょう! やっぱり駄目だ」

「じゃあ、どれでもいいから明るく光ってるやつを指差して、適当な名前をつけちまえ。とにかく女ってやつは星を知ってる男をロマンチックだと思うんだよ。おっと、ただし、流れ星と飛行機を間違えるなよ。で、そこで最後に言うわけだ。ダンスパーティーのパートナーになってくれと」

「うまくいくと思います?」

「思うね」

「ありがとう、クインさん。ありがとうございます!」


トラヴィスを送り返してから、ロバートは苦労してなんとかジェニーを部屋から引っ張り出した。そしてキッチンで一緒にアイスクリームを食べた。

「ねえ、パパ、結局わたしは誰とダンスパーティーに行けばいいの?」ジェニーがうなだれた。

「このままじゃあぶれて、みんなに笑われちゃう」

「そんなことがあるもんかい。おまえを誘いたいやつは山ほどいるさ」

ジェニーはスプーン山盛りのアイスをほおばった。

「だとしたら、誰なのか知りたいわ」ジェニーはアイスを口に入れたままもごもご言った。

「だって、誰がわたしのこと好きなのか、全然わからないんだもの」

そのとき電話が鳴った。ロバートはジェニーに出ろと言い、話の様子を聴いていた。「あら、トラヴィス」「え?」「うん、喜んで」「三十分後? いいわよ。じゃ、あとでね」ジェニーは受話器を置くと、ロバートのほうを向いて、トラヴィスがモンベリーに食事に行かないかって誘ってくれたわと言った。ロバートは驚いたふりをしてみせてから、こう言った。

「ほれ見ろ。おまえがあぶれるわけないって言ったろう?」


その頃、グースコーブではタマラが家のなかを物色していた。もちろんなかに入る前に何度も扉をノックしたが、返事がなかった。そこで、隠れてるならただじゃおかないわよと目をつり上げて入ってみると、本当に留守だった。タマラはこれ幸いと、少し調べることにした。まず居間から始めて、寝室、そして書斎へと移った。仕事机の上に原稿らしきものが散らばっていたので何枚か見てみたら、こんなものを見つけた。書かれたばかりのものだと思われた。

ノラ、ぼくのノラ、いとしいノラ、愛するノラ。いったいどうした? なぜ死のうとしたんだ？　ぼくのせいなのか？　きみを愛している。この世の誰よりもきみを愛している。だから逝かないでくれ。きみが死んだらぼくも死ぬ。ぼくが生きるために必要なのは、ノラ、きみだ。ＮＯＬＡの四文字だ。

タマラは顔面蒼白になった。そしてこの男を破滅に追い込んでやると決意し、その一枚をポケットに入れた。

「いいか、マーカス、徹夜で書きつづける作家だの、カフェイン中毒やニコチン中毒の作家だのはもはや神話にすぎない。ボクシングのトレーニングと同じように、執筆にも規律が必要だ。時間割を守って練習を重ねなければならない。一、リズムを守ること。二、粘り強く取り組むこと。三、秩序正しく仕事を進めること。この三つの鉄則が、きみを作家の最悪の敵から守ってくれる」

「最悪の敵とは?」

「締め切りだ。実際のところ締め切りとはなにか、わかるか?」

「いいえ」

「本質的に気まぐれであるきみの脳が、他人によって定められた期日までに作品を生み出さなければならないということだ。商品配達のようなものだよ。きみはボスからある場所に、正確にある時刻までに品物を届けることを要求される。道が混んでいたとか、パンクしたとかは言い訳にならず、自分でなんとかしなければならない。遅れてはならない。時間が守れなければおしまいだ。作家にとっての締め切りも同じことだ。編集者はきみの妻でもあるが、同時にボスでもある。きみは編集者を必要とするが、同時に恨みたくなることもある。とにかく、締め切りは守れ。ただし、大きなリスクを犯す覚悟があるなら、出版社と渡り合ってみるといい。なんとも言えず愉快だぞ」

タマラ・クインがハリーのところから原稿を一枚盗んだ話は、タマラ自身の口から聞いた。打ち明けてくれたのは、《クラークス》のカウンターで話を聞いた翌日のことだった。カウンターでの話に興味を引かれたので、翌日クイン家を訪ね、もっと聞かせてもらえないかと頼んでみたのだ。タマラは自分が興味の的になることがうれしいらしく、興奮した様子で居間に通してくれた。そこで、ぼくはハリーの逮捕後にタマラが警察に話した内容を持ち出し、なぜ当時からハリーとノラの関係を知っていたのかと訊いた。するとタマラは、ガーデンパーティーの日の夕方、グースコーブに行ったからだと話しはじめた。

「机の上に書き散らしてある文章を読んだら、それが、あなた、吐き気がするような代物だったのよ。ノラに関する破廉恥な内容だったの！」

その口ぶりから、ハリーとノラが愛し合っていたなどとは想像さえしていないことがわかった。

「二人が愛し合っていたとは思わなかったんですか？」念のために訊いてみた。

「愛し合う？　冗談じゃない。クバートは正真正銘の変質者よ。ノラが誘いに乗るわけがないわ。無理強いされたに決まってるじゃない。あの変態にいったいなにをされたんだか……かわいそうに」

「それから？　その原稿をどうしました？」

「持って帰ったわよ」

「なんのために？」

「クバートをやっつけるためですよ。刑務所送りにしてやるつもりだったの」

「そのことを誰かに話しましたか？」

「もちろん！」

「誰に？」

「当時のプラット署長に。見つけてから数日後だったかしらね」

「プラット署長だけ？」

「そのときはね。でもノラが行方不明になってからは、ほかの人たちにも言いましたよ。クバートが絶対怪しいから、警察はあいつをつかまえるべきだって」

「ということは、あなたはハリー・クバートがノラに恋していることを知ったが、そのときはプラット署長以外の誰にも話さなかった。話したのはノラが行方不明になってから、つまり一か月以上たってからのことだったんですね？」

「そうよ」

「ミセス・クイン、せっかく証拠を見つけたのに、なぜすぐハリーを追い詰めなかったんですか？　ハリーがガーデンパーティーに来なかったことを腹立たしく思っていたんですよね。こんなことを言っては失礼かもしれませんが、あなたなら、たとえばその原稿のコピーをとって町の目立つところに貼り出すとか、ご近所の郵便受けに入れてまわるとか、考えたんじゃありませんか?」

タマラは目を伏せた。

「あなたにはわからないのね……。恥ずかしかったからですよ。恥ずかしかったの! ニューヨークの有名人が、うちの娘を捨てて十五歳の小娘を選んだなんて。どんな気持ちだったかおわかり? 屈辱ですよ。ひどい屈辱! 娘とハリーのことはもう決まりだと思って、うわさを広めようとしてたところでしょ? それがあんなことになって、町の人たちがどんな顔するかと思ったらもうたまらなくって……。それに、ジェニーはハリーにぞっこんでしたからね。ノラのことなんかわかったら自殺するかもしれないと思ったの。だから黙ってることにしたんですよ。振られただけでもジェニーは哀れだったわ。翌週のダンスパーティーでも、そりゃトラヴィスが一緒にいてくれたけれど、それでも娘は悲しそうだった」

「それでプラット署長は? ハリーとノラのことを知らせたとき、なんて言ってました?」

「調査するって。ノラが失踪したあとも、もう一度言いに行きましたよ。そしたら署長は、手がかりの一つになるかもしれないって。ただね、まずいことに、その時点ではもう原稿がなくなっちゃってたの」

「なくなった? どういうことです?」

「《クラークス》の金庫に入れておいたのよ。わたししか鍵を持ってない金庫に。それなのに、ある日、八月の初旬だったかしら、開けてみたらなくなってたの。あれがなけりゃハリーを追い込めないじゃないの」

「それがまったくわからないのよ！　まさにミステリー。だって、大きな鋼鉄の金庫なのよ。しかも鍵はわたししか持ってなかったし。なかには店の帳簿とか、従業員に払う給料とか、材料調達用の現金が少し入ってたの。ところがある朝開けたら、原稿がなくなってて、でもこじ開けた形跡はなかったし、ほかのものはすべて手つかずだったわけ。まったくわけがわかりゃしない」

ぼくはタマラが言ったことを手帳にメモした。ますます興味が湧いてきたので、さらに質問した。

「ミセス・クイン、ハリーのノラに対する気持ちを知ったとき、正直なところどう感じました？」

「腹が立ったし、ぞっとしたわね」

「たとえば、ハリーに脅迫状を送りつけてやろうとは思いませんでしたか？」

「脅迫状？　いやだ、このわたしがそんな下劣なことをするように見える？」

それにはあえて答えず、質問を続けた。

「ノラがほかの男性とも関係をもっていた可能性はあると思いますか？」

タマラはアイスティーで喉を詰まらせそうになった。

「あなたったらなんにもわかっちゃいないのね、なあんにも！　あの娘《こ》は優しくて、かわいらしくて、いつでも人のことを考えてて、働き者で、しかも賢かったの。それなのになによ、ありえない異性関係なんか持ち出して、どういうつもり？」

「いや、単なる質問ですから。イライジャ・スターンのことはご存じですか？」

「もちろん」当然よという顔でタマラは答え、こう続けた。「前の持ち主ですからね。ハリーの前の」

「持ち主って、なんの？」

「だから、グースコーブの家よ。あれはイライジャ・スターンのものだったの。昔はよくあそこに滞在してたわ。家族でね。町でもよく見かけたものよ。でも、コンコードの父親の事業を継いでからは、もうここに来る時間もなくなっちゃって、それで貸し出したのよ。最終的にはハリーに売ったわけだけど」

ぼくは驚いて、しばらくぽかんとしてしまった。

「グースコーブはイライジャ・スターンのものだった？」

「そうよ。あら、どうしたの？　顔色が悪いわよ……」

＊

二〇〇八年六月三十日月曜日、朝十時半。ニューヨークのラファイエット・ストリートにあるシュミット&ハンソンのビルの五十二階で、ロイ・バーナスキは秘書のマリサとの定例ミーティングを始めた。

「マーカス・ゴールドマンさんの原稿の締め切りが今日です」マリサが言った。

「まだなにも送ってきていないんだな……」

「はい、なにも」

「やっぱりな。土曜に電話したんだが、ありゃどうしようもない石頭だ。あれほどの才能がありながら、もったいないね」

「どういたしましょう?」

「リチャードソンに伝えておいてくれ。訴訟の準備をするように」

そのとき、マリサのアシスタントが扉をノックした。そして、一枚の紙を手にして入ってきた。

「ミーティング中に失礼します。社長宛のメールですが、重要案件ではないかと思い、お持ちしました」

「誰からだ?」バーナスキがうるさそうに訊いた。

「ゴールドマンさんです」

「ゴールドマンだと? 見せろ!」

From : m.goldman@nobooks.com
Sent : Monday, June 30, 2008. 10:24 AM

ロイへ
ぼくが書きたいのは読者の興奮をあおるような三文小説ではありません。ぼくが書きたいのはあなたに押しつけられた本ではありません。ぼくが書きたいのは自分の首をつなぐための本ではありません。ぼくは作家として本を書きたい。なにか意味のある本を書きたい。恩を受けた人の醜聞を打ち消すために本を書きたい。それだけです。

冒頭の数ページを添付します。

気に入ったら電話ください。

気に入らなかったらリチャードソンに電話してください。法廷でお目にかかりましょう。

有意義なミーティングを。マリサによろしく。

マーカス・ゴールドマン

「添付書類をプリントアウトしたか?」

「まだです」

「すぐやれ!」

「はい」

『ハリー・クバート事件』(仮題)
マーカス・ゴールドマン著

二〇〇八年春、処女作の成功で文壇の仲間入りを果たしてからおよそ一年半後のこと、ぼくはある発見をし、と同時にそれを記憶の底に封印すると決めた。発見したのは、大学時代の恩師であり、この国で最も尊敬されている作家の一人であるハリー・クバートが、今から三十三年前、彼が三十四歳だったときに、十五歳の少女と交際していたことを示す証拠だった。二人が恋に落ちたのは一九七五年の夏のことだ。

その証拠を見つけたのは、ぼくがニューハンプシャー州オーロラにあるハリーの家に滞在していた三月のある日のことだった。ハリーの蔵書を漁っていて、たまたま手紙と数枚の写真を見つけたのだ。まさかそれが二〇〇八年最大のスキャンダルに発展する事件の序章だったとは、そのときは考えられもしなかった。

(中略)

イライジャ・スターンの件は当時ノラの同級生だったナンシー・ハッタウェイから聞いた。ナンシーは今でもオーロラに住んでいる。当時ノラはナンシーに、コンコードの実業家イライジャ・スターンと関係をもっていたことを打ち明けていたようだ。スターンはルーサー・ケイレブという運転手にノラを迎えに行かせ、コンコードの自宅に連れてこさせていた。

ルーサー・ケイレブについてはまだなにもわかっていない。スターンについても、ガロウッド刑事は当面事情聴取をしないと言っている。この段階では事件との関わりを示す証拠がなにもないからだ。だからぼくは単独で話を聞きに行くことにした。インターネットで調べたところ、スターンはハーバード大卒で、今でも同窓の仲間とのつき合いを大事にしているらしい。美術マニアで、芸術の庇護者としても知られている。あらゆる点で立派な人物のようだ。ただし大いに気になる点が一つある。グースコーブのハリーの家は、かつてスターンのものだった。

二〇〇八年六月三十日月曜日、朝十時半。ぼくはロイ・バーナスキに原稿の冒頭部分をメールした。最後の二段落はまさにその朝書いたものだった。そしてそのあとすぐコンコードに向かった。どうしてもスターンに会って、ノラとの関係を確かめたかった。三十分ほど車を走らせたところで電話が鳴った。


「もしもし?」

「マーカスか? ロイ・バーナスキだ」

「ロイ! あ、じゃメールを見てくれたんですね?」

「この本はいける。出すぞ!」

「ほんとに?」

「もちろんだ。気に入った、最高だ。誰もが先を読みたくなる」

「ぼくも先を知りたいですよ」

「いいか、ゴールドマン、この本を書け。前の契約は破棄してやるから」

「ただし、自分のやり方で書かせてもらいますよ。そちらのあさましい要望は聞き入れません。あなたのやり方は受け入れられないし、原稿に手を入れられるのも断わります」

「ああ、好きなようにやれ。こっちの条件はただ一つ、秋に出せることだ。オバマが大統領候補になったからな、二冊の著書が飛ぶように売れている。こっちも急がないと大統領選の熱狂にのみ込まれちまうぞ。八月末までに原稿が欲しい」

「八月末？　あとたった二か月？」

「そうだ」

「短すぎますよ」

「なんとかしろ。この秋の目玉にするんだ。クバートは知ってるのか？」

「いえ、まだ言ってません」

「友人として伝えておけ。それから、今後はまめに進行状況を知らせてくれ」

電話を切りかけたところで、またロイが叫んだ。

「待て！」

「なんです？」

「なぜ気が変わった？」

「脅迫状が来たからですよ。それも何度もです。ぼくがなにか発見するのを、誰かがひどく恐れているということでしょう。だから、この事件の真相は本にする価値があるんじゃないかと思ってるんです。ハリーのためにも、そしてノラのためにも。それもまた作家の仕事の一部でしょう?」

だがバーナスキはもう聞いていなかった。〝脅迫状〟のところで思考が止まっていた。

「脅迫状だと? そりゃすごい! 宣伝にもってこいだ。ついでにきみが殺人未遂の犠牲者にでもなってみろ、売上げが一桁増える。もし死んだら二桁だ!」

「死ぬ前に書き上げてればね」

「まあな。今どこだ? 電話が聞きづらいな」

「高速です。イライジャ・スターンのところに向かってます」

「ってことは、本当に事件と関係があると思ってるのか?」

「それを調べに行くんですよ」

「ゴールドマン、きみは完全にアホだね。それがきみのいいところだがな」

イライジャ・スターンはコンコードの高台に広壮な邸宅を構えていた。正門が開いていたので、そのまま車で入った。石畳の車道の先に石造りの豪邸があり、それを見事な花壇が取り囲んでいる。広い車寄せの中央にはブロンズのライオンの噴水があり、隅のほうで制服を着た運転手が高級セダンを磨いていた。

ぼくは車寄せに堂々と車をとめ、よく来る客を装ってさりげなく運転手にあいさつし、そのまま玄関まで行って迷いなく呼び鈴を鳴らした。すると年輩の家政婦が扉を開けてくれたので、名前を告げ、スターンさんにお目にかかりたいと言った。

「お約束はいただいていますか？」

「いいえ」

「それではお通しできません。旦那様は約束がない方とはお目にかかりません。どうやってここまで入られました？」

「門が開いていましたよ。どうすれば約束がとれますか？」

「それは旦那様のほうからしか」

「数分でいいから会わせてください。時間はとらせません」

「いたしかねます」

「では、ノラ・ケラーガンのことで来たと伝えてください。会っていただけるはずです」

家政婦はぼくを外に待たせたまま一度姿を消したが、すぐに戻ってきて、「お目にかかるそうです。よほど大事なご用件なのですね」と言った。そして一階の奥の部屋まで案内してくれた。そこは板張りの書斎で、壁はタペストリーで覆われていた。肘掛け椅子に老齢の紳士が座っていて、値踏みするような目をこちらに向けている。それがイライジャ・スターンだった。

「マーカス・ゴールドマンです。突然お邪魔して申し訳ありません」

「ゴールドマン？　ではあの作家の？」

「はい」

「急に訪ねてこられたご用件は?」

「ケラーガン事件を調べています」

「ケラーガン事件とはなんのことかな。耳にしていないが」

「未解決の謎、とでも言いましょうか」

「それなら警察の仕事だろう」

「ぼくはハリー・クバートの友人です」

「それがなにか?」

「あなたはかつてオーロラでよく過ごされていたそうですね。グースコーブのハリー・クバートの家は、以前あなたのものだったということですが、本当ですか?」

スターンが手で椅子を示したので、ぼくは腰かけた。

「そのとおり」スターンは答えた。「一九七六年にクバート氏に売却した。本がベストセラーになった直後のことだよ」

「当時、ハリー・クバートと親しくされていたんですか?」

「オーロラで数回会っただけだ。親しいと言えるほどのものじゃない」

「では、あなたとオーロラのつながりについて教えていただけますか?」

スターンは眉をひそめた。

「取り調べのつもりかね?」

「とんでもない。ただ、あなたのような方が、あんな小さい町になぜ家を持っておられたのか、興味があるだけです」

「わたしのような？　金持ちという意味か？」

「ええ。このあたりの海岸沿いにはオーロラより魅力的な町がたくさんありますから」

「あの家を建てたのは父だ。海沿いで、かつコンコードに近いところがいいと言ってね。オーロラは美しい町だし、コンコードとボストンの中間にあるから便利だ。子供の頃にあの家で過ごした夏は忘れられない」

「では、なぜ手放されたんですか？」

「父が他界し、資産と事業を受け継いでから、ゆっくり夏を楽しむような時間がなくなったんだよ。グースコーブにも行かなくなった。それで十年ほど貸し出していたが、実際には借り手がいなくて空き家の時期が多かった。だから、クバートが買い取りたいと言ってきたときには二つ返事で受けた。それも破格の値段でね。金のために売ったわけではない。あそこに誰かが住みつづけるということがわたしには大事だったんだ。それに、グースコーブに行かなくなってからもオーロラの町は好きで、ボストンでの仕事が多い時期にはよく立ち寄った。夏のダンスパーティーにも資金援助していたほどだ。それから《クラークス》。あの店はこのあたりでいちばんうまいハンバーガーを出していたからな。少なくとも当時はね」

「それで、ノラ・ケラーガンのことはご存じでしたか？」

「名前だけは。失踪事件があったから、この地方の人はみな名前くらい知っている。痛ましい事件で、それが今になってグースコーブから遺体が出てくるとは……。しかもクバートがあの本をノラのために書いたとは……ぞっとするね。その意味では、彼にグースコーブを売ったことを後悔している。だが、当時は知りようがなかった」

「でも、事実関係だけを言えば、ノラが行方不明になったとき、グースコーブの所有者はまだあなたでした……」

「なにをおっしゃりたいのかな？　わたしがノラの死に関わっていたとでも？　今となっては、クバートがあの家を買ったのは、庭に埋めた死体を隠しとおすためだったとしか思えないが」

スターンはノラをほとんど知らないと言った。ナンシー・ハッタウェイの証言をここで突きつけるべきだろうか？　いや、まだそのカードを切るときではないとぼくは思った。ただし、もう一つだけジャブを入れてみようと思い、ケイレブの名前を出した。

「ではルーサー・ケイレブは？」

「なんだね？」

「ルーサー・ケイレブという人物をご存じですか？」

「そう訊くということは、彼が以前わたしの運転手だったことを知っているわけだな？　これはいったいなんの真似だ？」

「ある人が、失踪事件の前に、ノラがルーサー・ケイレブの車に乗るところを何度か見たと証言しています」

するとスターンはぼくに指を突きつけ、脅すように言った。

「死者を揺り起こしてはならない。ルーサーは勇敢で、真っ正直な人間だった。彼がもう自分で弁護できないからといって、その名を汚そうとする者をわたしは断じて許さん」

「亡くなったんですか？」

「ああ、ずっと前に。彼はよくオーロラに行っていた。グースコーブを貸し出していた頃、あそこの管理を任せていたからだ。つまり、家の状態を見に行っていた。いつも献身的な働きぶりだった。だから彼の思い出を汚すような発言は許さん。オーロラにも心ない連中がいて、そのなかには彼を変人呼ばわりする人もいるだろう。普通の人とは違っていたんだ。はっきり言えば、彼は醜かった。顔がひどくゆがんで、顎がずれていて、話すのにも不自由があった。しかし心はゆがんでいなかったし、並外れた感性の持ち主だったよ」

「では、ノラの失踪とはなんの関係もないとお考えなんですね？」

「ない。あるわけがない。そもそも犯人はハリー・クバートなんだろう？　今拘置所にいるようだが……」

「ぼくはそう思っていません。だからこうして調べています」

「しかし、あの庭で死体が発見された上に、原稿が一緒に埋められていたとか。ノラのために書いた本の原稿が。それ以上どんな証拠が必要だろうか」

「書くのと殺すのはまったく別です」

「それにしてもわざわざここまで来て、わたしやルーサーの過去まで掘り返そうとするとは、どうやらきみの調査はうまくいっていないようだな。さて、面会はここまでだ」

スターンは家政婦を呼び、お見送りしなさいと言った。

結局なんの成果も得られず、ぼくは後ろ髪を引かれる思いで書斎を出た。ナンシーの証言を持ち出せないのが歯がゆいところだが、それだけでは不十分だとガロウッドも言っていた。スターンほどの大物に対して、ブティック店主の昔の記憶をぶつけてみたところで勝ち目はない。もっとほかに確たる証拠が必要だ。そのためには……と、そのときひらめいた。この家を探ってみたらどうだろう？

そこで、広い玄関ホールに出たところで家政婦に洗面所をお借りできないかと訊いてみた。すると来客用化粧室に案内された。家政婦はこちらですと場所を示すと、玄関でお待ちしていますと言って戻っていった。その姿が見えなくなるや否や、ぼくは行動に移った。時間がない。なにを探すという当てがあるわけでもない。だが、なんらかの証拠を見つけるチャンスは今しかない。せめて今自分がいる翼棟だけでもざっと見てまわりたい。ぼくは廊下を小走りに進み、誰もいませんようにと祈りながら、これはと思う扉を開けて部屋をのぞいていった。豪勢な装飾を施した部屋が続いていて、窓越しに見事な庭が見える。幸いどこにも人はいない。時々足を止めて聞き耳を立てながら、さらに先へと進んだ。すると小さい書斎にぶつかったので、素早く入り込み、戸棚を探った。ファイルや書類の束を見てみたが、関係ないものばかりだ。だが、そもそも〝関係あるもの〟とはなんだろう？　ノラの失踪から三十三年も経った今、この家のなかのなにがぼくを助けてくれるというのだろうか？　急がなければ。早く戻らないと家政婦に怪しまれる。

書斎を出て少し行くと、別の廊下に出た。そしてその先には一つしか扉がなかった。思い切って開けると、広いベランダのついた部屋に出た。ベランダといっても密生した蔓《つる》植物にぐるりと囲まれていて、外からの視線は遮られている。複数のイーゼルに未完成の絵が置かれていて、机の上には筆が何本も転がっている。アトリエだ。壁にも何枚か掛かっていて、どれも見事な出来だった。そのうちの一枚に目が留まった。見慣れた風景が描かれていた――オーロラの手前の海岸沿いにある橋。改めてほかの絵もよく見ると、どれもオーロラの風景だった。グランドビーチ、メインストリート、《クラークス》もある。実によく描けている。どれも〈L・C〉とサインが入っていて、日付は一九七五年かそれ以前だ。

　そのとき、部屋の隅にもう一枚大きな絵が掛けられているのに気づいた。そこだけ照明がついていて、絵の前に肘掛け椅子が置かれている。若い女性の肖像画だ。胸元から上だけの像だが、モデルが服を着ていないことはわかる。ぼくは近づいた。どこかで見たような顔だと思った。そしてもう一歩近づいて、それが誰だかわかって仰天した。ノラの肖像画だった。間違いない。すぐに携帯で何枚か写真を撮り、部屋を出て、廊下を走って戻った。

　家政婦が玄関口で待ちあぐねていた。ぼくは丁寧に礼を言い、少し震えながら、そして汗だくのまま、屋敷をあとにした。

*

　その発見から三十分後、ぼくは州警察のガロウッドのオフィスに駆け込んだ。スターンに会ってきたと言うと、当然のことながら彼は激怒した。

「いい加減にしろ、このくそったれ！」

「でも訪ねただけですよ」ぼくは説明した。「呼び鈴を鳴らして、会えますかと訊いたら会ってくれたんです。そのどこがいけないんですか？」

「待つように言ったはずだ」

「待つってなにを？　あなたの同意？　それとも証拠が天から降ってくるまで待つんですか？　のこのこ質問しに行くようなへまはできないってそっちが言うから、こっちが動いたんじゃありませんか。あなたが文句をたれてるあいだに、ぼくは行動したんだ！　そしたらなにを見つけたと思います？」

携帯の写真を見せた。

「絵か？　それがどうした」ガロウッドは馬鹿にしたように言った。

「よく見てください」

「なんだ……お、おいおい、こりゃ……」

「ノラです。イライジャ・スターンの屋敷にノラ・ケラーガンの肖像画があったんです」

その場で携帯の写真をパソコンに送信し、それをガロウッドが拡大して印刷した。

「確かに彼女だ。ノラだ」ガロウッドは当時のノラの写真と見比べてうなずいた。

画質は悪いが、ノラであることは疑いようがなかった。

「やはりスターンとノラのあいだには関係があったんです」ぼくは言った。「ナンシー・ハッタウェイがノラはスターンと関係をもっていたと言った。そして、スターンのアトリエにノラの肖像画があった。それだけじゃない。ハリーの家は一九七六年までイライジャ・スターンが所有していました。ノラが失踪した時点では、グースコーブはまだスターンのものだったんです。偶然にしちゃ出来すぎですよ。というわけで、捜索令状を取って出動の手配をしてください。スターンの屋敷を家宅捜索して、あいつを追い込みましょう」

「またか……いったいどこまで間抜けなんだ？　令状請求の根拠は？　この写真か？　これは違法だろ？　許可なく家探ししたとなりゃ、こいつは証拠にならない。まずいな。スターンを追い込むにはなにか別の証拠が必要だが、それが手に入る前にやつが絵を処分するかもしれない」

「でも向こうはぼくが絵を見つけたことを知りませんよ。それから、ルーサー・ケイレブの名前を出したら動揺していました。ノラについては名前しか知らないと言ってました。でもこの絵があった。半裸のノラが。誰が描いたのかはわかりません。でもアトリエにあったほかの絵には〈L・C〉とサインがありました。もしかしたらルーサー・ケイレブ？」

「厄介な展開になってきたな。スターンを追い込みたいのは山々だが、もし失敗したら逆にこっちが追い込まれるぞ」

「わかってます」

「このことをハリーに話してこい。ハリーからもっと情報を聞き出すんだ。おれはルーサー・ケイレブを洗う。確たる情報をつかむんだ」

州警察から拘置所へ車で向かう途中、ラジオからハリーに関するニュースが流れてきた。『悪の起源』だけではなく、ハリーの全作品がほとんどの州で教材から外されることになったという。もうどん底だ。たった二週間ほどでハリーはすべてを失った。今や禁じられた作家、追放された教授、国じゅうから憎まれる存在だ。今後の捜査と裁判がどういう結果になろうとも、本当の意味での名誉挽回はかなわない。もはや、ノラとの関係抜きでハリー・クバートの作品を語ることはできないし、文化行事の主催者も厄介事は避けたいだろうから、二度とハリー・クバートを呼ぶことはないだろう。要するに、これは知的死罪だ。しかも最悪なのは、ハリーがそれを全部知っていることだ。

暗い気分で面会室に入ると、案の定ハリーはこう言った。

「わたしは殺されるんだな」

「誰もあなたを殺したりしませんよ」

「でももう死んだも同然だ」

「いや、死んでませんよ！　あなたは偉大なハリー・クバートです。負けることを恐れるな、そう言ったじゃありませんか！　大事なのは挫折そのものじゃない。挫折は避けられない。大事なのはそこからどう立ち上がるかです。そしてぼくらは立ち上がるんです！」

「きみはいいやつだな。だが友情がきみの目を曇らせている。もはや問題はわたしが誰かを殺したかどうかじゃない。その意味では相手がノラだろうが、デボラ・クーパーだろうが、あるいはケネディ大統領だろうが、世間にとっちゃどうでもいいんだ。誰もが問題にしているのはわたしがノラと許されない関係にあったこと、それだけだ。そしてあの本……。わたしはなぜあんな本を書いたんだ！」

　ぼくは同じ言葉を繰り返した。

「立ち上がるんです。見ていてください。ぼくがローウェルでめった打ちにされたあの試合を覚えてますか？　倉庫でやってたもぐりの試合ですよ。ぼくはあなたのおかげであそこから這い上がった」

　ハリーは苦しげに微笑み、それから訊いた。

「それで、脅迫状はまた来たか？」

「ええ何度か。グースコーブに戻るたびに、なにか待ち受けていそうで心臓に悪いですよ」

「相手を突き止めるんだ。そいつを見つけて焼きを入れてやれ。きみを脅すやつがいるなんて我慢がならん」

「心配いりません」

「それで、捜査のほうは？」

「進んでいます……。ハリー、ぼくは書きはじめました」

「おお、それはよかった！」

「あなたのことを書きます。バローズでのぼくらのこと、ノラとのことも書きます。愛の物語ですよ。ぼくはあなたの恋を信じているから」

「ありがたい」

「じゃあ、書いてもいいんですね？」

「もちろんだ。わたしにとって、きみは最も親しい友だったに違いないんだから。しかも才能ある作家だ。だからきみの本の主題になるなんて名誉なことだ」

「なぜ過去形なんです？『友だった』なんて。今でもそうじゃないんですか？」

ハリーは寂しげな顔をした。

「別に深い意味はない」

「ぼくらはずっと友人ですよ。決して見捨てません。次の本は変わらぬ友情の証《あかし》です」

「ありがとう、胸に沁みるよ。だが、動機が友情では本は書けないぞ」

「なぜですか？」

「バローズの卒業式の日に、二人で話したことを覚えているか？」

「ええ、一緒にキャンパスをずっと歩きましたね。ボクシングの練習場にも行きました。これからどうするつもりか、とあなたに訊かれ、ぼくは本を書くと答えました。そうしたら、なんのために書くのか、と訊かれました。ぼくは、書くことが好きだからと答え、するとあなたが……」

「ああ、わたしはなんと言った？」

「人生にはほとんど意味がない。書くことが人生に意味を与えるのだと」

「そうだ。そして、きみが数か月前に犯した過ちはそれだった。バーナスキから最後通牒を突きつけられたときのことだ。あのときさみは、人生に意味を与えるためではなく、本を書かなければならないから書こうとした。書くために書くなんて意味を成さない。一行も書けなくて当然だ。作家の素質とはいい文章を書けるかどうかじゃない。自分の人生に意味を与えられるかどうかだ。日々、人は生まれ、死んでいく。日々、無名の労働者たちは灰色のビルにのみ込まれ、そして吐き出される。では作家とはなんなのか。おそらく作家とは、人より激しく人生を生きる者たちのことだ。だからマーカス、友情のために書くのでは駄目だ。きみにとって書くことが〝人生〟という取るに足らないものに価値と喜びを与える唯一の手段だというのなら、書きたまえ。そうでなければ書いてはいけない」

ぼくはハリーを見つめたまま、しばらくなにも言えなかった。これが最後の教えのような気がして、それに耐えられなかった。するとハリーが続けた。

「マーカス、彼女はオペラが好きだった。そのことも本に書いてくれ。特に好きだったのは『蝶々夫人』だ。いいオペラはみな悲恋ものだとよく言っていた」

「誰が？　ノラですか？」

「ああ。十五歳の少女はオペラが心底好きだった。自殺未遂のあと、ノラはシャーロットヒルの療養施設で十日近く過ごした。今で言う精神病院のようなものだ。わたしはこっそり会いに行っていた。オペラのレコードを持っていって、小型のプレーヤーで一緒に聞いたよ。ノラは感動のあまり涙を流し、ハリウッドの女優はやめて、ブロードウェイの歌手になると言った。だから、きっとアメリカ史に残るような偉大な歌手になれるよと言ってやった。なあ、マーカス、ノラが死なずにいたら、きっと何者かになって、この世に足跡を残すことができただろう……」

ぼくは捜査の話に戻そうとしてこう訊いた。

「ところで、ノラの親が娘を虐待して殺してしまったという可能性はありませんか？」

「いや、それは考えにくいだろう。第一、原稿とあの書き込みの件がある……。いずれにしても、デヴィッド・ケラーガンが娘を殺すとはとうてい思えない」

「でも、ノラは体罰を受けていた……」

「あれは……なんとも奇妙な話で……」

「それからアラバマは？　ノラはアラバマの話をしませんでしたか？」

「アラバマ？　ああ、あの一家はアラバマから引っ越してきたんだ」

「いえ、それだけじゃなくて、なにかあるんです。アラバマでなにかがあって、そのせいで引っ越してきたんじゃないかと思うんです。でもなにがあったのかわからない。誰に訊いたらわかるでしょうね」

「なんと、マーカス、探れば探るほど謎が増えていくようじゃないか……」

「思えるどころか、実際にそうなんですよ。あ、それから、タマラ・クインがあなたとノラのことを知っていたことが確認できました。本人の口から聞いたんです。ノラが自殺を図った日、あなたはクイン家のガーデンパーティーをすっぽかしましたよね。そのあと、タマラは頭にきてグースコーブに行ったそうです。でも留守だったので、家のなかを物色し、書斎でノラについて書かれた原稿を見つけたんです」

「ああ、そう言われて思い出した。書き散らした原稿が一枚なくなっていたんだ。ずいぶん探したが見つからなかった。番号まで振って管理していたから、紛失するはずはないのにと首をひねったよ。それで、タマラはそれをどうしたんだ?」

「なくしたと……」

「匿名の手紙は彼女だろうか」

「かもしれません。しかも、タマラはあなたが一方的にノラに惚れ込んでいたと思っているようですよ。そう言えば、ノラが行方不明になったとき、プラット署長があなたを尋問しませんでしたか?」

「プラット署長が? いや、そんなことはなかった」

だとすればおかしな話だ。タマラから話を聞いたにもかかわらず、なぜプラット署長はハリーを尋問しなかったのだろう? 続いて、スターンのことも訊いておこうと思い、ノラの絵のことには触れずにただ名前を出してみた。

「スターン?」ハリーは答えた。「ああ知っているとも。グースコーブの元の所有者だ。『悪の起源』の成功のあとで彼からあの家を買った」

「親しいんですか?」

「いや、当時何度か会っただけだ。一回目は夏のダンスパーティーのときで、同じテーブルだった。感じのいい紳士だったよ。その後も数回会っている。寛大な人で、まだ無名だったわたしを信用してくれた。文化や芸術のために支援を惜しまない有徳の人だ」

「最後に会ったのはいつですか？」

「家を買ったときだから、一九七六年末だったと思う。ところでどういうことだ？　急にスターンの話など持ち出して」

「いやちょっと。あの、ハリー、その夏のダンスパーティーっていうのは、あなたがジェニーを誘うものとタマラ・クインが思い込んでいた、あのパーティーのことですか？」

「そうだ。結局わたしは一人で行った。そうしたらどうだ、なんと、福引で一等を当ててしまってね。一週間のマーサズ・ヴィニヤード島への旅行だよ」

「それで、行ったんですか？」

「もちろんだ」


その晩グースコーブに戻ると、ロイ・バーナスキから電子メールが届いていて、作家なら誰もが泣いて喜ぶようなオファーが添付されていた。

From : r.barnaski@schmidandhanson.com
Sent : Monday, June 30, 2008. 7:54 PM

マーカス
きみの本が気に入った。電話で言った条件で契約書を用意したから添付する。これならきみも納得するはずだ。もう少し書けたらすぐに送ってくれ。電話でも言ったように、秋に向けて宣伝を打つつもりだ。大成功は間違いないだろう。いや、もう確実だと言ってもいい。すでにワーナー・ブラザーズが映画化を検討したいと言ってきている。映像化権についてはこれから詰めるがね。

添付されていた契約書案には前払い金百万ドルと書かれていた。

その晩はいろいろなことを考えてしまい、机に向かうこともできなかった。すると十時半に電話がかかってきた。がやがやした音を背景に、母のささやき声が聞こえてきた。

「母さん?」

「マーカス、今誰と一緒だと思う? 当ててみて」

「父さん?」

「そう……やだ、そうじゃないのよ! 父さんと母さんが誰と一緒だと思うかって訊いてるの。あのね、父さんとたまにはニューヨークに出かけようってことになって、それで、ほら、コロンバス・サークルの近くのあのイタリアンで食事してるの。それでね、店の前で誰に会ったと思う? デニスよ! おまえの秘書の」

「へえ、そりゃまた」

「あら、しらを切るつもり? おまえがなにをしたか母さんが知らないとでも思ってるの?

デニスから全部聞きましたよ！　全部！」

「聞いたって、なにを？」

「おまえに追い出されたって」

「母さん、追い出したんじゃないよ。シュミット&ハンソンに仕事を見つけてやったんだ。ぼくのところじゃもう仕事がなかったから。本も出ないし、新しい企画もないし、なんにもないから、先のことを考えてやるべきだと思って。わかるだろ？　販売部門に申し分のないポストを見つけてやったのさ」

「マーカス、わたしたち飛びついて抱き合ったのよ！　デニスはおまえに会えなくて寂しいんですって」

「頼むよ、母さん」

するとと母がさらに声を落とした。聴き取るのがやっとだった。

「それでね、考えたんだけど」

「なにを？」

「ソルジェニーツィンって知ってる？」

「作家だよ。それがどうした？」

「昨日の夜、ソルジェニーツィンのドキュメンタリー番組をやってたのよ。昨日それを見たっていうのがすごいじゃないの。あの作家は秘書と結婚したの、自分の秘書と。そしたら今日誰に会ったかしら？　そう、おまえの秘書。すごい偶然。これはなにかの前兆よ。デニスは見栄え《・》も悪くないし、それになんといってもエストロゲンを発散してるわ。わかるのよ、女同士には。あの人なら多産だし、従順だし、きっと十か月ごとにどんどん子供を生んでくれるわ。育て方はこっちが仕込むし、そしたら子供たちもみんなわたしが思うように育つでしょう？　素晴らしいじゃないの」

「問題外だね。デニスはぼくの好みじゃないし、ぼくには年上すぎるし、そもそもちゃんと恋人がいるんだ。それに、誰もが秘書と結婚するわけじゃない」

「でもあの有名なソルジェニーツィンはそうしたんだから、かまわないんじゃないの？　そりゃデニスは男の人と一緒だけど、でも冴えない男よ。スーパーで売ってるオーデコロンのにおいがしたもの。それに比べておまえは、マーカス、立派な作家じゃない。なんといっても〝できるやつ〟なんだから」

「〝できるやつ〟はマーカス・ゴールドマンがやっつけたんだ。そのときからようやく、ぼくは本当の意味で生きはじめた」

「あらそれ、どういう意味？」

「いや、なんでもない。とにかく、デニスが恋人と食事するのを邪魔しないでやってくれ」

その一時間後、パトロールの警官が来て、変わったことはありませんかと声をかけてくれた。ぼくと同年代の若手警官二人で、どちらも感じがよかった。ぼくはコーヒーを出し、二人はしばらく家の前で見張ると言った。暖かい夜で、書斎の開け放した窓から二人が外で冗談を言い合うのが聞こえてきた。それを聞きながら煙草を吸っていたら、不意に孤独感に襲われた。世の中から遠く離れたところにぽつんと一人でいるような気がした。

本のアドバンスとして大金が提示され、その本を書けば間違いなく売れっ子作家として復活し、誰もが羨《うらや》む夢の生活を送ることができる。それがぼくが置かれた状況だ。それなのに、なにかが欠けていた。そうだ、欠けているのは本当の人生だ。ぼくはこれまでの半生を、自分の野心を満たすために生きてきた。そしてこれからの半生を、野心が満たされた状態を維持するために生きようとしている。それを思うと、自分はいったいいつになったらただあるがままに生きることができるのだろうと自問せざるをえなかった。フェイスブックのバーチャル人脈は数千人にもなるが、それを眺めてみても、一杯飲みに行こうと誘える相手は一人もいない。数人でもいいから、アイスホッケーリーグの話をしたり、一緒に週末キャンプに行ったりできる仲間がいてくれたら……。優しくて穏やかで、笑わせてくれたり、ちょっと夢見させてくれたりするような婚約者がいてくれたら……。このときつくづくそう思った。一人でいるのがつらかった。

それからガロウッドが拡大印刷してくれたノラの絵の写真を見ながら、いろいろ考えた。描いたのは誰だろう？　ケイレブ？　スターン？　いずれにしても、よく描けた絵だ。それからMDプレーヤーのスイッチを入れ、この日のハリーとの会話を聞き直した。

「ありがとう、胸に沁みるよ。だが、動機が友情では本は書けないぞ」

「なぜですか？」

「バローズの卒業式の日に、二人で話したことを覚えているか?」

「ええ、一緒にキャンパスをずっと歩きましたね。ボクシングの練習場にも行きました。これからどうするつもりか、とあなたに訊かれ、ぼくは本を書くと答えました。そうしたら、なんのために書くのか、と訊かれました。ぼくは、書くことが好きだからと答え、するとあなたが……」

「ああ、わたしはなんと言った?」

「人生にはほとんど意味がない。書くことが人生に意味を与えるのだと」

ハリーの助言に従い、ぼくはパソコンを立ち上げてキーボードを打ちはじめた。


真夜中のグースコーブ。書斎の開け放した窓からかすかな潮風が入ってくる。バカンスシーズンならではの心地よい香りがする。窓の外は月に照らされて明るい。

捜査は進んでいる——と言っていいのかどうか、迷うところだ。だが、少なくとも、ガロウッド刑事とぼくはこの事件の複雑さと規模の大きさを明らかにしつつある。これはもう単なる禁断の愛の物語とか、少女がどこかのごろつきに襲われたといった三面記事的事件で簡単に片づけられるものではない。まだ、あまりにも多くの謎が残っている。たとえば……。

一　ノラの父親のデヴィッドは、アラバマ州ジャクソンで信者の多いやりがいのある教区を受け持っていた。それにもかかわらず、一九六九年にケラーガン一家がそこを離れたのはなぜか？

二　一九七五年の夏、ハリーとノラは愛し合っていて、ハリーはそこから発想を得て『悪の起源』を書いた。だが、ノラはイライジャ・スターンとも関係をもっていて、裸婦像のモデルまでしていた。ノラとはいったい何者なのか？　ミューズのような存在だったのか？

三　ルーサー・ケイレブの役割はなんだったのか？　ナンシー・ハッタウェイによれば、オーロラまでノラを迎えに来てコンコードに連れていっていたというが、それはどういうことなのか？

四　タマラ以外に、誰がノラとハリーのことを知っていたのか？　ハリーに匿名の脅迫状を送りつけていたのは誰か？

五　プラット署長はノラ失踪事件の捜査の陣頭に立っていたにもかかわらず、タマラ・クインの話を聞いてもハリーを尋問しなかった。それはなぜか？　スターンは尋問したのか？

六　いったい誰がノラ・ケラーガンとデボラ・クーパーを殺したのか？

七　ぼくがこの事件に首を突っ込むのを快く思わず、やめさせようとしているのは誰か？

ハリー・クバート著『悪の起源』より

惨事が起きたのは日曜のことだった。彼女が悲しみのあまり命を断とうとしたのだ。彼女の心臓には、それが彼のためでないのなら、もはや鼓動を打つ力さえ残っていなかった。彼女は生きるために彼を必要としていた。そして、そのことを知った彼は毎日のように病院まで行き、気づかれないように彼女を見守った。彼には信じられなかった。なぜこれほど美しい人が自らの命を断とうとしたのかと。そして自分を責めた。自分が彼女を死に追いやったような気さえした。

毎日、彼は病院を取り囲む公園のベンチに座り、彼女が陽に当たりに出てくるのを待った。そして離れたところから、彼女が生きて動いている姿を眺めた。彼女が生きているということがなによりも大事だった。そして、彼女が外にいるあいだに部屋に忍び込み、枕の下に手紙を置くのだった。

いとしい人へ
決して死んではいけない。きみは天使だ。天使は決して死なない。
ほらね、ぼくは近くにいるだろう？　もう泣くのはおやめ、頼むから。きみが悲しむのを見るのはもうたくさんだ。
少しでも苦しみが和らぐように、きみにキスを贈ります。

愛する人へ

眠ろうとしたらあなたの手紙を見つけて驚いたわ！　今隠れて返事を書いているの。夜は消灯時間を過ぎたら起きていてはいけないし、ここの看護師さんたちは本当にいじわるなの。でも書かずにはいられない。あなたの手紙を読んだら、すぐに返事を書かずにはいられない。ただ愛しているとあなたに伝えるために。

あなたと踊れたらどんなにすてきかしら。あなたはきっとダンスが上手よね。夏のダンスパーティーに連れていってほしいけれど、あなたは駄目だと言うでしょうね。二人が一緒にいるところを見られたらぼくたちはおしまいだからって。それに、それまでにここから出られるとも思えない。でも、愛し合うことができないなら、なんのために生きるの？　死のうと決めたのも、自分にそう問いかけた結果だったのよ。

わたしは永遠にあなたのもの。

ぼくの妙なる天使へ

いつか二人で踊ろう。約束するよ。いつかきっと愛がすべてを克服する日が来る。そのとき、ぼくらは堂々と愛し合うことができるようになる。そうしたら一緒に踊ろう。浜辺で踊ろう。浜辺で、あの最初の日のように。浜辺にいるきみはこの上なく美しい。早くよくなっておくれ。そしていつの日か、浜辺で一緒に踊ろう。

愛する人へ
浜辺で一緒に踊るのね。それだけがわたしの夢。
いつの日か、浜辺に踊りに連れていって。そして二人きりで踊るの……。

18

マーサズ・ヴィニヤード島

（一九七五年七月末、マサチューセッツ州）

「マーカス、今の社会で称賛されるのは、橋や高層ビルや帝国を築く人々だ。だが実のところ、わたしたちが誇りに思い、称賛すべきなのは愛を築き上げた人々だ。なぜならそれ以上に偉大で、それ以上に困難な企てはないのだから」

ノラが浜辺で踊っていた。髪をなびかせながら波と戯れ、砂の上を走っていた。生きていることがうれしくてたまらないという表情で笑っていた。ハリーはホテルのテラスでそんなノラの様子をしばらく眺め、それからまた原稿に視線を戻した。書き散らした紙がテーブルいっぱいに広がっている。ハリーはかなりのスピードで、しかもいいものを書いていた。ここに来てからもう何十ページも進んだ。ペンが面白いほど走る。それもすべてノラのおかげだ。ノラの、いとしいノラの、生きているノラのおかげ。そしてノラからもたらされる霊感のおかげだった。ハリーは今ようやく、納得のいく小説を書きつつあった。

「ハリー！」とノラが浜辺から呼んだ。「ちょっと休憩したら？　こっちに来て一緒に泳がない？」そこでハリーはようやくペンを置き、原稿をかき集めて部屋に持って上がり、スーツケースにしまった。それから水着に着替え、浜に出た。

二人はホテルを背にして波打ち際を歩いていった。少し行くと壁のような岩があり、その裏手に回ると誰もいない小さな入り江がある。そこならホテルのテラスからも海水浴客からも見えない。だから抱き合うこともできる。

「抱いて」人目を気にしなくてもよくなると、すぐにノラが言った。

ハリーはノラを抱きしめ、ノラはハリーの首にしがみつくように両手を回した。それから二人は入り江に入り、水をかけ合ってはしゃぎ、浜に上がるとホテルの白いビーチタオルを広げ、寝転んで日を浴びた。ノラはハリーの胸に頭をのせた。

「愛してるわ、ハリー……。これ以上ないくらい愛してる」

二人は見つめ合って笑った。

「人生最高のバカンスだな」ハリーが言った。

するとノラが不意に身を起こした。

「そうだ、写真を撮りましょうよ！　写真よ、ねえ、絶対忘れないように！　カメラ持ってきた？」

ハリーはビーチバッグからカメラを取り出し、ノラに渡した。ノラはハリーに抱きついたままカメラを持った手を伸ばし、レンズを自分たちのほうに向けた。そしてハリーの頬にキスをしながらシャッターを切った。二人はまた笑った。

「きっといい写真になってるわ」ノラが言った。「この写真をずっと持っててね。一生よ」

「ああ、大事にするよ」

二人は四日前からこの島に来ていた。

＊

その二週間前——一九七五年七月十九日土曜日

オーロラの夏のダンスパーティーの日がやって来た。といっても会場はオーロラではなく、三年前からモンベリーのカントリークラブに移っている。エイミー・プラットがオーロラ高校の体育館なんてとんでもない、この行事にふさわしいのはここしかないと言い張って変えたのだ。幹事になって以来、エイミーはこの行事をなんとか見栄えのするものにしようと苦心してきた。会場を変えただけではなく、男性はネクタイ着用のこととし、食事も立食をやめて全員がテーブルにつくようにし、席も指定することにした。さらに、ディナーからダンスに移るタイミングで雰囲気を盛り上げるために、福引も企画した。

そんなわけで、オーロラの町では、一か月前からエイミーがあちこち歩きまわって福引券を売る姿が見られた。その値段が高いのには誰もが閉口したが、断われば当日いい席に座れないのがわかっているので、しぶしぶ財布のひもを緩めた。なかにはエイミーが利益の一部を——もしかしたらかなりの部分を——懐《ふところ》に入れているのではないかと思う人もいたが、それを口にするのははばかられた。エイミーには逆らわないほうがいい。前にエイミーがある女性の席を用意し忘れたことがあるが、それは口論の相手だったからだともっぱらのうわさだった。結局、その女性はディナーのあいだずっと立っているしかなかった。

ハリーはダンスパーティーには行くまいと思っていた。パーティー券は数週間前に買ってしまっていたが、とてもそんなところに出かける気分ではない。ノラがまだ療養施設にいたので、ハリーも気が晴れず、家にこもっていたかった。ところがこの日の朝、エイミー・プラットがわざわざグースコーブまでやって来て、玄関口で「ハリー、今日パーティーに来ていただけるのよね？　もちろんいらっしゃるわよね？」と身をよじるようにして念を押したので、結局行くことになってしまった。情けないことに断わる理由が見つからず、おまけに福引券を五十ドル分も買わされてしまった。

エイミーのほうからすれば、パーティーの格を上げるためにもぜひともハリーに来てもらいたかったのだ。ところがここ数日ハリーの姿を見かけないし、《クラークス》にも来ていないと耳にしたので、不安だった。それに、もうハリーが来るとあちこちに触れまわってしまった。ダンスパーティーにとうとうニューヨークの大物が参加するのよと。それに、もしかしたら、来年ハリーがショービジネスのエリート連中を連れてくるかもしれないし、そしたら数年後にはこの行事が東海岸の上流階級の催しになって、ハリウッドやブロードウェイの人々までやってくるかもしれないじゃないのと。だから、ここですっぽかされてはたまらないと必死だった。

さて、エイミー・プラットに無理やり行くと約束させられたあと、ハリーはノラに会うためにシャーロットヒルに行った。途中モンベリーのレコード店に立ち寄って、またオペラのレコードを買った。オペラを聞けばノラが少しは幸せになるかと思うと、つい買ってしまう。だがこれも出費だ。すでに金を使いすぎていて、これ以上は危ういという状況になっていた。恐ろしいので、金がどれくらい残っているか考えるのも数えるのもやめている。いずれにしても、このままでは残りの家賃が払えなくなるだろう。

シャーロットヒルでは、ノラと二人で施設を取り囲む広い公園を散歩した。木立に囲まれたところまで来ると、ノラが抱きついてきた。

「ここを出たいわ……」

「先生があと数日で出られるだろうと言っていたよ」

「そうじゃないの。オーロラを出たいの。あなたと一緒に。この町にいても幸せにはなれないもの」

ハリーは静かにこう答えた。

「いつかね」

「いつかって？」

「いつか二人でここを出よう」

ノラは目を輝かせた。

「ほんと？　ハリー、ほんとに？　どこか遠くに連れてってくれるの？」

「ものすごく遠いところに行こう。そこで幸せになろう」

「わあ、うれしい！」

ノラが抱きついた腕にぎゅっと力を入れた。ノラがそうするたびに、ハリーの体を甘い震えが走る。

「今夜はダンスパーティーね」

「ああ」

「行くの？」

「どうかな。プラット夫人には行くと約束させられたけど、とてもそんな気分じゃない」

「駄目よ、行ってきて。わたしも行けたらいいんだけど……。ずっと前から誰かに連れてってもらう日を夢見てたの。でも、行かれない……。ママが駄目だって言うから」

「一人でパーティーなんか行ってどうしろって言うんだ？」

「一人じゃないわよ。わたしが一緒にいる。あなたの頭のなかにいるから。そして一緒に踊るわ！　たとえなにがあっても、あなたの頭のなかから離れないから」

その言葉を聞いてハリーははっとし、思わずきつい口調で問い詰めた。

「なにがあってもって、それはどういうことだ？」

「え？　なんでもないわよ。もう、ハリーったら、すぐ怒るんだから。ただあなたのことをずっと愛してるって言いたかっただけよ」


結局ハリーはノラの言葉に背中を押され、一人でダンスパーティーに行った。だが会場に着いた途端、やはりやめておけばよかったと思った。ざわざわと人が集まっているのを見ただけで気分が悪くなる。それでもどうにか平静を装い、バーでマティーニを貰い、それを飲みながら町の人々が三々五々集まってくる様子を眺めた。会場はじきに人でいっぱいになり、にぎやかな話し声が充満してわんわん響くようだった。誰もが自分を見ているような気がして居心地が悪い。十五歳の少女を愛していることを、町じゅうの人間が知っているような気がする。するとめまいがして、気分が悪くなってきたので、洗面所へ逃げ込んだ。落ち着こうとして顔に水をかけ、それからトイレの個室にこもってゆっくり呼吸した。動揺してはいけない。そもそも自分とノラのことは誰にも知りようがない。二人とも慎重に、気づかれないように行動してきたのだから案じることはない。とにかく自然に振る舞うこと。そう自分に言い聞かせた。少しするとようやく胃がほぐれたように思えたので、個室から出た。すると、目の前にとんでもないものがあった。洗面所の鏡に真っ赤な口紅でこう書かれていた。

ロリコンの変態

心臓が止まるかと思った。ハリーは思わず「誰だ!」と声を上げ、あたりを見まわした。トイレも全部見てまわった。だが誰もいない。あわてて紙をつかんで水に濡らし、落書きを消そうとした。だがそれは長細い赤い油膜になっただけだった。こんなところを人に見られてはまずいと思い、ハリーは洗面所を飛び出した。胸がどきどきし、額に汗が浮かんだ。だがそれをこらえ、何事もなかったふりをして会場に戻った。いったい誰が自分とノラのことをかぎつけたのだろうか?

会場では食事の用意が整いましたと案内があり、参加者たちが席につきはじめていた。ハリーは気分が悪い上に動揺していて、頭がおかしくなりそうだった。そこへ肩に手をかけられたので飛び上がった。振り向くとエイミー・プラットだった。ハリーはもう汗だくだった。

「ご気分でも悪いの?」エイミーが訊いた。

「いや……その、ちょっと暑いので」

「特別席をご用意しましたから。どうぞこちらへ。すぐそこですよ」

エイミーに案内されたのは花を飾った大きなテーブルで、すでに四十代くらいの男性が退屈この上ないという顔で座っていた。

「ハリー・クバートさんですわ」エイミーがもったいぶった調子で紹介した。「こちらはイライジャ・スターンさん。このパーティーに多額の寄付をしてくださっている方です。パーティー券が安いのはスターンさんのおかげなんですよ。そして、あなたがお住まいのグースコーブの持ち主でもいらっしゃるの」

イライジャ・スターンはにこやかに手を差し出し、ハリーは気分が悪いのも忘れて思わず声を上げた。

「なんと、スターンさん、あなたが家主なんですね？」

「イライジャと呼んでくれたまえ。お目にかかれて光栄だ」

やがてメインディッシュが終わると、ハリーはスターンと一緒に席を立ち、煙草を吸いに会場の外に出た。そしてカントリークラブの芝生の上を少し歩いた。

「あの家は気に入ったかね？」スターンが訊いた。

「ええ、実に居心地のいい家です」

それからイライジャ・スターンは、煙草をくゆらしながら、グースコーブにまつわる思い出話を懐かしそうに語りはじめた。グースコーブはスターン家の夏の別荘だった。母親がひどい頭痛持ちで、医者から潮風に当たるといいと言われたのがきっかけで、父親があの家を建てたという。

「父はあの場所をひと目見てここしかないと思い、即決即断で買って、さっそく家を建てたんだよ。家の配置や間取りを決めたのも父でね。わたしもあの家が大好きで、あそこで過ごした夏のことは忘れられないな。でも時が経ち、父が他界し、母もカリフォルニアに移り住み、もう誰もあの家を使わなくなった。数年前に改装したんだが、独り身ではなかなか……なにしろ広すぎる。それでとうとう貸すことにしたんだ。とにかくあそこが空き家になっているのが嫌で、だから、きみのような人が借りてくれてありがたい」

スターンはさらに子供時代の思い出や、当時のオーロラのダンスパーティーのこと、さらには青春時代の初恋などに触れ、それが懐かしいので年に一度のパーティーだけはいまだに参加しているのだと言った。

二人は二本目の煙草に火をつけ、石のベンチに腰かけた。

「それで、今はなにを書いてるんだ?」

「恋愛小説を……いや、書いているというより、書こうとしているだけです。実を言うと、この町では有名な作家だと思われていますが、それは誤解にすぎません」

ハリーにはスターンの目はごまかせないとわかっていた。だがスターンはなにを咎めるでもなく、ただこう言っただけだった。

「ここの人たちは有名人に弱いからね。パーティーの嘆かわしい変貌ぶりを見ただけでもわかるよ。それで、恋愛小説を?」

「ええ」

「順調に進んでるのか?」

「まだ書きだしたばかりです。正直なところ書けなくて困っています」

「作家にとってはつらいところだね。なにか心配事でも?」

「まあ、そんなところです」

「恋愛?」

「いや……なぜそんなことを?」

「文学に興味があってね。やはり恋をしないと恋愛小説は書けないのかと思っただけだ。いずれにしても、作家には尊敬の念を禁じえない。わたしも作家になりたかった。あるいはもっと広く、芸術家にと言うべきかな。特に絵画に目がないんだが、残念ながら画才のかけらもない。その小説のタイトルは?」

「まだ決めていません」

「どういう恋愛もの?」

「禁じられた愛の物語です」

「それはますます興味をそそられるなあ」スターンは熱を帯びた声で言った。「ぜひまた話を聞きたいな」

会場に戻るとデザートが出ていた。それを食べおわると九時半で、再びエイミー・プラットがマイクを握り、いよいよ福引の抽選の時間ですとアナウンスした。そしてその音頭をとるのは、これまた三年前から変わらず夫のギャレス、つまりオーロラ署のプラット署長だった。プラットはマイクに口をつけるようにして当選番号を発表していった。二等賞までの景品は地元の商店が出すもので、たいしたものではない。やはり注目の的は一等賞で、その発表が近づくにつれ会場の興奮は最高潮に達した。一等賞はマーサズ・ヴィニヤード島の高級ホテルで過ごす一週間、ペアでのご招待！「みなさんお静かに！」と、そろそろ息が切れてきたプラット署長が最後の声を張り上げた。「一等賞の当選番号は……いいですか、いきますよ……一三八五番！」会場は一瞬静まり返った。ハリーは手元の福引券を見るともなしに見ていたのだが、そこに一三八五番があることに気づき、驚いて立ち上がった。何人も駆け寄ってきておめでとうと言った。そのあとパーティーがお開きになるまでハリーは注目の的だった。ハリーが世界の中心だった。だが肝心のハリーは心ここにあらずだった。彼の世界の中心は、そこから二十四キロ離れた療養施設の狭い部屋で眠っていたのだから。

ハリーがようやく解放されたのは夜更けの二時頃で、会場を出ようとしてクロークに行くと、そこでまたイライジャ・スターンと一緒になった。

「一等賞とはすごい」スターンが笑った。「運がついているようだね」

「ええ、そもそも福引券を買うつもりもなかったのに」

「送ろうか？」とスターンが申し出た。

「いえ、ぼくも車で来ています」

二人は駐車場まで一緒に行った。すると少し先に黒いセダンが待っていて、その前で男が煙草を吸っていた。スターンはその男を指差して言った。

「ハリー、紹介させてもらえるかな？　わたしの腹心の部下だよ。なんでもこなす才能の持ち主だ。それで、もし迷惑でなければ、彼にグースコーブの薔薇の手入れをさせようと思うんだが、どうだろう。そろそろ剪定《せんてい》の時期だし、彼なら庭師としての腕前も確かだからね。業者が送り込んでくるのは役立たずで、去年の夏はどの株も枯れてしまった」

「もちろん歓迎します」

だが近づいていくと、その男はなんとも恐ろしい顔をしていた。体格は筋肉質でがっしりしているのだが、顔は傷だらけで、しかもゆがんでいる。ハリーは握手を交わした。

「ハリー・クバートです」

「こんばんは、クバートさん」男は苦しそうにしゃべった。どうにか言葉にはなるのだが、口が思うように動かないのか聴き取りにくかった。「ルーサー・ケイレブです」


その翌日から、ハリー・クバートはマーサズ・ヴィニヤード島に誰と行くのかという話題でオーロラじゅうが盛り上がった。この町に恋人がいるという話は聞かない。ニューヨークに誰かいるのだろうか。ひょっとしたら映画スター？　それともこの町の誰かを誘うのだろうか。もう誰かの心を射止め、それを内緒にしているだけなのだろうか。もしかしたらその相手が、新聞の芸能欄を騒がすことになるのだろうか。

一方ハリーはというと、マーサズ・ヴィニヤード島のことなど頭になかった。七月二十一日月曜日の朝、ハリーは家で、別のことで気をもんでいた。自分とノラのことを知ったのは誰かという問題だ。洗面所まであとをつけてきて、鏡にあのひどい落書きを書いたのは誰なのか。あれは口紅だった。ということは女性だろう。でもどの女性？　だがいらいらするばかりで推理が働かない。ハリーは心を静めようとして書斎の机に向かい、原稿を整理しはじめた。するとー枚足りないことに気づいた。忘れもしない、ノラが自殺しようとした日に彼女について書いた一枚だ。確かにこの机に置いた。内容もよく覚えている。一週間ほど整理していないので、机の上には紙が乱雑に積み上げられている。だが番号だけは忘れずに振ってきたし、それもあとで整理しやすいように時系列で振っているので、間違えることはない。ハリーはもう一度すべて整理し直し、念のためにかばんのなかも見てみたが、見つからなかった。どう考えてもおかしい。ハリーは心を静めるどころかますます不安になってきた。そのうちにふと、誰かが家に忍び込んだのではないかと思った。そしてその人物があの落書きを残したのではないか。そう思ったら胃がきりきりして、また気分が悪くなった。

その日の夕方、ようやくシャーロットヒルの療養施設を出たノラが、その足でグースコーブにやって来た。ハリーが例のブリキの缶を手に、浜辺でカモメに餌をやろうとしているところへ走ってきた。ノラはハリーの首に飛びつき、ハリーはノラを高く抱き上げた。

「ハリー、ハリー！　ああ、ここに戻ってこられてうれしいわ！」

ハリーは力いっぱいノラを抱きしめた。

「ノラ、会いたかった……」

「元気だった？　ナンシーからあなたが福引で一等賞を当てたって聞いたわ」

「そのとおり。一等賞がなにか知ってるか？」

「マーサズ・ヴィニヤード島へのペア旅行！　で、それいつなの？」

「自由に選べるんだ。ホテルに電話して予約すればいいらしい」

「連れてってくれる？　ねえ、ハリー、お願いよ。マーサズ・ヴィニヤード島ならこそこそ隠れる必要もないし」

ハリーはそれには答えず、ノラを連れて砂浜を歩きはじめた。ノラは寄せる波が砂のなかに消えていくのを見ながらこう言った。

「波はどこから来るの？」

「遠くからだ」ハリーは答えた。「遠くからはるばるアメリカ大陸の海岸を見にやって来て、ここで死ぬ」

ハリーは歩きながらノラを見つめていたが、そのうち腹が立ってきて、ノラの顔を両手でつかんで大声を出した。

「おい、なぜ死のうなんて思った！」

「死のうなんて思う人はいないわよ」ノラが言った。「もう生きられないと思うだけ」

「あの日を忘れちゃいないだろうな。高校で演し物があったあとここへ来て、自分がいるから心配いらないと言っただろう？　きみが死んだら、ぼくはどうなる？」

「そうね……ごめんなさい」

ノラは立ち止まり、その場でひざまずいた。この浜辺は二人が出会い、ひと目で惹かれ合った場所だ。そこにひざまずいて、ノラが真剣な声で言った。

「お願い、わたしを連れてって。マーサズ・ヴィニヤード島に連れてって。二人で行くのよ。そしてずっと愛し合うの」

ハリーはその瞬間、ノラが生きているという幸せにわれを忘れ、連れていくと約束した。だが、すぐに後悔した。ノラが歩いて家に帰っていくのを見届けると、われに返り、やはりそういうわけにはいかないと思った。すでに誰かが二人のことを知っている。こんなとき一緒に町を空ければ、二人の関係は町じゅうに知れわたってしまう。警察沙汰になってもおかしくない。ノラを連れていくことはできない。だからノラがまた頼んだら、日にちを先送りしようとハリーは思った。そうだ、やみくもに駄目だと言ってもノラは納得しないから、先送りすればいい。必要ならばいつまでも……。


その翌日、ハリーは久しぶりに《クラークス》に行った。いつものようにジェニーが店に出ていて、ハリーに気づくと顔を輝かせ、いきなりこう訊いてきた。

「ハリー、マーサズ・ヴィニヤード島には誰と行くの?」

「わからない」とハリーは答えた。「一人で行くかもしれない。向こうで仕事をするのもいいと思ってね」

ジェニーは顔を曇らせた。

ジェニーは一瞬、ハリーが自分のところへ戻ってきたのかと期待したのだ。ダンスパーティーにトラヴィスと行ったから、それを見て嫉妬したのかもしれないと。それなのに……。マーサズ・ヴィニヤード島に誘ってくれないということは、やはりハリーは自分を愛していないのだろう。そうは思いながらも、ジェニーは希望をつなごうとしてこう言った。

「あんなすてきなところへ一人で？　もったいないわ」

そしてハリーが、「きみの言うとおりだな。一緒に行って、並んで夕日を眺めよう」と言ってくれるのではないかと息を止めて待った。だがハリーは「コーヒーを」と言っただけだった。

ジェニーはうつむき、ウェイトレスとして客の命令に従った。

ハリーはいつもの十七番テーブルに向かった。するとそこへ、奥の事務室からタマラ・クインが出てきた。そしてつかつかとハリーに歩み寄ると、あいさつもせず、憤懣やるかたないという顔で言った。

「今帳簿を見直してたんですけどね、クバートさん、もうこれ以上つけは利きませんよ」

ハリーは驚いた。だが騒ぎにはしたくなかったので、おとなしくこう答えた。

「わかりました。先日の日曜日は、ご招待いただいていたのに伺えず失礼しました。実は……」

「言い訳なんかけっこうよ。届いた花はごみ箱に捨てました。今週末までに耳をそろえて払ってくださいな」

「もちろんです。請求書をいただければ必ずお支払いします」

タマラは詳細を書きつけた請求書を持ってきた。それを見てハリーは一瞬息を止めた。五百ドルを超えていたのだ。われながら気前よく使ったものだ。軽い食事と飲み物に五百ドル。ただノラに会いたいばかりに五百ドル使ってしまった。ハリーは半ば呆然としたままコーヒーを飲み、早々に店を出た。


だが支払いはそれだけではなかった。前からわかっていたことだが、もっと大きな支払いが待っていた。翌朝、不動産屋から手紙が届いた。グースコーブの家賃は半分を、つまり七月末までの分を払ってあったが、予定どおり九月末まで借りるには残りの半分を払わなければならない。手紙はその残りの千ドルをお支払いいただきたいという内容だった。だがハリーにそんな大金はない。千ドルどころか、《クラークス》のつけを払ったらもうたいした金額は残らない。つまり、もうこの家にはいられない。ハリーはこれまでごまかしつづけてきた現実を目の前に突きつけられ、途方に暮れた。イライジャ・スターンに電話して、もう少しいさせてもらえませんかと頼んでみようかとも思った。だが、そんなことをしてなんになるだろう。大傑作を書くつもりが、まだ小説らしいものはなにも書けていない。結局のところ、自分はペテン師以外の何者でもないということだ。

ハリーは考えに考えた。そしてこれ以外に道はないと心を決め、マーサズ・ヴィニヤード島のホテルに電話した。ハリーが考えた計画はこうだ。この家をあきらめる。下手な芝居にはこれで幕を引く。最後にノラとマーサズ・ヴィニヤード島で一週間過ごし、そのあとで自分は姿を消す。それしかないと思った。そう、最後に一週間だけノラと生きる。それから自分はこの町を出る。ホテルの予約係によれば、直近で一週間の滞在が可能なのは七月二十八日から八月三日までだった。

予約をすませると、ハリーは続いて不動産屋に電話した。そして、やむをえない事情でニューヨークに戻ることになったので、八月一日以降の賃貸を解約したいと申し出た。さらに交渉して、引っ越しの都合があるから、八月四日の月曜日まで特別に家を使わせてもらえないかと頼み込んだ。その日にニューヨークへ戻る途中でボストンに寄り、直接店に鍵を返しに行くからと。電話をしながら、もう涙がこみ上げてきて鼻声になった。大作家ハリー・クバートの冒険がこんなみじめな結末を迎えることになるとは思ってもみなかった。三行も書けずに大傑作が幻になるとは情けないにもほどがある。ハリーは泣き崩れそうだった。だがそれを、言葉にしがみついて話しつづけることで堪えた。「ありがとうございます。助かります。では、八月四日の月曜日に鍵をそちらに直接届けます。ええ、そうです、ニューヨークに戻る途中で寄ります」そして受話器を置いたとき、不意に後ろで声がした。「出ていくの?」喉に詰まったような声だった。ノラがいつの間にか入ってきて電話を聞いていたのだ。そして目に涙をためて繰り返した。

「ハリー、出ていくの?　どうして?」

「実は……困ったことになってね」

　ノラが駆け寄ってきた。

「困ったこと？　どんなこと？　出ていっちゃ駄目よ！　出ていったら死ぬから！」

「そんなこと言うんじゃない！」

　ノラは膝をついてすがるように言った。

「行かないで！　あなたがいなくなったら、わたし抜け殻になっちゃう！」

　ハリーもノラの前に膝をついた。

「言わなきゃならないことがある……。最初から全部嘘だったんだ。ぼくは有名な作家なんかじゃない……。嘘なんだ、全部嘘だったんだ！　自分のことも、仕事のことも。もう金も底をついた。なにもない。家賃も払えないし、オーロラにはいられない」

「だったら、なにか方法を探すのよ。あなたは必ず有名な作家になれるわ。そしたらお金持ちにもなれるでしょ？　最初の本だって素晴らしかったし、今書いてる本だってきっと成功する。絶対成功するわよ！　わたしの目に狂いはないの！」

「いや、今書いているのは呪われた文章だ。恐ろしい言葉でしかない」

「恐ろしい言葉って、なに？」

「きみについて書いてはならないことを書いた。でも、それこそがぼくの感じたことだから」

「なにを感じたの？」

「愛。あふれんばかりの愛だ」

「だったらそれを美しい言葉にすればいいじゃない！　仕事をするのよ！　美しい言葉を書く

のよ！」

　そう言うとノラはハリーの手を取った。ハリーはそのままテラスまでノラに引っ張られていき、テーブルの前に座らされた。ノラが紙とペンを持ってきた。創作ノートも忘れずに。それからコーヒーを運んできた。続いて居間からオペラが聞こえてきた。ハリーは音楽があったほうが集中できるのだが、そのことをノラは知っていたのだ。ハリーはもうなにもかもどうでもよくなっていたので、あえてノラに逆らわず、心を静めてみた。そしてまたゼロから書きはじめた。すると言葉が湧いてきた。文章が自然に流れ、それがペンの先からほとばしり出てきて紙の上を躍った。自分とノラが大人同士の恋愛だったらという想定の愛の物語だ。オーロラに来てから初めて、自分の小説が生まれそうだという予感がした。

　あっという間に二時間が経ち、ふと紙から目を上げると、ノラがいた。邪魔にならないように少し引っ込んだところで籐の肘掛け椅子に座り、まどろんでいた。テラスには太陽が降り注ぎ、ひどく暑かった。そしてその瞬間、ハリーは海辺のこの家で、ノラのそばで、今こうして小説を書いている自分はこの上なく素晴らしい人生を歩んでいると感じた。これまで絶望的だと感じていたことも、実はそうでもないように思えてきた。オーロラを出ていくとしても、それで人生が終わるわけではない。ニューヨークに戻って小説を完成させ、大作家になり、そこでノラを待てばいいのだ。よく考えてみたら、この町を出ていくからといってノラを失うわけでもない。むしろその逆だ。高校を卒業したら、ノラがニューヨークの大学に進学することだって考えられる。そうしたらまた一緒にいられる。それまでは手紙をやり取りし、休日に会えばいい。時はあっという間に過ぎ、数年後には二人の愛になんの障害もなくなる。ハリーはそっとノラを起こした。ノラは微笑み、伸びをした。


「進んだの？」

「かなりはかどった」

「よかった。読んでもいい？」

「もう少し進んだら見せるよ。約束する」

カモメたちが波の上を舞っていた。

「カモメを入れて。小説のなかにカモメも入れてね」

「どのページにも入れるぞ。ところで、思い切ってマーサズ・ヴィニヤード島に行くっていうのはどうだい？　来週空いている部屋があるそうだ」

ノラはこれ以上ないという笑顔を見せた。

「行きましょう！　一緒に」

「ご両親にはなんと言う？」

「そんなこと心配しないで。あなたは小説を書くことと、わたしを愛することだけに集中して。それで、ここに残ってくれるのね？」

「いや、家賃が払えないから月末には出なくちゃいけない」

「月末って、今のことじゃない」

「そうだ」

たちまちノラの目がうるんだ。

「行かないで！」

「ニューヨークは遠くない。会いに来ればいい。手紙も書くし、電話もする。ニューヨークの大学に進学すればいいじゃないか。行ってみたいと言ってただろう？」

「大学なんて三年も先の話よ。三年もあなたなしで生きられない。耐えられないわ」

「心配するな。あっという間だ。特に愛し合う者にとってはね」

「駄目よ。マーサズ・ヴィニヤード島が最後だなんて、いや！」

「ノラ、金がないんだ。もうここにはいられないんだよ」

「だったらなにか方法を見つけましょう。わたしを愛してる？」

「ああ」

「愛し合っているなら、きっと解決策が見つかるわ。恋人たちはいつだってもっと愛し合うための方法を見つけるものよ。少なくとも考えてみるって約束して」

「ああ……わかった」

そうは言ったものの、解決策などないとわかっていたので、ハリーは改めて当初の安易な計画を恥じた。自分を過信し、現実を甘く見ていた。たったひと夏で大傑作が書けるなどとなぜ思えたのだろう？　だが今さらどうしようもない。一週間の旅行から戻ったら現実と向き合わなければならない。

その後、ハリーもノラもあえて家賃問題を口にすることなく、やがてマーサズ・ヴィニヤード島に出かける日を迎えた。一九七五年七月二十八日の月曜日、朝四時、二人はマリーナの駐車場で落ち合い、すぐに出発した。そのとき、駐車場の脇の暗闇に身をひそめ、二人が車で走り去るのを見ている人影があったことに、どちらも気づかなかった。オーロラの町はまだ眠っていた。

二人はまずボストンまで車を飛ばし、そこで朝食をとった。それからファルマスまで行き、そこからフェリーに乗り、マーサズ・ヴィニヤード島に午前中に着いた。そしてその日から、二人は海辺の高級ホテルで夢のような毎日を過ごした。泳ぎ、散歩し、ホテルの広いレストランで向き合って食事を楽しむ。二人でいても誰からも見咎められることはない。この島では自由に呼吸することができた。

*

二人が浜辺で写真を撮ったのは、マーサズ・ヴィニヤード島に来てから四日目のことだった。二人だけの秘密の入り江で熱い砂の上に寝そべり、幸せに浸った。ノラはカメラで戯れ、ハリーは小説のことを考えた。

だがその頃、オーロラではケラーガン牧師が不安にさいなまれていた。ノラはハリーに、両親には友達の家に泊まると言ってきたと告げたが、それは嘘だった。実はなにも言わずに出てきたのだ。いろいろ考えてはみたものの、一週間も家を空けられるような言い訳は思いつかなかった。そこであきらめ、出発の日の明け方、自分の部屋の窓からこっそり抜け出した。夜が明けてから、ケラーガン牧師は娘がいないことに気づいた。だが警察には届け出なかった。先日の自殺未遂が町じゅうに知れわたって大騒ぎになったので、そこへさらに家出となればなにを言われるかわからない。だから、せめて神が一週間と定められた七日間だけは自分で探そうと思った。牧師は毎日車を走らせ、オーロラ周辺をくまなく回って娘を探した。

ハリーとノラがマーサズ・ヴィニヤード島から戻ったのは一九七五年八月三日の日曜日のことだった。途中、マサチューセッツ州からニューハンプシャー州に入ったところでノラが泣きだした。そして、あなたなしでは生きていけない、行かないでほしい、生涯にただ一度の恋なのだからと懇願し、「ハリー、わたしをここに残して行かないで」と何度も繰り返した。それに、せっかく書けるようになったのに、自分から離れたらまた霊感が失われるかもしれないとも言った。「あなたのお世話をさせて。そしたら小説に集中できるでしょう？　傑作が出来上がりそうなのに、途中でやめるなんて駄目よ」その点はノラの言うとおりだった。ノラはハリーに霊感を与えてくれる女神ミューズであり、ノラのおかげで書けるようになったのだから。だが、ハリーにとってはなにもかも手遅れだった。家賃が払えない以上、出ていくしかない。

ハリーはケラーガン家の数ブロック手前でノラを降ろした。そしてこれを最後としっかり抱きしめた。ノラは涙で頬を濡らしながら、ハリーを行かせまいとするかのようにしがみついた。

「明日の朝まだグースコーブにいるって言って！」

「ノラ、ぼくは……」

「焼き立てのブリオッシュを持っていくから。コーヒーもいれるから。全部するから。わたしはあなたの奥さんになるのよ。そしてあなたは大作家になるの。だから誓って、明日もまだいるって……」

「ああ、いるよ」

ノラは笑った。

「ほんとね？」

「ああ、いる。約束する」

「約束じゃ駄目よ、ハリー。誓って。わたしたちの愛にかけて、わたしを置いていかないと誓って」

「誓うよ」

ハリーは嘘をついた。そうするしかなかった。そしてノラが通りの角を曲がって姿を消すと、すぐさまグースコーブに向かった。ノラが今晩また様子を見にくるかもしれないから、その前に出ていかなければならない。今日のうちにボストンまで戻ろう。家に戻ると、ハリーは手早く荷物をまとめた。そしてスーツケースを車のトランクに入れ、残りの荷物を後部座席に投げ込んだ。鎧戸《よろいど》を閉めてまわり、ガスと水道の元栓を締め、電気のブレーカーを落とした。さあ、逃げるんだ。愛から逃げる。

ノラにひと言だけ残したかった。〈いとしいノラ、行かなければならない。手紙を書くよ。

永遠に愛している〉と紙に走り書きし、それを扉の枠に差し込んだが、誰かに見られたらと怖くなり、引き抜いた。なにも残さないほうが安全だ。ハリーは玄関に鍵をかけ、車に乗り、エンジンをかけた。そして逃げ出した。さらばグースコーブ。さらばニューハンプシャー。さらばノラ！

これでもう、すべておしまいだ。

17　オーロラ脱出計画

「文章を書くにも、ボクシングの試合のように準備が必要だぞ。試合前の数日は練習を七〇パーセント程度に抑えて闘志を溜め込み、それがちょうど試合で爆発するようにもっていくだろう?」

「それを書くことに置き換えると?」

「アイディアが浮かんでもすぐ形にしないことだ。そのまま形にすると、きみが校内誌に載せていたような読むに堪えない作品になってしまう。アイディアはいったん頭の奥にしまって熟すのを待つ。すぐにでも使いたいだろうが、それをこらえ、時が熟すまで大きく育てること……これは何条になるかな?」

「十八条です」

「いや、十七条だ」

「なんだ、わかってるなら訊かないでくださいよ」

「きみがちゃんと覚えているかどうか確かめるためさ」

「じゃあ、ハリー、第十七条の心得は、つまりアイディアを……」

「……ただの思いつきではなく、ひらめきに育てること」

二〇〇八年七月一日火曜日。拘置所の面会室で、ハリーは一九七五年八月三日の晩の話をし、ぼくは夢中になって耳を傾けていた。三日の晩、ハリーはオーロラから引き揚げるためにグースコーブをあとにし、国道一号線に出た。するとそこですれ違った車がすぐにUターンして追いかけてきたという。

＊

一九七五年八月三日日曜日の晩

ハリーは一瞬パトカーかと思った。だがランプも見えないしサイレンも聞こえない。その車はぴたりと後ろにつき、執拗にクラクションを鳴らした。ハリーはわけがわからず、ひょっとしたら強盗かもしれないと思い、怖くなってアクセルを目いっぱい踏み込んだ。だが後ろの車は軽くモンテカルロを追い抜いて、行く手をふさいでしまった。ハリーは仕方なく減速して路肩にとめた。こうなると腹が立ち、殴ってやろうと運転席から飛び出した。すると前の車からも運転手が降りてきたのだが、なんとそれはスターンの運転手のルーサー・ケイレブだった。

「なんのつもりだ！」ハリーはどなった。

「すみません」ルーサーはゆがんだ顎を懸命に動かして話した。「驚かすつもりじゃなかった。

スターンさんが、あなたに会いたいと、探してます」

「なんの用だ?」

ハリーはアドレナリンが出すぎて震えが止まらなかった。

「知りません」ルーサーは言った。「でも、大事なことだと。家で待ってます」

ルーサーがどうしてもと言うので、ハリーはしぶしぶ彼の車についてコンコードに向かった。

夜も更《ふ》けてきた。イライジャ・スターンの大邸宅に着くと、ルーサーが無言のままハリーを広いテラスへ案内した。すると部屋着姿のイライジャ・スターンがテーブルの前に座っていて、ハリーを見るなりほっとしたような顔で立ち上がった。

「やれやれ、もう会えないかと思ったよ! こんな時間に呼び立てて申し訳ない。電話をかけ、手紙を送り、ルーサーを毎日やったんだが、見つからないので困っていたところだ。いったいどこに隠れていたんだ?」

「町を出ていました。それで、それほど大事な要件とは?」

「すべて了解している、すべて。隠し通すつもりだったのか?」

ハリーはたじろいだ。ノラのことを知られたと思った。

「なんのことでしょう」時間稼ぎに言ってみた。

「無論グースコーブの家のことさ。金の問題で家を出るなんて、なぜひと言相談してくれなかったんだ? ボストンの不動産屋から明日には鍵を返しに来ると聞いて、あわてたよ。正直なところ、こちらは家賃など必要ないし、むしろきみを応援したい。小説が仕上がるまでグースコーブにとどまってくれないか。先日も言ったように、芸術や文化には特別の思い入れがあるのでね、傑作がこの世に生まれ出るのを支援できるなんて、これに勝る喜びはないんだよ。不動産屋とはもう話をつけたから、ぜひ受けてほしい」

ハリーは安堵のため息をつき、急に力が抜けて椅子に座り込んだ。もちろんスターンの申し出はありがたく受けた。グースコーブにあと数か月滞在して、ノラの助けも借りて小説を書き上げる。家賃を払わなくていいのならどうにかやっていける。ハリーはそのまましばらくテラスに残り、スターンの文学談義につき合った。だがそれは支援者に対する礼儀としてで、本当はオーロラに飛んで帰って解決策が見つかったとノラに伝えたかった。それに、もしかしたらノラがもうグースコーブにやって来ているかもしれない。鍵がかかっているのを見たらどう思うだろう？　彼女を残して自分が出ていったと思うのではないか？　そう思うと気が気ではなかった。

*

ようやくいとまを告げると、ハリーはグースコーブまでフルスピードで車を飛ばした。そして鍵を開け、鎧戸を開け、水もガスも電気も元に戻し、荷物をまた家に入れ、一度家を出たという痕跡をすべて消した。ノラに気づかれないようにするために。そう、ノラこそわがミューズ。ノラがいなければ自分はなにもできない。だからその意味でも、スターンは自分を救ってくれたことになるとハリーは思った。

「そんなわけで」とハリーは続けた。「グースコーブに残って本を書きつづけられることになった。それから三週間ひたすら書いたよ。狂ったように書きまくった。昼も夜もなく、寝食を忘れて書きつづけた。そのうち目が痛くなり、手首が痛くなり、頭が痛くなり、とうとう体じゅうが痛くなったがそれでも書きつづけた。その三週間、ノラがずっとわたしの面倒を見てくれた。様子を見にやって来て、食事を作り、少し眠りなさいと言い、言葉が出てこなくなると散歩に連れ出してくれた。ノラは出しゃばらず、まるでいないかのようでありながら、どこにでもいた。レミントンの小型のタイプライターを持ってきて、原稿のタイプ打ちまでしてくれたんだ。そして打ち上げた原稿を黙って家に持ち帰り、読み直すこともあった。そんなときは翌朝、感想を聞かせてくれる。よく褒めてくれたよ。素晴らしい文章だとか、こんなすてきな言葉は初めてだとか言って、あの愛に満ちた大きな瞳でわたしを勇気づけてくれた」

「それで、家のことは彼女にはなんと？」ぼくは訊いた。

「銀行とうまく話がついたので、出ていかなくてもすむようになったと言っておいた。家のことはスターンのおかげだが、本を書きつづけられたのはノラのおかげだ。わたしはもう、早朝のランニングを除いてオーロラの町に出ることはなくなり、《クラークス》にも行かなくなった。ノラが全部やってくれたからね。買い物は時々二人で遠くのスーパーに出かけた。必要なものがわかっていないから、一人で行っちゃ駄目だとノラに言われた。それに、ちゃんとした食事をせずにチョコバーかなにかでごまかすと怒られたよ。あのノラの怒り。愛に満ちた怒り……。こんなふうに怒る人がずっとそばにいてくれたらどんなにいいだろうと思った」

「じゃあ、『悪の起源』をたった数週間で書いたというのは本当だったんですね？」

「ああ。あんなふうに創造の熱に浮かされて書いたのはあれ一度きりだ。あれはなんだったのか。愛に突き動かされたんだろうか。おそらくそうだろう。だからノラがいなくなったとき、わたしの才能の一部も一緒に消えてしまったのだと思っている。もうわかっただろう？　きみが書けないと焦っていたときに、誰でもそうだから心配するなと言ったわけが」

刑務官がそろそろ面会時間が終わると告げた。

「つまり、ノラは原稿をよく持ち出していたんですね？」ぼくは急いで大事なポイントを確認した。

「自分がタイプしたところを持ち帰っていた。そして家で読み直して、翌朝意見をくれるんだ。マーカス、わたしにとってあの八月は天国だったよ。信じられないくらい幸せだった。わたしだけじゃない。二人ともだ。だがそれでも、誰かが二人の関係を知っているという事実を忘れてはいなかった。鏡にあの言葉を書いた誰かが森からわたしたちを見張っているような気がした。それがいつも頭の片隅にあって、不安だったよ」

「逃げることにしたのはそれが理由ですか？　八月三十日の計画のことです」

「いや違う。それには別の理由があって、それがまたとんでもない話なんだ。録音しているのか？」

「はい」

「大事な話をするよ。わかってもらうためにね。だがこの件はきみ以外の人間には知られたくない」

「わかりました」

「マーサズ・ヴィニヤード島に行ったとき、友人の家に泊まると言ってきたとノラから聞いていたが、それは嘘だった。ノラはなにも言わずに家を空けたんだ。翌日の四日に会ったときにそれがわかった。その日、ノラがひどくふさぎ込んでいたのでわけを訊くと、また母親に打たれたと言った。確かに体に傷があったよ。ノラは泣きながら話した。それによると、母親はほんのちょっとしたことでも体罰を加えるらしい。それも、鉄の定規で打ったり、水に沈めることもあると言うんだよ。たらいに水を張って、ノラの頭を水のなかに突っ込むんだ。そして母親は、それをノラの魂を解放するためだと説明していると」

「魂を解放する?」

「悪から解放するためだと言っていたそうだ。一種の洗礼のようなものかもしれない。ヨルダン川でのイエスの洗礼にあやかろうというのだろうか。そんな話はにわかには信じられなかった。そこでさらに問い詰めた。『いったい誰がそんなことをするんだ?――ママ。――それで、お父さんは止めないのか?――パパはガレージにこもって大きな音で音楽をかけるの。ママがわたしを罰するときはいつもそう。体罰の音を聞きたくないからよ』驚いたよ。そして、ノラはもう耐えられないところまできていた。限界だったんだ。わたしは両親と話をしようと思った。そんな体罰を見過ごすことはできないからね。だが、ノラにそれだけはやめてくれと泣きつかれた。そんなことをしたら両親がわたしを町から追い出し、二人は二度と会えなくなると言うんだ。だからといってこのまま放っておくわけにはいかない。その後も同じようなことが何度かあり、それでとうとう、八月半ば過ぎだったと思うが、覚悟を決めた。一緒に逃げるしかないと。もちろん誰にも知られないように。出発は八月三十日と決めた。バーモント州を抜けてカナダまで車で行く。さらにブリティッシュコロンビアにでも行って、ログハウスを見つけて住む。湖畔で暮らすんだ。誰にも見つからないようにひっそりと」

「それが駆け落ちの理由だったんですね」

「そうだ」

「でも、なぜそのことを秘密にしなきゃならないんですか?」

「この話にはまだ続きがあるからだ。そのすぐあとで、わたしはノラの母親についてとんでもないことを知ったんだよ……」

だがそこで刑務官に止められてしまった。面会時間は終わりだった。

「次のときに話そう」ハリーは立ち上がりながら言った。「それまで、とにかく誰にも言わないでくれ」

「わかりました。一つだけ教えてください。もし逃げていたら、あの本はどうなってました?」

「わたしは亡命作家になっていただろうな。あるいは、まったく違う仕事に就いたかもしれない。だがあのとき、そんなことはもうどうでもよかった。ノラを守ることだけを考えた。ノラがわたしの世界だったから、それ以外のことはどうでもよかったんだ」

ぼくは衝撃を受けていた。ハリーは三十三年前に、生涯一度の恋の相手とカナダに逃げようとしていた。ノラと旅立ち、カナダの湖のほとりでひっそり暮らそうとしていた。ところがその計画の日にノラがいなくなった。そして、もうどうでもいいと思っていた本を出すことになり、それがこの半世紀で最大のベストセラーになったのだ。なんという運命の巡り合わせだろう。

ぼくはその足で再びナンシー・ハッタウェイを訪ねた。そして、彼女の目から見たマーサズ・ヴィニヤード島の話を聞くことができた。といっても、彼女はノラがマーサズ・ヴィニヤード島に行ったことは知らない。話はノラがシャーロットヒルの療養施設から戻ってきた週から始まった。つまりマーサズ・ヴィニヤード島に行く前の週だ。その週、ナンシーはノラと毎日グランドビーチに海水浴に行ったという。ノラはその帰りにナンシーの家に寄り、一緒に夕食をとることもあったそうだ。ところが次の週の月曜日、ナンシーがいつものようにノラを誘いに行くと、ケラーガン牧師が出てきて、娘は具合が悪くて起きられないと言った。

「その週はずっとそうでした」ナンシーは語った。「毎日同じ説明で、『ノラはひどく具合が悪いので、誰にも会えません』と言われるんです。うちの母も心配して訪ねていったんですけど、敷居をまたがせてもらえませんでした。なにかおかしなことが起きているんじゃないかと思って、もう気が気じゃありませんでした。そして、気づいたんです。ノラは家にいないのだと」

「どうしてそう思ったんですか？　本当に病気だったとしてもおかしくないのに……」

「母が気づいたんです。音楽がかかってないって。その週に入ってから一度も音楽がかかっていなかったんです」

ぼくはあえて指摘した。

「でも、病気だったから音楽を控えたとは考えられませんか？」

「ええ、でも音楽がないなんて本当に久しぶりのことでしたから。あの家では、音楽がないほうが異常だったんです。それで、どうしてもはっきりさせたくて、何日目かにこっそり家の裏手に回って、窓越しにノラの部屋をのぞいてみました。そしたら誰もいなくて、ベッドにも乱れはありませんでした。ノラはいなかったんです。確かです。そして日曜日の夜、また音楽が始まりました。あのとんでもない音量がガレージから響いてきたんです。案の定、翌日の月曜日にノラが姿を見せました。これが単なる偶然だと思います？　月曜の夕方、ノラがうちに来て、二人でメインストリートの公園に行きました。そのとき、ノラの背中に新しい傷があるのに気づいて、まず茂みに引っ張っていって、無理やり服の後ろをまくり上げて確かめました。背中が傷だらけでした。それで、なにがあったのか真剣に問い詰めたんです。するとようやくノラが打ち明けてくれました。先週無断で家を空けたのでお仕置きを受けたって。一週間ずっと、かなり年上の男性と一緒にいたのだとも言いました。おそらくスターンでしょう。それが素晴らしい一週間だったので、お仕置きを受けても後悔していないと言っていました」

ノラはスターンではなく、ハリーとマーサズ・ヴィニヤード島にいたのだということを、ぼくはあえて口にしなかった。やはりナンシーはノラとハリーの関係を知らなかったようだ。

「ノラとスターンはなんだか怪しげな関係でした」ナンシーは続けた。「あとから思い返すと余計にそう思います。ルーサー・ケイレブが青いムスタングでオーロラに迎えに来て、ノラをスターンのところに連れていくんです。もちろん誰にも気づかれないようにしていたんでしょうけど、わたしは一度だけこの目で見ました。そのとき、ノラはこう言いました。『お願い、絶対に誰にも言わないで。友情に誓って黙ってて。そうでないと、二人とも困ったことになるの』それでわたしが、『でもノラ、どうしてそんな年の離れた男の人のところに行くの?』と聞くと、『愛のためよ』と答えたんです」

「それはいつからですか?」ぼくは訊いた。

「わかりません。気づいたのはあの夏のことですけど、いつだったか正確には覚えていません。なにしろあの夏はいろんなことがあって。もしかしたらもっと前からだったのかもしれないし。何年も前とか」

「それで、そのことはあとで誰かに話したんですよね? ノラが失踪したときに」

「もちろん! プラット署長に話しました。知っていたことは全部話しましたよ。つまり今あなたにお話ししたことを全部です。そしたら、心配はいらない、このことは警察が調べるからと言われました」

「今の話を法廷で証言していただくことはできますか?」

「ええ、必要なら証言します」

ぼくはもう一度ケラーガン牧師に話を聞こうと思った。だが今度はガロウッドにも立ち会ってもらうべきだと考え、電話をかけて提案した。

「ノラの父親に一緒に話を聞きに行く？　なにか目論見《もくろみ》があるのか？」

「この事件の新たな側面をはっきりさせたいんです。ノラの交際関係と体罰について」

「なんだ？　つまりおれに、少々伺いますが、ひょっとしておたくのお嬢さんは複数の男性と関係をもっていましたかとでも訊けってのか？」

「でも、それでなにかわかるかもしれないし。そもそも、あなたが信じてたことなんて、この一週間で全部吹き飛んじゃったじゃないですか。ノラ・ケラーガンが何者だったのか、あなたにはわかるとでも言うんですか？」

「よし、つき合ってやる。明日オーロラに行く。《クラークス》は知ってるな？」

「当然ですよ。でもなぜ？」

「そこで十時に会おう。理由はそのとき話す」

　翌朝、つまり二〇〇八年七月二日の朝、ぼくは時間より早く《クラークス》に行き、またジェニーから少し話を聞いた。一九七五年の夏のダンスパーティーのことを訊くと、あれは覚えている限り最悪のダンスパーティーだったと話してくれた。なにしろハリーと行くつもりでいたのに、そうはならなかったからだ。さらにショックだったのは、福引でハリーが一等賞を当てたことだった。ジェニーは自分が誘われるだろうと期待した。ハリーが迎えに来てくれて、一週間の愛の旅行に旅立つところを夢に見た。

「期待してたわ。どうしてもわたしを選んでほしかった。だから毎日待ってたのよ。ところが七月末になって、彼が一週間姿を見せなかったの。それで、ああ、マーサズ・ヴィニヤード島に行ったんだなって思ったわ。誰と行ったのかは知らないけど……」

ぼくはジェニーをこれ以上傷つけたくなくて嘘をついた。

「一人でだよ。一人で行ったんだ」

ジェニーはちょっとほっとしたような顔をし、また話を続けた。

「今度の事件で、ハリーがあの本をノラのために書いたってわかってから、もう自分が女じゃないみたいな気分なのよね。ハリーはどうしてノラを選んだのかしら?」

「これぱかりは理屈じゃないからな。あの二人のことは本当に一度も疑わなかった?」

「ハリーとノラ? そんなこと、誰が想像できたと思う?」

「お母さんは? ずっと前から知ってたらしいけど、その話を直接聞かなかったか?」

「いいえ、聞いてないわ。でも、ノラが失踪したあとで、ハリーが怪しいとは言ってたけど。そう言えばこんなことがあったのよ。その頃わたしはトラヴィスとつき合いはじめてて、彼が日曜にちょくちょくうちに来るようになってたんだけど、そのときに母が言ったの。『あの娘《こ》の失踪にはハリーが絡んでるに違いないわよ』って。それでトラヴィスが『でもミセス・クイン、証拠が必要ですよ』って言うと、母が『証拠なら持ってたのよ。はっきりした証拠を。ところがなくなっちゃったの!』って。でもわたしは信じなかった。だって、ほら、母はガーデンパーティーのことでひどくハリーを恨んでたから」

ガロウッドは十時きっかりにやって来た。そして隣に腰をおろすなりこう言った。

「あんたはいいとこを突いてくるな」

「なんのことです？」

「ルーサー・ケイレブのことを調べたよ。簡単じゃなかったが、面白いことがわかったぞ。ケイレブは一九四五年、メイン州ポートランドの生まれだ。どういう理由でこっちに移ってきたのかわからんが、一九七〇年から一九七五年のあいだにコンコードとモンベリーとオーロラの警察のブラックリストに何度か載ってる。女性にちょっかいを出したという通報が何度かあったようだ。通りをうろついて、女性に話しかけたりしたらしい。正式に被害届が出されたこともあるんだ。出したのはジェニー・クイン、つまり現在のこの店の女主人のジェニー・ドーンで、一九七五年八月にストーカー被害の届が出されている。というわけで、ここで待ち合わせることにした」

「ジェニーが被害届を？」

「ジェニー・ドーンを知ってるのか？」

「もちろん」

「じゃあ、ここに呼んでくれ」

ぼくはウェイトレスの一人に声をかけて、厨房に入っていたジェニーを呼んでもらった。ジェニーが出てくると、ガロウッドは自己紹介し、ルーサー・ケイレブについて教えてほしいと言った。するとジェニーは肩をすくめた。

「取り立ててお話しするようなことはありません。優しい人でしたよ。見かけとは違って、とても温和な人です。時々この店にも来てました。そのたびにコーヒーとサンドイッチを出してあげました。お金を受け取ったことはありません。なんだか見るに忍びなくて」

「でも、一度被害届を出していますね」ガロウッドが言った。

ジェニーは驚いた様子だった。

「よくご存じですね、刑事さん。ずいぶん昔のことなのに。あれは、トラヴィスに言われて仕方なく届けたんです。当時、主人はルーサーのことを危険人物だと言っていて、遠ざけたほうがいいからって」

「危険というのは？」

「あの夏、ルーサーはこの町をよくうろついていたんです。それで、たまに執拗な態度を見せることもあって」

「なぜあなたに暴力を？」

「暴力なんて大げさです。ちょっとしつこかっただけで。その、どうしてもって……。おかしな話だと思われるかもしれませんけど……」

「教えてください。細かいことが大事かもしれないんです」

ぼくもジェニーを勇気づけるようにうなずいてみせた。するとジェニーは言った。

「わたしを絵に描きたいと言うんです」

「絵に？」

「ええ。ルーサーは、あなたは美しい、とても素晴らしい、だから絵に描かせてほしいと言ったんです」

「それで、ルーサーはどうなったの？」とぼくは訊いた。

「あるときから姿を見せなくなったのよ。自動車事故で死んだっていううわさもあったわ。トラヴィスに訊いてみて。主人なら知ってるはずよ」

ジェニーが厨房に戻ってから、ガロウッドがルーサー・ケイレブは確かに自動車事故で死んでいると教えてくれた。一九七五年九月二十六日、つまりノラの失踪から四週間ほどあとに、オーロラから二百キロほど離れたマサチューセッツ州サガモアの崖下で車が見つかったそうだ。しかも、ルーサーはポートランドで美術学校に通っていたという。ということは、ノラの絵を描いたのはルーサーだと考えていいのではないか。

「ルーサーはひどく醜かったそうだ」ガロウッドが言った。「ノラに言い寄ろうとしていたんだろうか。それで、サイドクリークの森でノラを追いかけたのか？　そして力余って殺してしまい、死体を近くに隠してからマサチューセッツ方面に逃げた。だが自責の念に駆られ、追い詰められることも覚悟して、断崖の上から車ごと身を投げた。そういうことかもしれん。メイン州のポートランドに妹がいるぞ。何度か電話したんだが、まだつかまらない。またあとでかける」

「でも、警察はなぜ当時、その事故とノラの事件を結びつけなかったんでしょうね」

「ケイレブが容疑者じゃなかったからだろう。当時はノラとケイレブを結びつけるものはなにも見つかっていなかった」

そこでぼくは訊いた。

「スターンにもう一度話を聞きに行けますか？　今度は正式に事情聴取として。あるいは家宅捜索はできませんか？」

ガロウッドは渋い顔をした。

「いや、スターンは近づこうにも壁が厚くてな。まだ手が出せん。もっと明白な証拠が出てこない限り検事の了解は得られない。明白な証拠だよ、文士、証拠がいる」

「絵があるじゃないですか」

「だから、あれは違法だから駄目だって言ったろ？　何度も言わせるな！　それより、ケラーガンからなにを訊き出そうってんだ？」

「いくつかはっきりさせたいことがあるんですよ。あの人と奥さんのことがわかればわかるほど疑問が湧いてきて……」

ぼくはハリーとノラがマーサズ・ヴィニヤード島に行ったこと、ノラが母親から繰り返し体罰を受けていたこと、そのたびに父親がガレージに逃げていたことを話した。ぼくにとってはノラ自身が謎なのだ。ノラは大きな謎に包まれている。快活な少女でありながら、どこか暗いものを抱えていた。喜びにあふれていたと言われながら、自殺を図った。ぼくらは《クラークス》で朝食をすませると、その足でデヴィッド・ケラーガンに会いに行った。

テラス・アベニューのケラーガン家の門は開いていたが、デヴィッドはいないようだった。音楽がかかっていないのがなによりの証拠だ。ぼくらはポーチで待った。すると三十分ほどでデヴィッドが排気音を響かせて戻ってきた。三十三年前から修理してきたというハーレーに乗っていた。ヘルメットもかぶらず、耳にはイヤホンを差していて、それがポータブルCDプレーヤーにつながっている。例によって大音量で音楽をかけているようで、ぼくらを見ると大声であいさつした。それからガレージに入り、レコードプレーヤーのスイッチを入れてからCDプレーヤーのほうを止めた。また音楽が鳴り響いた。

「この音のせいで警察の人が何度も来ましたよ」デヴィッドが言った。「近所の人たちが文句を言っとりましてね。ドーン署長がじきじきに見えて、わたしを説得しようとしたこともあります。『どうしようもありません。音楽は自分への罰ですから』と答えておきました。そしたら署長が、この携帯用のプレーヤーと、わたしがいつも聞いているレコードのCD版を買ってきてくれたんです。これを使えば、いくら音量を上げても近所から苦情は出ませんよと言われました」

「なるほど。それで、あのハーレーは?」ぼくは訊いた。

「ようやく修理が終わりました。見事なもんでしょう?」

あのマシンの修理は娘がいなくなってからずっと続けてきたが、ようやく娘のことがはっきりしたので、修理のほうも仕上げることにしたのだそうだ。

デヴィッドはぼくらをキッチンに案内し、アイスティーを出してくれた。

「刑事さん、娘の遺体はいつ返してもらえますか？」デヴィッドがガロウッドに訊いた。「もう埋葬してやらんと」

「もうすぐですよ。お気持ちはお察しします」

デヴィッドはグラスをもてあそんだ。

「娘はアイスティーが好きでした。特に夏の晩には大きな瓶にたっぷり入れて、それを持って二人で浜辺に行って飲んだもんです。カモメがたくさん空を舞っていました。娘はカモメも好きでした。とても好きでしたよ。ご存じでしたか？」

ぼくはうなずき、それから言った。

「ケラーガンさん、この事件にはまだ謎が残っています。今日こちらに伺ったのはそのためです」

「謎？　そりゃそうでしょう……。娘は殺されて、庭に埋められたんだから、それ自体が謎ですよ。なにか新しいことがわかりましたか？」

「イライジャ・スターンという人物をご存じですか？」ガロウッドが訊いた。

「あの金持ちの？　個人的には知りませんが、この町で何度か見かけたことはありますよ。もうずいぶん前のことです」

「ではその腹心の部下はどうです？　ルーサー・ケイレブという」

「ルーサー・ケイレブ……。聞いたことがないな。いや、忘れたのかもしれませんが。あまりにも時が経って、もう記憶が薄れはじめているんですよ。それで、その人たちがどうしました？」

「どうやら、ノラと関係があったらしいのです」

「関係があった？」デヴィッドは敏感に反応した。「警察用語で〝関係〟とはなんのことでしょう」

「ノラはスターン氏と交際していたようです。いきなりこんなことを申し上げて恐縮ですが」

デヴィッドの顔がみるみる赤くなった。

「ノラが？　なにが言いたいんです？　うちの娘が身を持ち崩していたとでも？　娘はあのハリー・クバートとかいう異常犯罪者の犠牲者ですよ。そいつを処罰するのがあなたたちの仕事でしょう。それを……こんなところまで死者を冒瀆しに来るなんてもってのほかだ！　もうここまでです。お引き取りください」

ガロウッドはすなおに立ち上がったが、ぼくはどうしても訊いておきたくて、思い切って口にした。

「奥さんはノラを虐待していましたね？」

「なんですと……」ケラーガンは言葉を喉に詰まらせた。

「あなたの奥さんです。ノラに体罰を加えていましたね？」

「いったいなんの話です？　冗談にもほどがある！」

ぼくは容赦なく続けた。

「一九七五年の七月末にノラは無断で家を空けた。でもあなたは誰にも言わなかった。そうですね？　なぜです？　恥だと思ったからですか？　一九七五年七月末にノラがいなくなったとき、なぜ警察に届けなかったんですか？」

するとデヴィッドは言い訳しようとした。

「それは戻ってくると思ったからで……。現に一週間後に娘は戻ってきましたよ」

「一週間！　一週間も待ったんですか？　でも、八月末にノラが失踪したときは、いないと気づいてから一時間で通報されました。なぜです？」

デヴィッドはとうとうどなりはじめた。

「そりゃあの晩は、娘を探しに出たら、サイドクリーク・レーンで血だらけの少女が目撃されたと聞いて、それで心配になったからだ！　おい、あんた、いったいどうしろと言うんだ？　わたしにはもう家族もいない、なにもない。それなのに、こんな傷口に塩を塗るようなことを言いにきて。出てってくれ！　出ていけ！」

だがぼくは引かなかった。

「ケラーガンさん、アラバマでなにがあったんですか？　なぜオーロラに来たんですか？　そして一九七五年に、ここでなにが起きていたんですか？　答えてくださいよ！　答えろ！　娘のためにも答えるべきだ！」

するとデヴィッドは顔を真っ赤にして立ち上がり、いきなり飛びかかってきた。そして信じられないほどの力でぼくの襟首をつかんで持ち上げ、「出ていけと言ってるだろ！」と叫びながらぐいぐい押した。ぼくは倒れそうになったが、危ういところでガロウッドに助けられ、外に連れ出された。

「あんた正気か？」車に戻ったところでガロウッドがどなった。「それとも生まれつきのアホか？　こんなやり方じゃ証人に全部背を向けられちまうぞ」

「やっぱり変ですよ……」

「なにがだ？　娘を娼婦呼ばわりされたから怒った。当然のことだろ？　それにしてもあのご老体、すごい力だったな。驚いたよ」

「すみません。どういうわけかこっちもかっとなって」

「ところで、アラバマの話ってのはなんなんだ」ガロウッドが訊いた。

「前にも言ったじゃないですか。ケラーガン一家はアラバマを出てここに来たんです。それにはなにかわけがあるらしいって」

「おっと、そうだった。そいつはおれが調べてやる。ただし、あんたがこれ以上馬鹿な真似をしないと誓えばだ」

「この様子ならなんとかなりますよね？　つまり、ハリーの無実を証明できますよね？」

ガロウッドはぼくをじっと見た。

「気になるのはむしろ、文士、あんただね。おれはこれが仕事だ。だがあんたは、ただもうクバートの無実を証明しなきゃならんという強迫観念に取り憑かれてる。国じゅうの人間を説得しなきゃならんと思い込んでる。だが、クバートが責められてるのは十五歳の小娘と恋愛関係にあったからでもあるんだぞ」

「わかってますよ！　ぼくだってずっとそのことで悩んでるんだから！」

「そんならすなおにそう認めりゃいいだろ？」

「事件のあとすぐ飛んできたときは、はっきり言ってなにも考えてませんでした。とにかくハリーのことが心配で駆けつけただけです。だから、普通なら、ここに二、三日いて良心を満足させたら、さっさとニューヨークへ帰ったと思います」

「じゃあ、なんでまだここにいて、おれの邪魔してんだ？」

「ハリーしか友人がいないから。ハリーはぼくにすべてを教えてくれた人で、しかもこの十年間、唯一の友でした。彼以外には誰もいないんですよ」

これを聞いてガロウッドは同情したとみえて、自宅に招いてくれた。「今晩うちに来い。捜査のポイントを整理するんだ。ついでに晩飯も食っていいぞ。うちのやつにも会ってやってくれ」だが、優しさなど見せるのは気色悪いと思ったのか、例の皮肉な調子でつけ加えた。「要するに、うちのやつが喜ぶからだ。家に連れてこいとうるさくてかなわん」

*

ガロウッドはコンコード東部の住宅街にこぎれいな家を構えていた。奥さんのヘレンはエレガントで、とても感じがよくて――つまりなにもかも夫の正反対で――うれしそうにぼくを迎えてくれた。「あなたの本の大ファンなんです。ところで、本当にペリーと捜査をしてらっしゃるの？」するとガロウッドが、こいつは捜査なんかしてない、してるのはおれだ、こいつはただ突然現われて、おれの邪魔をしてるだけだとぼやいた。それから元気いっぱいの二人の娘が出てきてはにかみながらあいさつし、また部屋に戻っていった。なかなかしつけが行き届いているようだ。ぼくはガロウッドに言った。

「どうやら、この家でぼくのことが嫌いなのはあなただけみたいですね」

ガロウッドは笑った。

「減らず口だな。まあ、外で冷たいビールでも飲もうや。天気がいいからな」

それから二人でテラスに出て、座り心地のいい籐椅子に落ち着き、アイスボックスの中身を空にしながら長いことのんびりした。ガロウッドはスーツのままだったが、履き古したスリッパを引っかけていた。この日は夕方になっても気温が下がらず、通りからは近所の子供たちが遊ぶ声が聞こえてきていた。夏のにおいがした。

「いいご家族ですね」ぼくが言った。

「どうも。で、あんたは？　ニューヨークに家族が？」

「いえ、いません」

「じゃ犬は？」

「いません」

「犬も飼ってないのか？　そりゃ寂しいな……。当ててやろうか。あんたはニューヨークのしゃれた地区の、一人にゃとうてい広すぎるマンションに住んでる。だだっ広くて、いつもがらんとしてるマンションだ」

否定のしようもなかった。

「それでもこの前までは」とぼくは言った。「エージェントが野球の中継を見にうちに来てましたよ。一緒にナチョスを作ったりして、二人でわいわいやってたんです。でも今回のことがあって、もうあいつもぼくに愛想を尽かしたかもしれない。ここ二週間なんの音沙汰もないし」

「怖いんだな。だろ？」

「ええ。でも最悪なのは、なにが怖いのかわからないってことです。今この事件のことを本に書こうとしていて、書ければ百万ドルは稼げそうです。けっこう売れるだろうと思います。でも実のところぼくは幸せじゃない。どうすりゃいいんでしょうね」

ガロウッドは目をむいてこっちを見た。

「それを年収五万ドルのおれに聞くのか？」

「ええ」

「言ってやれることなんかあるわけない」

「じゃあぼくが息子だったら、なんて言います？」

「息子？　息子なら、あんたよりずっと若いのがいるぞ。二十歳だ……」

「息子さんもいるんですか？」

ガロウッドはポケットを探り、折れないように厚紙に張りつけた小さい写真を取り出した。軍服に身を包んだ青年が写っていた。

「軍隊に?」

「第二歩兵師団だ。イラクに派遣された。あいつが志願した日のことは忘れられない。ショッピングセンターの駐車場に臨時の徴兵事務所ができてたんだ。で、息子にとっちゃ志願するのが当然で、迷う理由さえなかったようでね。ある日家に帰ってきて、決めたって言うんだよ。大学をやめて戦争に行くとさ。九・一一の映像が頭から離れなかったんだろう。だからおれは世界地図を出してきて、『イラクがどこか知ってんのか?』と訊いてやった。そしたら、『イラクは……行かなきゃいけないところだ』とさ。なあ、マーカス(ガロウッドがぼくのことをファーストネームで呼んだのはこれが初めてだった)、どう思う? あいつのほうが正しいのか?」

「わかりません」

「おれもだ。わかってるのは、人生ってやつは結局のところ選択の積み重ねで、その結果は自分で引き受けるしかないってことだな」

夕食のあと、ガロウッドがヘレンの片づけを手伝っているあいだ、ぼくは一人でテラスにいた。いい晩だった。もうとっぷりと日が暮れて、空には北斗七星が瞬いていた。あたりは静かで、遊んでいた子供たちもとっくに家に帰り、コオロギの鳴き声しか聞こえない。そういえば、人に囲まれているという感覚を味わったのは久しぶりだと気づいた。

少ししてガロウッドが戻ってきて、それから二人で捜査状況を洗い直した。ぼくのほうからは、ハリーがグースコーブに残れたのはスターンの寛大な申し出のおかげだったという話をした。

「そのスターンがノラと関係していたのか？　妙な話だな」ガロウッドが言った。

「ですよね。それから、当時誰かがハリーとノラのことを知っていたというのはもう確実です。ハリーから聞いたんですが、オーロラ恒例のダンスパーティーの夜に、洗面所に行ったら、鏡に〈ロリコンの変態〉と書かれていたそうです。あ、そういえば、例の原稿の表紙の書き込みの件はどうなりました？　筆跡鑑定の結果はいつ出ます？」

「来週にはってところだな」

「もうすぐですね」

「ノラの失踪当時の警察の報告書をもう一度読み直した」ガロウッドが続けた。「プラット署長の報告書だよ。やはりスターンもハリーも出てこなかったぞ」

「おかしいですね。ナンシー・ハッタウェイはスターンについて、タマラ・クインはハリーについて、プラット署長に知らせたとはっきり言ってます」

「報告書には確かにプラット本人の署名があったけどな。知っていたのに、なにもしなかったということか？」

「だとすると、どういうことでしょうね？」

ガロウッドの顔が曇った。

「彼もまたノラ・ケラーガンと関係をもっていたのかもしれない」

「彼も？　まさか……プラット署長とも？」

「明日の朝一番でやるべきことが決まったな。プラットに話を聞こう」

＊

二〇〇八年七月三日木曜日の朝、ガロウッドがグースコーブまで迎えに来てくれて、二人でマウンテン・ドライブのプラット元署長の家を訪ねた。扉を開けたのは本人だった。最初プラットはぼくだけだと思ったようで、にこやかに迎えた。

「これはゴールドマンさん、わざわざお越しくださるとは。町のうわさでは、自ら事件を調べておられるとか……」

奥からエイミーの「どなた？」という声が聞こえて、プラットは「作家のゴールドマンさんだよ」と機嫌よく答えた。だがぼくの後ろにガロウッドがいるのに気づくと、吐き出すように言った。

「なんだ、事情聴取か……」

ガロウッドはうなずいた。

「数点だけ伺いたいことがあります。捜査は進んでいるものの、不明な点が残っていましてね。あなたならわかってくださると思いますが」

ぼくらは居間に通された。エイミーがあいさつに出てきた。だが夫に外で庭いじりでもしていろと言われると気分を害したようで、すぐに帽子をかぶってそそくさと外に出て、これ見よがしにクチナシの木の世話をしはじめた。笑いたくなるような場面だったが、居間のほうは急に空気が張り詰め、笑うどころではなかった。

事情聴取はガロウッドに任せて、ぼくは黙っていた。ガロウッドは荒っぽいところもあるが、優秀な刑事だし、人間心理をよく心得ている。彼はどうということもない質問から始め、ノラ失踪事件のときの捜査の展開をざっと振り返らせた。だがプラットは早々にしびれを切らし、一九七五年の事件なら報告書があるんだから、それを読めと言った。そこでガロウッドはじわりと攻めに出た。

「もちろん目を通していますが、どうにも納得できないところがありましてね。たとえば、クイン夫人がハリーとノラのことを知っているとあなたに告げたそうですが、それがどこにも書かれていない」

だがプラットは落ち着いていた。

「ああ、確かにクイン夫人が来たよ。ハリーがノラにご執心で、そのことを自分は全部知っていると言った。だがなんの証拠もなかったんだ。信じるに足る話とは思えなかった」

「違いますよ」ぼくは思わず口をはさんだ。「クイン夫人はハリーが書いた文章をあなたに見せましたよね。そこにはノラへの気持ちがはっきり書かれていた」

「一度見たが、そのあとなくなったんだ。もう証拠はなかった！　どうすりゃよかったたんだ？」

「では、イライジャ・スターンについてはどうですか？」ガロウッドは穏やかな口調で続けた。

「スターン氏についてはなにかご存じでしたか？」

「スターン？　イライジャ・スターン？　この件と関わりがあるのか？」

そこからガロウッドは口調を変えた。相変わらず落ち着いた話し方ではあったが、逃げ口上はいっさい許さないという気迫が加わった。

「茶番はやめていただきたい。もうすべてわかっているんです。あなたはなすべきことをしませんでした。ノラが行方不明になってから、タマラ・クインは再度クバートについての疑いをあなたに伝えた。また、ナンシー・ハッタウェイはノラがスターンと関係をもっていたことをあなたに知らせた。つまりクバートとスターンを調べるのは当然のことで、連行まではしないとしても、せめて事情聴取や家宅捜索をするべきでした。それがまともな手順です。ところがあなたは何もしなかった。なぜですか？　老婦人が殺され、少女が行方不明だという重大な局面で、なぜ何もしなかったんです！」

プラットは狼狽し、どうにかこの場を取り繕おうと苦しい言い訳を始めた。

「何週間もこの地方をしらみつぶしにしたんだぞ。休みも取らずに、あの娘を見つけようと必死でがんばった。それをなんだ、ここまで押しかけてきて人の仕事にケチをつけるとは！　同じ警官がすることとは思えん！」

「確かに地面を掘り返したり海の底をあさったりはしたんでしょうが、尋問すべき人物がいたのにしなかったというのは納得できません！　いったいなぜです？　どういうわけなんです？」

プラットは黙り込んだ。ガロウッドの顔を横目で見たら、すごみが利いていた。静かなる嵐とでもいった顔つきで、プラットをにらみつけていた。

「どういうわけです？」ガロウッドは繰り返した。「あの娘となにがあったんです？」

プラットは顔をそむけた。それからゆっくり立ち上がり、ぼくらの視線を避けるように窓際へ行った。そしてしばらく、外でクチナシの木から枯葉を取り除いているエイミーを見つめていた。

「八月初めのことだった……」プラットがかろうじて聞き取れる声で語りはじめた。「一九七五年の八月初めだよ。信じられないようなことがあった。ある午後のこと、あの娘が警察署のわたしのオフィスへ訪ねてきた。ノックの音がして、返事も待たずにノラ・ケラーガンが入ってきた。わたしはデスクで書類に目を通していた。事前に連絡もなく訪ねてきたので驚いて、どうしたんだねと声をかけた。ノラは様子がおかしかった。口を利かないんだ。そして扉を閉めると、鍵をかけ、こちらをじっと見つめたまま近づいてきた。デスクのほうに、そして……」

プラットはそこで口を止めた。明らかに動揺していて、言葉が出てこないようだった。だがガロウッドは容赦せず、素っ気なくこう言った。

「そして、どうしたんです」

「信じないだろうがね、ノラがデスクの下に潜り込んで……ノラが……ノラがズボンのチャックを下ろし、ペニスを……ノラがペニスを口に含んだ」

ぼくは飛び上がった。

「な、なんなんです、その話は！」

「事実だ。ノラがフェラチオをして、わたしはそれを止めなかった。途中でノラがこう言った。『最後までいって、署長さん』と。そしてすべて終わると、口を拭きながらこう言ったんだ。『これであなたは犯罪者よ』」

ぼくもガロウッドもしばらく口が利けなかった。プラットがスターンもハリーも尋問しなかった理由はこれだった。彼らと同じように、プラットもまたノラに直接関わっていたのだ。

いったん話しだすと、プラットは止まらなくなった。長年抱えてきた肩の荷が下りたからかもしれない。その後もう一度ノラにフェラチオをさせたことも白状した。警察署でのことはノラが一方的にしたことだったが、二度目はプラットが強要した。ある日プラットが一人でパトロールしていると、ノラが歩いているのに出くわした。グースコーブの近くだったそうだ。ノラはタイプライターを手に提げていた。プラットはパトカーをとめて送っていこうと声をかけ、そのままサイドクリークの森に連れていったという。

「つまり、あの失踪事件の数週間前に、わたしは彼女とサイドクリークの森に行ったわけだ。森の外れの誰も来ないところに車をとめ、ノラの手を取って、硬くなった一物を握らせた。そして前と同じようにしてくれと頼んだ。ズボンの前を開き、ノラの首をつかんで、やってくれと言った……。なぜあんなことをしたのか自分でもわからんよ。それ以来三十三年ものあいだ、忘れられずに苦しんできた。もう耐えられん。連行してくれ、裁いてくれ、そしてもう勘弁してもらいたい。許してくれ、ノラ！　すまない！」

ギャレス・プラットは手錠をかけられて家を出た。それを見たエイミーが近所じゅうに響きわたるほどの悲鳴を上げたので、さっそく何人かが前庭に出てきて首を伸ばし、こちらの様子をうかがった。どこかでこう叫ぶ声も聞こえた。「ちょっと、あなた、早く！　ギャレス・プラットが連行されていくわよ！」

ガロウッドがプラットを車に乗せ、サイレンを鳴らしてコンコードの州警察へと走り去った。ぼくはそれをプラット家の前庭で見送った。エイミーはクチナシの木の横で泣き崩れていた。プラット家の前にお隣さんと、そのまたお隣さんが駆けつけた。続いて同じ通りの人々がみなやって来て、さらには地区じゅうの人々が押しかけた。やがてマウンテン・ドライブは人でいっぱいになり、オーロラの住民の半分近くが集まったのではないかと思えるほどだった。

ぼくはしばらく衝撃から立ち直れず、消火栓に腰かけてぼんやりしていた。ロスにだけは電話を入れて状況を知らせた。だがハリーに知らせる勇気はなかった。そしてその役は、結局テレビ局が引き受けることになった。各局がこぞってこの件を取り上げ、ヒステリックな報道が続いた。「ノラ・ケラーガン事件に新たな容疑者が浮上しました。オーロラ署の前署長、ギャレス・プラットが、ノラ・ケラーガンと性行為に及んだことを告白しました」そして昼過ぎ、ハリーが拘置所からコレクトコールで電話してきた。ハリーは泣いていた。すぐ会いに来てくれという。こんな話はとても信じられないとも言った。

拘置所の面会室でぼくはギャレス・プラットの件を説明した。ハリーはすっかり動転し、涙を流しっぱなしだった。ぼくは最後にこう言った。

「それだけじゃないんです……。この際、はっきり言うべきだと思うんですが……」

「なにをだ？　もう自分の耳が恐ろしいよ」

「先日スターンの話をしましたが、実はあれから彼を訪ねたんです」

「それで？」

「彼の屋敷にノラの絵がありました」

「絵とは、どういうことだ？」

「スターンはノラの裸体画を持っていたんです。自宅に」

ぼくは携帯で撮った写真を引き伸ばしたものを出して、ハリーに見せた。

「彼女だ！」ハリーが叫んだ。「ノラだよ、ノラ！　どういうことだ？　いったいどうなってるんだ？」

刑務官が静かにするようにと制した。

「ハリー、落ち着いてください」

「スターンはこの件にどう関わっているんだ？」

「わかりません……。ノラがなにか言っていませんでしたか？」

「いやまったく。なにも聞いていない」

「実は、調べてわかってきたことなんですが、ノラはイライジャ・スターンと関係をもっていたのかもしれません。一九七五年の夏に」

「なんだって？」

「つまり、その……少なくともぼくが理解している限りでは……あなたはノラにとって唯一の男性ではなかったかもしれない」

ハリーは激昂した。いきなり立ち上がると、椅子を壁に投げつけて叫んだ。

「嘘だ！　ありえない！　彼女が愛したのはわたしだ！　このわたしだ！」

刑務官が飛んできてハリーを取り押さえ、連れ去った。叫び声がずっと聞こえていた。「なぜこんなことをする？　なぜなにもかも汚そうとする！　おまえも、プラットも、スターンも、地獄へ落ちろ！」

ぼくはグースコーブへ戻り、興奮冷めやらぬままに原稿の続きを書いた。アメリカの小さな田舎町で、町じゅうの人々を虜《とりこ》にしていた十五歳の少女について書いた。

16

悪の起源

（一九七五年八月十一日から二十日まで、ニューハンプシャー州オーロラ）


「ハリー、一冊の本を仕上げるのに、普通どれくらいの時間がかかるんですか？」

「条件による」

「条件とは？」

「あらゆることだ」

一九七五年八月十一日

「ハリー！　ハリー！」

ノラは原稿を入れたかばんを抱えてグースコーブの家に駆け込んだ。まだ午前の早い時間で、九時にもなっていなかった。ハリーは書斎にいて、原稿の山をかき回していた。ノラは書斎の入り口でかばんから大事な原稿を取り出し、振ってみせた。

「おい、どこにあった？」ハリーはいらいらした様子で訊いた。「その原稿はどこにあったんだ？」

「ごめんなさい……そんなに怒らないで。昨日わたしが持ってったの。あなた眠ってたから、うちで読もうと思って……。いけなかった？　でも、これすてきよ！　ほんとにすてき！」

ノラはにっこり笑って原稿を差し出した。

「気に入ったかい？」

「気に入ったかって？」ノラは声をはずませた。「もう大好き！　こんなに美しいもの読んだことない。やっぱりあなたは非凡な作家なのね。これは傑作になるわ。あなたは有名になるわよ。わかる？　有名になるのよ！」

そしてノラは踊った。踊りながら廊下に出て、居間を通り抜け、テラスに出た。あまりにも幸せで、踊らずにはいられなかった。それからテラスの準備に取りかかった。そこからは毎日の日課だ。テーブルや椅子に降りた朝露を拭き、テーブルクロスをかけて、仕事ができるようにする。ペンと原稿と創作ノートを持ってきて、浜辺で拾ってきたきれいな石をペーパーウェイト代わりに並べる。コーヒーとワッフルとビスケットとフルーツを運んでくる。椅子にはクッションを置いて座り心地をよくする。ハリーが仕事に集中できるように細部にまで気を配る。そしてハリーがテラスで仕事を始めたら、家のなかに引っ込んで掃除をし、食事の支度をする。ハリーには執筆以外のことはさせない。ハリーが少し書き進んだら、そこを読み直し、校正し、レミントンでタイプする。忠実な秘書となって献身的に働く。そしてやるべきことをすべて終えたら、ハリーの近くに――といっても邪魔にならない程度に離れた場所に――座り、ハリーが書くところを眺めて胸を熱くする。自分は作家の妻なのだという気分に浸る。

その日、ノラは正午を少し過ぎたところでハリーにこう声をかけた。帰るときのいつものセリフだ。

「サンドイッチができてるわよ。キッチンに置いてあるから。冷蔵庫にはアイスティーが入ってるわ。ちゃんと食べてね。そして少し休むのよ。根を詰めすぎるとどうなるかもうわかってるでしょ？　頭が痛くなって癇癪《かんしゃく》を起こすんだから」

そしてノラはハリーに抱きついた。

「また戻ってくるのか？」ハリーが訊いた。

「いいえ。今日は忙しいの」

「忙しいって、なにが？」

「忙しいのよ、それだけ。女性はミステリアスでなければならない。雑誌にそう書いてあったわ」

ハリーは笑った。

「ノラ……」

「なあに？」

「ありがとう」

「なんのこと？」

「すべてさ。今こうして本が書けていることに。これはきみのおかげだ」

「お礼を言いたいのはわたしのほうよ。一生こうしていたいな。あなたのそばにいて、仕事の手伝いをして、あなたと家族も作るのよ。そうなったらどんなに幸せかしら。ねえ、子供は何人欲しい？」

「三人は欲しいね」

「賛成。たくさん欲しいわ。とにかく、クバート夫人になりたいの。夫のことを世界一誇りに思う妻に！」

そしてノラはグースコーブを出た。砂利道を通って国道一号線に出る。実はこのときも、茂みにうずくまってこちらを見ている人影があったのだが、ノラは気づかなかった。

オーロラの町なかまでは歩いて一時間かかる。ノラはこの道のりを毎日往復している。町に入るとメインストリートに出て、広場まで行った。そこで約束どおりナンシー・ハッタウェイが待っていた。

「ちょっと、どうして浜辺じゃなくて広場なのよ」ナンシーがノラを見るなり文句を言った。「こんなに暑いのに！」

「今日は午後約束があるから」

「え？　まさか、またスターンに会いに行くつもり？」

「その名前は口にしないで」

「またアリバイ作りしろって言うわけ？」

「ねえ、お願い、助けて……」

「いっつもそうじゃない！」

「もう一度だけ、ね？　もう一度だけよ。お願い」

「もうやめなよ」ナンシーは泣きそうな顔で言った。「あんな人のとこに行っちゃ駄目。もうやめなきゃ！　こっちだって心配で。いったいあの人となにしてんの？　セックス？　そうでしょ？」

ノラはナンシーが安心するように明るい声で言った。

「心配しないで。ほんとに心配いらないのよ。ただ一緒にいたことにして、ね？　約束して。だって、もしばれたらどうなるか知ってるでしょ？　家でわたしがどういう目に遭ってるか……」

ナンシーはあきらめたようにため息をついた。

「もう、しようがないなあ……。わかったわよ。あなたが戻ってくるまでここにいる。でも六時半までには戻ってきてよね。そうじゃないとこっちがママに怒られちゃう」

「もちろんよ。それで、あとでなにか訊かれたら?」

「ノラと公園で午後じゅうずっとおしゃべりしてました」ナンシーは人形のようにそう言ってから口をへの字に曲げた。「でももううんざりだよ。こうやって嘘つくの。ねえ、なんでこんなことしてんの?」

「愛してるから。心から愛しているの。だから彼のためならなんでもする」

「げっ、最悪。もう考えたくもない」

そのとき広場に面した通りに青いムスタングが入ってきて近くでとまった。

「来たわ」ノラは言った。「もう行かないと。じゃあナンシー、あとでね。ありがとう。あなたこそほんとの友よ」

ノラはムスタングに走り寄り、後部座席に素早く乗り込んだ。そして「こんにちは、ルーサー」と運転手に声をかけた。車はすぐ発車し、広場をあとにした。ナンシー以外は誰も、なにも気づいていないはずだ。

一時間後、ムスタングはコンコードのスターン邸の車寄せに着いた。ルーサーがノラをなかへ入れてくれた。だが部屋までどう行けばいいのかはもうわかっている。

「ふ、服を脱いで」ルーサーが懸命に口を動かして、優しい声で言った。「スターンさんに、き、きみが来たと伝えてくる」

＊

一九七五年八月十二日

マーサズ・ヴィニヤード島から戻ってきて以来、つまり小説が書けるようになって以来、ハリーはまた以前のように、毎朝明け方に起きてひとっ走りしてから机に向かうようになっていた。

この日の朝もオーロラの町まで走り、マリーナで立ち止まって腕立て伏せをした。まだ六時前で、町に人気はない。人気があるとすれば《クラークス》だけだろうが、ジェニーがいるに違いないので避けて通った。あんな思いをさせたのだし、合わせる顔がない。腕立て伏せを終え、しばらく海を眺めながら休憩した。もうじき水平線に太陽が顔を出すという時間で、海原は幻想的な色に包まれていた。そのとき不意に名前を呼ばれた。驚いて振り向くと、ジェニーが店に出る恰好で立っていた。ハリーは心のなかでしまったと思った……。

ジェニーはこの時点でもハリーとノラのことにまったく気づいていなかった。だから久しぶりにハリーの姿を見て、ただもう単純にうれしくなった。実はハリーが早朝にランニングしているらしいと小耳にはさみ、ひょっとしたらマリーナのあたりを通るかもしれないと思って開店前に見に来たのだ。来てみてよかったと胸を躍らせた。

「ハリー？　やっぱりほんとだったのね？　朝早く起きて走ってるって聞いたけど」

ジェニーはハリーに近づき、ためらいながらもそっと抱擁した。

「ちょっと日の出を見に来てるだけだ」ハリーは言った。

ジェニーは微笑んだ。そして、ハリーがここまで走ってくるということは、やっぱり少しはわたしのことが好きなんだわと思った。

「店でコーヒーを一杯どう？」

「いや、トレーニング中だし……」

ジェニーはがっかりしたが、顔には出さなかった。

「じゃあ、せめてちょっと座らない？」

「悪いが、ランニングをあまり長く中断したくない」

ジェニーはふくれてみせた。

「ずっとなんの連絡もくれなかったわね。《クラークス》にも来ないし……」

「すまない。本を書くのに必死でね」

「でも、人生は本だけじゃないでしょう？　ちょっと顔を出してくれるだけでもいいのよ。それだけでもうれしいの。母にはもうなにも言わせないから。こないだはつけを一度に払わせようとしたりして、ひどいわよね」

「そんなことないさ」

「店に戻るわ。六時開店だから。ほんとにコーヒーいらない？」

「ああ、いらない」

「だったら、もうちょっとあとで寄ってくれる?」

「いや」

「毎朝ここに来てるなら、また待ってようかしら……。もちろんあなたがそうしてほしければだけど。ただおはようって言うだけでも」

「いや、そんなことはしなくていいから」

「そう……。でも、とにかく今日は午後三時まで店にいるから、店で書きたかったら遠慮しないで来てね……。邪魔はしないから、ほんとよ。ダンスパーティーにトラヴィスと行ったこと、怒ってないわよね? 彼を好きなわけじゃないの。ただの友達よ。あの……これだけは言っておきたくて……。ハリー、あなたが好きよ。こんなに誰かを好きになったことないの」

「そんなこと言うなよ……」

町役場の鐘が六時を告げた。店に出なければ。ジェニーはハリーの頬にキスをして店のほうへと駆けだした。あんなこと言うんじゃなかったと早くも後悔していた。わたしったら馬鹿みたい……。メインストリートを《クラークス》へと戻りながら、途中振り返って手を振ろうとしたが、もうハリーの姿はなかった。それでも希望は捨てなかった。もしまた店に来てくれたら、まだ少しは脈があるということだ。そうよ、まだ終わりじゃないわと自分に言い聞かせ、ジェニーは足を速めた。するともうすぐ坂を上りきるというところで、生け垣から大きな人影が飛び出してきて行く手をふさいだ。ジェニーは悲鳴を上げそうになったが、よく見るとルーサー・ケイレブだったのでかろうじてのみ込んだ。

見えた。

「ルーサー！　やめてよ、心臓に悪いわ」

まだ薄暗い通りの街灯の下で、ルーサーの体はいかつく、ゆがんだ顔もいつもより恐ろしく

「あいつ……あいつどうしろって？」

「ハリーのこと？　なんでもないわよ……」

だがルーサーはジェニーの手首をつかみ、ぐっと力を入れた。

「ご……ごまかすな！　あいつどうしろって？」

「ハリーはただの友達よ。ちょっと放して！　痛いじゃない！」

ルーサーはようやくジェニーの手を放し、今度は頼み込むような口調になった。

「あのこと、か、考えてくれたか？」

「お断わりするわ。絵のモデルなんか嫌よ。もう通してちょうだい。人を呼ぶわよ！　そしたらあなた、困ったことになるわよ」

するとルーサーはあきらめたのか、薄闇のなかを獣のように走り去った。ジェニーはあまりにも怖かったので体の震えが止まらず、涙まで出てきた。だがこんなところを母に見られたら大ごとになると思い、ゆっくり呼吸を整え、涙を拭いてからようやく店に戻った。

ハリーはジェニーと別れてからすぐまた走りだした。来たときと同じ道を戻り、国道一号線に出て、グースコーブのほうへ戻るつもりだった。走りながらジェニーのことを考えた。これ

以上気を持たせてはいけない。このままでは自分も苦しいし、はっきり断わらなければ。そう思いながら国道一号線との交差点まで戻ったとき、急に足の力が抜けた。マリーナで休んだときに筋肉が冷えてしまったようで、つりそうだ。このままではグースコーブまで戻れそうもない。だがまだ朝早いので、周囲には助けを求める車も人もいない。ハリーは調子に乗って町まで行ったことを後悔した。そのとき、青いムスタングがすぐ横でとまった。車が近づいてきたことにまったく気づかなかったのでぎょっとした。ウインドーが下がり、ルーサー・ケイレブが顔を出した。

「どうしました?」

「走りすぎて……足を痛めたようで」

「の、乗って。送ります」

ハリーは助手席に乗った。

「ちょうど通りかかってくれて助かったよ。それにしても、こんな早い時間からオーロラに用事でも?」

ルーサーはなにも答えなかった。答えないどころかそのままずっと黙ったままで、グースコーブでハリーを降ろすと、無言のまま戻っていった……。

ルーサー・ケイレブが乗った車は、砂利道を国道一号線まで戻ると、右に曲がってコンコードのほうに向かうのではなく、左に曲がった。そして少し走ると左折し、森のなかの細い行き止まりの道に入った。ルーサーは松の木蔭に車をとめて降り、獣のような身のこなしで木々のあいだを縫っていき、グースコーブの家が見えるところまで戻り、茂みに身を隠した。六時十五分だった。ルーサーは木の幹に背をもたせかけ、そのまま待った。

九時頃ノラがやって来た。今日もうれしそうに、愛するハリーの世話をするためにやって来た。

*

一九七五年八月十三日

「わかってくださいな、アッシュクロフト先生。どうしてもやっちゃうんです。そしてそのたんびに後悔するんです」

「どういうときにそうなりますか？」

「そんなことわかりませんよ。自分の意思とは全然関係ないんですから。なんだかこう、自分のなかから別人が飛び出してくるみたいな感じで。衝動的って言うんですか？　自分ではどうしようもないんです。でもそうなるとつらくって。ほんとにつらいんですよ。それなのにやめられないんです」

アッシュクロフト医師はタマラの顔をじっと見て、こう訊いた。

「あなたは、自分が相手に対して感じていることを口に出すことができますか？」

「それは……いいえ、口に出したりしません」

「なぜでしょう」

「だって、言わなくても相手はわかってますから」

「本当にそうですか?」

「もちろん」

「なぜ相手はわかるんでしょう」

タマラは肩をすくめた。

「さあ、それは……」

「ご家族はあなたがここに来ていることをご存じですか?」

「いえ、とんでもない。だって……家族には関係ありません」

医師はうなずいた。

「では、ミセス・クイン、ご自分が感じたことを書いてください。書くと、心が落ち着くこともありますから」

「それはもうやってます。全部書いてますとも。初めて先生に診《み》ていただいたときから、ノートに書きつけて、大事に取ってあります」

「それで、どうです?」

「よくわかりませんけど、でも少しは助けになっているような気がします。ええ、そう思います」

「ではまた来週いらしてください。今日はもう時間です」

タマラ・クインは立ち上がり、握手をして礼を言った。そして診察室を出た。

＊

一九七五年八月十四日

十一時頃のことだった。ハリーはテラスで原稿を書いていた。その向かいでは、ノラが夢中になって仕上がった原稿をタイプしていた。ノラが時々「この表現いいわ。すっごくいい！」と声を上げ、そのたびにハリーは勇気づけられ、ますます言葉が湧いてくるような気がした。

この日も暑かった。飲み物が空になっているのにノラが気づき、アイスティーを作ってくると言って席を立った。そしてノラが家に入ったちょうどそのとき、不意に大きな声がした。

「やあ、ハリー、精が出るね！」

とどろくような声だったので、ハリーは飛び上がった。振り向くとイライジャ・スターンだった。ハリーはノラを見られてはまずいと思い、とっさに自分も大声を出した。

「イライジャ！」この声がノラに届くようにと祈った。

スターンはハリーの大声に引きずられたのか、ますます大声で答えた。「どうも！　呼び鈴を鳴らしたんだが返事がなくて。でも車があるからテラスだろうと思って、勝手に回らせてもらったよ」

「それは失礼しました」

スターンはテーブルの様子を見ると、首をかしげてこう言った。

「こっちで書いて、それからあっちでタイプを?」

「ええ、まあ……。何ページかまとめて書いては、タイプしているんです」

スターンは空いている椅子にどさりと腰をおろした。かなり汗をかいている。

「何ページもまとめて? すごいね。実はオーロラに寄ったのでメインストリートを散歩しようと思ったら、いつの間にかここまで来てしまった。昔の習慣がまだ抜けていないようだ」

「そうでしょう。いいところですからね」

「きみが残ってくれて本当によかった」

「ご配慮に感謝しています。こうして小説が進んでいるのはあなたのおかげです」

「感謝なんてとんでもない」

「いつか本が売れたら、この家を買いたいものです」

「そいつはいい! ぜひそうしてほしいね。この家がきみとともに生きつづけてくれるなら、これほどありがたいことはない。ところで、悪いんだが、なにか飲ませてもらえないか。汗をかいたら喉が渇いて……」

ハリーは反射的にキッチンのほうを振り返った。ノラに聞こえているだろうか? とにかく、なんとかしてスターンに引き取ってもらわなければならない。

「すみません。実はなにも用意がなくて……」

するとスターンは大笑いした。

「そんなことだろうと思ったよ! いやいや、おかまいなく。仕事に夢中で、ろくに飲み食いもしていないんだろう？　だが体を壊しちゃ元も子もないぞ。こういうときこそ結婚だな。ところで、ちょっと町に出ないか？　昼を一緒にどうだ？　話もしたいし」

「喜んで」ハリーは胸をなで下ろした。「車のキーを取ってきます」

ハリーは家のなかに入った。キッチンの横を通るとき、ノラがテーブルの下に隠れているのが見えた。ノラはにっこり笑って目配せしながら人差し指を唇に当てた。ハリーも目配せを返し、車のキーを手にして外に出た。


二人はハリーのモンテカルロで《クラークス》に行った。そしてテラス席に腰を落ち着けると、卵とトーストとパンケーキを頼んだ。ジェニーがうれしそうに注文を取って下がっていった。

「いやあ、ほんとに驚いたな」スターンが改めて言った。「ほんの少しの散歩のつもりが、気づいたらグースコーブにいたとは。魔法にかかったようだった」

「グースコーブまでは海岸の景色がいいですからね」ハリーは答えた。「見飽きることがありません」

「よく散歩してるのか？」

「ほぼ毎朝走っています。夜明け前に起きて、走っていると太陽が昇ってくるんです。わくわくしますよ」

「それはたのもしい。わたしにはとてもできないな」

「いや、それが実はたのもしいどころではなく……みっともない話ですが、おとといは戻る途中で足がつったんですよ。それで歩けなくなって困っていたら、ちょうどケイレブさんが車で通りかかって、拾ってくれました」

するとスターンが一瞬顔を引きつらせ、こう訊いた。

「ルーサーがこの町に？　おととい？」

そこへジェニーがコーヒーを持ってきて、またすぐに戻っていった。

「ええ」ハリーは話を続けた。「早朝だったのでぼくも驚きました。彼はこのあたりに住んでいるんですか？」

スターンは穏やかな笑顔に戻っていた。

「いや、コンコードのわたしの家で暮らしている。だがルーサーはこのあたりが好きなんだ。確かに明け方のオーロラは美しいからな」

「そう言えば、薔薇の手入れの件はどうなりました？　まだグースコーブで彼を見かけていませんが」

「進んでいるはずだ。ルーサーは目立たないように作業するからね」

「でもぼくは家にいることが多いし……というより、ずっと家にいるんですが……」

「あいつは何事も控え目でね」

「そのようですね。話をするのが難しいようですが、なにか事情があるんですか？」

「事故に遭ったんだ。だいぶ前の話だよ。だが立派な男だ……。顔は恐ろしいが、心は美しい」

「そうですね」

ジェニーがまたコーヒーポットを持ってやって来たが、二人ともまだカップにたっぷり残っていた。するとジェニーはナプキン立てを整え、塩入れを補充し、ケチャップの瓶を新しいものに変えた。そしてスターンに微笑みかけ、ハリーに小さく手を振って戻っていった。

「それで、小説は進んでいるのか?」スターンがまた尋ねた。

「ええ、うまくいっています。あの家のおかげです。ここのところ面白いようにアイディアが浮かんでくるんですよ」

「それは家というより、あの娘さんのおかげだろう」とスターンが笑った。

「え?」ハリーは息が止まるかと思った。

「こういうことには勘が働くほうなんでね。つき合ってるんだろう?」

「なんのことです?」

「なにもそんな顔をしなくても。悪いことじゃあるまいし。この店のジェニーとつき合ってるんだろう? 彼女の様子を見ればわかるよ。あれはどう見てもわれわれ二人のうちのどちらかに気がある。そして、それはわたしじゃない。どうりで仕事がはかどるはずだ。あんなすてきな恋人がいるんだから。どうだ、図星《ずぼし》だろう?」

ハリーは胸をなで下ろした。冷や汗をかいていた。

「いや、ジェニーとはそういう関係じゃありません。数回一緒に出かけたことがあるだけです。

もちろんすてきな女性ですよ。ただ、ここだけの話ですが、一緒にいると退屈で……。ぼくはどうやら、夢中になれる相手じゃないとうまくいかないようです。特別な存在というか……もっと違う……」

「なんだそうか」


ハリーとスターンがそんな会話をしていた頃、ノラは手にタイプライターを提げ、日の照りつける国道一号線を歩いていた。グースコーブからオーロラの家に戻る途中だった。すると後ろから車が来てノラの横でとまった。見るとパトカーで、乗っていたのはプラット署長だった。

「タイプライターなんか持ってどこへ行くんだ?」署長は上ずった声で言った。

「家に帰るんです」

「歩いてか?　いったいどこへ行った帰りなんだ?　まあいい、とにかく乗りなさい。送っていこう」

「ありがとうございます。でも歩きたいので」

「冗談じゃない。この暑さのなかを」

「大丈夫です」

するとプラットは口調を変えた。

「なぜ嫌がるんだね?　乗れと言ってるんだ。さあ、乗れ!」

ノラは仕方なく、言われるままに助手席に乗った。プラットは車を出すと、町の方向ではなく、Uターンして逆方向に走りだした。

「え、どこ行くんですか？　これじゃ逆でしょ」

「いいから心配するな。ちょっといいものを見せたいだけだ。怖くなんかないだろう？　森を見せてやるから。美しいぞ。美しい場所を見たいだろう？　誰でも美しい場所は好きだよ」

ノラはもうなにも言わなかった。車はサイドクリークの森の小道に入り、木々に隠れたところでとまった。プラット署長はベルトを外し、ズボンの前を開け、ノラの首をつかんで、オーロラ署でしてみせたのと同じことをしろと命じた。

＊

一九七五年八月十五日
朝の八時、母のルイーザが部屋にやって来た。ノラは下着のままベッドの端に腰かけて待っていた。今日はその日だ。ノラにはわかっていた。ルイーザは憐れみに満ちた微笑みを浮かべた。

「なぜママがこうするのか、あなたにはよくわかっているわね」

「はい、ママ」

「あなたのためですよ。あなたが天国に行けるようにするためです。天使になりたいでしょう？」

「天使になんかなりたくない」

「またおかしなことを言って。さあ、こっちにいらっしゃい」

ノラは立ち上がり、おとなしく母についてバスルームまで行った。床に据えた大きなたらいに水が張られていた。ノラは母を見た。美人で、波打つブロンドの髪が見事だ。二人は瓜二つだと誰もが言う。

「ママ、愛してる」ノラは言った。

「わたしもおまえを愛しているわ」

「悪い娘でごめんなさい」

「悪い娘じゃないわ」

ノラはたらいの前にひざまずいた。母がノラの頭を押さえ、髪をつかんだままたらいのなかに押し込んだ。水は氷のように冷たかった。母はゆっくりと二十まで数え、それからノラの頭を引き上げた。ノラはあまりにも苦しくて叫んだ。だが母は言った。「贖罪のための苦行です。さあ、もう一度」そしてまたノラの頭を冷たい水につけた。

ケラーガン牧師はいつものようにガレージにこもり、大音量で音楽をかけていた。


ハリーは今聞いたことにぞっとした。

「お母さんがそんなことを？」どうにも信じられず、訊き返した。

正午だった。ノラはグースコーブに着いたばかりだった。目が腫れていたので問い詰めると、午前中ずっと泣いていたと言う。そしてその理由というのが、水責めだった。

「ママがわたしの頭をつかんで大きなたらいに沈めるの」ノラが言った。「水がすごく冷たくて……でもママはずっと手を放さないの。そのたびに今度こそ死ぬんじゃないかと思う……。もう耐えられない。ハリー、助けて……」

ノラはハリーにすがりついた。ハリーはあまりのことに動揺し、なにを言ってやったらいいのかもわからず、とりあえず浜辺に出ようと声をかけた。海を見るといつもノラは元気になる。ハリーは〈メイン州ロックランドの思い出〉と文字が浮き出た缶を持ってノラと浜に出て、岩場に寄ってくるカモメに餌をやった。それから砂浜に座り、一緒に水平線を眺めた。

「どこかに逃げたい！」ノラが叫んだ。「どこか遠くに連れてって、お願い！」

「逃げる？」

「二人で遠くに行くのよ。いつか一緒に遠くへ行こうって言ったでしょ？　知ってる人が一人もいないところに。ねえ、お願いよ、一緒に逃げて。このひどい月が終わる前に。そうよ、三十日がいいわ。それならあと半月準備の時間があるし」

「三十日？　八月三十日に二人でこの町を出る？　どうかしてるぞ」

「どうかしてる？　じっとしてるほうがどうかしてるわ。このみじめな町にじっとしてるなんて。そうよ、今みたいに許されない関係で愛し合うなんて、そのほうがどうかしてる！　奇妙な動物みたいにこそこそ隠れてなきゃいけないなんて、そのほうがどうかしてるわ！　もうたくさん！　わたし出ていくわ。八月三十日の夜にこの町を出る。もうここにはいられない。お願いだから一緒に来て。一人にしないで！」

「逃げるといってても簡単じゃない。つかまるかもしれない」

「誰につかまるの？　三時間あればカナダに行けるじゃない。それに、なんの権利があってわたしたちをつかまえるの？　出ていくのは自由だし、誰にも止められないでしょ？　自由ってこの国の基本でしょ？　憲法に書いてあるじゃない。わたし出ていく。もう決めたわ。八月三十日の夜、この不幸な町をあとにする。来てくれる？」

ハリーはもうなにも考えずに答えていた。

「わかった……八月三十日に一緒に町を出よう」

「ああ、ハリー、うれしい！　それで、あなたの本はどうしよう？」

「もうすぐ仕上がる」

「ほんとに？　すごいわ、こんなに早く進むなんて」

「いや、もう本などどうでもいいさ。きみと逃げるとしたら作家にはなれないだろうが、そんなことはどうでもいい。大事なのは二人のことだ。二人で幸せになることだよ」

「いいえ、大作家になれるわ。原稿をニューヨークに郵送すればいいのよ。今度の本、大好きよ。今まで読んだなかでいちばん美しい小説だもの。だからなれるわ。そう信じてる！　じゃあ三十日ね？　わたしたち最高に幸せになれるわ。人生を美しくしてくれるのは愛だけだから。それ以外はすべていらないものだから」

＊

一九七五年八月十八日

ジェニーは数日前からすっかりふさぎ込んでいた。ハリーがイライジャ・スターンと店に来たので期待したけれど、声もかけてくれなかったからだ。それどころか、二人がこっちを見てなにか話していたので、笑い者にされたようでショックだった。いずれにしても、ハリーは自分を捨てたのだとジェニーは思った。でもその理由がわからないので、ずっと悩んでいた。

一方、ジェニーが元気がないのを見て悩んでいる人物もいた。トラヴィスだ。この日もトラヴィスは、パトカーの運転席に座ったまま、《クラークス》の窓越しにジェニーの様子をうかがった。ダンスパーティー以来ほとんど話もしていない。ジェニーが自分を避けているようで、それがトラヴィスにはつらかった。しかも少し前からジェニーは眉間に皺を寄せている。自分のせいだろうかと思ってもみたが、前にジェニーが家のポーチで泣いていたときに、ある人にちょっと嫌なことをされてと言っていたのを思い出し、なにか事情がありそうだと心配になった。〝嫌なこと〟とはなんだろう？　なにか悩みがあるのだろうか。誰かにぶたれたとか？　だとしたら誰に？　トラヴィスは勇気を奮い起こして話を聞こうと思った。そしていつものように店が少し空くのを待って、深呼吸して店に入った。ジェニーはテーブルの一つを片づけていた。

「やあ、ジェニー」トラヴィスはどきどきしながら声をかけた。

「あら、トラヴィス」

「元気か？」

「ええ」

「ダンスパーティーのあとほとんど会ってないね」

「店が忙しくて」

「一緒にパーティーに行けてすごくうれしかったんだ。それを言いたくて」

「ありがとう」

ジェニーはやはり眉間に皺を寄せている。

「ジェニー、最近ぼくを避けてないか？」

「そんなことないわよ。ただ……。いえ、あなたには関係ないことなの」

「なにか困ってることがあるなら、いつでも相談してくれよ」

「ええ、ありがとう。ごめんなさい、ちょっと片づけものがあるから」

ジェニーは厨房に行こうとした。

「おい、待ってくれ」

トラヴィスはジェニーを引きとめようとして手首をつかんだ。すると、軽くつかんだだけだったのに、ジェニーが痛いと叫んで持っていた皿を落としたので驚いた。皿は粉々に割れて飛び散った。

「ご、ご、ごめんよ」トラヴィスは動転し、あわててしゃがんで皿のかけらを拾いはじめた。

「いえ、あなたのせいじゃないの」

トラヴィスは拾ったかけらを厨房まで運び、ほうきを持ってフロアに戻って掃除した。そしてまた厨房に戻ると、ジェニーが袖をまくって手を洗っていて、手首のところに青あざがあるのが見えた。そう言えば、この暑いのになぜ長袖を着ているのかと気になっていたのだ。

「それどうしたんだ?」トラヴィスは訊いた。

「なんでもない。ちょっと前に両開きの扉にぶつけちゃって」

「ぶつけた? 嘘つくなよ!」トラヴィスは心配のあまり腹が立ってきた。「誰かにやられたんだろ? 誰だ!」

「たいしたことじゃないってば」

「たいしたことだよ! こんなことしたやつは誰だ! 教えろよ。頼む、言ってくれ。わかるまでここを動かないからな」

「これは……ルーサー・ケイレブよ。スターンさんの運転手。こないだの朝、なんだか知らないけど怒ってて、手首をつかまれたの。そしたら、力が強いからあざになっちゃったのよ。でもわざとやったわけじゃないの。あの人は力の加減がわからないだけよ」

「冗談じゃない、そりゃ大事件だ! ルーサーがまた現われたらすぐに知らせてくれ。いいな?」

＊

一九七五年八月二十日

ノラは鼻歌を口ずさみながらグースコーブへの道を歩いていた。あと十日したら二人でこの町を出られるのだと思うと、うれしくてたまらなかった。あと十日したら自由に生きられる。

両手の指で数えられる日数だけ待てばいい。砂利道の先に家が見えると、ノラはハリーに会いたい一心で駆けだした。その様子を茂みのなかから見ている男がいることにはまったく気づかなかった。そしてノラはいつものように、呼び鈴を鳴らさずに玄関から飛び込んだ。

「ハリー！」と声をかけた。

返事がない。留守だろうか。もう一度名前を呼んだが、やっぱり返事がない。キッチンと居間を見たが、誰もいない。書斎にもテラスにもいない。浜辺まで出て大声で呼んでみたが、人の姿はなかった。ノラは急に心配になり、家に駆け戻ってまた探した。一階の部屋を全部見てまわり、それから二階に上がった。寝室の扉を開けると、ハリーがベッドの上に座ってなにか読んでいた。

「なんだ、ここにいたの！　あちこち探しまわっちゃった」

ハリーはノラの声に驚いたように顔を上げた。

「ごめん、読んでたもので……気づかなかった」

ハリーは立ち上がると読んでいた紙をそろえ、整理棚の引き出しにしまった。

ノラはにんまりした。

「夢中になってなにを読んでたの？　あんなに名前を叫んだのに、それも聞こえないくらい夢中になるなんて」

「いや、たいしたものじゃない」

「小説の続き？　見せて！」

「まだだ。そのうち見せるよ」

ノラは横目でハリーをにらんでみた。

「本当に?」

ハリーは笑った。

「ああ、本当だ」

それからノラはカモメを見たいと言い、ハリーを浜辺に連れ出した。そしてカモメと一緒に、両腕を羽のように広げて大きな輪を描きながら走った。

「なんだか飛べそうな気分! だってあと十日だから。十日したら二人で飛び立つんだから。この不幸な町に永遠に別れを告げるのよ!」

このときも、岩場の上の森のなかからルーサー・ケイレブが二人を見ていたのだが、ハリーもノラも気づかなかった。


ルーサーは二人が家に戻るのを見届けると、森の小道にとめておいたムスタングまで走って戻った。そして車で町なかに向かい、《クラークス》の前で車をとめ、急いで店に入った。ジェニーに話さなければ。黙っているわけにはいかない。このままではいけないと気持ちが急いた。だがジェニーはルーサーを見るなり当惑顔になった。

「ルーサー、駄目よ。ここに来ちゃ駄目」ジェニーがカウンター越しに声をひそめて言った。

「こ、このあいだはごめん。手をつかんで」

「あざになっちゃったわよ」

「ごめん」

「すぐ店を出たほうがいいわ」

「いや、ま、待って……」

「わたし、トラヴィスに言われて被害届を出しちゃったの。トラヴィスはあなたが来たら知らせろって、始末をつけてやるからって言ってたわ。だから、彼に見つからないうちに早く帰って」

ルーサーは驚いた。

「ひ、被害届？」

「ええ。だってこのあいだの朝、あんまり怖かったから……」

「でも、大事な話がある」

「大事もなにもないわよ、ルーサー、早く行って！」

「ハリー・クバートのこと……」

「ハリーの？」

「ハリー・クバートのこと、ど、どう思ってる？」

「どうしてあなたがそんな話をするの？」

「彼をし、信じてる？」

「信じてるか？　ええ、もちろん。どうしてそんなこと訊くの？」

「なら、だ、大事な話がある……」

「わたしに？　いったいなに？」

だがルーサーが答えようとしたとき、《クラークス》の向かいの広場にパトカーが現われた。

「トラヴィスよ！」ジェニーが叫んだ。「逃げて、ルーサー！　あなたを面倒なことに巻き込みたくないの」

ルーサーはあわてて逃げ出した。

ジェニーはルーサーが車に飛び乗り、猛スピードで走り去るのを見送った。そこへ入れ違いにトラヴィス・ドーンが駆け込んできた。

「今出てったのはルーサー・ケイレブじゃないか？」

「ええ」ジェニーは答えた。「でもなにもしなかったわ。優しい人よ。被害届なんか出すんじゃなかった」

「ここに来たら知らせろって言ったろ！　きみに手をかけるなんて、誰だろうと許すもんか。誰だろうと！」

トラヴィスがパトカーに戻ろうとしたので、ジェニーはあわてて追いかけ、歩道で引きとめた。

「待って、トラヴィス。大げさに騒ぎ立てないで！　お願い。もう彼もあんなことしちゃいけないってわかってるから」

トラヴィスはジェニーを振り返り、じっと見つめた。そして不意に、なにかが腑に落ちたように目を見開いた。

「おい、ジェニー……まさか……」

「まさか、なに?」

「あのいかれたやつが好きなのか?」

「え? なに馬鹿なこと言ってんのよ!」

「ちくしょう! おれはなんてアホだったんだ!」

「ちょっと、トラヴィスったら、どうしちゃったの……」

だがもうトラヴィスは聞いていなかった。パトカーに飛び乗り、エンジンを吹かして飛び出すなりパトランプをつけ、サイレンをけたたましく鳴らして走り去った。ジェニーはそれを呆然と見送った。


パトカーは国道一号線をサイドクリーク・レーンの少し手前まで走ったところで青いムスタングに追いついた。ムスタングは減速し、路肩にとまった。トラヴィスはすぐ後ろにパトカーをとめて飛び降りた。頭が混乱して、ただもう腹が立っていた。どうしてジェニーはこんな化け物みたいなやつが好きなんだ? どうしておれよりこんなやつがいいんだ? こっちはジェニーのためならなんでもする気でいるのに。そもそもジェニーのためにこの町に残ったのに。そのおれがこんなやつに取って代わられるのか? トラヴィスはルーサーに車を降りろと命じ、路肩にぬっと立ったルーサーをじろじろと眺めまわした。

「おまえ、ジェニーをひどい目に遭わせたな？」

「そ、そんなことしてません」

「あのあざを見たぞ！」

「ち、力が入りすぎて。す、すみません。大騒ぎしないで」

「大騒ぎするなだと？　騒ぎを起こしてるのはそっちだろ！　彼女にキスしたんだな？」

「え？」

「ジェニーとおまえ、キスしたんだろ？」

「ち、違う！　違います！」

「お……おれはあいつを幸せにするためならなんだってするのに、なんでおまえがキスするんだよ！　ちくしょう、世の中どうなってんだ？」

「違います。ぜ、全然違います」

「うるせえ！」トラヴィスはそう叫んでルーサーの襟首をつかみ、地面に投げ倒した。

　トラヴィスはもうどうしたらいいのかわからなかった。ジェニーが自分を拒んだと思うと、侮辱されたようでみじめだった。腹が立ってたまらない。これ以上踏みつけにされるのはたくさんだ。もう我慢できない。男として行動すべきときだ！　トラヴィスはベルトに提げていた警棒をつかんで振り上げると、狂ったようにルーサーをたたいた。

本書は二〇一四年、小社より刊行されたものの文庫化である。

訳者紹介　仏語・英語翻訳家。お茶の水女子大学文教育学部卒。訳書にJ・ル・ゴフ『絵解きヨーロッパ中世の夢』，M・ラルゴ『死因百科』，P・ルメートル『その女アレックス』他多数。

検印
廃止

ハリー・クバート事件　上

2016年11月11日　初版

著　者　ジョエル・ディケール

訳　者　橘《たちばな》　明《あけ》　美《み》

発行所　(株)　東京創元社
代表者　長谷川晋一

162-0814/東京都新宿区新小川町1-5
電　話　03・3268・8231-営業部
03・3268・8204-編集部
URL　http://www.tsogen.co.jp
振　替　00160—9—1565
DTP　キャップス
旭印刷・本間製本

ISBN978-4-488-12104-4　C0197

2002年ガラスの鍵賞受賞作

MÝRIN◆Arnaldur Indriðason

湿地

アーナルデュル・インドリダソン
柳沢由実子 訳 創元推理文庫

◆

雨交じりの風が吹く十月のレイキャヴィク。湿地にある建物の地階で、老人の死体が発見された。侵入された形跡はなく、被害者に招き入れられた何者かが突発的に殺害し、逃走したものと思われた。金品が盗まれた形跡はない。ずさんで不器用、典型的なアイスランドの殺人。だが、現場に残された三つの単語からなるメッセージが、事件の様相を変えた。しだいに明らかになる被害者の隠された過去。そして肺腑をえぐる真相。

全世界でシリーズ累計1000万部突破！　ガラスの鍵賞２年連続受賞の前人未踏の快挙を成し遂げ、CWAゴールドダガーを受賞。国内でも「ミステリが読みたい！」海外部門で第１位ほか、各種ミステリベストに軒並みランクインした、北欧ミステリの巨人の話題作、待望の文庫化。

2011年版「このミステリーがすごい！」第1位

BONE BY BONE◆Carol O'Connell

愛おしい骨

キャロル・オコンネル

務台夏子 訳 創元推理文庫

◆

十七歳の兄と十五歳の弟。二人は森へ行き、戻ってきたのは兄ひとりだった……。

二十年ぶりに帰郷したオーレンを迎えたのは、過去を再現するかのように、偏執的に保たれた家。何者かが深夜の玄関先に、死んだ弟の骨をひとつひとつ置いてゆく。

一見変わりなく元気そうな父は、眠りのなかで歩き、死んだ母と会話している。

これだけの年月を経て、いったい何が起きているのか？

半ば強制的に保安官の捜査に協力させられたオーレンの前に、人々の秘められた顔が明らかになってゆく。

迫力のストーリーテリングと卓越した人物造形。

2011年版『このミステリーがすごい！』１位に輝いた大作。